源氏物語の政治と人間

田坂憲二
Kenji Tasaka

慶應義塾大学出版会

目次

作品を形成するもの

近代における享受と研究

序に代えて

本書は、既発表論文十三本を、その内容から四つに分類して再構成したものである。それぞれに見出しを立てた。「政治の季節その後」「編年体と列伝体」「作品を形成するもの」「近代における享受と研究」である。以下、個別に述べる。

「政治の季節その後」は、第一論文集『源氏物語の人物と構想』の「政治と人間」の五本の論文を承けるもの。稿者は、平成元年から四年にかけて、意図的に「政治の季節」という副題を付けた論文を、年一本のペースで公にした。上述した五論文中の四本がそれである。副題を統一したのは、当時の『源氏物語』研究には飽き足らないものを覚え、〈政治〉という視点を導入することによって新しい視野が開けるのではないかと考えたからである。『源氏物語』研究に〈政治論〉の季節が必要と考えたからである。一方でこの物語は〈政治〉の観点を導入できる部分と不適切な部分があると思われ、政治の視点で論じることが可能な部分は『源氏物語』作者にとっても〈政治の季節〉であったのではないかと思量したからである。「政治の季節」との副題の論文が弘徽殿大后論であり、内大臣光源氏論であり、澪標巻から玉鬘十帖にかけての頭中将や鬚黒や式部卿宮であったのは、その故である。稿者の目論見が当たったのか、同じことを考えていた研究者が多かったのか、研究史を振り返ってみると、平成以降『源氏物語』を政治的に論じるものが飛躍的に増えてくる。まさに

『源氏物語』研究における〈政治の季節〉の到来である。

研究論文の数や内容を述べるときに、どのデータベースによるのかを明示しておかねばデータ数に相違が出てくるので正確さを欠く。かつては『国語国文学研究文献目録』『国文学年鑑』という共通基礎台帳のようなものがあったが、今日では、国文学研究資料館の国文学論文目録データベースやCiNii Articlesなどがその位置にあるのであろう。更新日時はやや古いが前者の方が多くを網羅している（具体的に言えば、日本の人文科学特有の単行本型・市販型の研究論文集からのデータ収集が、後者は弱いという側面がある）から、そちらで見通しを述べる。

国文学論文目録データベースを「源氏物語」＋「政治」というキー・ワードで論文を検索し、『源氏物語』そのものを主題とするものを拾い上げてみたところ、次のような数値が確認できた。昭和四十年代以前では四本、昭和五、六十年代が六本であるのに対して、平成一桁が十七本、平成十年代が二十八本と、平成に入ってから飛躍的に伸びているのである。単純に数字だけの問題ではない。初年代においては、主題や副題に「政治（的）世界」「政治性」「政治と人間」「政治の季節」という言葉が複数の論者によって用いられており、十年代以降に流行する「政治学」という副題も見られる。十年代には「政治的背景」「政治文学」「政治の言葉」「政治構造」「政治構想」「政治と官職」「政治と経済」など更に用語の広がりを見せるが、これらは『源氏物語』を政治的観点から読み解こうとする意欲的な試みが為されていることを示しているだろう。

これらは、主題・副題に「政治」という語句を含んだものに限られるが、題名にそれらの語を明示せずとも、政治的な観点を導入している論文も当然多く書かれていよう。それらを視野に入れれば、政治論の流れは一層大きなものになろう。稿者は、第一論文集以後も政治的視点を全体もしくは一部に用いた論文を公にしてきたが、上述したような研究状況の変化（深化と言っても良かろう）から、もはや「政治」という言葉をことさらに主題・副題に用いる必要もなくなってきたから、本書冒頭の四論文ではそれらの語を外している。「政治の季節その後」というくくりでまとめた所以である。

次に「編年体と列伝体」という三本の論文。稿者にとってのこの物語の最大の魅力は緻密極まりない作品構造である。そのことを考える時に常に脳裏にあるのは、研究史の極めて早い段階から、年立と系図が作成され、物語理解に不可欠なものとされてきたことである。年表に当たる年立は、この物語の正確な時間的把握を試みるもの。系図は人間関係であるが、人間が物語を構成しているから、一種の空間的把握と言っても良かろう。この物語は、時間と人間が織りなすもの、すなわち時間と空間が極めて正確に統御されていることを特徴とする。それはこの物語が、史実を記載する二つの方法、編年体と紀伝体に精通し、それぞれの長所を熟知して、物語に生かしていったからに外ならない。描かれている物語が正確無比な時間構造・空間構造を持っているとすれば、その周辺にまで視野を広げてみても、その構造美は崩れないのではないか。逆に描かれていない部分までも厳密な時間構造・人間関係の枠に収められるとすれば、描かれている部分の緻密さを裏付けることになる。そうした考えから書かれたものが、三本の論文である。「編年体」の対立概念である「紀伝体」ではなく、「列伝体」という言葉を使用したのは、臣下の頭中将の周辺の考察に絞ったからである。

「作品を形成するもの」の三論文は、すべて異なったアプローチであるから、いささか統一性に欠けるかもしれない。一つの問題意識、一つの方向性から作品を裁断する視点を獲得すると言うことは重要ではあるが、それは方法論の方に作品を合わせるという自縄自縛に陥る危険性も内包している。そこで一つ一つ異なった視点からこの物語の分析を試みた。テーマを与えられたという事情もあるが、まず、大宰府への道のりが『源氏物語』形成にどう関わっているか、地理的考察、地名の解釈などを行ってみた。地理的知識がこの物語をどう「形成」しているかを探ったものである。次に、作者説。

中世以来の大弐三位補筆説は措くとしても、今日でも宇治十帖別筆説、匂宮三帖別筆説を支持する研究者は多くはない。ただこれらを否定する確固たる言説があるかと言えば、稿者は物足らないものを感じている。作品のつながりや構造の正確さは別作者であれば当然意を用いるからだ。その中で、紫式部の和歌や道長の官職という作品外部の傍証から竹河巻紫式部自筆説を展開した先行論文は他と一線を画するものがある。従ってこの論文の論拠を批判することから、別作者説の可能性を残そうとしたものが「自作説存疑」である。竹河巻を「形成」した作者像を考えてみたのである。最後の『蒙求和歌』を取り上げたものは一種の中世の享受史。河内方の『源氏物語』研究の基礎を固めた源光行の作である『蒙求和歌』には、『源氏物語』を深く解読したこの人物ならではの表現が見られる。『蒙求』本体と和歌をつなぐ思考過程に、『源氏物語』の強い影響があることを具体例を挙げながら指摘した。『源氏物語』が『蒙求和歌』を「形成」する過程の究明である。

最後の「近代における享受と研究」は、与謝野源氏、谷崎源氏の周辺を取り扱ったもの。「桐壺院の年齢」の論文は、与謝野晶子の『新訳源氏物語』の改稿過程について考えたものだが、同時に晶子の読みが、原文の行間にまで及んでいること、それが編年的把握につながることがこの論文の背景にある。「編年体と列伝体」の諸論考と遠くつながるものを持っている。『源氏物語』の研究者にとって『源氏物語大成』とその前身である『校異源氏物語』は、基礎文献であり、乗り越えなければならない巨大な山脈である。「『校異源氏物語』成立前後のこと」は、その成立過程を当時の物語享受の実態と関連させて読み解いてみた。谷崎源氏との関係や、刊行されなかった『校異源氏物語』の索引篇の存在などを明らかにした。「『源氏物語』と『日本文学全集』」は、『日本文学全集』には古典文学と近代文学とを組み合わせたものがあること、それが〈日本文学全集〉の名前にふさわしいこと、古典文学の代表は『源氏物語』であること、与謝野源氏が使用されることなどについて触れた。近代の出版文化史と『源氏物語』享受を結びつけて考えたものである。稿者には、平成二十八年十二月の全国大学国語国文学会冬季大会シンポジウムの報告に基づく「戦後の与謝野源氏と谷崎源氏」（『文学・語学』二一九号）があるが、学会誌に掲載して日が浅いことから本書への収録は見送った。参看いただければ幸いである。

本書収載の各論文で引用する『源氏物語』の本文は、小学館『日本古典文学全集』によった。ただし、表記など一部を私に改めた箇所がある。ともあれ、底本としたものはいわゆる旧版である。改訂版である『新編日本古典文学全集』によらなかったのは、稿者が長く使用していてなじんでいると言うことにもよるが、旧版の頭注には、本文異同の説明や、底本以外の本文の紹介など専門性の高い注釈があり、それらが、より一般的な読者を対象とする新編に移行する際に削除されたことを惜しむからである。また『源氏物語』以外の文献については、引用の都度注記することを原則とした。

書名の『源氏物語の政治と人間』とは、「政治の季節その後」の諸論文のみならず、「編年体と列伝体」などの多くの論文も、物語の政治性の解釈がその背景にあることによるものであり、一方、すべての論文が『源氏物語』の人間を分析し、また『源氏物語』を享受した人間を考察したことによる命名である。

政治の季節その後

一　冷泉朝下の光源氏

──太政大臣と後宮の問題をめぐって──

はじめに

須磨・明石の流謫から帰京した光源氏が、著しく権勢家としての容貌を呈してくることは、既に定説化されている。その人物像は、「藤原摂関家的な権勢家」(1)であり、早くから藤原道長が人物造型の重要な核として論じられてきた。(2)しかし、旧来の論考の多くは人物関係の設定や官職の共通性など、表面上の類似点を追究することに力点が置かれていたため、残された問題も少なくない。特に物語の深層としての政治状況を更に検討してみる必要があるだろう。

本稿では、冷泉朝下の光源氏を中心とした権力構造のありようや、光源氏の行動原理を、平安時代中期、特に藤原道長の時代の政治史的位相と関連させて読み解こうとするものである。具体的には、光源氏の太政大臣就任の問題と、冷泉帝及び春宮の後宮の問題を取り扱うことになる。

一　『源氏物語』の太政大臣

光源氏は、梅壺女御の立后を成し遂げたうえで、三十三年秋に太政大臣に昇る。空席となった内大臣の後任には、権大納言兼右大将（頭中将）が昇格した。恐らく左右大臣はそのままで異動はなかったに違いない。[3]

大臣、太政大臣にあがりたまひて、大将、内大臣になりたまひぬ。世の中の事どもまつりごちたまふべく、ゆづりきこえたまふ。（少女二五）

「世の中の事ども」以下が、摂関の地位を指すか否かは、意見の別れるところであるが、いずれにせよ、「執政の実務」[4]が、内大臣に委ねられたことは間違いない。少なくとも光源氏は、この段階で、政治の実権を大幅に内大臣に譲り渡したのである。事実、これ以後の光源氏には、澪標・絵合・薄雲・少女巻等に見られた政治的な動きが、物語の上ではほとんど影を潜めるのである。この少女巻での、事実上の第一線引退宣言を、光源氏の謙譲の美徳と見るのは簡単であるが、それでは表面上の理解に留まるであろう。

別稿でも述べた如く、[5]光源氏は、秋好立后に代表されるような様々の懸案が解決されるまでは、内大臣の地位に留まり、太政大臣への昇進を辞退していた。そして今回の「世の中の事ども」「ゆづりきこえたまふ」という展開である。光源氏は、明らかに太政大臣就任を、政界の第一線からの撤退と同義のように捉えているのである。一体、『源氏物語』における太政大臣の描かれ方には一つの特質があり、光源氏の認識している太政大臣像は、まさにそれと一致していると思われる。以下、この物語における太政大臣像を概観してみよう。

『源氏物語』に描かれている太政大臣は五名である。最初の人物は、弘徽殿大后の父右大臣であるが、これは薨去を述べる記事にその官職が見えるのみで、在任時期など一切不明である。

実質的に描かれている最初の太政大臣は、光源氏の岳父、致仕左大臣である。この人物が太政大臣に就任したのは、(一) 前職が左大臣であったこと、(二) 当時左右大臣のポストは埋まっていたと思われること、(三) 六十三歳という高齢であったこと、の三つの要素によるものと考えられる。逆に言えば、この人物がもっと若く、左大臣が空席であれば、元職への復帰によって摂政左大臣という可能性もあったかも知れない。この人物は、物語中の太政大臣としては最も大きな実権を握っていた存在と思われるが、それは右のような限定付であったことを抑えておかなければならない。

次の太政大臣は光源氏であるが、これは上述した如く、太政大臣に就任することと、政界の第一線と距離を置くことが、同列のものとして意識されていたことに留意しておく必要がある。

光源氏の後を受けて、藤裏葉巻で太政大臣となったのが、内大臣(頭中将)である。これは、光源氏が准太上天皇となったために空席となった太政大臣のポストに昇ったわけで、一見妥当な順送り人事のようであるが、今回の異動は、夕霧が符宣の上卿となるのと引き換えのように行われたことを確認しておかなければならない。

その秋、太上天皇に准ふ御位得たまうて、御封加はり、年官年爵などみな添ひたまふ。(中略) 内大臣あがりたまひて、宰相中将、中納言になりたまひぬ。(藤裏葉四四五)

次期政権担当者と看做されていた鬚黒が、右大将から左へと転じ、武官系官職の頂点に立ったのも、恐らくこの時であっただろう。内大臣の太政大臣就任は、これら次代を担う若手に昇進の道を開くという側面も有していたのである。史上の例で言えば、寛仁五年藤原公季の例などが酷似する。(6)

では、当の太政大臣（頭中将）にとっては、この昇進は如何なる意味を持っていたのであろう。太政官としての地位が上がることはプラスであろうが、太政大臣は一上ではないから、陣定などの運営に直接関わることはできなくなる。(7)一方で、鬚黒・夕霧ら六条院系の若手が陣定の中核を占めるわけであるから、プラスマイナス相半ばすると言って良いであろうか。

結局、今回の人事異動によって、政界はこれまでの内大臣主導型から、

・頭中将系（太政大臣、左衛門督、権中納言）
・藤原傍系（左大臣、右大臣）
・六条院系（鬚黒、夕霧）(8)

という、集団指導体制のような形へと移行したと見るべきではないだろうか。猶、左大臣・右大臣の立場を相対的に上昇させているのが、それぞれの女子の入内の問題であるが、これらについては後述する。

次に、鬚黒の場合について見てみよう。左大将兼大納言の鬚黒は、更に七年後、冷泉帝の譲位に伴って、今上の外伯父として、政界の実権を預かることになる。

太政大臣、致仕の表奉りて、籠りゐたまひぬ。「世の中の常なきにより、かしこき帝の君も位を去りたまひぬるに、年ふかき身の冠を挂けむ、何か惜しからむ」と思しのたまひて、左大将、右大臣になりたまひてぞ、世の中の政仕うまつりたまひける。（若菜下一五七）

新帝の年齢（二十歳）から考えて、鬚黒は関白又は内覧右大臣というような形となったのではないかと思われる。今回の異動は、太政大臣の致仕と一連のものであるから、鬚黒がそのまま太政大臣に昇っても良かったのであろうが、前官が

大納言であることや、実務重視の点からも、右大臣の地位にある方が適切であろう。前太政大臣は第一線を退いたが、その弟や子息たちは朝堂でかなりの数を占めており、鬚黒の一族は比較少数派である。そのため鬚黒自身も陣定に加われる可能性を残しておくほうが妥当であろう。それに、六条院と提携している鬚黒の立場からすれば、六条院の後継者である夕霧が成長するまでは、大臣のポストを最少限に抑えて、夕霧の将来に備えておくことこそが、六条院の意に叶うことであることを知悉していたであろう。

以降、鬚黒の昇進のことは見えないが、恐らく右大臣として長期間留まっていたことになっているのだろう。この鬚黒が最終的に太政大臣の地位に就いたことが明らかにされるのは、紅梅巻で、鬚黒と最初の北の方の間の娘である真木柱が、柏木の弟の紅梅大納言と再婚したことを述べる文章においてである。

今ものしたまふは、後の太政大臣の御むすめ、真木柱離れがたくしたまひし君を、式部卿宮にて、故兵部卿の親王にあはせたてまつりたまへりしを、親王亡せたまひて後忍びつつ通ひたまひしかど、年月経れば、えさしも憚りたまはぬなめり。(紅梅三三)

ここで「後の太政大臣」と述べられているのが鬚黒である。いかにも説明的な文章であり、匂宮三帖が紫式部の手になるものか否かという点も、多少気になるところではある。しかし、たとえ作者が紫式部でなくても、それ以前の第二部や以降の宇治十帖とは矛盾がないように書くはずである。そこでこの記事を前後の物語とつないでみると以下のようになる。それは、夕霧が鬚黒の後を襲い、関白又は内覧右大臣となり、同時に鬚黒が太政大臣に昇るという形である。従前の経緯から見て、鬚黒が政界の実権を夕霧に譲り渡すシナリオは既に出来上がっていたはずである。そしてそのことが実行され(9)たのは、幻巻の光源氏五十二歳の年以降のことである。時に夕霧は既に三十代で、政界の第一人者となるに相応しく、鬚黒は五十代前半、年齢的にも適当なトップの交替であったと言えよう。ここで抑えておかねばならないのは、鬚黒が太政大臣になったとすれば、それは夕霧に実権を譲り渡し、名誉職的立場に身を引いたということを意味することである。恐らく鬚黒は、その年齢と経歴からして、政界の長老として、太政大臣のポストで遇されたのであろう。

最後に、太政大臣には昇っていないが、夕霧について考えてみたい。夕霧が何故太政大臣にならなかったのかという問題は、『源氏物語』における太政大臣の地位を逆照射するように思われる。

夕霧が右大臣となって実権を握ったのは、上述の如く幻巻以後のことであり、匂宮巻が初出である。その後、竹河巻々末には左大臣昇進の記事があり、別筆説との関連もあって種々論議されているが、後の宇治十帖では、夕霧は右大臣のまま一貫しており、官職の異動はない。鬚黒の譲りを受けて、政界一の実力者になった夕霧であるが、官職はその時の右大臣のままで、約二十年間まったく変化はない[10]。かつての宿曜の予言で、「中の劣りは、太政大臣にて位を極むべし」（澪標二七五）と述べられていたにも拘らずである。これは、夕霧が夢浮橋巻の大尾に至るまで、政界の実質的な第一人者であり続けることと深い関わりがあろう。権中納言（匂宮巻）、侍従宰相（椎本巻）、右衛門督（総角巻）らの子息たちはまだまだ後継者としては一人前とは言い難く、春宮や二宮に皇子が誕生し、次々代までの安泰を見届けなければならないのである。その夕霧が、「太政大臣にて位を極むべし」という予言があるにも拘らず、右大臣の在任期間が約二十年の長期にわたるにも拘らず、太政大臣に昇っていないと言うことは、この官職の内実を示唆しているように思われる。

このように、『源氏物語』における太政大臣は、澪標巻から薄雲巻の摂政太政大臣を例外とすれば、多くは名誉職的な存在であり、実権は他の実力者が握っているのである。摂政太政大臣にしても、「世の中の事、ただ、なかばを分けて」（澪標二九一）という形で、内大臣光源氏と勢力を二分していたに過ぎなかった。このような太政大臣のありようは、十世紀後半から十一世紀の現実の太政大臣の姿と深く関わっているように思われる。ここで目を転じて、史実の上での太政大臣を見てみよう。

二　歴史上の太政大臣

平安時代の太政大臣について通史的考察を加え、その内実の変化について鋭い指摘をしたのが、橋本義彦「太政大臣沿革考」(11)である。本稿と関わる平安中期について言えば、藤原頼忠が太政大臣の一つの転換点であるとされる。円融朝の後半から花山朝まで関白太政大臣であった頼忠が、一条朝に至り関白として再任されず、藤原兼家が摂政として頼忠の上に立つようになった。この摂関と太政大臣の分離が、相対的に太政大臣の地位の低下をもたらしたとされる。

右の橋本氏の指摘を受けて、藤原頼忠以降の太政大臣についてやや詳しく検討してみたい。頼忠以降の約百年間に太政大臣になった人物と、その年齢、在任期間を示すと次の通りである。

藤原兼家　永祚元・十二・二十（六十一歳）〜　同二・五・五
藤原為光　正暦二・九・七（五十歳）〜　同三・六・十六（薨）
藤原道長　寛仁元・十二・四（五十二歳）〜　同二・二・九
藤原公季　治安元・七・二十五（六十五歳）〜　長元二・十・十七（七十三歳薨）
藤原頼通　康平四・十二・十三（七十歳）〜　同五・九・二
藤原教通　延久二・三・二十三（七十五歳）〜　同三・八・十

藤原信長　承暦四・八・十四（五十九歳）～　寛治二・十一・二十三（六十七歳）

右の一覧から明らかなことは、兼家・道長・頼通・教通らの、最高実力者たちの在任期間が、ほとんどが数か月、長くとも一年強というように、極めて短いことである。これに対して公季・信長は、共に十年近くその地位にあり、際立った対照をなしている。為光は太政大臣の職にあること約九か月で薨じているが、長命であればその在職期間は更に伸びたと推察され、公季らと同列に扱えるであろう。

為光・公季に共通することは――信長については後述する――藤原氏の中でも非主流の長老的人物であるということ[12]、政治的には必ずしも有能ではなく、時の権力者にとっては無害な存在であること、という共通要素があると思われる。このうち為光については、五節で述べる如く、花山朝での行動は明らかに大局を摑み損ねた故のことであり、政治家としては二流であったことを示している。一方公季は、閑院流の祖ということもあり、又光源氏像との関わりもあって[13]、貴公子としてのイメージを抱きがちなのであるが、政治家としての能力はどうであろう。六節で述べる一条朝の後宮の問題とも関連するので、少しく見てみたい。

藤原公季は、円融朝の天元四年正月七日に左中将のまま従三位に叙せられ、所謂三位中将として公卿の列に加わっている。時に二十六歳であり、これは同じく三位中将となった義懐二十八歳、道隆三十二歳よりも早く、道兼の参議従四位下の二十六歳[14]、道長の非参議従三位の二十二歳と比べても、さほど見劣りはしない。これは、師輔十一男にして、母が醍醐皇女一品康子内親王という、出自の高貴さによるものであろう。

この後公季は、二年後の永観元年に参議、翌年寛和元年正三位、同二年権中納言と、順調に進むかに見えるが、一条朝に入ると、甥に当たる兼家の子息たち、更にはその次の世代の進出に阻まれて、昇進はピタリと止まってしまう。花山朝においても、既に義懐に昇進のスピードでは上回られており、やや頭打ちの兆しは見えていたのであるが、一条朝に至るとその傾向がはっきりと現れる。すなわち、中納言の権官から正官に転ずるのに五年、更にそのまま四年間留め置かれ、大納言へと昇進できたのは、長徳元年の疫病などで関白道隆、左大臣源重信、右大臣道兼、大納言朝光、同済時、同道頼、中納言源保光と、上位七名の薨去によって空席となったため、大納言の地位に漸く昇ることができたのである。これらの人々が存命であったなら、公季は更に数年以上中納言のままであったに相違ない。しかも公季が中納言で足踏みをしている間に、道隆を初めとして、年少の甥である道兼・道長、更には甥の子供である伊周にまで追い抜かれているのである。これは、これら兼家流の人々の昇進があまりにも早すぎるためのようにも見えるが、実はそうではない。公季が権中納言に昇った時、既に上席の中納言には源重光・保光らがいたが、五十代半ばにして漸く中納言に達し、その後も二十年近く同じ地位に甘んじたこの醍醐源氏の兄弟を、遂に追い越すことができなかったのである。このあたりに公季の限界性が窺えると言えよう。

公季は、長徳の疫病と政変によって、幸運にも昇進の道が開けたのであるが、同じ幸運に浴した人物に藤原顕光がいた。この二人は長徳元年六月十九日、共に大納言(15)(顕光は従二位、公季は正三位)となり、同二年顕光右大臣、同三年公季内大臣と進むと、そのまま一条朝・三条朝を通じて二十年間この地位に留まっている。更に後一条朝では、顕光・公季の二人が左右の大臣として並ぶこと五年間、この形は顕光の薨去に至るまで続くのである。この二人の官職の関係も見逃してはならない。結局公季は、長徳の政変以来三十年近く、あの凡庸にして政務に疎いとされていた顕光をすら越えることができなかったのである。

このような経歴を見る限りにおいては、公季の政治的な能力も恐らく平凡なものであると思われ、兼家から道長へと移っていった九条本流の流れからいっても、傍系の人物と言わざるを得ないであろう。公季は最終的には太政大臣に昇るのであるが、それは九条流における長老的位置（時の関白左大臣頼通の大叔父であり、三十五歳の年長）によって、この地位を手に入れたのである。

更に時代は下るが、公季と同様十年近く太政大臣の職にあった人物に藤原信長がいる。信長は、関白教通の嫡子で、一見実力者の太政大臣就任のように見えるが、実はそうではない。信長は承暦四年に内大臣兼右大将から太政大臣へと転じているが、これは白河天皇と関白師実らによる信長の棚上げと、その一派の壊滅を意図した人事なのであって、いわば「懲戒処分」(16)のようなものであった。太政大臣の地位の低下はここに極まったと言えよう。(17)

信長の例は、『源氏物語』の執筆時より約七十年後のことであるが、太政大臣の地位の空洞化、名誉職化は、藤原頼忠や為光の時代から既にはっきりとその傾向が窺われるのであり、紫式部の時代には、現役の有力政治家のポストとは認識されていなかったと言って良いであろう。

基本的に降格のあり得ない古代官僚の人事異動の場合、采配を自由にふるいたい権力者にとって、硬直化したポスト数では何かと不都合な点があり、しばしば融通無碍に使える部分が必要とされる場合がある。昇進のバイパスと称される権官がその代表格であり、内大臣はいわば大臣職の権官としての側面も持っていたと言って良かろう。(18)為光以降の太政大臣の地位は、そのようなものの究極の官職としての一面も持っていたのではないだろうか。そのような側面がある以上、太政大臣にはどうしても名誉職的な印象が伴うのである。道長・頼通・教通らの真の実力者たちが、たとえ高齢という理由はあったにしても、三か月から一年数か月という短期間で太政大臣を辞しているのも、このことと関連があるのかもしれない。道長と頼通・教通兄弟の間に挟まれて、唯一、八年余りという長期間太政大臣に留まっているのが上述した公季であることを考えると、太政大臣の地位の実態が自ずから浮かび上がってくるのではないだろうか。

三　太政大臣の就任と退任

これまで見てきたように、当時の実情に照らしても、又、『源氏物語』の作品世界の中においても、太政大臣は名誉職的なものになっていた。しかし、その一方で、光源氏が太政大臣のポストを内大臣に譲り渡すにあたって、解決しなければならない問題も残されていたのである。それは、天皇元服の際の加冠の役割の問題である。

太政大臣は、藤原良房以来、天皇が元服する際に加冠の役を勤めるのが重要な職務の一つであった。それが、伊尹以降、加冠のためにわざわざ補任される例が出てくるようになると、[19]一層この職務の占める比重が重くなってくる。[20]そして、加冠の役割を勤めた太政大臣と天皇の間が緊密になることは容易に想像できよう。

従って光源氏が太政大臣を去る際には、一方でこの問題が解消されていなければならないのである。すなわち、天皇加冠の役割の可能性が少しでもある場合、光源氏が内大臣に太政大臣の地位を譲るわけにはいかないのである。

冷泉帝は既に即位に先立って元服しているから当面問題にはならない。しかし、冷泉帝の御代が何らかの事情で急遽終わりを告げるようなことになれば、承香殿女御腹の春宮が、元服以前に即位、その後天皇として元服する可能性も残されているのである。そして、その役を新太政大臣（頭中将）が勤めれば、新帝―新太政大臣の紐帯は、極めて強いものになろう。新帝の祖母と頭中将の北の方とは姉妹でもあったのだから。

その意味で、源氏三十九歳の二月（梅枝巻）に春宮の元服が行われていることは極めて注目に値する。このことによって、光源氏が太政大臣に留まらなければならない最大の理由が、逆に言えば、内大臣に太政大臣の地位を譲ることのできない最大の障害が、消滅したのである。そしてその時を待っていたかのように、数か月後、光源氏は太上天皇に准ずる位が与えられ、後顧の憂いなく太政大臣の地位を去って行くのである。蓋し、一分の隙もない構成であると言えよう。

これは丁度、光源氏が内大臣のポストを当時の権大納言（頭中将）に譲り渡したときの事情と相似する。即ち、立后問題という、最大の政治的懸案にして、光源氏と権大納言の対立要素を、自らの手で有利な形で決着を着け、その直後、実権の伴う内覧内大臣から去ったのであった。今又、太政大臣としての重要な職務の一つである天皇加冠の役割の可能性がなくなった後で、このポストを内大臣に明け渡すのである。

これらは勿論、物語の表面上では、直接的に因果関係を持っているようには描かれてはいない。ただ前件と後件、秋好立后と光源氏が太政大臣に就任すること、春宮元服と光源氏が太政大臣を辞することが、時間的にある程度連続するものとして記されているだけである。しかし、もしこの前件と後件が入れ替わるようなことがあるとすればどうであろう。頭中将が内大臣として実権を握った後では、秋好の立后には大いに困難が伴うであろう。また、頭中将が太政大臣として新帝の元服の加冠を勤めるようなことになれば、その発言権は更に大きなものになろう。そのような可能性をさり気なく取り除いておくことこそが、一方で公人として政治の世界に生きる光源氏を主人公とする物語には不可欠であったのである。卑近な例を挙げれば、予算編成や総選挙を前にして、首相が対立する勢力にわざわざ自らの地位を明け渡すようなことはないであろう。そのようなことが描かれている作品があれば、読者はそれを非現実的なものとして、受け入れ難いに違いない。光源氏の太政大臣への就任も、またその地位からの離脱も、その意味において、極めて適切な時点に設定されているのである。

四　王朝の強化と後宮の役割

玉鬘十帖の後半部のあたりから、梅枝・藤裏葉の第一部の大団円にかけて、太政大臣光源氏や内大臣に次ぐ有力者たちの姿が点綴される。すなわち、行幸巻の大原野の行幸に従う「左右大臣」（二八二）が、真木柱巻では冷泉帝の女御の父の「右の大殿」[21]（三七三）が、梅枝巻では麗景殿女御の父の「左大臣」（四〇六）の姿が描かれている。特に後二者は、冷泉朝下における後宮の問題とも関わりあって、重要な意味を持っていると思われる。以下、少しく見てみよう。

真木柱巻で、鬚黒の手に帰した玉鬘であったが、冷泉帝の執心は収まることなく、思案の末に鬚黒は、玉鬘の尚侍としての参内を了承する。その場面で、冷泉帝の後宮の様子が、次のように語られる。

> 御方々いづれともなくいどみかはしたまひて、内裏わたり心にくくをかしきころほひなり。ことに乱りがはしき更衣たち、あまたもさぶらひたまはず。中宮、弘徽殿女御、この宮の女御、右の大殿の女御などさぶらひたまふ。さては中納言、宰相の御むすめ二人ばかりぞさぶらひたまひける。（三七三）

この場面では、これまで物語を彩ってきた秋好中宮・弘徽殿女御・王女御（この宮の女御）に次いで、新たに三人の女御と更衣[22]が紹介されるが、中でも重要なのは「右の大殿の女御」である。すなわち、光源氏・内大臣・式部卿宮—鬚黒連合（この連合勢力は玉鬘と鬚黒の結婚によって既に破綻しているが）の三勢力が冷泉朝後宮に子女を送り込んでいたのであるが、これらに次ぐ第四の権勢家として右大臣の名前が浮上してくるのである。これはどのような意味を持つのであろう。

恐らくそれは、冷泉朝の更なる安定をもたらすことになると思われる。冷泉後宮の女性は、これまでに記されていた限りでは、秋好中宮・王女御と皇族系の二人の女性を除けば、残るは弘徽殿女御ただ一人である。藤原氏から後宮に入っている女性がわずか一人というのは、いかにもおさまりが悪い。物語のリアリティという点からもそうであるが、それ以上に、冷泉帝の立場を考えれば危うい問題を内包しているのである。

冷泉帝は、先帝の后腹の内親王である藤壺を生母とするという点において、藤原氏とのつながりは極めて薄く、そのことが春宮時代に廃太子の危険に晒された原因の一つでもあった。(23) 帝位にある現在、冷泉帝は聖代桐壺院と並ぶ名君の誉が高く、又、光源氏という最大の実力者の支えがあるものの、藤原氏の協力を得ることは、御代の安定に是非とも必要なことである。右大臣の女御を通して、内大臣とは又別の勢力の協力を取り付けておくことは、大きな意味があろう。

後宮に子女を入れるということは、臣下の側から言えば外戚となって権力を把握する足掛りであるが、一方、帝を擁立している側から見ると、後宮を通して実力者たちの協力を得られるという側面も持っている。だからこそ、かつて弘徽殿の父右大臣は、朱雀院の春宮時代に、当時の左大臣に対して葵の上の入内を要請したのであった。それが叶わなかったが故に、換言すれば、左大臣勢力を体制内に取り込むことができなかったために、朱雀朝は短期の王朝としての宿命を最初から背負わされたのである。現実の歴史を繙いてみても、まったく同様のことが見られる。

花山天皇が藤原兼家一派の策略によって、わずか二年で退位に追込まれたことは、天皇の資質、中級官僚らの離反、義懐らの政策に対する反発など、様々な要素が複合した結果であるが、最大のポイントはやはり、政界一の権勢を誇っていた兼家の一族が花山天皇に対して距離を置いていたこと、天皇と後宮を通してつながっていなかったことである。即位以後、多くの女性が入内し、一見華やかに見えた花山朝の後宮であるが、その内実は、小野宮流（頼忠女諟子）、兼通流（朝光女姫子）、伊尹流（為光女忯子）といった、当時の藤原氏内での非主流派出身の女性たちによって占められていたのであった。

兼家の一派が花山後宮に子女を入れなかったのは、適当な年齢の女性がいなかったためともされるが、必ずしもそうではなかろう。例えば、後に三条天皇の尚侍となった綏子（兼家女）は天延二年の生れで、花山天皇の女御であった婉子（為平親王女）と同じ歳である。兼家が綏子を花山後宮に入れる気があれば、すぐにも実現したはずである。兼家は恐らく、早くから花山朝を切り捨てるつもりでいたのであろう。冷泉・円融の二帝に超子・詮子の二女を入れ、それぞれ居貞親王・懐仁親王（春宮）という絶好の皇位継承者の外祖父となっていた兼家は、今更花山朝の後宮対策を取る必要はなかった。逆に、花山朝と距離を置き、いかに早くその幕を引くかということが、最大の戦略であったのである。

次代の一条朝の初期、正暦年間は、兼家の嫡子道隆が圧倒的な勢力を誇示した時期である。これは、兼家・道隆らの政治的手腕にもよろうが、一つには、花山朝の余りに急速な幕切れのために、その後宮に子女を入れていた小野宮流や兼通系といった藤原氏第二、第三の勢力が手駒を使い果たした感があり、一条朝になっても、新たな後宮政策への転換が出来なかったためでもある。そのために道隆女定子は、やすやすと後宮を制圧してしまうのである。花山帝退位事件は、兼家の側から見れば、対抗勢力の後宮政策を一網打塵にする効果も極めて大きかったのである。

逆に言えば、花山天皇を支える側からすれば、兼家一派を何としても政権内に取り込んで、運命共同体の一翼を担わせておかなければならなかったのである[24]。然るに、伊尹派の長老的存在であった為光には、そういった認識はまったく欠如しており、愛娘忯子の入内に腐心するのみであった。為光が、後宮を通して花山朝の体制内に兼家の一派を取り込むことができなかったことは、いわば虎を野に放ってしまったようなものであった。

光源氏の擁する冷泉帝も基盤の弱さという点では、歴史上の花山天皇と一脈相通じるものがある[25]。そこで、右大臣という第四の実力者が後宮を通して冷泉朝を支える側にあることを明らかにしておくことは、物語の展開の上で妥当であったと言えよう。中納言や宰相の女の名前が挙げられているのも、右大臣ほどの重みはないにせよ、同じような効果が期待できよう。

五　光源氏と道長に共通するもの

次に、梅枝巻での春宮参りに関する記述を見てみよう。

梅枝巻は、「御裳着のこと思しいそぐ御心おきて、世の常ならず。春宮も同じ二月に、御かうぶりのことあるべければ、やがて御参りもうちつづくべきにや」と語り始められ、その言葉通り、二月中旬に明石の姫君の裳着、同下旬に春宮の元服が行われるが、その直後には次のように記されている。

春宮の御元服は、二十余日のほどになんありける。いと大人しくおはしませば、人のむすめども競ひ参らすべきことを心ざし思すなれど、この殿の思しきざすさまのいとことなれば、なかなかにてやまじらはんと、左大臣なども思しとどまるなるを聞こしめして、「いとたいだいしきことなり。宮仕の筋は、あまたある中に、すこしのけぢめをいどまむこそ本意ならめ。そこらの警策の姫君たち引き籠められなば、世に栄えあらじ」とのたまひて、御参り延びぬ。次々にもとしづめたまひけるを、かかるよし所どころに聞きたまひて、左大臣殿の三の君参りたまひぬ。麗景殿と聞こゆ。（四〇六）

明石の姫君という后がねを擁立する光源氏は、高圧的に他家の子女が後宮に入るのを妨げるのではなく、むしろ逆に

「宮仕の筋」や「世」の「栄」という広い視野に立って、有力者の子女の参内を求めるというのである。明石の姫君の立后ということを究極の目的としながらも、後宮を私物化するのではなく、次代の御代のことを考える光源氏の、いわば公平無私な姿を強く印象づけられるものであった。それがたとえ自らの権力と、明石の姫君という最有力候補を抱えるが故の余裕から来たものであるにしても。

この時、明石の姫君は十一歳、年齢的には漸く入内が可能になったばかりと言って良い。「そこらの警策の姫君たち」は、当然明石の姫君よりも年上であろうから、これらの姫君の入内が光源氏に憚って延引されたとすれば、権力者光源氏の高圧的なイメージが何がしか世間に与えられるに違いない。明石の姫君の年齢の問題は、光源氏の判断材料の一つとなっていたであろう。

ところで、この春宮への入内に関する記述と、一条朝の後宮をめぐる動きとを比較すると、興味深い問題が浮上してくる。以下、検討してみよう。

前節でも言及したが、一条朝の幕開けが兼家一派の強力な政治的行動によってもたらされたことと、他の有力者たちの急速な後宮政策の転換が不可能であったことにより、一条天皇の元服直後に入内した定子が、他の競争者のいないまま独走状態にあった。一条天皇より年長であったことにもよろうが、春宮居貞親王のもとには既に尚侍綏子（兼家女）がおり、更に道隆二女原子にさきがけて、故小一条左大将済時女の娍子が入内した。これに対して、肝腎の一条天皇の後宮では、女御から中宮へと進む定子一人という状況が足掛け七年にも及ぶのである。

この状態に風穴があけられるのは、長徳元年の道隆の死を経て、翌二年伊周が失脚し、大宰権帥に左遷されて後のことである。『栄花物語』には、次のように記されている。

広幡の中納言と聞ゆるは、堀河殿の御太郎なり。それ年ごろの北の方には、村上の帝の広幡の御息所の腹の女五の宮をぞ持ちたてまつりたまへる。その御腹に女君二所、男一人ぞおはするを、年ごろいかでそれは内、東宮にとおぼしながら、世の中わづらはしうて、内には思しかけざりつ。東宮には淑景舎さぶらはせたまへば、よろづにはばかりおぼしつるに、この絶間にこそはと思したちて、この姫君内に参らせたてまつりたまふ。今日明日と思したつほどに、またただ今の侍従の中納言といふは、九条殿の十一郎公季と聞ゆる、これも宮腹の女を北の方にて、姫君一人、男君二人もてかしづきて持たまへりけれど、世の中に誰も思しはばかりつるを、今の関白殿の御女あまたおはすめれど、まだいと幼くて走りありきたまふほどなれば、それに思しはばかるべきにあらず。これも内にと思し立ちけり。（様々のよろこび二二六）(26)

長徳の政変を受けて、中宮定子のみが君臨していた後宮に、顕光女元子と公季女義子が相次いで入ってくる。ここで注目されるのは、「世の中わづらはしうて、内には思しかけざりつ」「世の中に誰も思しはばかりつるを」と繰り返し述べられ、中関白家に憚って、元子や義子の入内が見合わされていたと記されていることである。

『栄花物語』の記述をそのまま鵜呑みにして良いかどうか問題は残るが、道隆一家の正暦年間の朝堂の制圧ということを考えれば、蓋然性は極めて高いと言って良かろう。更に、義子は長徳二年既に二十三歳であり、入内の時期をやや逸している感がある。元子のほうは生年未詳だが、父の顕光が道隆より十歳の年長で、その長女であるから、定子よりも若干年上であろうか。とすると、こちらも既に二十代前半になっていると思われる。義子・元子の年齢から考えても、道隆や定子に憚って入内が遅れたということは、十分にあり得よう。このことの背景には、道隆の圧倒的な権力と、それに基づく強権主義的姿勢があったのではないかと思われる。

梅枝巻で、明石の姫君の春宮参りの計画に憚って、有力者の娘たちの入内が見合わされているということを耳にした光源氏が、明石の姫君の参内を延期したことは、定子一人に後宮を独占させた道隆のやり方とは対照的なものである。しかも、一条天皇の場合は、正暦元年一月五日に天皇の元服が行われるや、同月のうちに定子が入内しており、梅枝巻で明石の姫君の裳着と春宮の元服が同月に行われ、「やがて御参りもうちつづくべきにや」とあった状況と、極めて酷似しているのである。定子入内の時と同様の設定を梅枝巻において行い、あえて道隆との差異を際立たせる筆法であると見ることができよう。そのことによって、強権的な道隆のやり方とは対照的に、光源氏の穏やかな協調的な姿勢が一層鮮明になるのである。

冷泉朝の始発と共に、内大臣として実質的に政界の第一人者となって以来約十年、政官界を完全に把握し、次期政権担当者たる鬚黒とも一種の閨閥関係を結び、当の春宮には幼少より親近してきた光源氏にしてみれば、明石の姫君の立后への階梯は恐らく間違いのないものであろう。とすれば、ここで必要以上に強権的な印象を与えることを避けるほうが賢明であろう。かくして、左大臣の女に春宮の添臥しを譲り、麗景殿女御の入内が先行することとなる。

ところで、定子によって独占されていた一条朝後宮に義子・元子が参入したことについては、当然新しい権力者である道長の黙認があったからこそ可能であったはずである。更に二年後には、故粟田関白道兼の遺児にして、一条天皇の乳母藤典侍繁子腹の尊子が入内するが、(27)この時には道長は積極的に協力し、「はかなき事なども左大臣殿用意しきこえたまへり」(28)と伝えられる。一条朝の後宮政策としては、対抗馬の存在を許さなかった道隆に対して、后がねの彰子を抱えている道長は、協調・競争路線を選択したかの感がある。道隆とは対照的な道長のやり方は、梅枝巻の光源氏の方法と一脈相通じるものがある。

では、道長は何故このような方法を取ったのであろうか。道長にしても、単に寛大さ故に義子以下の入内を容認したのではないだろう。后がねの彰子が未だ幼少である現在、どのような方途が将来の後宮政策や権勢拡張に最も効果的であるのかということを思念していたに違いない。そしてその結論として、中宮定子の力をそいでおくことが、最優先の課題として認識されたはずである。(29) 後宮における定子の独走状態をとどめ、相対化しておくために、他の女性が後宮に入ることは、道長にとってもマイナスの要素ばかりではなかったのである。

しかも、元子・義子・尊子の後ろに控えている勢力は、道長に対抗できるようなものではさらさらない。元子の父は当時無能の代名詞のごとく言われた顕光であるし、義子の父公季も三節で見たように政治家としては凡庸であったと思われ、尊子に至っては父の道兼を既に失っている。いずれも将来彰子が入内した時に危険な存在となる女性ではない。それでいて定子の地位を相対化できるのであるから、彰子の成長を待つしかない道長にとって、比較的好ましい流れであったと言えよう。(30)

定子に後宮を独占させ、道頼・伊周以下の子息で朝堂の要所を固めた強引な道隆式の政治手法は、陰に陽に反発を招いていたに違いない。伊周が、道隆の後継首班の争いで、道兼・道長に相次いで敗れたのは、そのような下地もあったからであろう。これに対して、道長が右大臣顕光や大納言公季らの後宮政策を是認することは、穏当な協調路線を提示することになり、人々の理解も得やすく、長徳の政変から間もない道長政権の求心力を高める上で効果的であったろう。しかも同時に、後宮に唯一残存する中関白家の力を弱めることができるという、一石二鳥の方法でもあったのである。

藤原道長は、右大臣顕光らの後宮政策を容認し、寛容な態度を見せた。梅枝巻の光源氏の姿勢も、根底の所では相通じるものがあるのではないだろうか。

ここで、「そこらの警策の姫君」の代表格として登場しているのは、「左大臣殿の三の君」である。この左大臣は物語中では他に目立った動きはなく、太政大臣光源氏と内大臣の二人の実力者に挟まれ、どちらかと言えば、「伴食大臣」(31)といったところであろう。長徳の政変後の政界で言えば、まさに顕光のような存在である。この左大臣家の姫君が代表として描かれているくらいであるから、他の「警策の姫君」らも、明石の姫君の立場を脅かすような存在ではなかろう。これらの女性が明石の姫君の競争相手として名乗りを挙げることを、積極的に支持する姿勢を見せることは、光源氏の寛容さを内外に示すことになるだろう。

これが、内大臣家の雲居雁や、春宮の伯父である鬚黒家の真木柱であれば、恐らく光源氏はこのようなきれいごとは言えないであろう。これらの女性は、その背後にある政治力から考えて、明石の姫君の強力なライバルとなると思われるからである。

しかし、雲居雁は夕霧との一件で春宮参りは事実上断念されており、真木柱も又、鬚黒家の家庭騒動で入内の可能性は殆ど消え去ったと言って良い(32)。このように、強力なライバルたちが自滅していった状況下において初めて、光源氏は梅枝巻のようなゆとりある姿勢を誇示することができたのである。

おわりに

『源氏物語』の作者は、以上述べ来たったことを、光源氏の心中や行動として、決して露わな形では表現していない。左大臣の娘ならばそれほどの脅威ではないから先に入内させても構わないとか、春宮の元服が済むまでは念のため太政大臣の地位は譲らないでおこうとか、語るに落ちるようなことは、一切記していないのである。光源氏は、あくまで権謀術数とは程遠い、理想的な人物として造型されているのである。

しかしその理想性が、非現実的なものに傾き過ぎないように、背後の状況設定が極めて的確に作り上げられていることを見落としてはならない。特に、物語第一部の後半においては、表層としての光源氏の人物像と、深層に潜められている物語の政治的状況とを、常に交錯させながら読み解いていく必要があろう。

注

（1）秋山虔「源氏物語の後宮世界」（『解釈と鑑賞』昭和三十四年四月号）。

（2）早くに手塚昇『源氏物語の新研究』（至文堂、大正十五年）がそのことを指摘する。

（3）朱雀帝の元で任命された左右大臣の立場を尊重することは、穏やかな政権委譲を考える光源氏の意識と通底するものであろう。

（4）小学館『日本古典文学全集』二五ページ頭注。

（5）田坂「内大臣光源氏をめぐって」『源氏物語の人物と構想』（和泉書院、平成五年）。

（6）この時、公季の太政大臣就任と同時に、道長の子供の教通が内大臣に、頼宗・能信が権大納言に昇進している。

（7）頭中将の前官が関白内大臣であったとすれば、既に陣定には加わっていなかったのであるが、内覧内大臣であった可能性のほうが高いのではないか。

（8）鬚黒は言うまでもなく藤原氏であるが、六条院の養女玉鬘との関係を重視してこの系列に含めた。

（9）藤原道隆が実権を握ったのが三十八歳、道長が三十歳である。

（10）仮に、幻巻の翌々年に夕霧が右大臣になったとすれば、夢浮橋までに二十一年間となる。

（11）橋本義彦「太政大臣沿革考」（『平安貴族』平凡社、昭和六十一年）。

（12）黒板伸夫『藤原行成』（吉川弘文館人物叢書、平成六年）第十章。

（13）『大鏡』公季伝。今西祐一郎「公季と公経―閑院流藤原氏と『源氏物語』―」（『国語国文』昭和五十九年六月号）。

（14）猶、道兼は、同年の内に、正三位権中納言にまで進んでいる。

(15) 顕光は、これに先立って、同年四月六日に権大納言に任じられている。
(16) 坂本賞三『藤原頼通の時代』（平凡社、平成三年）二二八ページ。
(17)『公卿補任』には、「十月日宣旨、可列関白左大臣下者」と記されている。
(18) 兼通や伊周の内大臣は、この傾向がやや強かろう。
(19) 本稿の前節の一覧で言えば、兼家（一条天皇加冠）、道長（後一条天皇加冠）がこれに該当する。
(20) 橋本注（11）論文。
(21) 底本の大島本では「左の大殿」であるが、この人物が梅枝巻の麗景殿女御の父の左大臣と同一人物ではあり得ないため、仮に書陵部蔵青表紙証本や河内本によって、右大臣と改めた。田坂「鬚黒一族と式部卿宮家」（『源氏物語の人物と構想』和泉書院、平成五年）参照。
猶、大島本では「左の大殿のの女御（「の」が重複するのは行末と行頭にまたがる部分で、目移りによる衍字であろう）」に「ヒケ黒御いもふと」の傍注がある。現在の注釈では同意は得られていないが、伝清水谷実秋筆本や神宮文庫本古系図などには「冷泉院女御」として掲出され、「冷泉院くらゐの御時の女御、まきはしらにみえたり」（実秋筆本、常磐井和子『源氏物語古系図の研究』の翻刻による）と記されている。
(22) 中納言と宰相の女は、やはり更衣であろう。
(23) 注（5）拙稿参照。
(24) 伊尹の子息たちでは挙賢・義孝らが早逝し、花山朝の中核にいた義懐はまだ二十代でもあり、公卿としての経験も極めて乏しい。そのような状況下にあって、伊尹女婿の為光の参議三年、中納言四年、大納言十年という経歴や、四十代半ばという年齢は、旧伊尹派の長老として、大局的見地から花山朝を領導するに相応しい人物であったはずである。
猶、花山朝において華々しく政界の中央に躍り出た義懐を、年齢の共通性などもあって、明石から召喚された光源氏の姿に重なるという指摘もある（篠原昭二「『源氏物語』と歴史意識」『源氏物語の論理』東京大学出版会、平成四年）。とすれば、冷泉朝の始発に際して、摂関的な地位に就くことを期待されていた光源氏が、致仕の左大臣を担ぎ出して摂政となし、自身は内大臣として実務に専念したことは、義懐や花山朝の轍を踏まないようにしたわけで、政治家光源氏の賢明な選択のほどが鮮やかに浮かび上がることになる。猶、注（5）拙稿参照。
(25) 光源氏に義懐と重なる側面があるとすれば、物語の冷泉朝と花山朝とは又一つ共通要素が加わることになる。篠原注（24）論文参照。

(26)『栄花物語』の引用は、『新編日本古典文学全集』により、巻名とページ数を示す。ただし、一部私に表記を改めたところがある。猶、このあたり、『栄花物語』の記述は、入内の先後、顕光・公季の当時の官職などに、史実と食い違う点がある。
(27) 繁子については、角田文衛「藤三位繁子」(『王朝の映像』東京堂出版、昭和四十五年)に詳しい。
(28)『栄花物語』見果てぬ夢、一二三一。
(29) 落飾したものの中宮定子に対する一条天皇の愛情は変わらぬものがあった。又、定子没後のことであるが、敦康親王の母代となった道隆四の君（御匣殿）が一条天皇の愛情を受けるなど、中関白家の子女の存在は、道長にとって侮り難いものであった。
(30) 北山茂夫『藤原道長』(岩波新書、昭和四十五年)のように、元子らの入内は道長にとって歓迎できないものであったとする見方もあるが、次の『栄花物語』の記すように、やはり定子にとってこそ、大打撃であったと見るべきであろう。「中宮は、年ごろかかることやはありつる、故殿の一所おはせぬけにこそはあめれ、とあはれにのみおぼさる」(見果てぬ夢、一二二八)。
(31) 玉上琢彌『源氏物語評釈』第六巻、三四六ページ。
(32) この問題については坂本共展「明石姫君と真木柱」(『中古文学』三九、昭和六十二年五月)参照。

二　冷泉朝の始発をめぐって

――貞観八年の影――

はじめに

『源氏物語』の様々な記述の背景には、多くの歴史的事象が複雑に横たえられている。引歌・引詩が多用されていることからも推測されるように、この物語の作者は、本文の背後に引用を潜めたり、引用される事柄と本文とを重層構造にすることなどに、極めて自覚的であった。作品の底部に沈められた、準拠としての様々な史実が、登場人物の造型や物語の展開に際して、時に底部からひそやかな光を放ち、時に表層に大きく浮上し、この物語の複雑な構造を支えているようである。

本稿は、澪標巻から薄雲巻に至る、冷泉朝一年から四年の出来事の背景に沈められている歴史的事象を掘り起こし、そのことが物語とどのように関わるかを究明しようとするものである。澪標巻以降は、政界に復帰した光源氏を中心にして、物語は著しく政治的色彩を帯びてくることから、(1)このような作業を行うことは、大きな意味があると思われる。

一　六十三歳の摂政――貞観八年の影――

冷泉朝の始発に際して、新帝の兄として、摂関的な立場に着くことが予想された光源氏であるが、おおかたの見方に反して、朱雀朝の後期には引退していた岳父の左大臣を太政大臣として担ぎ出そうとする。

やがて世の政をしたまふべきなれど、「さやうの事しげき職にはたへずなむ」とて、致仕の大臣、摂政したまふべきよし譲りきこえたまふ。「病によりて、位を返したてまつりてしを、いよいよ老のつもり添ひて、さかしきことはべらじ」と、承け引き申したまはず。他の国にも、事移り世の中定まらぬをりは深き山に跡を絶えたる人だにも、をさまれる世には、白髪をも恥ぢず出で仕へけるをこそ、まことの聖にはしけれ。病に沈みて返し申したまひける位を、世の中かはりてまた改めたまはむに、さらに咎あるまじう、公私定めらる。さる例もありければ、すまひはてたまはで、太政大臣になりたまふ。御年も六十三にぞなりたまふ。（澪標二七二）

この場面で光源氏が、致仕をしていたかつての左大臣に太政大臣への就任を要請する意味については、稿者自身以前に詳しく論じたことがあるので(2)繰り返さないが、「御年も六十三にぞなりたまふ」という本文が極めて異質であることは、一目瞭然であろう。何故に、この場面で致仕左大臣の年齢が六十三歳であると明示されねばならなかったのであろうか。それは、早くに『河海抄』が「忠仁公貞観八年八月十九日始蒙摂政詔六十三此例歟(3)」と注したように、藤原良房を準拠として明確に意識させたかったことに他ならない。

それでは、なぜ作者はここで、忠仁公藤原良房と光源氏の岳父致仕左大臣を重ねようとしたのであろうか。そのことについて、たとえば、今日の『源氏物語』では、次のように注する。

人臣摂政の始まりは幼少の清和天皇即位の時の外祖父藤原良房で、以降藤原北家による摂関政治が定着した。[4]「人臣摂政の始まり」にして「藤原北家による摂関政治」の礎を築いたという点で、藤原良房の占める位置は確かに重要である。また良房は、人臣太政大臣の始めでもあるから、「太政大臣になりたまふ」という記述とも照応する。しかし、良房が太政大臣の地位に就いたのは、文徳朝の末期、斉衡四年（天安元年）二月のことで、時に五十四歳のことであった。したがって、「太政大臣になりたまふ」というのが「御年も六十三」ということを重ねようとしたのではない。また、「人臣摂政の始まりは幼少の清和天皇即位の時」というのは、『公卿補任』天安二年に「十一月七日宣旨為摂政」[5]と、清和天皇即位の当日に摂政となったとの記事があり、『大鏡』にも「水尾のみかどは御孫におはしませば、即位の年、摂政の詔あり」[6]などの記述があることによるが、この時は良房五十五歳であって、やはり「御年も六十三にぞ」という文面とは対応しないのである。

しかも、従来から問題視されているごとく、[7]当時の第一級資料たる『日本三代実録』巻一の天安二年十一月七日の条には長文の記述があるが、そこには良房摂政の記事は見出せないのである。清和天皇即位時に、藤原良房は実質的には摂政のような役割を果たしていたかもしれないが、正史に記載するところではない。恐らくそれは、『源氏物語』執筆当時、有職故実や我が国の歴史に通暁しているものにとっては、共有されていた知識ではなかったろうか。冷徹な歴史批評家でもあったと思われる紫式部もまた、同じ立場に立っている。

結局正史たる『日本三代実録』貞観八年八月十九日辛卯の「勅太政大臣、摂行天下之政」[8]の記事こそが、最も重要であり、澪標巻の記述の拠り所でもある。勅命を賜り、それが正史に記載されることによって、極めて重要な意味を持つ、人々の意識は、名称を与えられることによって固定観念として成立する、そのような考えに近いものを、紫式部は持っていたのかもしれない。また『源氏物語』執筆当時の共通認識としても、貞観八年の勅命の存在を重視する立場が一般的だったのではないか。ことさらに「六十三歳」と記述しているのであるから、その部分が理解されなければこの表現の意図するところが貫徹されないであろう。

ともあれ、澪標巻の記事は、良房が人臣太政大臣のはじめであることよりも、清和朝の初期に摂政的な役割を果たしたことよりも、貞観八年に六十三歳で「摂行天下之政」勅命を拝命したことを強く読者に想起させる記述となっている。

ところで『花鳥余情』は次のように注する。

天皇御元服のゝちもいまた幼主の御時は摂政とこれをいふ、復辟の表をたてまつりて君に政をかへしたてまつりてのちは摂政をあらためて関白と称す、冷泉院十一にて御元服ありてすなはち御位につき給ふ、太子元服の後受禅の時摂政の例は清和天皇貞観六年御元服あり、同八年九月忠仁公良房摂政の詔を蒙る此例に准する也、六十三の年齢など忠仁公の例にたかはさる也(9)

すなわち、「元服の後受禅の時摂政の例」として忠仁公を準拠とするのである。確かに、史上の朱雀・円融・一条の各帝も元服前であったために忠平・実頼・伊尹・兼家らが摂政となったのであった。一方『源氏物語』の冷泉帝は「あくる年の二月に、春宮の御元服のことあり。十一になりたまへど、ほどより大きに大人しうきよらにて、(中略)同じ月の二十余日、御国譲りのことにはかなれば」とあり、受禅の直前に元服が行われているから、これが清和の事例と重なるとするのである。ただ清和天皇の場合は、元服と摂政の詔との間に二年の時間があり、やや相違する感はある。ともあれ、『花鳥余情』もまた「(貞観)八年九月」の詔勅を重視する立場であることは間違いない。

『源氏物語』の澪標巻で就任した摂政太政大臣を、歴史上の忠仁公藤原良房と重ね合わせるこの物語の作者の筆法は容易に看取されるが、その時に「御年も六十三にぞなりたまふ」とことさら年齢表記に固執するのは、人物の全体像の準拠ということもさることながら、忠仁公六十三歳の年に、この作者の歴史意識のようなものが引き絞られていたのではないかという想像をさせられる。歴史上の貞観八年と、『源氏物語』澪標巻の冷泉朝第一年を、比較検討した上で総合的に分析してみる必要があると思われる。

二　藤原基経と頭中将——貞観八年のもう一つの影——

忠仁公藤原良房六十三歳で「摂行天下之政」の勅を受けた年、貞観八年の台閣の顔ぶれを見渡してみると極めて興味深いものがある。そこには、澪標巻に投影しているもう一つの影の存在が看取されるのである。

『公卿補任』貞観八年の項を摘記してみよう。

太政大臣　従一位　藤良房　六十三　八月十九日重勅摂行天下之政者。
左大臣　正二位　源　信　五十七
右大臣　正二位　藤良相　五十　左大将。十二月十三日上表。停大将。
大納言　正三位　平高棟　六十三
伴善男　五十六　閏三月十日夕。以息男右衛門佐従五位上中庸放火。焼応天門並左右楼等。罪当斬。詔降死一等遠流。九月廿三日配流伊豆国。

権大納言　従三位　藤氏宗　五十七　右大将。十二月十六日転左大将。
中納言　正三位　源　融　四十五　按察使。
　　　従三位　藤基経　三十一　十二月八日任。超七人。

忠仁公の養子にして後継者である藤原基経は、貞観六年に、蔵人頭左中将から参議に進み、七年・八年と宰相中将であった。そして養父良房の六十三歳の年、貞観八年十二月八日に、源生・南淵年名・源多・藤原良縄・春澄善縄・大江音人・藤原常行らを一挙に抜き去り、将宣の上卿たる中納言の地位に上り、二年前貞観六年から中納言の地位にあった源融と肩を並べるまでに至るのであった。位階も従四位下でこの年を迎えたが、正月七日に従四位上、三月に正四位下、そして正四位上を越階して、従三位へと歩を進めてきた。応天門の変で伴善男が失脚して後は、融・基経の上にいるのは、源信・藤原良相・平高棟、彼らは、長老格とはいえ良房の後を襲う実力者とはいえない人物である。

この時は、左右の大臣のポストも完全に満たされており、通常ならば太政大臣に次ぐ、発言力や政治力を保有する人物がその地位にいるはずであった。特に、右大臣藤原良相は太政大臣良房の同母弟でもあり、本来ならば藤原北家第二の実力者となるはずであった。ところが、応天門の変で伴善男と組んで源信を追い落とそうとして失敗し、急速に発言力が低下したと思われる。年末には左大将の職も解かれている。一方、一時的にせよ陥れられようとした左大臣の源信は、当然威信低下を避けられなかったであろう。実際、源信は「以後門をとざして出仕せず、憂悶のうちに没[10]」する、翌々年貞観十年の年末のことである。結局、良房の次の時代をうかがう人物として藤原基経がクローズアップされてくるのが、貞観八年のことでもあった。

この構図は、澪標巻冒頭、冷泉朝の始発時の政治状況と驚くほど酷似する。朱雀朝以来の左右大臣は引き続きその職にあり、それらは明石巻で薨去した太政大臣（右大臣）の子息にして弘徽殿皇太后の兄、すなわち朱雀院の伯父や、承香殿女御や鬚黒の父にして新春宮の祖父あたりかと推測され、[11]いずれにせよ朱雀院に親近した人物である。これらの人物は、かつての右大臣が桐壺院崩御後左大臣派を一掃する行動に出たときに、積極的か消極的かは別として、その政策を支持したはずである。そのような右大臣政権に荷担した以上当然の帰結であるが、一転して光源氏の召還を受諾した時点で、これらの人物の権威の失墜は避けられないものであった。事実、冷泉朝の始発に際して、「数定まりて、くつろぐ所もなかりければ」「内大臣になりたまひぬ」と記された光源氏が、「やがて世の政をしたまふべき」と記されているように、左右の大臣は新王朝ではほとんど発言力を確保することはできなかったと見て良い。結局、光源氏が致仕左大臣に摂政太政大臣の就任を要請し、左大臣がこれを受諾した以上、次代の第一人者候補たる光源氏（権大納言から内大臣へ）と頭中将（宰相中将から権中納言へ）の上に、六十三歳の実力者が太政大臣にして、「摂行天下之政」するという形となっているのが澪標巻の状況であった。

　ところで、かつての頭中将は、朱雀朝下の宰相中将から、冷泉朝の発足と共に権中納言へと進んでいる。参議兼近衛中将から（権）中納言へと進むのは、当時の典型的な昇進コースではあるが、物語内の頭中将と藤原基経の姿は、ここでも重なり合うのである。しかも頭中将の昇進を語る文章は、前掲の左大臣の摂政太政大臣就任の文章に直結する形でおかれ、両者が不可分に結びついていることを強く印象づけている。

　世の中すさまじきにより、かつは籠りゐたまひしを、とり返しはなやぎたまへば、御子どもなど、沈むやうにものしたまへるを、みな浮かびたまふ。とりわきて宰相中将、権中納言になりたまふ。（澪標二七三）

　このような展開を見れば、澪標巻の、摂政太政大臣─権中納言という新しい実力者の親子の姿には、歴史上の、藤原良房―基経の人物像が透けて見えると考えて良いのではないだろうか。すなわち、『源氏物語』澪標巻に投影している、貞観八年のもう一つの影は、その年宰相中将から中納言に栄進した、良房の後継者藤原基経の姿である。

玉上琢彌『源氏物語評釈』は、実にさりげない筆致ながら、次のように述べている。

同じく藤原氏であり、謙抑のうちに一家の勢力を固めて行った点、この両人（稿者注、藤原良房と左大臣）は似ている。その子たち（稿者注、基経と頭中将）が、父祖の功によって権勢を振ったのと、違うところがある。(12)

玉上評釈の言うように、基経自身に権勢的な部分があるとすれば、二重写しになっている頭中将の人物造型とも関連するのではないだろうか。

澪標巻から物語の政治状況の変化に応じて、登場人物の造型にも変容が見られることは従来からしばしば指摘された。光源氏しかり(13)、藤壺宮しかり(14)、頭中将はその後半生にいたり、政治家的色彩が色濃くなると同時に、光源氏の親友からライバルへと変化する。(15)

それにしても頭中将は物語の初めから、恋にせよ、昇進にせよ、光源氏と競い合っていたとは言っても、仲の良い義兄弟・親友同士のそれであった。特に、右大臣政権下の苦しい時期にあっては、右大臣の女婿としての有利な位置をいささかも利用することはなかった。むしろ、弘徽殿大后の憎しみを買い逆境下にあった光源氏と、歩みを同じくするような立場を取った。賢木巻では共に詩作に興じ、明石巻でははるばる都から光源氏を訪ねていき、気骨のあるところを示したのであった。

ちなみに、賢木巻で、当時の三位中将（頭中将）と光源氏が詩歌管絃に憂悶の情を慰める場面に直結して「兵部卿宮も常に渡りたまひつつ、御遊びなどもをかしうおはする宮なれば、今めかしき御あそびどもなり」の一文があり、この兵部卿宮が紫の上の父とすれば須磨巻で源氏や紫の上と距離を置いたことと矛盾し、螢宮とすれば当時は帥宮であり官職表記に問題があり、議論のあるところである。ただ、須磨巻との矛盾は、この後光源氏が朧月夜のことで右大臣派との対立が決定的になってからの離反と考えれば、ある程度納得ができる。賢木巻源氏二十五歳の夏、不遇の時に身を寄せ合っていた三人が、時世時節の変化と共に、それぞれ異なる道を歩くことになることを浮かび上がらせる構図であったのではないだろうか。

さて三位中将は、光源氏須磨退去後も、右大臣の女婿ということもあり、順調に昇進を重ね参議に列していた。

大殿の三位中将は、今は宰相になりて、人柄のいとよければ、時世のおぼえ重くてものしたまへど、世の中あはれにあぢきなく、もののをりごとに恋しくおぼえたまへば、事の聞こえありて罪に当るともいかがはせむと思しなして、にはかに参うでたまふ。（須磨二〇四）

須磨流謫当初は「御兄弟の皇子たち、睦ましう聞こえたまひし上達部など、初めつかたはとぶらひきこえたまふなどありき」というように、光源氏に同情的な人々との文書のやりとりなども一定程度は保たれていたようであったが、そのような状態がいつまでも黙認されるはずもなく、「かの鹿を馬と言ひけむ人のひがめるやうに追従する」などと弘徽殿大后の怒りを買ったこともあって、「わづらはしとて、絶えて消息聞こえたまふ人なし」という有様であった。従って、弘徽殿の妹を北の方に迎えている宰相中将といっても「事の聞こえありて罪に当る」という危険も大いにあったのである。その中を、あえて光源氏を訪問したのであった。このような宰相中将の友情や気骨を描いた場面が脳裏にある以上、読者は、光源氏が須磨・明石から帰京して中央政界に復帰した暁には、宰相中将は光源氏と手を携えて、来るべき冷泉朝の柱石として善政が行われるのを支えるということを予想したのではないか。

しかし朱雀朝末期から冷泉朝の初期に掛けて、政界の動きは予想を超えた激しいものであった。物語の冒頭の桐壺巻以来の、従来の左大臣派・右大臣派という色分けが根底から覆ってしまったのであった。それは一つには、もともと穏健派であった朱雀帝を強固にリードしていた祖父の太政大臣の薨去や、母の弘徽殿大后の病悩等々によって、右大臣派の政界への影響力が急速に低下した事による。太政大臣や大后に替わって右大臣派の中心となるべき人物が不在であったことにもより、この派閥は求心力を失い、もはや単独で一つの勢力を維持できなくなってきた。かつては右大臣派と左大臣派の一つの政治的妥協のたまものに過ぎなかった宰相中将と右大臣家の四の君との結婚が、ここで極めて大きな意味を持ってくる。旧右大臣家につながる人々は次代の実力者である女婿宰相中将と連携し(16)、その指揮の下に入ることにより、一定の発言力を維持しようとした。同世代で官位昇進などをめぐって左大臣との対立の根も深かったであろう右大臣も死去し、かつて春宮（朱雀院）への入内を肯んぜなかった葵の上も早くに世を去り、左右大臣家の感情的なわだかまりの要素は随分少なくなっていたことも幸いした。かくして左右大臣家の連携という藤原氏内の一種の大同団結によって、藤原氏による冷泉朝の翼賛体制が確立したといって良い。藤原氏内の二大勢力が一つになった以上、かつて藤原氏と連携していた王氏・源氏の立場は微妙なものと成らざるを得ない。葵の上の死去によって左大臣家との紐帯が薄れつつあった光源氏の立場は一層微妙なものになる。一つの世代で覇者となりうるのはただ一人である。同世代の光源氏と頭中将のどちらが覇権を握るかということが急速に浮上してこよう。

三　藤原時平と柏木――三代にわたる重層構造――

前節では、頭中将と藤原基経を重ね合わせるのが作者の筆法ではないかということを推測したが、いささか強引であったかもしれない。頭中将に藤原基経の姿が揺曳していることは障害にはならないが、その必要性はどこまであるのかという疑問も生ずるかもしれない。準拠としての藤原基経は、頭中将の人物像を形成する上で十分条件ではあっても、必要条件ではないという立場もあり得るかもしれない。そこで本節では、頭中将になぜ基経の姿を重ねる必要があったかという点を別の角度から補強する。

人臣太政大臣の嚆矢にして、摂政の実を最初に行った忠仁公藤原良房の姿を、光源氏の岳父の左大臣が澪標巻で摂政太政大臣に就任する姿に重ね合わせることが、この物語作者の明確な方法であることは、澪標巻の年齢表記からも窺うことができる。更に左大臣の子息の頭中将が、同じく良房の養子の基経と共通する点が多いとすれば、二代にわたって歴史上の藤原摂関家と物語内の左大臣家が重なってくる。そしてそのことは、更に次の世代をも含めての、多世代にわたっての重層構造を形成してくるのではないだろうか。

すなわち、歴史上の、藤原良房―基経―時平という摂関家の本流の系譜が、そのまま物語内の藤原氏の最大の権勢を誇る一族の、左大臣―頭中将―柏木という三代に透けて見えるのではないかと思われるのである。基経と頭中将が二重写しになることによって、良房・基経の二代と、物語の左大臣家の二代の姿と重なり合えば、読者は無意識のうちに物語の三代目の柏木の姿に、歴史上の藤原時平のイメージを刷り込まれることとなる。もちろん、そのことに明確な方向性が示されるのは第二部を待たなければならない。

頭中将の嫡男の柏木は、二代にわたる太政大臣家の後継者として将来を嘱望されていたが、第二部にいたり女三宮との恋のために、准太上天皇六条院の逆鱗に触れ、自らの命を縮めることとなる。柏木の死に至る物語の底辺には菅原道真伝説の影があることは、藤河家利昭や土方洋一によって指摘されてきたが[17]、稿者も同様の指摘を行ったことがある[18]。道真伝承と柏木のつながりの中でも、道真追放の立て役者であった藤原時平その人と柏木の関係性の究明は特に重要である。旧稿で触れたことであり、繰り返しになるので簡略に述べるが、須磨に流離したことにより光源氏に本来的に付随している菅原道真の影や、柏木を死に追いやった光源氏の視線と朱雀院を睨み付けた桐壺院の視線との共通性など、六条院と対立し滅亡していく柏木の姿には、道真の怨霊によって早逝する時平の姿が明確に見て取れるのである。

また藤原時平は、叔父国経大納言の若い北の方を奪い取る話が、『今昔物語』巻二十二、『十訓抄』巻六に見られ、谷崎潤一郎『少将滋幹の母』[19]の素材ともなって著名であるが、光源氏もまた柏木の父の妹の夫であり、義理の叔父であった。このような共通性もあるが、むしろ注目すべきは、柏木没後の太政大臣家と時平急逝後の藤原北家の相関関係である。柏木の死は、愛息に先立たれた父母の悲しみということのほかに、藤原氏第一の権勢を誇る頭中将家にとっては、一時的に後継者不在の状況に陥るという深刻な問題も惹起したのであった。

頭中将家の嫡男柏木は、『源氏物語』第一部玉鬘十帖の後半部で右中将兼蔵人頭、第二部に至り参議兼右衛門督、更には中納言と進んだ。弟の紅梅は、まるで柏木の後を追うように、ポストが一つ空いた蔵人頭や参議の席を埋めるかのように、頭弁、参議左大弁と累進したようだ。若菜下巻で、今上の即位に伴って頭中将が太政大臣を致仕した後、この一家の将来はこの兄弟に委ねられた。光源氏は独特の政治的判断で、大臣のポストを最小に抑える方策を採ったから、致仕太政大臣家の子供たちはいまだ大臣にも大納言にも届かず、中納言・参議という所に留まっていた。それだけに唯一の符宣の上卿たる中納言柏木の立場は重要であったが、この柏木が女三宮との一件で父に先立ち早逝してしまうのである。参議には官符や宣旨を取り扱うことはできないから、ここに至り頭中将家の政治的発言力は著しく後退してしまう。紅梅は柏木の死から数えて十三年目にあたる竹河巻では、按察使大納言であるから、柏木没後数年のうちに中納言に上ったと思われるが、その間に着実に地歩を固めた同じ藤原氏の鬚黒の一族や、夕霧が継承した光源氏家に大きく水をあけられてしまったであろう。

史実に目を転じて見れば、時平急逝後の藤原北家にも同様の点を指摘することができる。

藤原基経の一男時平は、貞観十三年生まれ、頭中将を経て二十歳の時に非参議従三位、翌年任参議、二十三歳で中納言と極めて順調に歩を進めた。寛平九年醍醐朝発足まもなく、右大臣源能有の薨去にともない、二十七歳で大納言兼左大将で大臣不在の廟堂の頂点に立った。翌々年昌泰二年には二十九歳で左大臣にまで上り詰めた。そのまま十年以上廟堂の中心であったが、時平の死の前年三十八歳の時点では、弟の仲平は三十三歳で、忠平は二十九歳で、共に漸く参議に列したばかりであった。なお『公卿補任』によれば、忠平は早く昌泰三年正月二十八日に一旦参議となるが、二月二十日に参議職を辞退して叔父清経朝臣に譲るという、複雑な経緯がある[20]。兄時平の年齢に比べると二人の弟は十年前後昇進が遅れていると見て良い。そのため延喜九年四月四日藤原時平が三十九歳で急逝すると、藤原氏の中には政権を受け継ぐにふさわしい官職にあるものがなく、同月九日忠平が氏の長者となり、急遽権中納言に昇進するが、右大臣に源光（仁明源氏）、先任中納言に源湛・昇（共に嵯峨源氏、源融男）と、忠平よりも三十歳以上年長の源氏が三人もおり、一時的に嵯峨源氏が序列のトップから三人を独占する形となった。もちろん現実の政治力や発言力と完全に連動するものではないが、この十年間藤原時平が一の人左大臣として政界を領導してきた藤原北家にしてみれば、大幅な後退と言わざるを得ないであろう。結局忠平が名実共に政界の頂点に立つのは、延喜十三年右大臣源光が薨去して、大臣不在のまま大納言兼左大将となった時で、時平薨去から四年後のことなのであった。

ちなみに、忠平は昌泰三年から八年間前参議右大弁で、延喜八年には参議兼右大弁と、後年摂関の地位に就いたものにしては珍しく長期間弁官を勤めた。[21] また仲平の方は延長五年～承平三年まで七年間按察使の大納言（その直前の二年間は中納言で按察使を兼任）であった。参議で弁官を兼任は若菜巻の紅梅と、按察使の大納言は匂宮三帖の紅梅の官職とそれぞれ重なり合う。

このように、柏木その人と藤原時平の相関性のみならず、柏木没後の致仕太政大臣家と、時平没後の藤原北家の状況も類似したものがあるのである。したがって、摂政太政大臣―致仕太政大臣（頭中将）―柏木という三代は、藤原良房―基経―時平の藤原北家と重層構造を持つといって良いのではないか。

四　源融と光源氏――皇位継承の可能性――

さて二節では、澪標巻の冷泉朝第一年の政権構造と、歴史上の清和朝貞観八年のそれとが、共通する要素が多いことを確認した。政権の頂点に立つ人物と、次代をねらう実力者の親子が、摂政太政大臣―権中納言（頭中将）、藤原良房―基経と二重写しになっているとすれば、冷泉朝のもう一人の実力者光源氏は、貞観八年の『公卿補任』では誰に該当するのであろうか。それは、応天門の変の影響を多少受けたとはいえ、当時正三位中納言として、藤原基経の半歩先を行っていた源融をおいてほかには見あたらない。源融は、兄の左大臣源信よりも一回り以上若く、貞観八年当時四十代半ばで、まだまだ働き盛りであった。

そもそも光源氏という人物には、多種多様な歴史上の人物の姿が揺曳している。主要なものだけを列挙しても、一大権力者としての藤原道長、悲劇の政治家としての藤原伊周・源高明・菅原道真、源氏の実力者としての源融・源高明、類似の呼称の所有者としての源光等々、多くの人物がモデルや準拠に擬せられている。そしてそれらの人物の中で、河原院が六条院のモデルであり、棲霞観が嵯峨野の御堂の準拠と考えられていることに象徴されているように光源氏の造型の根幹に関わっているのが、源融なのである。

その源融は、仁明天皇の猶子として承和五年、十七歳で正四位下に直叙された。左大臣に至った兄の信でさえも従四位上であったことを考えれば、恵まれた出発であったといえよう。その後は、承和九年に父嵯峨上皇を失い、嘉承三年正月に従三位に列するものの三月には仁明天皇の崩御にあったこともあって、三十代半ばまで参議に列することもなかった。仁寿四年（斉衡元年）には、約十歳年少で甥に当たる仁明源氏の源多に先を越されたが、斉衡三年任参議、八年後の貞観六年には多を越えて中納言に進んだ。貞観八年に基経に並ばれるが、十二年共に大納言、十四年藤原基経が右大臣に進んだ年には融は左大臣に上り、清和朝の間は藤原基経に形の上では大きくひけを取ることはなかった。陽成朝に入ると基経は、元慶元年に摂政右大臣、四年関白太政大臣に移り太政官の序列でも融を超え、ここに決定的な差がつくこととなった。この元慶四年以来源融は出仕をせず、洛西嵯峨の棲霞観に籠ってしまうのである。

藤原基経と源融の全面対立は、言うまでもなく陽成天皇の後継をめぐって行われたものである。藤原良房は、貞観八年より清和天皇の下で「摂行天下之政」していたが、同十四年良房薨去後は基経がその立場を継承、陽成朝の元慶四年からは関白となっていた。元慶八年、陽成天皇の後継に、藤原基経は母方の従兄弟で親泥していた一品式部卿大宰帥時康親王を擁立しようとしていた。時に親王は五十五歳、一方源融は六十三歳、十歳近い年長でもあり、時康親王には叔父にあたる。嵯峨天皇直系でもあり、源氏第一の長老とも自負する融は自ら皇位継承の意向を示すが基経に阻止される。そのあたりの事情は『大鏡』が活写している。

陽成院おりさせたまふべき、陣の定にさぶらはせたまふ。融のおとど、左大臣にてやむごとなくて、位につかせたまはむ御心ふかくて「いかがは、近き皇胤をたづねば、融らも侍るは」といひ出でたまへるを、この大臣こそ「皇胤なれど、姓たまはりて、ただ人にて仕へて、位につきたる例やある」と申し出でたまへれ。「さもあることなれ」とこの大臣の定によりて、小松の帝は位につかせたまへるなり。

この逸話は『古事談』巻一「光孝天皇ノ即位ノ事ナラビニ基経、融ト問答ノ事」(22)にも継承されているが、融の真意が奈辺にあるにせよ、陽成天皇の摂政として「摂行天下之政」し、首班として太政大臣として陽成朝の最高責任者であった基経がその責任を取らず(23)、ポスト陽成に自身の従兄弟を据えようとする態度に、源氏の長老として黙っていることができなかったのではないか。嵯峨源氏らしく兄の信・弘・定らと同様に本質的には風雅の人であった源融がこのような発言をしたとすれば、源氏の長老としての使命感にもよるものかもしれない。

澪標巻の摂政太政大臣と権中納言の親子に、貞観八年ころの藤原良房と基経の姿が、そして同時代の源氏きっての実力者源融が光源氏に重なって見えるとすれば、当時の読者は何を想像したであろうか。言うまでもなく、皇位への意欲を見せた源融が藤原基経に阻止された逸話が、どのような形を取って物語に関わってくるかと言うことであろう。

もともと桐壺巻で、高麗の相人から「国の親となりて、帝王の上なき位にのぼるべき相おはします人の、そなたにて見れば、乱れ憂ふることやあらむ。おほやけのかためとなりて、天の下補弼くる方にて見れば、またその相違ふべし」（桐壺一一六）と言われて以来、光源氏と帝位との関係は、物語の底に澱のように深く沈んでいるものであった。源氏自身「宿世遠かりけり」[24]との感慨は示されているものの、物語としての最終的な方向性は示されていなかった。藤氏と源氏の政治的対立が次第に顕在化し、その延長線上に光源氏の帝位の問題が浮上してくれば、どのような落とし所があるのであろう。現実の源融のように藤原氏の前に敗北することは、物語の論理上あり得ないであろう。だとすれば、後の『狭衣物語』のように、理想的な主人公は帝位にこそふさわしいとの論理を押し通すのであろうか。

このあたりの物語を進めていくに際して、作者はあえて回答の困難な問題を読者の前に提示し、その反応を楽しんでいるようである。実子冷泉帝に光源氏は誰を入内させることができるのか、藤原氏の弘徽殿女御を支持するのか、不仲の兵部卿宮の娘を応援するのか。同様に回答不能な問題が、光源氏が帝位に就く可能性はあるのかということである。

その問題は、藤壺宮が崩御し、冷泉帝が出生の秘密を知るという問題と絡んで物語の表層に浮上してくる。既に、六条御息所の遺児を斎宮女御として入内させ、後宮を通しても冷泉帝との紐帯を強めている光源氏であるが、冷泉が光源氏を実父と知ることによって、光源氏の立場は不動のものになるはずである。しかしそのことは、父を臣下の立場に置くという大きな不孝を、冷泉に認識させることになる。冷泉は次のように思念する。

一世の源氏、また納言大臣になりて後に、さらに親王にもなり、位にも即きたまひつるも、あまたの例ありけり。人柄のかしこきに事よせて、さもや譲りきこえましなど、よろづにぞ思しける。

秋の司召に太政大臣になりたまふべきこと、うちうちに定め申したまふついでになむ、帝、思し寄する筋のこと漏らしきこえたまひけるを、大臣、いとまばゆく恐ろしう思して、さらにあるまじきよしを申し返したまふ。（薄

雲四四六)

ここで、光源氏が冷泉帝の意向を明瞭に否定することによって、この問題に決着が付けられる。読者は恐らく、摂関的な実力者としてこれからの光源氏の姿を予想するであろう。第一部の結末近くで「太上天皇に准ふ御位得たまうて」(藤裏葉四四五)という最終的な答えが示されるまでは。

この場面で、冷泉帝よりの申し出を恐懼して辞退したことにより、自ら皇位継承の意思表明をして敗れた源融の姿を、光源氏は大きく越えることができたのでもある。

五　忠仁公の影の払拭――上塗りされた藤原頼忠像――

さて、光源氏に冷泉帝が譲位の意志を示したのは、母藤壺崩御や一連の天変地異がその背景にもあった。[25] 藤壺が崩じた冷泉朝四年目には、他にも式部卿宮などの死があり、その波乱の年の幕開けとも言うべきものが、摂政太政大臣の薨去であった。

そのころ、太政大臣亡せたまひぬ。世の重しとおはしつる人なれば、おほやけにも思しなげく。(薄雲四三二)

薨去した時の太政大臣の年齢は本文中には明示されていないが、年立の上では六十六歳になることから、小野宮流の藤原頼忠を準拠とすべきという考えがある。現行の注釈書でこの説を挙げるのは、小学館『日本古典文学全集』で、頭注で次のように述べている。

源氏の正妻故葵の上の父。澪標巻に六十三歳、したがって薨年六十六歳。同じ年齢で死去した前関白太政大臣藤原頼

忠をモデルにしたとの説がある。(26)

この立場は『新編日本古典文学全集』でも踏襲され、当該箇所の頭注ではまったく同文であるが、更に一歩進めて、巻末付録の「漢籍・史書・仏典引用一覧」(今井源衛執筆)には次のように詳述される。

藤原頼忠を準拠とするという説がある。一条朝以前の歴代摂政・関白は藤原良房より同道兼まで十人、そのうち六十六歳で死去した者は頼忠(九二四〜九八九)ただ一人である。彼は貞元二年(九七七)五十四歳で関白・左大臣となり、寛和二年(九八六)に隠退し、永祚元年(九八九)六月二十六日に死去した。物語の左大臣は、桐壺巻頭から三十二歳の左大臣として登場、賢木巻に五十九歳で致仕、澪標巻に六十三歳で摂政太政大臣、薄雲巻死去、六十六歳である。『大鏡』などに見える限りでは、言動の上でも性格的にも頼忠と物語の左大臣との符合度は少ない。しかし、頼忠の死去した年、作者は推定二十歳(今井説)であった。次に記す同年の天変・地異・災害のことと関連して、頼忠の死去が紫式部を含む世人に強い印象を残していて、それを物語の素材として用いたとは考えられる。

「次に記す」とは、薄雲巻の太政大臣薨去に続いて「その年、おほかた世の中騒がしくて、公ざまに物のさとししげく、のどかならで、天つ空にも、例に違へる月日星の光見え、雲のたたずまひありとのみ世の人おどろくこと多くて」とあることによる。同じく新編付録では次のように述べる。

永祚元年(九八九)には天災地変が相ついだ。『日本紀略』によれば、六月一日東西の天に彗星が見え、同十九日には鴨神社の大木が倒れ、星がいくつかその中から出て南方に飛んだ。七月中旬には連夜彗星が東西の天に見え、八月八日にはこれらの彗星・天変・地震の災異を払うために「永延」を「永祚」と改元し、老人や僧尼に穀物を給した。

元版にせよ、新編版にせよ、注釈書としての紙幅があるためか、明示されてはいないが、「藤原頼忠を準拠とするという説」とは、藤村潔「古代物語における構想の枠と場面の重層性」(『古代物語研究序説』笠間書院、昭和五十二年六月所収)によるものと思われる。同論の初出は「素腹の后をめぐって」という標題で『藤女子大学・藤女子短期大学紀要』八―一(昭和四十六年三月)であるから、発表から一年以内に、元版の『日本古典文学全集』昭和四十七年一月初版、の頭注に採られたことになる。藤村論文では、『日本紀略』六月一日、十九日、八月八日の条など、後に新編全集が引用する資料のすべてが挙げられている。

藤村論文では更に、薄雲巻源氏三十二歳の年と史上の永祚元年との共通性として、藤壺宮の崩御と東三条院の病悩、朝顔の姫君の父の桃園式部卿宮の薨去と治部卿藤原尹忠の薨去などもあげる。もっとも「古代物語における構想の枠と場面の重層性」という標題に象徴されているように、藤村論文の射程距離は極めて遠くまで及び、摂政太政大臣と頼忠を重ね合わせるだけではなく、秋好中宮の構想の根幹には「素腹の后」四条宮遵子が関わるとし、絵合巻の弘徽殿女御・冷泉帝・梅壺女御は史上の詮子・円融・遵子が影を落としていること、更には『栄花物語』の構想の枠としての『源氏物語』など、多様な問題を論じている。そのうち、頼忠と摂政太政大臣の共通性の問題を「準拠」として頭注・付録にあげたのが『新編日本古典文学全集』であった。

たしかに、薨去の年齢と天変地異の重なりは、藤原頼忠と物語の摂政太政大臣とのつながりを示唆しているようである。ただ、薄雲巻で薨去した太政大臣の年齢は本文中に明示されているものではなく、澪標巻の記事から算出したものである。しかもこの間には、並びの巻の蓬生や関屋巻を挟み、澪標巻末で死去した六条御息所の服喪期間を避けるために絵合巻巻頭との間には、物語に記されない一年間の空白があるから、当時の読者が直ちに太政大臣六十六歳と認識できたかは多少留保の必要性があるかもしれない。

ただ読者の理解は別として、作者がこの年に薨去させることを意図的に計算していたのであれば、歴史上の頼忠のイメージを重ね合わせようとしたことも考えられる。「言動の上でも性格的にも頼忠と物語の左大臣との符合度は少ない」とすれば、そのあたり作者の意識を探ってみることは一層重要になろう。

澪標巻の「太政大臣になりたまふ。御年も六十三にぞなりたまふ」という記述は、摂政太政大臣に藤原良房の面影を強く重ねることとなった。藤氏第一の実力者として、温厚な氏の長者として、冷泉朝廷の長老として、それらは適切なものであったが、良房の確立した摂関体制が以降固定したことまでが、物語の太政大臣のイメージとして付着すれば、光源氏の更なる栄華を追求することが当面の課題である『源氏物語』の展開にとって、やや違和感を生ずるものであろう。しかも太政大臣は、権中納言の娘弘徽殿女御の入内に際しては娘分との立場を取り、積極的に推進した。このことによって、強い政治力を持つ摂関政治家としての太政大臣の人物像は一層強固になったのではないだろうか。しかし、左大臣を致仕していたこの人物を政界の中枢に呼び戻したのは内大臣の光源氏であり、女婿からの招聘がなければ、太政大臣への就任も、冷泉帝の摂政的立場もあり得ないのであった。その意味では、光源氏の譲りを受けての第一人者への就任であった。もちろん、朱雀朝以来の左右大臣を経験的にも年齢的にも抑えることのできる人物を必要とした光源氏の政治的判断によるものではあるが。

この摂政太政大臣が薨去する場面において、多少なりとも藤原頼忠の姿が重ね合わせられてくるとすれば、それは自力で勝ち取ったのではなく、実力者からの譲りを受けての摂政就任という面を強調する意味があったのではないだろうか。

藤原実頼と師輔という同母の兄弟による摂関家の本流争いは、長命を保った兄の実頼が関白太政大臣、五十代前半で没した弟の師輔は右大臣と、官職の上でこそ大きく差を付けたが、兄弟共に娘を入内させた村上後宮での帰趨がその後の流れを決定した。結局師輔の娘の安子が冷泉・円融二代の母となったことにより、摂関職は安子の兄弟の伊尹・兼通・兼家と九条家の流れに固定し、実頼の小野宮流は遠のいてしまった。ところが、九条家内の兼通・兼家兄弟の不和により、兼通からの譲りで突然小野宮家の頼忠に円融帝の関白の職が回ってきた。九条家の実力者の兼通の譲りがあればこその関白職就任であり、これを受けるような形で半年後に太政大臣の地位にも上る。その後頼忠は、円融後宮に娘の遵子を入内させ、更に中宮に冊立するなど、摂関の立場を維持・強化しようとするが、皇孫の皇子に恵まれることなく、「一条院位につかせたまひしかば、よそ人にて、関白退かせたまひにき[27]」と、交代を余儀なくされる。もっとも「よそ人」というのは、実力者の譲りを受けての関白就任ゆえ、円融朝においても、本人も周囲もそのように見ていたようだ。

　この頼忠のおとど、一の人にておはしましかど、御直衣にて内にまゐりたまふことはべらざりき。奏せさせたまふべきことある折は、布袴にてぞまゐりたまふ。さて殿上にさぶらはせたまふ。年中行事の御障子のもとにて、さるべき職事蔵人などしてぞ、奏せさせたまひ、うけたまはりたまひける。またある折は、鬼間に帝出でしめたまひて、召しある折ぞまゐりたまひし。関白したまへど、よその人におはしましければにや[28]。

薄雲巻で薨去する太政大臣に、新たに頼忠の姿が重ねられてくるとすれば、どのような効果があるのだろうか。それは冷泉朝の開始時の摂政太政大臣就任以来、この人物に付与されていた実力者忠仁公のイメージから、多少なりとも解き放す働きを持っていると思われる。善政を行い人々に慕われた摂政太政大臣も、実力者光源氏の推挙と譲りを受けることによってその地位に就いたのであり、光源氏が年齢と経験を積み重ねた現在、「よそ人」は舞台を去るのがふさわしいということでもあろう。

おわりに

以上見てきたように、澪標巻で、かつての致仕左大臣が摂政太政大臣に就任するという記事を通して、物語には、貞観八年の史実が大きく影を落していることが確認できた。ことさらに「六十三歳」という年齢を強調することによって、忠仁公の全体像ではなく、貞観八年を強調しようとする作者の筆法が見て取れるのだが、同時に藤原良房の後継者として、養子の基経が台閣の中枢に躍り出てくるのがこの年でもあり、それは物語の頭中将（権中納言）と二重写しになってくる。良房―基経の流れは次代の時平・忠平へとつながるが、それは柏木・紅梅兄弟へと続く左大臣家三代と微妙な共通構造を持つ。また貞観八年には、勢力を拡大する藤原氏の中にあって、源融が源氏を代表するような位置を占めるようになった。光源氏のモデルの一人として常に指を屈せられる源融であり、一世の源氏の皇位継承問題も物語の表層に浮上しよう。それら貞観八年の影を巧みに利用しつつ物語を語り進めた作者は、摂政太政大臣の薨去に際しては、九条家の兼通の譲りを受けて関白となった小野宮頼忠の人物像を、いわば上塗りをすることによって、忠仁公や貞観八年の影を巧みに消して見せた。唯一の歴史的事象や人物に物語の展開や登場人物が縛られすぎることは、物語の奥行きをかえって狭めることになろうから、みずからの手の内を鮮やかに消し去って見せたと言えようか。

注

（1）このことに着目した先駆的な論文に、伊藤博「『澪標』以後―光源氏の変貌―」（『日本文学』昭和四十年六月号）がある。『源氏物語の基底と創造』（武蔵野書院、平成六年）所収。

（2）田坂「内大臣光源氏をめぐって」（『源氏物語の人物と構想』和泉書院、平成五年）。
（3）『河海抄』の本文は、『紫明抄・河海抄』（角川書店、昭和四十二年）による。
（4）『日本古典文学全集』二七二ページ、頭注一四。
（5）『公卿補任』の本文は『新訂増補国史大系』による。
（6）『大鏡』の本文は『日本古典文学全集』による。
（7）たとえば『国史大辞典』「藤原良房」の項目など。
（8）『日本三代実録』の本文は『新訂増補国史大系』による。
（9）『花鳥余情』の本文は〈源氏物語古注集成〉一『松永本花鳥余情』（桜楓社、昭和五十三年）による。
（10）林陸朗「嵯峨源氏の研究」（『上代政治社会の研究』吉川弘文館、昭和四十四年）。
（11）坂本共展「明石姫君構想とその主題」（『源氏物語構成論』笠間書院、平成七年）。
（12）玉上琢彌『源氏物語評釈』第三巻、二七〇ページ。
（13）注（1）伊藤論文。
（14）清水好子『源氏の女君』（塙新書、昭和四十二年）。
（15）田坂「頭中将の後半生」（『源氏物語の人物と構想』和泉書院、平成五年）。
（16）絵合巻で弘徽殿大后や朧月夜の蒐集した絵が、弘徽殿女御の側に渡っていることなどは、そのことが明瞭な形で示される例である。これらは、大后や朧月夜の意識よりも、右大臣家全体の雰囲気を示すものと見るべきだろう。
（17）藤河家利昭「保忠と柏木の死」「藤原敦忠伝—柏木像の形成」（『源氏物語の源泉受容の方法』勉誠社、平成七年）。土方洋一「源氏物語の言語の構造—テクスト論の視座から—」（『源氏物語のテクスト生成論』笠間書院、平成十二年）。
（18）田坂「柏木と女三宮」（『源氏物語研究集成』五、風間書房、平成十二年、本書所収）。
（19）この作品については古代文学研究者からの発言も多い。横井孝「『少将滋幹の母』の位相」（『静岡大学教育学部研究報告（人文・社会）』四七、平成九年）など。
（20）この問題については角田文衛「菅原の君」（『紫式部とその時代』角川書店、昭和四十一年、『角田文衛著作集』六、昭和六十年）参照。なお藤原忠平については黒板伸夫「藤原忠平政権に関する一考察」（『摂関時代史論集』吉川弘文館、昭和五十五年）が従来の研究も広く俯瞰し至便。

(21) 十世紀における弁官や太政官政治については、武光誠「摂関期の太政官政治の特質」(『律令太政官制の研究』吉川弘文館、平成十一年)に詳しい。

(22)『古事談』の本文は『日本古典文庫』現代思潮社を参看した。

(23) 坂本太郎「藤原良房と基経」(『古典と歴史』吉川弘文館、昭和四十七年)は「基経が太政大臣や摂政を辞することをしばしば申し立てたのは、天皇との疎隔がおもな原因」とするが、清和譲位・陽成即位の時の第一人者としての責任は免れないと融は考えたのではないか。

(24) 藤井貞和「『宿世遠かりけり』考」(『論集中古文学』一、笠間書院、昭和五十四年)。草苅禎「『源氏物語』『澪標』巻における『宿世遠かりけり』の意味するもの」(『立教大学日本文学』六七、平成三年)。

(25) この巻の天変地異がはらむ問題については、浅尾広良「薄雲巻の転変―『もののさとし』終息の論理―」(『源氏物語の准拠と系譜』翰林書房、平成十六年)の分析が詳しい。

(26) 第二巻四三二ページ頭注五、昭和四十七年一月初版。

(27)『大鏡』頼忠伝。

(28) 注(27)に同じ。

三　女三宮と柏木
――造型・主題・史的背景――

はじめに

女三宮の降嫁（この表現そのものに問題なしとしないが）に始まる一連の出来事は、『源氏物語』第二部の、いや『源氏物語』全体を通しての最大の主題であると言えよう。

研究史を鳥瞰してみれば、今井源衛「女三宮の降嫁」(1)、石田穣二「若菜巻について」(2)の論争が、この巻、この主題の持つ問題の重要性を提起した形となり、更にこれらを止揚する形で書かれた秋山虔「『若菜』巻の始発をめぐって」(3)が一つの到達点を示した。これに触発されるように、野村精一「若菜巻試論―人間関係の悲劇的構造について―」(4)、森一郎「源氏物語における人物造型の方法と主題との連関」(5)、深沢三千男「女三宮をめぐって」(6)、清水好子「若菜上・下巻の主題と方法」(7)、高橋亨「源氏物語の〈ことば〉と〈思想〉」(8)等々、一時代を画した論考が輩出した。これらを辿れば、そのまま戦後の『源氏物語』研究の見取り図が出来るほどである。しかし、それらの諸論考は、一方で、旧来の人物論の限界を確認するものでもあった。特に、女三宮の人物論は果たして可能であるのかということはかなり根源的な問題である。これに対して柏木の人物論は、ある程度『源氏物語』全体に通じる問題を射程距離に収めることができよう。[9] 人物論特集の最も新しいものである、『国文学解釈と鑑賞』別冊『人物造型から見た「源氏物語」』（平成十年五月号）の十六本の論文中に、[10] 女三宮論が含まれていないことは、その証左であるとも言えよう。与えられた課題は「女三宮と柏木」というものではあるが、柏木論に大きく比重が傾いたものになることをお断わりしておきたい。

一　女三宮の降嫁が招来するもの

まず、女三宮から論じていきたい。

女三宮の降嫁の決定にいたる過程は、主題論の範疇に入るものであろうが、女三宮の人物像と切り離せない問題があるので、最小限の範囲で見ておきたい。

問題を、朱雀院の決定が妥当か否かということに限定して簡単に述べておく。結論は、朱雀院の選択は、二つの意味で、最善のものであったと考えるべきである。

一つは、女三宮の性格の欠点を補う形での結婚が望まれたということである。朱雀院自身「片生ひならむことをば見隠し教へきこえつべからむ人のうしろやすからむに、預けきこえばや」（若菜上二一）と述べており、「いますこしものをも思ひ知りたまふほどまで見過ぐさん」（二八）とも思っていたのだが、出家の前にどうしても結論を出さねばならぬようになったのである。従って、「六条の大殿の、式部卿の親王のむすめ生ほしたてけんやうに、この宮を預かりてはぐくまん人もがな」（二一）「親ざまに定めたるにて、さもや譲りおききこえまし」（二二）などと思念するように、半ば親代わりのような包容力のある結婚相手こそが望ましいのである。事実、女三宮との結婚後、「いといはけなく」「あまりもののはえなき」（五七）という様子に、光源氏は、「などてかくおいらかに生ほしたてたまひけん」と思うが、「とあるもかかるも、際離るることは難きものなりけり……よその思ひはいとあらまほしきほどなりかし」（六七）と、しいて自分を納得させるのである。最愛の紫の上の苦悩や悲嘆を前にして、幼稚な女三宮の筆跡を「さこそあれ」と貶めることによって、安心させたり、機嫌を取り結びたいところであろうが、ただ「心やすく思ひなしたまへ」と言うのみであった。恐らく、他の求婚者たちでは、このような対応は不可能であったのではないか。後に、柏木との一件を知ったときにも、当事者である柏木と女三宮には、さりげなく事実を知っていることを匂わせて追い込んで行くが、それ以外にはまったくこの秘密が漏れないように対応する。もちろん、体面を考えればそのようにするのが最善であるのだが、怒りや驚きに支配された時、人は必ずしも冷静な対応ができるというわけではない。朧月夜の許に光源氏が忍んできていることを知った右大臣は、怒りのあまり弘徽殿大后に報告し、結果的に娘の体面を大きく傷つけることとなった。世間での笑い者になっている近江君に対しても、父の内大臣はかばい通すこともなく、むしろ腹立ち紛れに揶揄する有様であった。これに対して光源氏は、罪の子の薫の五十日の祝いの日、事情を知っているものが女房の中にもいるのではないか、自分を愚か者と思っているであろうとか、心穏やかでないが、しいてそれを自らの胸中深くに収め、「わが御咎あることはあへなん。二つ言はんには、女の御ためこそいとほしけれ、など思して、色にも出だしたまはず」（柏木三一三）と振舞うのであった。実に皮肉な結果ではあるが、女三宮の性格や、浮ついた当代の風潮から、朱雀院が危惧したような事件が現実に出来したときに、その処理を通して、光源氏に女三宮を託したことが、最善の選択であったことが証明されたのである。

出産後の女三宮の衰弱を心配して下山した朱雀院が、女三宮の出家の望みを叶えてやる場面では、これまでの源氏の取り扱いに対して多少の不満を感じつつも、「おほかたの後見には、なほ頼まれぬべき御おきてなる」「かの大殿も、さ言ふとも、いとおろかにはよも思ひ放ちたまはじ」（柏木二九六）と、最終的には光源氏を頼みに思っているのである。実際、出家後の女三宮は、精神的にも安定し、盛大な持仏開眼供養は、六条院の総力を尽くして行われるのである。朱雀院からの三条宮への移転の勧めにも、源氏は、自分の残り少ない生命の間は、お世話申し上げたいと、穏やかに退ける。女三宮への未練が残っていることはあるだろうが、経済的にも万全の支援体勢を敷くのである。このような源氏の対応のために、世間も、出家した六条院の正夫人に対して、一層大きな敬意を以て接することになるだろう。もはや、女三宮には、新たな醜聞など起こる余地はない。かくして女三宮には、穏やかな最良の余生が約束されたのであった。

これに対して、柏木未亡人となった落葉宮は、どうであったか。母一条御息所の死後、出家の希望を持つ落葉宮を、朱雀院は次のように諫めるのである。

あまた、とざまかうざまに身をもてなしたまふべきことにもあらねど、後見なき人なむ、なかなかさるさまにてあるまじき名を立ち、罪得がましき時、この世後の世、中空にもどかしき咎負ふわざなる。（夕霧四四五）

前半部分は一般論を述べているのか、夕霧とのことを言っているのか定かでないが[11]、後半は、たとえ出家しても、醜聞に巻き込まれるようになったらかえって罪が重いことになると述べているのである。出家をしたから安泰というわけではない。かくして、落葉宮は、夫の柏木には先立たれ、夕霧には言い寄られ、出家に逃げ道を求めようにもそれも叶わないという状況なのである。女三宮は、自らの過失から罪の子をなすにも拘らず、光源氏の適切な対応によって、この醜聞が世間の知るところとなることもなく、出家後の穏やかな日々を得るにいたった。これに対して、対照的に苦しい立場に追い込まれている落葉宮には、自ら負わねばならぬどのような責めがあるというのであろうか。結局、この姉妹の運命を分けたのは、共に父朱雀院自身の許可した結婚の相手が誰であったかということによるのである。

二つ目は、朱雀系王朝の求心力という問題である。若菜上巻巻頭の段階で、朱雀院の皇子である春宮に、光源氏は愛娘の明石女御を既に入内させており、澪標巻以来光源氏と春宮との関係も極めて良好であり、将来に何の憂いもないようである。しかしこの時点では、冷泉帝、春宮の何れにも後継の皇子は生まれていないのである。もし冷泉帝と秋好中宮にでも先に皇子が誕生すれば、次の春宮は再び冷泉系へと移る可能性が甚大である。そうなれば、この物語における朱雀・冷泉の二つの流れは、歴史上の天智・天武系、嵯峨・淳和系、冷泉・円融系のような二系並立という状況を現出させることとなる(12)。叔父と甥という、現時点の冷泉帝と春宮の関係は、極めて微妙な問題を内包しているのである。もし帝と春宮の両者に、それぞれ皇子が生まれればどうなるか。

冷泉帝が光源氏の血を引くということを、朱雀院は知るよしもないが、左右の大臣家の対立、故薄雲女院との交誼、内大臣として冷泉王朝の初期から実質的な後見者であったこと等々の過去の経緯から考えて、光源氏の意志が、冷泉帝に対して、より大きな比重を占めるものであることは間違いない。しかも、光源氏は今では「太上天皇に准ふ御位」を得ているのである。准太上天皇六条院によって支えられてきた冷泉帝と、朱雀太上天皇の血を引く春宮と、バランスの取れた安定した時代ではあるが、逆に言えば、二系の対立から分裂へという可能性も内包しているのである。朱雀院の側からすれば、六条院の立場を、少なくとも、冷泉帝と春宮の中間に位置するものにしておく必要があったはずである。そのためには六条院と春宮との紐帯を、目に見える形で一層深めておくことが望ましかったのである(13)。女三宮が六条院に降嫁ということになれば、春宮と六条院の関係は大きく深められることとなる。春宮の将来の安定度は、飛躍的に高まるのである。そして、春宮の立場が強固になるということは、また逆に女三宮の地位を引き上げることにもなる。これこそ、朱雀院にとって最大の願いであったはずである。

二　女三宮の人物像と主題との関係

次に、女三宮の人物造型について見てみよう。「いはけなし」「何心なし」「かたなり」「小さし」と、この人物は、精神的・肉体的未成熟を語る言葉で、囲繞されているようでさえある。そのことは実は、六条院に女三宮を降嫁させるための必須の要素であった。あまたの求婚者の中で、朱雀院がこの宮の「片生ひならむことをば見隠し教へきこえつべからむ人」として、光源氏が選ばれたのである。その朱雀院の要請があればこそ「紫のゆかり」という効験も、初めて威力を発揮しよう。もちろん、このことは、美質の面で紫の上には遠く及ばない、紫の上に苦悩を与えつつも、真に紫の上を凌駕するだけの人間性は持たないという条件をも、周到に満足させているのである。

更に、この女三宮の幼稚性というものは、「源氏を愛さなかった女性像」という新しい人物造型を可能にした(14)。光源氏の美質を理解しない人物を六条院に導入するためにも、「ただ稚児のおもぎらひせぬ」ような人柄である必要があったわけである。物語の主人公である光源氏に対する裏切り行為は、夫である光源氏の理想性を理解できない女と、冷静な判断ができなくなっている男とによって、なされる必要があった。誤解の無いように付け加えておくが、このような男女によってなされた行為だから、主人公を傷つけないというのではない。むしろ、そのような二人だからこそ、逆に光源氏の受けた傷は大きかったのである。デイジーは、ジェイ・ギャツビーが生命を賭けるだけの価値を持った女であったか、トム・ブキャナンはそのデイジーの愛情を横取りするだけの価値を持った男であったか、そうでなかったからこそ、ギャツビーの生きざまは、真に悲劇的な意味を持つのであった[15]。

では、女三宮の幼稚性は、物語を展開させるためだけに物語に導入されたのか。

女三宮については近年徐々にではあるが、物語との関連を意識的に断ち切り、人物そのものを論じようとする試みもなされ始めている。一個の人物の造型の枠内に限定する形の人物論は早くにその限界が露呈したものであるが、女三宮のように主題論的に論ずることが先行してきたものに限っては、例外的に、旧来の人物論によって切り込める部分が、まだ残っているのではないかと思われる。以下は、最近の研究動向を素描することによって分析にかえる。

まず、武原弘「女三宮について―若菜巻における贈答歌場面を中心に―[16]」が「生きた主体者としての存在」を捉えようとして、若菜上・下巻の女三宮の贈答歌を細かく分析して、そこに閉じこめられている「肉声」を聞こうとした。ついで、榎本正純「女三宮攷―物語と作者（下）―[17]」では、女三宮が「『憂き身』意識を次第に深めてゆく」過程を析出し、女三宮の詠歌が、次第に風格のあるものに変わってきていることも指摘する。武原論・榎本論共に、和歌を通して女三宮の内面に迫っていることが注目されるが、榎本論では、もう一つ「精神的な成長著しい」とか「宮の変容」という視点も提示されている。この女三宮の成長の契機に、母性の存在を見ようとする大坂富美子の論[18]もある。このような中で、池田節子「女三の宮」（『源氏物語講座』二、勉誠社、平成四年）が、紙数の制限もある啓蒙的な講座論文ながらも、全体を極めてバランスよく見通している。

最後に、女三宮と、他の登場人物との関連について簡単に見てみたい。

柏木が第三部の薫の人物像と通底し、女三宮が浮舟と呼応することは、比較的明瞭に見て取れるが、女三宮と、第一部に登場している人物との連関について考えてみたい。

加納重文は、女三宮の物語を六条院世界に導入しなければならなかった必要性について、多方面から詳細に検討した結果、それは、光源氏の恋愛の物語にとって必要であった側面が最も強いとし、朝顔斎院物語、玉鬘物語に続いて、「最後に模索し得た物語」としている。(19)これは、研究史上の盲点をついた重要な指摘ではないかと思われる。女三宮の物語は、六条院の崩壊、光源氏像の失墜、紫の上の苦悩など、女三宮が六条院に入ることによって物語の進んだ方向と関連づけて論じられることがほとんどであった。しかし、『源氏物語』は、若菜の冒頭からすべてが新しく始まるのではない。桐壺以来の様々な物語の累積のうえに存在するという側面もあるはずである。それは、従来から言われている紫のゆかりの問題や、朱雀院と光源氏との関係など以外にも、多くのものがあるはずである。

ここでは、梅壺女御（冷泉帝入内の初期の物語に限定する意味で、この呼称を使用する）の物語と、玉鬘の物語の延長線上に、女三宮の物語があることの意味を考えておきたい。これらの物語においては、何れも光源氏は、恋愛の当事者あるいは夫としての側面と、父親あるいは庇護者としての側面の、両面性を有していたのであった。梅壺女御は六条御息所から将来を委託された養女格であり、玉鬘は表向きは娘として公表されていた。そして、女三宮は「親ざまに定めたるにて、さもや譲りおききこえまし」と、朱雀院によって考えられていたのであった。更に、梅壺女御は六条御息所の娘、玉鬘は夕顔の娘、女三宮は藤壺宮の姪と、何れもかつての光源氏の思い人のゆかりにつながる女性たちという共通項も明白であろう。

梅壺女御の場合は、光源氏自身の意志で、女御へのあやにくな思いは回避された。女御への思いを語る言葉が、そのまま春秋優劣論へと転化するのは、後の六条院で秋の町の女御が春の町の紫の上と並んで、光源氏を支える存在となることを象徴している。では完成間もない六条院に導かれた玉鬘の場合はどうであったか。光源氏自身は玉鬘への恋情を抑えきれず、その取り扱いに苦慮している間に、鬚黒という闖入者によって玉鬘は奪い去られた。六条院にとっては最良の解決となったが、恋の進退の結論を下したのは光源氏本人ではなかった。今回の女三宮の場合も、朱雀院の「教へきこえつべからむ人」「親ざま」という考えに引きずられるように、降嫁を承引するのである。そして、その光源氏の判断は、六条院の内部よりの崩壊の決定的な第一歩でもあった。中年期の光源氏の恋が、正確な身の処し方（対梅壺女御）、錯誤の可能性と他者による問題の回避（対玉鬘）[20]、そして誤った判断（対女三宮）、という形で展開して行くことは、言うまでもなく光源氏の老いの加わりと完全に呼応する。逆に言えば、梅壺女御の物語、玉鬘の物語の存在が、女三宮物語を呼び込むことにもつながっているのである。

三　柏木と紅梅――第一部から第二部へ――

以下、柏木について見ていこう。

柏木の人物像を考える場合、まず留意しなければならない問題は、いわゆる第一部と第二部の柏木像を、どのように位置付けるかという問題である。女三宮の婿選びに始まり、六条院への降嫁へと展開する第二部は、女三宮へ恋心を抱く柏木を、一挙に主要人物の一人へと格上げをするが、これは第一部における比較的影の薄い存在であった柏木の姿からすれば、やや唐突な印象を免れない。

しかも、頭中将（致仕太政大臣）家の子息として、最初に照明をあてられているのは、長男の柏木ではなく、賢木巻で高砂を可愛らしい声で歌う「四の君腹の二郎」である、後の紅梅大納言なのであった[21]。

中将の御子の、今年はじめて殿上する、八つ九つばかりにて、声いとおもしろく、笙の笛吹きなどするを、うつくしびもてあそびたまふ。（賢木一三三）

二郎に焦点があてられる状況は、六年後の、澪標巻に到っても変わらず、再び政界の主流派となり権中納言へと進んだ頭中将は、「かの四の君の御腹の姫君、十二になりたまふを、内裏に参らせむとかしづきたまふ。かの高砂うたひし君も、かうぶりさせて、いと思ふさまなり」（澪標二七三）と記されている。子女の代表として、後の弘徽殿女御と紅梅が言及されているのであった。このような記述がなされているために、長男の柏木は右大臣家の四の君を母とするのではなく、『狭衣物語』の狭衣大将の父堀川関白の例を引いて、もう一人別の北の方を母親として推測する考えなどもある。(22)ただし、若菜下巻に見られる柏木の朱雀院への親近や、若菜上巻における朧月夜の奔走などから、柏木は旧右大臣家の血を引く四の君腹と考えるのが、通説である。このような考えに対して、柏木が第一部の各場面に登場しないことを積極的に捉えようとする立場も存する。

たとえば、今井久代「柏木物語の方法と表現」(23)は、柏木が殿上童の頃から朱雀院に親泥していたという若菜下巻の記述などともからめながら、柏木が「母の愛子であり、右大臣家の懐深く成長した」可能性を指摘し、反右大臣家の文脈である賢木巻の場面などには登場しなくて当然で、澪標巻以前の朱雀朝で元服していたであろうから澪標巻では言及されないとする。なるほどそのように考えても辻褄があうのであり、このような推測も可能にするほどの懐の深さを、この物語が持っているということであろう。とりあえずは、森一郎「源氏物語における人物造型の方法と主題との連関」(24)、伊藤博「柏木の造型をめぐって」(25)などの先駆的業績が明らかにしたように、物語の進展によって新しい要素が付着させられていったと考えればよかろうが、(26)論旨の関係上、第一部の柏木についてもう少しく見ておきたい。

柏木という人物が、物語のなかに具体的に姿を現すのは、胡蝶巻の冒頭近く、春の町の船楽の遊びに参集した、玉鬘に思いを寄せる若君たちの一人として、「事の心を知らで、内の大殿の中将などはすきぬべかめり」（胡蝶一六二）と記される場面においてである。猶、少女巻で、夕霧が大宮邸で行き合った内大臣の子息たちの筆頭に記される左少将は、後の閲歴からすれば柏木という可能性が強かろうが、取り立てて描写されているわけではない。また、初音巻で六条院を訪れた男踏歌の一行のなかで、夕霧と共に、ひときわはなやいでいた「内の大殿の君たち」にも当然柏木は含まれていたであろう。このあたりでは、柏木は、内大臣家の若君たちの一人という取り扱いであって、初音巻末で夕霧と比較されているのは、かつての二郎君とおぼしき美声の弁少将であった。その後も「内の大殿の君たちは、この君に引かれて、よろづに気色ばみ、わび歩く」（胡蝶一六七）と記されており、弟たちもまた玉鬘に思いを寄せていたのである。

この柏木に急速に焦点が絞られてくるのが、「思ふとも君は知らじなわきかへり岩漏る水に色し見えねば」の玉鬘への恋文であった。この場面以降、柏木は、内大臣家の子息の一人から、玉鬘求婚譚の主要人物へとクローズ・アップされるのである。光源氏も「公卿といへど、この人のおぼえに、かならずしも並ぶまじきこそ多かれ。さる仲にもいと静まりたる人なり」（胡蝶一七二）と、柏木の声望、思慮深さを称揚する。同じ近衛中将と、官職のうえでも、夕霧と肩を並べていることを明らかにされた柏木は、名実共に主要人物の一人としての肉付けがなされてきている。胡蝶巻末では、「この岩漏る中将」と地の文で記され、作者自身この呼称を楽しんでいるようである。

螢巻では、玉鬘への仲立ちを夕霧に依頼する柏木であるが、従姉であり柏木の妹である雲居雁との結婚問題が暗礁に乗り上げている夕霧は、冷淡な態度である。しかし、その一方で「昔の父大臣たちの、御仲らひに似たり」（二一〇）と、この二人がかつての光源氏・頭中将の間柄のように、新しい世代の中核的人物となることが暗示されている。この夕霧と柏木の関係は、物語の様々な主題と複雑に絡み合いながら、第一部から第二部へとつながって行く。[27] 後の藤裏葉巻で、夕霧を雲居雁の部屋に導いたのも「かうもありはてなむと心寄せわたる」（四三二）柏木であった。また玉鬘が異腹の姉であることが明らかになった後、かつての夕霧同様に異母弟の立場に置かれ、右近衛府の上司である鬚黒に仲介を頼まれるのは（藤袴巻）、実に皮肉なめぐりあわせであった。

近江君をめぐる一連の騒動（常夏、行幸巻）では、柏木のやや軽率な面が示されている。異母妹の近江君のことを詳しく調べることもなく報告に及んだのは、同じく異母姉である玉鬘にそれと知らず求婚したこととも一面で通じるものである。玉鬘の本当の素性を柏木が知る場面と、近江君を愚弄する場面は近接して置かれている。柏木の軽率さが大いに揶揄されているようである。しかし、絵合巻で頭中将家が光源氏家と政治的に対立することが明確になって以来、特に夕霧と雲居雁の一件で複雑にこじれてからは、頭中将（内大臣）やその一家の事大主義的なやり方は、折に触れて戯画化されており、ここでもその一環であると言えよう。柏木にそのような行動を取らせたものは、じりじりと追い詰められて行く内大臣家の嫡男の立場であることを考慮しておくべきであろう。行幸巻末では、内大臣本人も近江君をからかって、世間から批判されている。猶、第二部においても、蹴鞠の日に女三宮の側にいた唐猫を苦労をして入手し、春宮の要請にも返すことはなく、自らも「あながちにをこがましく」思われるほどに愛玩している異様な振舞いは、早くに小野村洋子の指摘にあるように[28]、玉鬘十帖の柏木の滑稽味と相通じるものがあるのである。

ところで、玉鬘十帖の結末部と次の梅枝巻との不連続性には無視できぬものがあり[29]、桜人巻の存在などもあって、若紫系・帚木系の成立論の中では玉鬘十帖の問題は議論の余地が残るものである。今それらについてすぐに結論をだすことはできないが、梅枝巻では、第二部の展開の可能性がほの見えている点を確認しておくべきであろう。言うまでもなく、玉上琢彌の指摘した「対の上」という紫の上の呼称の問題であるが、同時にこの梅枝巻では、柏木の手跡のすぐれている点や、和琴の伎倆が卓越したものであることが改めて確認されているのである（四〇二）。柏木が光源氏、螢兵部卿宮に次ぐ風流の人であることを示すと共に、内大臣の血を最も色濃く継承する人物であることを強く印象付け、第二部への地ならしとなっているといえよう。柏木の和琴が「父大臣の御爪音に、をさをさ劣らず、華やかにおもしろし」（篝火二五一）と既に記すところであるが、この梅枝巻の管絃の場面では、光源氏の箏、螢宮の琵琶と共に柏木が和琴を奏するのである。このメンバーで、柏木が父と入れ替われば、かつての絵合巻のときと同じ豪華極まりない顔触れでの合奏となるのである。[30] それだけに、柏木が新しい内大臣家の顔となったことを強く印象付けられよう。柏木の弟の紅梅（弁少将）もこの時の宴に参加して、拍子を取りながら梅が枝を歌いその美声を称揚されているが、相も変わらず遥か十四年前のことが、「童にて、韻塞のをり、高砂うたひし君なり」と回想されているのでは、新たに主役の座に浮上した柏木との立場の差は歴然としていよう。

紅梅は、賢木巻で高砂を歌った時が八、九歳であるから、澪標巻の元服時が、十二、三歳、初音巻末で「中将の声は、弁少将にをさをさ劣らざめるは」と記されているのが十九、二十歳の時となる。ところが、この後三年間、官職はまったく変化せず、藤裏葉巻末でも相変わらず「弁少将の声すぐれたり」と記されている。摂関家の次男が二十代前半に三年間も官職に異動がないこと自体やや不審であるが（弁官や少将が右から左に転ずるという小規模の移動の可能性はあろう）、特に、藤裏葉の秋の人事異動（恐らく秋の除目であろうが）は、極めて大規模のものであり、光源氏が太政大臣を辞し、父内大臣が太政大臣に、右大将であった髭黒は左に転じ（このことが明記されるのは若菜上巻の女三宮の婿選びの過程、ただしこれは藤裏葉同年末のことであるから、この昇進は藤裏葉秋の人事異動の時と考えて良かろう）、宰相中将であった夕霧は中納言に、頭中将であった兄の柏木は右衛門督へとそれぞれ進んでいる（柏木の事情は鬚黒に同じ）。猶、柏木が宰相と呼ばれるのは、翌春の蹴鞠の日が初出であるが、この時点で参議兼右衛門督と考えるのが常識的である。弁少将（少将、少弁は正五位下相当）であった紅梅も、当然兵衛督（従四位下相当）か右中将（従四位下相当）ぐらいには進んで然るべきではなかったか。藤原氏一の勢力を誇る、太政大臣家の次男としては、この昇進の停滞は不可解であると言えよう。これは、柏木を太政大臣家の新しい主役にするために、物語への登場が早く、先に脚光を浴びていた感のある弟の紅梅を「高砂うたひし君」のイメージに固定する必要があったのではないか。差別化を図るあまりに、紅梅は官職のうえでも固定化されるという、割りのあわない役を振り当てられたと思われる。

若菜巻に至ってようやく紅梅が、頭弁から右大弁へと進み、実務官僚としての道を歩んでいることが示される。このあたりの官歴はやや分かりにくいが、若菜上巻の蹴鞠の日の「頭弁」を紅梅と考えれば、この年、四一年の春の除目で昇進したことになろうか。とすれば蔵人頭兼左中弁あたりであろうか、ならば女三宮の乳母の兄の左中弁の後任である。(31)右大弁となった紅梅は、四八年春には柏木から後事を託されており、柏木没後は法事の指図をしている姿が描かれる。前年、四七年夏、柏木と共に紫の上の見舞いに参上している左大弁も柏木の弟の代表格で、ここも紅梅と同一人物と見たいところであるが、官職の上で前後の矛盾がある。ともあれ、こうして紅梅の人物像に新たな側面が付与されてくる。これは、嫡男の柏木が女三宮との恋に殉ずる構想が日程に上る過程で、美声の持ち主であった次男の紅梅も、すぐれた実務官僚であることが、太政大臣家のためには必要となったと見ることができよう。

猶、頭弁は同じ蔵人頭といっても、頭中将に比べ地味な存在で、十、十一世紀前半頃には「頭弁は一般に頭中将に比してはるかに高齢であり、現実には両者の間には、身分的・性格的に大きな相違が存在していた」(32)とも言われるが、その直後の十一世紀後半の頭弁の例を見てみると、冷泉朝では藤原済時の二十七歳右中弁〜二十九歳左中弁、円融朝では藤原為光の二十八歳左中弁〜二十九歳、一条朝では藤原道兼の二十六歳左少弁、源俊賢の三十三歳右中弁〜三十六歳権左中弁、藤原行成の二十五歳権左中弁〜三十歳右大弁の例など、比較的若く、家柄も良く、かつ実務に長けた人物なども、この時代には輩出している。二十代半ばから三十歳前後にかけて頭弁を務めたことになっている紅梅は、これらの人物のイメージと重なると考えて良いであろう。

四　柏木の恋と太政大臣家の立場

第二部に限定しても、柏木の人物像に、まったく問題なしとしない。若菜上巻も巻末に近付いた六条院での蹴鞠の場面の直前に、朱雀院に「常に参り、親しくさぶらひ馴れたまひにし人」（一二七）であるという紹介と共に、再登場してからの柏木は、朱雀院との親泥、小侍従との縁故などが次第に明示され、それらの状況設定に追い立てられるように、女三宮への思いを昂ぶらせて行き、破滅への道をひた走ることになるが、それ以前の柏木の姿と比較してみると、一挙に静から動へと転換した感は否めない。従って、吉岡曠「女三宮物語の構造」(33)のように、この部分は「柏木の登場にあたって、その恋の由来を一通り解説した」ものであり、これ以前には「柏木の片思いを暗示したり、密通事件を準備したとみなされるような叙述は一箇所も存在しない」とする見方も存する。もちろん、物語の展開を効果的にするために、様々の状況設定を一箇所に集中させ、一挙に柏木の恋の物語の全面展開を図ったということはあり得る。しかし、一方では、吉岡論のような立場も存するほど、この間の変化が劇的であったということなのであろう。

この若菜上巻前半部の柏木の造型について、最も的確に整理しているのは、秋山虔「蹴鞠の日―柏木登場―」である。(34) 秋山論文は「第一部の柏木と若菜上巻に登場する柏木とは、当初必ずしも径庭があるわけではない」とし、女三宮との縁組を熱望する気位の高さは太政大臣家の嫡男としての自然な志向であり、柏木の願望が叶わないのは太政大臣家が源氏の引き立て役に終始するためであり、和琴の名手としての側面、夕霧と並んで舞い納める姿など、第一部以来の連続であり、第一部の柏木の姿と切断はないとする。これは、第二部当初の柏木の人物像についての、現在における最も妥当な見方であると言える。連続性と不連続性は、物事の表裏であり、柏木像も、第一部、第二部当初、若菜上巻巻末以降と、いずれともなだらかにつながっているが、それが付着とか変貌という用語で捉えられる所以であるのだが、しいて言えば、第二部当初の柏木は、第一部以来の物語の流れと緊密な所にあると言えよう。断層は、それ以前よりも、以降に対しての方がより見えやすい形で存在する。それは、恐らく物語の構想の問題というよりも、技法の問題と考えるべきと思われるが、とりあえずは、第二部当初で区切って考えることとする。

柏木の人物像が、第一部の延長線上に捉えられるとしても、女三宮の登場は、若菜巻を待たねばならなかったのであるから、宮の降嫁を強く望む姿にこそ、当然この時期の柏木像の持つ問題の本質があるはずである。そして、女三宮を希求する柏木自身の内的必然性がやや観念的な形でしか語られない以上、少なくとも若菜上巻の発端部においては、外的必然性によって一層強く支えられていると言わざるをえない。それは言うまでもなく、皇族・源氏を代表する光源氏家によって、じりじりと追い詰められている藤氏の領袖たる太政大臣家の立場である。源氏対藤氏という、冷泉朝前半の比較的鮮明な構図から、藤氏第二の勢力である鬚黒一族が光源氏と提携した形となった冷泉朝後半では、太政大臣家においては一層の地歩回復の必要性が強まっていたのである。その具体的な行動こそが、女三宮との縁組を通して、朱雀院や春宮との提携を強めるものであったのである。そこで、以下、本節では、この問題に絞って、柏木の家、すなわち摂政太政大臣家の置かれている立場を分析することによって、柏木の恋の背景を見通してみたい。

柏木が女三宮の降嫁を熱望するのは、しばしば指摘されているごとく[35]、その背景に太政大臣家の政治的立場があり、冷泉帝、春宮と二度にわたって後宮政策に失敗し、六条院の勢力に大きく遅れを取っているこの一族が、桐壺院妹の大宮を通じて皇室と結びついた先代の故摂政太政大臣の例にならい、皇女を迎えることによって勢力挽回を図る望みも含まれていたことは、間違いのないことである。

藤原氏を代表するこの家では、藤裏葉巻では、かつての頭中将が内大臣を経て太政大臣へと就任している。臣下として最上位の地位に昇り、一見、太政大臣家は最強の形となっているかのように見える。しかし、これは必ずしも諸手を上げて歓迎できる事態ではないのである。太政大臣への就任は、むしろ実権から少し遠退いたという側面も持っているのである。藤氏第一の実力を持つ内大臣を、名誉職の色彩のやや濃い太政大臣という形に、いわば棚上げをすることによって、春宮の伯父鬚黒の政権への地ならしをするという要素があったのではないかと思われる。稿者は、かつて『源氏物語』の時代の太政大臣について検討をして、それが物語の太政大臣の造型とどう関わっているかを論じたことがあるが[36]、実は、女三宮の婿選びの過程で記されている表現にも、この問題と深く関わるものがあるのである。

この太政大臣の問題を一層鮮明にするために、『源氏物語』の特定の箇所の解釈について、現行の多くの注釈書の考えについて、検討しておかねばならない。次節では、まず、その点から見ておこう。

五　太政大臣となり隠棲すること――解釈の異見――

若菜上巻の冒頭近く、朱雀院の病気見舞いに、父六条院の名代として参上した夕霧は、父の心情を次のように伝える。

「かく朝廷の御後見を仕うまつりさして、静かなる思ひをかなへむと、ひとへに籠りゐし後は、何ごとも知らぬやうにて、故院の御遺言のごともえ仕うまつらず、御位におはしましし世には、齢のほども、身の器物も及ばず、賢き上の人々多くて、その心ざしを遂げて御覧ぜらるることもなかりき。今、かく政を避りて、静かにおはしますころほひ、心の中をも隔てなく、参り承らまほしきを、さすがに何となくところせき身のよそほひにて、おのづから月日を過ぐすこと」となむ、をりをり嘆き申したまふ。（若菜上一七）

「かくおほやけの御後見を仕うまつりさして」の部分、最も新しい注釈書である、小学館『新編日本古典文学全集』では、「太政大臣として、帝の後見役だったのを途中で辞任して」「隠退して准太上天皇となったことをさす」と注する。他の注釈書でもほぼ同様で、岩波書店『日本古典文学大系』が「朝廷の御世話を申上げるのを中止したので。太政大臣で帝の師範となっていたのに、准太上天皇となったことをいう」、玉上琢彌『源氏物語評釈』が「太政大臣であったのに途中から准太上天皇になったこと」、岩波書店『新日本古典文学大系』が「太政大臣をやめて、准太上天皇となったことを言う」などと、いずれも、准太上天皇となったことと関連づけて解釈するのが大勢を占めている。

しかし、光源氏が太上天皇に准ずる尊号を得たのは、年立上は三十九歳秋のこと。前引の会話は同年冬、ほんの数か月後のことである。「ひとへに籠りゐし後は、何ごとも知らぬやうにて、故院の御遺言のごともえ仕うまつらず」を、この間のこととすると大げさな物言いとなるのではないか。「御位におはしましし世」と対比させるのも、時間の長さ、現在からの距離の、いずれをとっても平衡が取れない。更に、「今、かく」という表現が後出することを考慮するならば、「ひとへに籠りゐし後」（過去）、「御位におはしましし世」（大過去）、「今、かく」（現在・自らは准太上天皇）とでも捉えるべきではないか。夕霧が光源氏から折に触れてこのようなことを聞かされていたとすれば（おのづから月日を過ぐすこと、となむ、をりをり嘆き申したまふ）、もう少し長い期間をどうしても必要とするであろう。以下、少しく検討してみよう。

そもそも、光源氏が准太上天皇となったのは、上述したごとく、藤裏葉巻、源氏三十九歳の秋であった。

明けむ年四十になりたまふ。御賀の事を、朝廷よりはじめたてまつりて、大きなる世のいそぎなり。その秋、太上天皇に准ふ御位得たまうて、御封加はり、年官年爵などみな添ひたまふ。（四四五）

一方、問題の夕霧と朱雀院の対話の場面は、同じ年のことである。藤裏葉巻末の六条院への御幸が「神無月の二十日あまりのほど」で、「ありし御幸の後、そのころほひより、例ならず悩みわたらせたまふ」とあることから、夕霧との対話はそれ以降であることは間違いないが、その後の物語の展開を考えると、年の暮れまでには多少の時間を確保することが必要である。ならば対話の場面は、御幸から一か月以内と考えるべきではないだろうか。詳しく見てみよう。

夕霧との対話の後日、朱雀院が「御裳着のほどのことなどのたまはするついでに」、光源氏の許に降嫁させるべきだとの女三宮の乳母の進言があり、その後、乳母は兄の左中弁が「参りたるに会ひて物語するついでに」源氏への仲介を打診したところ、光源氏も受諾するであろうという感触を得たので、「また事のついでに」乳母が朱雀院に再度進言する。乳母の度重なる提言を受けた朱雀院であるが、それでも最終的に結論を出すには至らない。結局、春宮の「かの六条院にこそ、親ざまに譲りきこえさせたまはめ」という言葉を受けて、「いよいよ御心だたせたまひて、まづかの弁してぞかつがつ案内伝へきこえさせたまへる」（三三）という状況に到るのである。しかし、光源氏は一旦は辞退し、そのうちに、十二月となり、[37] 女三宮の裳着の儀式をはさんで、事態は急展開するのである。

如上のやりとりは、女三宮の降嫁を望む人々の動静などは除いて、朱雀院の側の動きのみを抽出したもので、一つの事柄を受けて次の展開があり、同時進行が不可能なものである。これらのやりとりには、少なく見積もっても、十数日は要するであろうから、夕霧と朱雀院の対話は十一月の半ば頃と考えざるを得ないのである。とすれば、光源氏が准太上天皇となってから、数か月後のこととなる。

先の夕霧の発言は、朱雀院が故桐壺院の遺言を遵守できず光源氏の須磨退去を引き起こしたことを陳謝しているのに対して、光源氏も自分の方も引き籠っていて故院の遺言を十分に守れていないと述べ、朱雀院の心理的負担を軽減しようとしているわけであるから、これが最近の数か月のことを言うのであれば、ほとんど意味をなさないであろう。引用している光源氏の言葉の「かく朝廷の御後見を仕うまつりさして……何ごとをも知らぬやうにて、故院の御遺言のごともえ仕うまつらず」の部分が、ある程度長期間のことであって、初めて朱雀院の負い目が少なくなるのである。

また、上の部分と対照させるように、「御位におはしまし世には、……その心ざしを遂げて御覧ぜらるることもなかりき」とも述べているが、この朱雀院の在位の時期（約二十年前から十年前までの十年間）の対極に措定されているのが、ごく最近の数か月のことだけとすると、極めて釣り合いが悪いと言わざるを得ないであろう。

このように考えてみると「かく朝廷の御後見を仕うまつりさして」というのは、もう少し遡った時点のことを述べていると考えるべきであろう。そして、光源氏の閲歴において、准太上天皇以前で考えてみれば、三十三歳の秋、太政大臣に任命された時をおいて他はないであろう。その時点から数えればまる六年であり、「ひとへに籠りゐし後」という表現とのバランスも良い。そもそも、六条院完成以後の光源氏は、この地をほとんど動かず、政権・権力から超越したような存在であった。常夏巻巻頭で、若い殿上人たちを前に、「このごろ世にあらむ事の、すこしめづらしく、ねぶたさ醒めぬべからむ、語りて聞かせたまへ。何となく翁びたる心地して、世間の事もおぼつかなしや」（二一六）と語る光源氏の姿はそれをよく表している。

実は、古注においては、この解釈をしているものがある。それは、中院通勝の『岷江入楚』の説である。同書では、若菜上巻の「大やけの御うしろみをつかうまつりさして」に対して「源の陰遁したく思ひ心ざす也、又太上天皇の尊号などありてから世の政をばしり給はぬ心歟。又太政大臣も職掌なき官なればそれからをいへるにや」(38)と注している。一旦、准太上天皇とする考えを疑問符付きながら提示した上で、太政大臣の時期をも含む可能性を並記するのである。このように考えれば、光源氏三十三歳以後の六年間のこととなり、表現の上でも妥当なものとなる。「太政大臣も職掌なき官なればそれからをいへるにや」という論拠も、旧稿で述べたごとく、時代性と照合しても、物語中の他の部分を参照しても、きちんと合致するのである。従って、この部分は、光源氏の太政大臣就任以後のことを言っていると考えるべきであろう。中院通勝は、蓋し炯眼であったと言えよう。猶、他の古注釈では、『花鳥余情』『弄花抄』『細流抄』では、当該項目を欠き、『孟津抄』に到って初めて「源心を夕の詞也」と注される。『湖月抄』も『孟津抄』を引用するのみで、他には『万水一露』の永閑の注が「源氏禁中の奉公をつかうまつりさしたるよし申さるゝと也」と注するのみである。

現代の注釈書では、新潮社『日本古典集成』が、「このように政治（まつりごと）の輔佐を途中でご辞退して。直接政治に携わらない太政大臣から、さらに准太上天皇になったことをいう」（頭注一二）とするのが、唯一この立場を取るものである。ところがこの解釈は、その後刊行された、岩波書店『新日本古典文学大系』や小学館『新編日本古典文学全集』

には継承されることがない。ただ文脈・物語の展開から考えると、新潮社『日本古典集成』の説こそが妥当なものであると言えよう。

太政大臣の地位が光源氏の発言に見られるような側面を持っている以上、太政大臣も柏木への女三宮の降嫁をひたすら願い、義妹の朧月夜などをも通して働き掛けていたのであろう。やがて、若菜上巻巻末近くから明らかにされる、柏木の異常とも言える女三宮への執着には、太政大臣家をめぐるこのような事情があったのである。

六　柏木と夕霧——六条院体制の侵犯者——

晩春の六条院の蹴鞠の日、女三宮の姿を垣間見たことによって、柏木の情念の炎は一挙に燃え盛ることになる。六条院への降嫁以来、柏木の女三宮への思いは語られることなくきたが、「大殿の君もとより本意ありて思しおきてたる方におもむきたまはば、とたゆみなく思ひ歩きけり」という日常であったという。これ以降、女三宮の乳母子にして柏木の乳母の姪にあたる小侍従の存在、朱雀院王統への親泥、内親王ならでは得じという高い衿持など、女三宮へ傾斜する柏木の思いを背後で支える様々な状況設定が次々と明らかにされる。小道具として、狂気じみた行動へと追い込んで行く女三宮愛玩の猫も準備される。その後、御代替わりに伴っての六年間の歳月の経過は、中納言への昇進と、今上の一層の信任を得たが、「身のおぼえまさるにつけても、思ふことのかなはぬ愁はしさを思ひわび」（若菜下二〇八）るという状況であった。一旦燃え上がった炎が、埋火のように、柏木の心中深くに抱え込まれていたのである。今上の女二宮であり、女三宮の腹違いの姉にあたる落葉宮との結婚は、結局は女三宮への思いへと一層傾斜させるだけであった。そして、紫の上の発病によって人少なになった六条院へ忍び込むことになるのである。紫の上の看護のための光源氏の不在は、何よりの好機である。同時に、柏木に早くからあった、「対の上の御けはひには、なほ圧されたまひてなん……かたじけなくとも、さるものは思はせたてまつらざらまし」（若菜上一二八）[39]との思いが、強く後押しをしたであろう。その後も、逢瀬を重ねていたが、やがて女三宮の決定的な失錯によって柏木の手紙が発見されて光源氏の知るところとなり、懊悩と恐怖の果てに病臥、女三宮が自身の子を出産するのを知るが、やがて「泡の消え入るやうにて」（柏木三〇八）亡くなるのである。

この柏木のいわば後半生を、夕霧との関係から見てみたい。

そもそも、女三宮への柏木の思いそのものが、「野分によって点じられた狂熱の炎が、夕霧からその友柏木に、対象を変えて転移されたもの」[40]と考えられている。夕霧と紫の上との可能態の物語が、柏木と女三宮との新たな人物関係に転移して甦ったものと捉えることができるのである。[41]ならば、柏木・女三宮事件の背後に見え隠れする夕霧の姿は、この問題を理解する上で、一つの切り口となるのではないだろうか。

夕霧と柏木とを、対偶的に用いようとする手法は、柏木再登場の場面から明白に見て取れるのである。

若菜上巻も三分の二を過ぎたあたり「年返りぬ」と、光源氏四十一歳の年になり、明石女御の出産が迫るという記事を契機として、物語の流れは、この巻の主題とも言うべき女三宮の問題から、大きく逸れて行く。明石尼君の再登場、女御の皇子出産、若宮の成長、明石入道の入山と消息、明石の君と尼君の感慨、入道の願文など、明石一族をめぐる描写が、長大な巻全体の二割ほどもの分量を費やして語られた後、ようやく物語は、この巻の最後の山場とも言うべき、六条院の蹴鞠の場面に戻るのである。

この、物語の本筋に戻るに際して、いわば案内役となるのが夕霧と柏木の二人なのである。すなわち、「大将の君は、この姫宮の御ことを思ひ及ばぬにしもあらざりしかば、目に近くおはしますをいとただにもおぼえず」（若菜上一二五）「衛門督の君も、院に常に参り、親しくさぶらひ馴れたまひし人なれば、この宮を父帝のかしづきあがめたてまつりたまひし御心おきてなどくはしく見たてまつりおきて」（一二七）と、女三宮の降嫁の候補者であつた二人の若者の現在の女三宮に対する思いを語ることによって、再び女三宮の話題へと帰って行くのである。この二つの文章で始まる二つの話題が、六条院の蹴鞠の場面の、いわば双頭の導入部となっているのである。物語の指し示す方向性は、おのずから明らかであると言えよう。

以下、蹴鞠の遊びの場面、二人同車しての六条院よりの帰途の場面を始めとして、六条院の競射の日、紫の上病気見舞の日など常に二人が関連して描写され、最終的に柏木は、夕霧に、光源氏への取りなしと落葉宮のことを頼んで逝去するのである。そしてそのことは、後日談としての横笛巻、更には夕霧巻の落葉宮と夕霧の物語へと展開して行く。ここで注目すべきは、柏木と夕霧が、お互いに相手の冷静な観察者となっているという点である。蹴鞠の日、女三宮の姿を見た柏木の「いといたく思ひしめりて、ややもすれば、花の木に目をつけてながめやる」（若菜上一三五）姿に、夕霧は「心知りに、あやしかりつる御簾の透影思ひ出づることやあらむ」（一三五）と思い、帰途、女三宮への同情を言い募る柏木に対して、光源氏の対応を弁護する。「いで、あなかま、たまへ。みな聞きてはべり。いといとほしげなるをりをりあなるをや」（若菜上一三八）と一方的に話し続ける柏木に「さればよ」と改めて柏木の女三宮に対する思いを見て取るのであった。一方、重態の紫の上を見舞った柏木は、逆に夕霧のあまりの消沈ぶりに首を傾げる。

「まだいと頼もしげなしや。心苦しきことにこそ」とて、まことにいたく泣きたまへるけしきなり。目もすこし腫れたり。衛門督、わがあやしき心ならひにや、この君のいとさしも親しからぬ継母の御事にいたく心しめたまへるかな、

と目をとどむ。（若菜下二三〇）

女三宮との逢瀬の後、「さてもいみじき過ちしつる身かな、世にあらむことこそまばゆくなりぬれ」（若菜下二三〇）とひたすら自邸に籠って煩悶し、「暮らしがたかりし」一日を過ごし、今日も今日とて、光源氏の挨拶に「胸つぶれて、かかるをりのらうらうならずはえ参るまじく、けはひ恥づかしく思ふ」（二三一）柏木が、「目をとどむ」と言うのであるから、夕霧の取り乱しようがよほどはなはだしかったのであろう。六年前の蹴鞠の日の帰途の、柏木の我を失ったような表情と好一対の物であり、柏木と夕霧との関係が表裏一体であることを示すものであると言えよう。

更に一歩進めて言えば、柏木と夕霧は、共に六条院体制の侵犯者として位置付けることができるのではないか。柏木と女三宮の事件は、結果的に光源氏の絶対的立場を浸食するものであり、柏木はいわば六条院の外部からの闖入者であった。これに対して、夕霧の思念は六条院の持つ内部矛盾を白日の許に曝しだすものであり、いわば六条院を内部から無化させるものであった。柏木は、女三宮の幻像に心を奪われているが、それに対して夕霧は、女三宮の欠点を知りつつ、次のように考える。

なほかくさまざまに集ひたまへるありさまどものとりどりにをかしきを、心ひとつに思ひ離れがたきを、ましてこの宮は、人の御ほどを思ふにも、限りなく心ことなる御ほどに、とりわきたる御けしきにしもあらず、人目の飾りばかりにこそ、と見たてまつり知る。（若菜上一二七）

柏木が、女三宮一人を念頭に置き「さるものは思はせたてまつらざらまし」と考えるのに対して、夕霧は紫の上への思いを抱きつつも、それとはまったく矛盾せずに「かくさまざまに集ひたまへるありさまども」を「とりどりにをかし」と、思っているのである。女三宮の降嫁が六条院にもたらしたものを、紫の上に与えた打撃を、夕霧は本当の所では分かっていない。夕霧は総体としての六条院の女性たちの幻像に心を奪われているのである。こののちも、夕霧は、六条院の中で雅びを交す女性たち、その頂点に立つ人物としての紫の上を称揚し続けるのである。柏木が外部から六条院体制を破壊する存在であるとすれば、夕霧は内部より六条院を形骸化させる存在であると言えよう。

若菜下巻で、冷泉から今上への御代替りもあり、二品に叙せられた女三宮はますます勢いが加わる。光源氏も「内裏の帝さへ、御心寄せことに聞こえたまへば、おろかに聞かれたてまつらむもいとほしくて、渡りたまふこと、やうやう等しきやうになりゆく」（若菜下一六九）のであった。紫の上は、明石女御腹の女一宮をかわいがることで「つれづれなる御夜離れのほども慰めたまひける」（一六九）という状況で、同じく実子のいない花散里は「大将の君の典侍腹の君を切に迎へてぞかしづきたまふ」（一七〇）のであった。花散里のたっての願いには、当然紫の上の女一宮の養育のことに言及してあったはずである。夕霧は、このような六条院の状況をどう見ていたのであろう。花散里や紫の上の心にある埋めがたい寂蓼感を、単に実子がいないゆえの寂しさと考えていたのであろうか。翌春の六条院の女楽の折も、退出に際して紫の上の「箏の琴の変わりていみじかりつる音も耳につきて、恋しくおぼえたまふ」と記されているが、女三宮らと合奏する紫の上の心の内はまったく見えていない。柏木死後、未亡人の落葉宮との恋に落ちた夕霧は、北の方雲居雁の嫉妬に対して、六条院の女性たちのようにお互いに仲良くできたらという論理を繰り返すことによって、自己正当化を図るのである。(42) 柏木物語に連なる最後の後日譚として存在する夕霧・落葉宮物語において、六条院の女性たちを称揚する夕霧の姿が、戯画化されているのは、然るべき必然性があったのである。

遥か後年の匂宮巻において、夕霧が半月ごとに律儀に落葉宮と雲居雁の許に通い分けているという記述に、六条院体制・構想の行き着いた先の、無残なまでに滑稽な到達点を見るであろう。

いささか先走ってしまったが、ここでやや視点を変えて、柏木像の背景について考えてみたい。柏木は、女三宮との恋に殉ずるようなかたちで早逝するが、この衝撃的な出来事にもかかわらず、『源氏物語』の世界は、六条院を頂点とする貴族社会は、悠然と時の流れを刻み続けるのである。その背景に当時の史実を重ね合わせてみると何かが見えてくるのではないだろうか。

七　史実の藤原摂関家と致仕太政大臣家

さて、致仕太政大臣（頭中将）家は、長男柏木の死によって大打撃を蒙り、次男の紅梅が後継者となっているが、次ページに掲出するごとく、歴史上の藤原北家の摂家嫡流の系譜を見てみると、このような展開は必ずしも非現実的なものではないのである。

最初の人臣太政大臣として、藤原北家の繁栄の礎を築いた藤原良房は、澪標巻で致仕左大臣が太政大臣に登用される際の準拠ともされている人物であるが（後述参照）、この良房は冬嗣の二郎で、同母兄の長良を抑えての栄進であった。良房の子は文徳妃となった明子（染殿后）だけで、嗣子がいなかったため、兄の長良の三郎の基経を養子としたが、基経以後実に四代続けて、最終的に権勢を継承することができたのは長男以外の人物なのである。以降、道長の嫡男頼通まで、約一世紀の間長男が継承した例はない。もちろん、一夫多妻の風習のある時代のことでもあり、母親やその実家の家格や政治力・経済力が微妙に関わる問題であるから、そのことを考慮する必要があるが、実頼・師輔の兄弟を除いて、何れも同母兄弟の例なのである。実頼・師輔にしても、実頼の母が宇多天皇女順子[43]、師輔の母が文徳源氏右大臣源能有女、共に

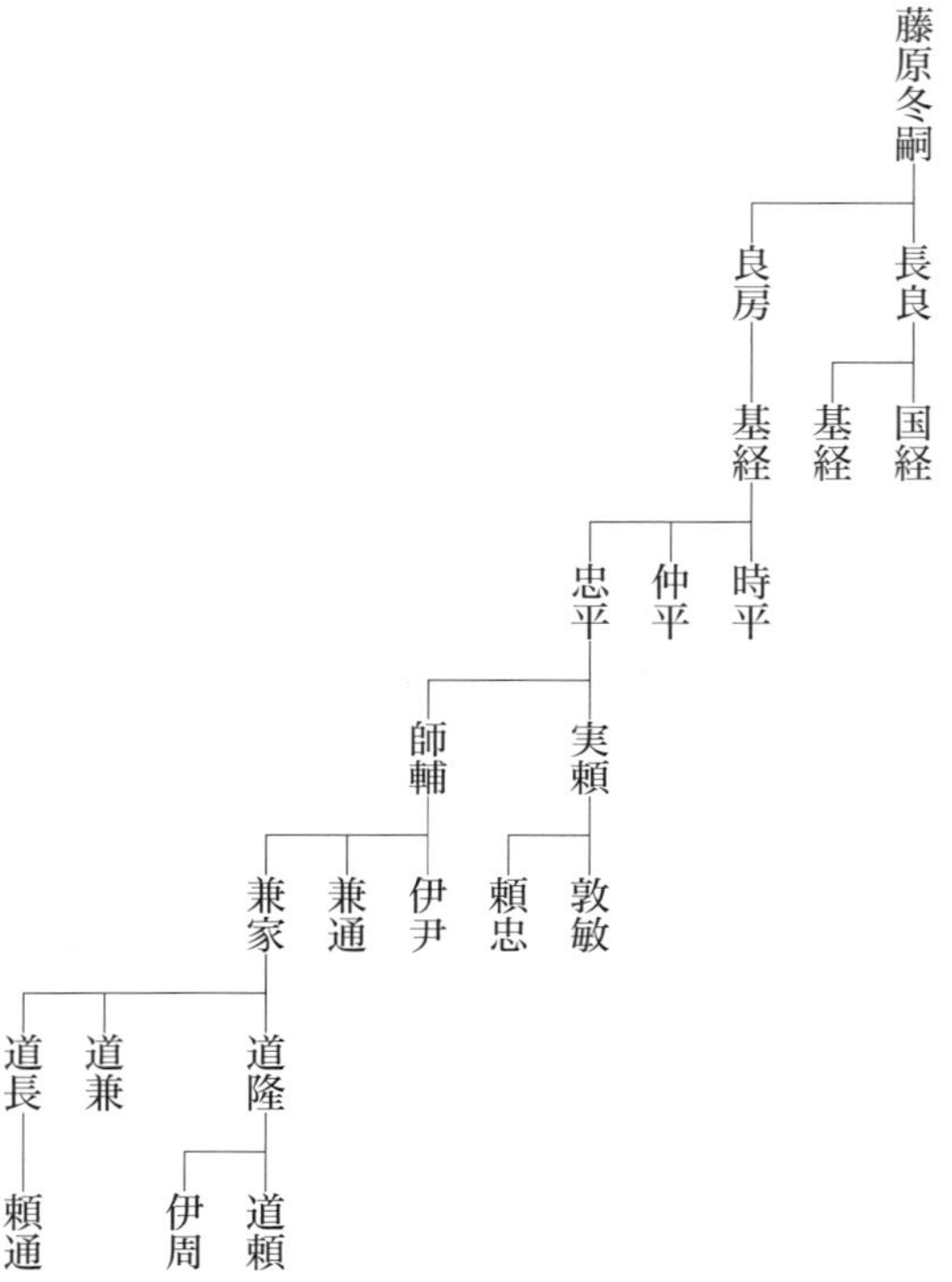

皇女・皇孫の王家統であり、実質的に大きな差異はない。人康親王女を母とする貞信公忠平には同母兄に本院大臣時平と枇杷大臣仲平が、武蔵守藤原経邦女を母とする東三条兼家には同母兄に一条摂政伊尹と堀河関白兼通が、そして摂津守藤原中正女を母とする道長には同母兄に中関白道隆と粟田関白道兼が、それぞれいた。何れも、病没した長兄や次兄の後を引き継ぎ、更にはその遺児たちを抑えての権勢の確立であり、偶然性に助けられた面もなきにしもあらずではあるが、長男が後継者でないということは一貫している。すなわち、摂関家としての藤原北家の実質的な始祖といって良い冬嗣[44]以降、

この家ではただの一度も長男が後を継いでいないのである。こうした史実が眼前にある以上、物語における藤原氏の頂点を占める致仕太政大臣（頭中将）家が、長男の柏木が後継者とならないこともそれほど奇異とするには当たらないのではないか。『源氏物語』が執筆されている時点では、約一世紀半もの間、藤原摂関家では長男が最終的な後継者にはなっていないのである。

更に興味深いのは、致仕太政大臣家と歴史上の藤原摂関家とが総体として共通性があるのみでなく、個々の部分を取り出してみると、その類似性は一層鮮明になることである。以下、具体的に見てみよう。

＊

まず、澪標巻に「致仕の大臣、摂政したまふべきよし譲りきこえたまふ。（中略）御年も六十三にぞなりたまふ」と記されているのは、『河海抄』が「忠仁公貞観八年八月十九日始蒙摂政詔六十三此例歟[45]」とするように、摂政太政大臣（もとの左大臣・葵の上の父）の姿に、人臣摂政の嚆矢たる藤原良房を重ね合わせる筆法である。殊更に年令に言及しているのは、極めて意識的であるといえよう。更に、藤原良房の北の方が、嵯峨天皇皇女源潔姫であることは、左大臣の北の方が一院の内親王で桐壺帝の妹の大宮であることとも相通じる。この物語の左大臣と歴史上の藤原良房とは、幾重にも重なり合う部分を持つのである。この両者の系図を機械的に重ねてみると、その子の頭中将は藤原基経に該当し、その孫の世代の柏木と紅梅はいわゆる三平の藤原時平・仲平・忠平に匹敵する。この世代では、嫡男たる時平が菅原道真の祟りによって早逝し、替わって藤原摂関家を継いだのは弟の忠平であった。須磨・明石の流謫の時期などの光源氏に道真の面影があることや、菅公伝説が踏まえられていることは明白である[46]。更に注目すべきは、柏木を直接死に追いやった、朱雀院の五十の賀の試楽の場面での、光源氏の鋭い一瞥こそは、明石巻で、朱雀院が桐壺院に睨まれた場面を髣髴とさせるものであった[47]。柏木が絶えず光源氏の視線に恐怖感を持っていたことは、「この院に目をそばめられたてまつらむことは、いと恐ろしく恥づかしくおぼゆ」（若菜下二二一）「空に目つきたるやうにおぼえしを」（同二四八）などと、繰り返し記されている。従って、摂政太政大臣に就任する際の左大臣の年齢を藤原良房と一致するようにしたり、光源氏の須磨・明石の流謫の準拠に道真の大宰府左遷を用いたりしていることとの整合性を持たせるならば、時平に当たる柏木は早逝する嫡男であることが必要であったのである。早く、藤河家利昭「保忠と柏木の死」「藤原敦忠伝―柏木像の形成―」[48]などが、柏木に藤原時平の子息の保忠や敦忠のイメージがあることを明らかにし、また、土方洋一「源氏物語の言語の構造・序説―テクスト論の視座から―」[49]が、より広範囲な射程で論じたように、柏木物語の背景には、菅原道真伝説の影が揺曳していると思われるが、藤原良房―基経―時平の三代は、『源氏物語』中の摂政太政大臣―致仕太政大臣―柏木の三代と、微妙に重なりあうのである。

＊

次に、藤原実頼・師輔の兄弟の世代について見てみたい。

この兄弟においてまず注目されるのは、その母親である。師輔の母は、文徳源氏の右大臣源能有女であるが、実頼の方は、「御母、寛平法皇の御女[50]」である。『源氏物語』が桐壺院を醍醐天皇を準拠とし、桐壺朝を延喜聖代になぞらえていることは、この物語の基本構造であり、そのことは物語のいたるところに鏤められてあり、枚挙にいとまがないほどである。桐壺院の父一院に宇多天皇を重ね合わせることも、「亭子院の描かせたまひて、伊勢貫之に詠ませたまへる」長恨歌の屛風の存在や、高麗の相人の場面では「宇多帝の御誡あれば」など、桐壺巻以来様々な形で示唆されている。さて、左大臣の北の方にして葵の上や頭中将の母でもある桐壺院同母妹の大宮は、準拠を援用すれば、宇多上皇の娘に該当することになる。しかして実頼の母は、宇多皇女であり、ここに実頼と頭中将（致仕太政大臣）が重なり合うことになる。しかも、実頼の長男敦敏は父に先立って三十歳で早逝し、実頼の悲しみは、『大鏡』実頼伝、『後撰集』巻二十、哀傷、一三八六、『栄花物語』月の宴巻、『古本説話集』などにも記されて人々の涙を誘った。ここでは、『大鏡』の本文をあげておく。

男君は、時平のおとどの御女の腹に、敦敏の少将と聞えし、父大臣の御先にかくれたまひにきかし。さていみじう思し嘆くに、東のかたより、うせたまへりとも知らで、馬を奉りたりければ、大臣、

まだ知らぬ人もありけり東路にわれもゆきてぞ住むべかりける

いとかなしきことなり（一一四）。

その後の小野宮家は、次男の頼忠が継承することになるのは周知の通りである。ここでも、敦敏を柏木に、頼忠を紅梅に重ね合わせてみることができる。更に、九条家の兼通・兼家兄弟の不和のお蔭で一時的に関白の地位に就くものの、所詮「よそ人の関白」としての立場であり、沈下する小野宮家を建てなおすには到らなかった頼忠と、鬚黒から夕霧へという政権の流れの埒外におかれ、常に後塵を拝することになる紅梅との間にも、微妙な共通性が読み取れるのである。

ここで注目されるのは『河海抄』の記述である。夕霧巻の巻頭近く、弁の君（紅梅）が柏木未亡人の落葉宮に接近をはかるも拒絶された経緯があることを匂わせているが、『河海抄』は、この「弁の君、はた（思ふ心なきにしもあらで、気色ばみたるに、カッコ内は『河海抄』にはナシ、今原文で補った）」の部分に注して「柏木権大納言舎弟紅梅右大臣也」と記した後、次のような系図をかかげている。(51)

清慎公　准致仕大臣　母寛平御女
├敦敏少将　蔵人准柏木　母時平大臣女　早世　天暦元年十一十七卒年卅　父公悲嘆事見後撰　またしらぬ人もありけりあつまちに我も行てそすむへかりける
└頼忠　准紅梅右大臣　廉義公母同

『河海抄』の最大の眼目は、その尻付の記事から、早世であること、年齢が近いこと[52]、父の悲嘆を誘ったことなどにより、敦敏を柏木になぞらえることにあるのであろうが、わざわざ系図で父の清慎公、弟の廉義公も掲出していることを考慮すれば、これら二代三人に共通する要素にも着目していると考えて良かろう。清慎公の場合は、太政大臣という官職も『源氏物語』の頭中将と重なりあうが、上述したごとく、桐壺院の準拠たる醍醐天皇の姉妹にあたる女性を母としていることが、ここで頭中将（致仕大臣）の準拠とされた由来であろう。「准致仕大臣」「母寛平御女」と並記されていることが、そのことを物語っていよう。とすれば、もう一つ見逃すことができないのは、敦敏・頼忠に付された「母時平大臣女」「母同」の記述であろう。系図において母親に言及するのはごく自然な記述であるが、「准柏木」「准紅梅右大臣」とまるで対比させるように記されているのは、やはりこのことを重視していたのではないか。すなわち母が道真を追放した当事者である時平の娘であるということである。ここでもまた、菅公と光源氏が重なり合ってくる。光源氏を政界から追い落とした右大臣家、なかんずく領袖の右大臣（二条太政大臣）その人を張本人として時平に比定すれば、頭中将の北の方にして柏木・紅梅兄弟の母である右大臣の四の君は、「時平女」とぴったり重なり合うのである。かくして、実頼・敦敏・頼忠の二代三人は、頭中将・柏木・紅梅の三人と、官職・事跡の上で共通性があるのみならず、それらの母親の出自をも含めて、広く重なり合うのである。

更に、物語を遡れば、頭中将が初めてその姿を現すのは、桐壺巻の「宮の御はらには蔵人の少将にてまだいと若く」などと言及される場面である。『河海抄』は、この部分で「蔵人少将事」について考察をし、光孝朝仁和四年十一月の源湛と藤原敏行の例に始まるとした後で、執政臣息補例として「清慎公実頼　貞信公一男　母宇多院皇女源順子」「謙徳公伊尹　右大臣師輔一男」の二人を挙げ、更に「此内清慎公例相叶歟、父貞信公于時左大臣、母宇多院皇女、醍醐朝御宇五位蔵人等也」としている。物語の当初から、頭中将と藤原実頼は重なり合う部分を持つのである。

猶、この問題に関しては、既に、『源氏物語』の大宮の準拠として宇多皇女頎子（順子）説を挙げ、敦敏と柏木との関係などにも言及しているものに、藤本勝義「大宮の準拠と造型」(53)がある。本項目は、二つの『河海抄』の記事や、蔵人少将のこと、頼忠と紅梅の関係などを挙げて、藤本説を若干補強してみたものでもある。

＊

さて、前項では、実頼と頭中将との共通性について見てみたが、実頼その人は、柏木の人物像ともわずかながら重なる面も有する。それは、実頼の父忠平が、皇室との縁組を積極的に求め、子息と皇女や皇孫との結婚を進めたことである(54)。子息柏木に女三宮の降嫁を仰ぐことによって、皇室との紐帯を確保しようとする致仕太政大臣の意識は、藤原忠平と相通じるものがあろう。猶、『公卿補任』等に記述はないが、『大鏡』によれば、忠平も蔵人少将の時期があったらしい(55)。更に、実頼・師輔の兄弟においても、実頼本人は早逝ではないが、摂関家の本流となれたのは弟師輔の九条流であり、ここでも次男が家を継ぐという点では、頭中将家と共通点がある。また、和歌の才能という点でも相似性を指摘することが出来る。実頼・師輔共に百首前後の和歌を含む家集を有するが、『大鏡』実頼伝に「和歌の道にもすぐれおはしまして、後撰にもあまた入りたまへり」（一一三）、『栄花物語』月の宴巻に「この殿、おほかた歌を好みたまひければ、今の帝（稿者注、村上帝）この方に深くおはしまして、をりをりにはこの大臣もろともにぞ詠みかはさせたまひける」（三一）などと記されるように、実頼の和歌は当時から評価が高かったらしい。師輔の詠歌も今日から見ればなかなか面白いものもあるが、当時の歴史物語の記すところでは、実頼の方にいささか分があるようである。柏木の和歌は、第二部のものは女三宮との贈答歌・独詠歌の何れもが心を打つものであるが、「岩漏る中将」の名前の由来となった和歌など第一部のものも捨てがたい味わいがある。これに対して紅梅の方は、物語内で詠まれた和歌の総数は柏木の三分の一に過ぎず、和歌そのものも概して平凡な出来である。和歌の面から、実頼を柏木になぞらえることも可能であるかもしれない。また、実頼は「おほよそ、何事にも有職に」（大鏡、一一四）と書かれているが、病にふせった柏木のことを、若菜下巻末近くでは「さる時の有職のかくものしたまへば、世の中惜しみあたらしがりて、御とぶらひに参りたまはぬ人なし」と記されている点も注意されよう。

＊

摂関家の継承と、歌人としての力量という点から言えば、伊尹と兼通・兼家兄弟の世代は、より一層柏木・紅梅兄弟と親近性を有する。一条摂政伊尹は、歴代の摂関家の人々のなかでも卓越した和歌の才能を持ち、それらの一端は『一条摂政御集』などに窺うことができる。同母弟の兼通や兼家らもそれぞれ水準を超えた和歌を作っているが、伊尹の歌才はこれらと比べても、やはり群を抜いたものであった。更に、伊尹の死後、摂関の地位は一条家を離れ、兼通・兼家兄弟の確執を経て、東三条兼家の家に固定化する。この兄弟においても、摂家の嫡流を継いだのは長男ではなかったのである。猶、柏木と伊尹との関連については、柏木が女三宮に「あはれとだにのたまはせ」と繰り返し懇願したことに着目した好論がある。「あはれ」というキー・ワードと、『百人一首』にも採られた伊尹の「あはれともいふべき人は思ほえで身のいたづらになりぬべきかな」との関わりを指摘した鈴木日出男「『源氏物語』の和歌的方法」(56)や、鈴木宏子「柏木の物語と引歌」(57)などである。

＊

道隆・道兼・道長の兄弟においては、取り立てて頭中将や柏木・紅梅との共通項を見て取ることはできないが、長男が最終的な後継者とならなかったという点ではやはり一致する。この世代では、むしろ中関白家に着目すべきであるかもしれない。道隆の長男は、伊周・隆家らの兄弟とは母を異にする山の井大納言道頼であったが、長徳元年の疫病の大流行の際に、二十五歳で没した。道頼は、「御かたちいと清げに、あまりあたらしきさまして、ものより抜け出でたるやうにぞおはせし。御心ばへこそ、こと御はらからにも似たまはずよく、また、ざれをかしくおはせしか」(『大鏡』道隆伝、二六九)と記されており、その死を多くの人が悼んだらしい。『落窪物語』の男主人公は同名の道頼であり、この山の井大納言の死を惜しんで、物語の中の人物として蘇らせたという考えもあるほどである。(58)人々によってその死が哀惜された柏木と、山の井大納言道頼との間に通底するものを見出すこともできよう。猶、右衛門督という官職も、柏木と道頼(正暦三年八月任)とに共通するものである。

＊

以上見てきたように、歴史上の藤原摂関家と、『源氏物語』における頭中将や柏木の家との間には、種々様々な相似性を指摘することができる。それらの中には、やや些末なものもあるが、何代にもわたって長男が最終的な後継者でないということは無視できないものである。中でも、次の二点は極めて重要なものである。

一、人臣摂政の祖藤原良房を、物語の摂政太政大臣（左大臣）と重ね合わせようとする作者の意図は明確であり、更に系図的にも良房の孫時平と、左大臣の孫柏木とが重なり合う。(59) このことは、『源氏物語』が、第二部に入っても、菅原道真に関わる伝承を物語の底流に潜めていることとも関連する。

二、桐壺院の準拠を醍醐天皇とする、この物語の大枠からすれば、桐壺院妹大宮を母とする頭中将と、宇多皇女順子を母とする藤原実頼が重なりあい、実頼の長男の敦敏が早逝したことは柏木と重なる。『河海抄』は、早くにこのことに着目している。敦敏の母が時平女であることは、前項とも関連する。

柏木像の造型は、特に女三宮との恋に関する部分においては、文学的にすぐれた形象であるが、その背景には、祖父の摂政太政大臣以来の家系も含めて、これらの歴史上の人物の面影が透けて見えるのである。

おわりに

柏木の死については、周知のごとく、『源氏物語論集』（昭和四十六）に収められた石田穣二の一連のすぐれた論考がある。今、それらを補うものをほとんど持ち得ない。引歌を中心に表現技法に関して新たな側面を切り開いた鈴木日出男・鈴木宏子・高田祐彦等の論考によって、(60) わずかに理解を深めるのみである。誤解を恐れずに言えば、柏木の死は、かくありたき死、かくあるべき死を描いて、間然する所がないのである。
それは、柏木とは対照的に、肉体的には生き続けることを課せられた女三宮と比較してみれば、明らかであろう。出家の選択の過程で初めて主体的な思念・行動を貫き、わずかに人間らしい側面をのぞかせた女三宮が、第三部では、悠悠自適のなんとのんびりとした余生を送っていることか。光源氏への裏切り、柏木の死、薫の誕生、これらのことが、女三宮の余生にはまったくと言って良いほど、影を落としていない。それを、女三宮の性格にすべてを帰してしまうのは、あまりに酷であろう。生き続けることによって、あらゆるものを風化させてしまう時間の堆積が、そこにはあるのである。『あはれ、衛門督』といふ言ぐさ、何ごとにつけても言はぬ人なし」（柏木三三〇）と、物語自身が語り、読者も「柏木の右衛門督の失せ、いとあはれなり」（『無名草子』「巻々の論」）と受けとめることは、柏木がいち早く語り手や読者の手の届かないところへと飛翔してしまったからであった。柏木がもし生き続けていれば、女三宮への思いも、薫の存在も、六条院との関係も、いかにどろどろとした、しかも色褪せたものになってしまうことか。柏木は、自らの生と引き替えに、人々のなかに甘美な記憶を刻印し、女三宮も、薫も、光源氏をも、これ以上傷つけることなく、このドラマの幕を引いたのである。同時にそれは、「さかさまに行かぬ年月よ。老はえのがれぬわざなり」（若菜下二七〇）という光源氏の言葉から逃れることのできる唯一の方法であったのである。

注

（1）『源氏物語の研究』（未来社、昭和三十七年）。本稿は〈研究講座〉という論集に執筆したため、引用した研究論文が単行書に再録されている場合は、そちらを掲出し、表題が改められている場合も最終的なものとして、単行書のものに統一することを原則とした。
（2）『源氏物語論集』（桜楓社、昭和四十六年）。
（3）『源氏物語の世界』（東京大学出版会、昭和三十九年）。

（4）『源氏物語の創造』（桜楓社、昭和四十四年）。
（5）『源氏物語の方法』（桜楓社、昭和四十四年）。
（6）『源氏物語の形成』（桜楓社、昭和四十七年）。
（7）『源氏物語の文体と方法』（東京大学出版会、昭和五十五年）。
（8）『源氏物語の対位法』（東京大学出版会、昭和五十七年）。
（9）「彼（稿者注、柏木）の属する第二部はおそらく『源氏物語』のうちで最も人物論の困難な部分で（中略）柏木論といった形のものに悲観的にならざるをえない」（篠原昭二「柏木の情念」『源氏物語の論理』東京大学出版会、平成四年）、という発言などを認識した上で考えねばなるまい。
（10）定番の、藤壺、紫の上、六条御息所、朧月夜、玉鬘、大君、浮舟をはじめ、空蟬、夕顔、末摘花ら多くの女性が取り上げられている。
（11）この部分、夕霧とのことを言っていると考えたいが、後文に「あはあはしう心づきなきことと思しながら、恥づかしと思さむもいとほしきを、何かは我さへ聞きあつかはむ、と思してなむ、この筋はかけても聞こえたまはざりける」とあることとは相容れない。
（12）保立道久『平安王朝』（岩波新書、平成八年）は、啓蒙書ながら、この二系並立、王統の迭立の問題性の本質を的確に論じている。
（13）今井久代「皇女の結婚―女三宮降嫁の呼びさますもの―」（『むらさき』二六、平成元年七月）が、このあたりの事情を適切に論じている。
（14）武者小路辰子「女三の宮像―稚さへの設問―」（『源氏物語　生と死と』武蔵野書院、昭和六十三年）は「女三の宮の目を通す時だけ、光源氏の理想性は効力を失う」とする。
（15）スコット・フィッツジェラルド『グレイト・ギャツビー』（新潮文庫、野崎孝訳、平成元年改版）。
（16）『日本文学研究』二二、昭和六十一年十一月。
（17）『武庫川国文』三二、昭和六十三年十一月。
（18）「女三宮の成長」（『中古文学論攷』一五、平成六年十二月）。
（19）「女三の宮」（『源氏物語の研究』望稜舎、昭和六十一年）。
（20）田坂「玉鬘十帖の結末について―若菜巻への一視点―」（『源氏物語の人物と構想』和泉書院、平成五年）。
（21）紅梅の人物像、柏木との関連の問題については、伊井春樹「紅梅右大臣考」（『源氏物語論考』風間書房、昭和五十六年）の分析が優れる。
(22) 淵江文也「柏木の不審」(『源氏物語の思想』桜楓社、昭和五十八年)。
(23)『国語と国文学』平成三年十一月号。
(24) 注(5)森論文。
(25)『源氏物語の原点』(明治書院、昭和五十五年)。
(26) 最近の、高木和子「第一部から第二部へ―柏木の造型の視座から―」(『国文学解釈と鑑賞』別冊『人物造型から見た「源氏物語」』至文堂、平成十年五月)は、「第一部から第二部への物語の主題の変更に応じて、柏木の造型は一貫性を保ちながらも力点の置き方が変わって別の相貌を見せ始める」とまとめる。
(27) 伊藤博「野分の後―源氏物語第二部への胎動―」(『源氏物語の原点』明治書院、昭和五十五年)、高橋亨「可能態の物語の構造」(『源氏物語の対位法』東京大学出版会、昭和五十七年)などによって多くの問題が析出された。猶、柏木と夕霧とをめぐる問題については後述する。
(28)『源氏物語の精神的基底』第五章第一節(創文社、昭和四十五年)。
(29) 稲賀敬二『源氏物語の研究』第四章第二節(笠間書院、昭和四十二年)、「散逸『桜人』と玉鬘物語―桜人巻の復元と、並びの巻追加・玉鬘物語成立の仮説―」(『安田女子大学大学院博士課程開設記念論文集』平成九年)。稿者も、螢兵部卿宮の人物造型を通してこの問題に言及したことがある(「螢宮をめぐる諸問題」『源氏物語の人物と構想』和泉書院、平成五年)。
(30) 絵合巻では、光源氏が琴、螢宮が箏、権中納言(内大臣)が和琴であった。
(31) 藤本勝義「女三の宮の乳母と左中弁」(『源氏物語の想像力』笠間書院、平成六年)の論がある。
(32) 笹山晴生『日本古代衛府制度の研究』(東京大学出版会、昭和六十年)二七五ページ。
(33)『源氏物語論』(笠間書院、昭和四十七年)。
(34)『講座源氏物語の世界』六(有斐閣、昭和五十六年)。
(35) 神野志隆光「若菜上への一視点―底流としての政治状況―」(『古代文化』昭和五十二年十月号)、今井久代「柏木物語の方法と表現」(『国語と国文学』平成三年十一月号)など多数の論があり、日向一雅「柏木物語の方法」(『源氏物語の準拠と話型』至文堂、平成十一年)がそのあたりの事情を最も要領よくまとめている。稿者も、「頭中将の後半生」(『源氏物語の人物と構想』和泉書院、平成五年)でこの問題に触れたことがある。
(36)「冷泉朝下の光源氏―太政大臣と後宮の問題をめぐって―」(『研究講座源氏物語の視界』二、新典社、平成七年。本書所収)。
(37)「年も暮れぬ」は、『岷江入楚』「秘」に「十二月になるをいへり、歳暮にはあらず、奥に年もかへりぬとかけるにて、年のくれはみえたり」とあるのに従うべきであろう。
(38)『岷江入楚』の本文は、飛鳥井雅章筆本を底本とした『源氏物語古註釈叢刊』(武蔵野書院)により、濁点を適宜補った。
(39) 前半部は、原文では、柏木の心中語ではなく、世人の噂として書かれている。
(40) 伊藤博「柏木の造型をめぐって」(『源氏物語の原点』明治書院、昭和五十五年)。
(41) 注(27) 高橋亨論文。
(42) 田坂「夕霧・落葉宮物語の構造について」(『源氏物語の人物と構想』和泉書院、平成五年)。
(43) この人物の表記は、資料によって若干の相違がある。順子とするものに『国史大辞典』『日本古典文学大辞典』『大日本史料』。傾子とするものに『本朝皇胤紹運録』『大鏡裏書』『大鏡全評釈』古典全集『大鏡』。頎子とするものに藤本勝義「大宮の准拠と造型」がある。今、『大日本史料』や辞書類で一般的に使用されている、順子の文字を用いた。猶、藤本論文については後述を参照のこと。
(44)『大鏡』列伝も冬嗣から説き起こしている「世の人は、ふぢさしとこそ申すめれ、その冬嗣のおとどより申しはべらむ」。猶、『大鏡』の本文は、平松本を底本とする小学館『日本古典文学全集』により、適宜ページ数を補った。
(45)『河海抄』の引用は、天理図書館蔵文禄五年奥書本を底本とする角川書店『紫明抄・河海抄』の本文による。この部分、散位基重奥書や遊行廿九世他阿の奥書を持つ架蔵本では「忠仁公天安元年二月十九日任太政大臣五十四 二年十一月七日天皇淳和即位詔賜直廬於禁中摂行内外之庶務」とする。
(46) 今井源衛「菅公と源氏物語」(『紫林照径』角川書店、昭和五十四年)、後藤祥子「帝都召喚の論理」(『源氏物語の史的背景』東京大学出版会、昭和六十一年)など。
(47) 阿部好臣「〈かたり〉の深層と〈うた〉―源氏物語・柏木の位相をめぐって―」(『日本文学』昭和五十七年六月号)などが、両者の関係について言及する。
(48)『源氏物語の源泉受容の方法』(勉誠社、平成七年)。
(49)『国語と国文学』昭和五十六年六月号。

(50)『大鏡』実頼伝。『大鏡裏書』では、その名を傾子とする。実名の問題については、注(43)参照。
(51)角川書店版『紫明抄・河海抄』の底本には「准紅梅右大臣」の部分がなく、校合の真如蔵本によって補ったもの。架蔵本や『天理図書館善本叢書』所収伝一条兼良筆本にもこの部分は存する。島崎健「河海抄の異同―巻十一御幸の『李部王記』―」(『論集日本語・日本文学』二、角川書店、昭和五十二年)に示された異同を手がかりにすると、真如蔵本、兼良筆本、架蔵本は、角川版底本に対して、共通異文を形成するようである。猶、『河海抄』のこの記事については、坂本共展「女三宮構想とその主題」(『源氏物語構成論』笠間書院、平成七年)にも指摘がある。
(52)柏木は、夕霧より五、六歳の年長であるから(柏木三二―二)、享年は、三十二、三歳。
(53)『源氏物語の想像力』(笠間書院、平成六年)。
(54)忠平の皇室への接近政策については、黒板伸夫「藤原忠平政権に関する一考察」(『摂関時代史論集』吉川弘文館、昭和五十五年)、佐藤宗淳「貴族政治の展開」(『講座日本歴史』二、東京大学出版会、昭和五十九年)、などに指摘がある。
(55)「おのれは、故太政大臣貞信公の、蔵人の少将と申しし折の、小舎人童、大犬丸ぞかし」『大鏡』序。
(56)『古代和歌史論』(東京大学出版会、平成二年)。
(57)『国語と国文学』平成四年六月号。
(58)塚原鉄雄「物語文学の素材人物」(『王朝の文学と方法』風間書房、昭和四十六年)。
(59)このことは田坂「冷泉朝の始発をめぐって―貞観八年の影―」(『源氏物語の新研究―内なる歴史性を考える―』新典社、平成十七年。本書所収)で詳述した。
(60)注(56)鈴木日出男論文、注(57)鈴木宏子論文。高田祐彦「身のはての想像力―柏木論の断章―」(『日本文学』平成六年六月号)。

四　『源氏物語』における摂政・関白と大臣

はじめに

王朝文学には様々な摂政・関白や大臣が登場する。『源氏物語』以前では、『うつほ物語』の主人公の一人仲忠の父の若小君は太政大臣の子、その若小君は後に右大臣藤原兼雅となり、女主人公のあて宮の父の源正頼は左大臣に到る。兼雅や正頼の兄弟である藤原忠雅と源季明らは大臣職を歴任しているし、忠こその父橘千蔭も右大臣であった。しかし、それらの官職は人物を識別する一種の符号の域を大きく逸脱することはない。

『源氏物語』以後に目を転じたらどうだろうか。『狭衣物語』の狭衣大将の父は堀川関白であり、堀川関白の北の方の一人洞院上の父は太政大臣であった。ほかにも系図不詳の左大臣も登場する。『夜の寝覚』の男主人公の父は関白左大臣で、男主人公は中納言として物語に登場し、内大臣を経て関白に至る。関白左大臣の弟で、女主人公中の君の最初の夫になったのは左大将から関白へと進んだ、通常老関白と呼ばれる人物であった。これら一族はいわば関白家であった。一方中の君の父は源氏の太政大臣である。『狭衣物語』にも『夜の寝覚』にも、関白や太政大臣は主要人物として描かれており、これら後期物語における、太政大臣家と関白家の二極構造の指摘は重要であるが[1]、官職の持っている史実の重みを大きく背負っているわけではない。後期物語の官職は史実を直接的に背景にしているというより、史実を吸収した『源氏物語』の世界によってかなりの部分を支えられていると言えよう[2]。

これに対して『源氏物語』では、主要人物たる光源氏、岳父左大臣、義兄頭中将、夕霧、鬚黒、更には弘徽殿の父右大臣が大臣などの要職を歴任するが、おりおりの官職が物語の作品構造や人物造型と深く関わっているのである。そしてその背景としての史実との関連も極めて重要なものがあると思われる。

したがって本稿では、『源氏物語』に描かれた大臣・関白などの官職と史実との関係を中心に探ることとする。官職の時代による変化を考え、『源氏物語』の時代設定となっている宇多・醍醐朝から、作品の成立した一条朝を中核に据えて考えてみたい。更に必要に応じて、平安時代初期から院政期まで視野を広げることとする。

猶、論述の都合上、まず太政大臣・左右大臣・内大臣に分けて論じ、しかる後に摂政・関白について見ていくこととする。

一　太政大臣について

歴史上の太政大臣については、橋本義彦の「太政大臣沿革考[3]」が過不足なく的確に纏めている。天智朝の大友皇子から明治の三条実美まで、九十六人の太政大臣を見渡した論考であるが、特に平安時代の分析に優れている。中でも、一条朝の発足に際し、外祖父藤原兼家が摂政の座に就いたときに、円融・花山二代にわたる関白太政大臣藤原頼忠は太政大臣の地位に留まったために、「おのずと摂政と太政大臣が分離する結果を招いた」とする指摘は重要である。このことのために太政大臣の地位の低下はまぬがれず、以降の太政大臣の内実を大きく変えていくことになる。一条朝の正暦二（九九一）年、藤原為光が摂関の立場に非ずして太政大臣に上ることもこうした経緯で可能となったのである。

さて、『源氏物語』には、五人の太政大臣が登場するが、曲がり角にあるその当時の太政大臣の実像を実に巧みに利用して、いくつかの太政大臣の型を見事に書き分けている。

まず、当代の天皇と近い血縁関係を持つ、摂関型太政大臣像が看取される。その一人が、弘徽殿大后の父の右大臣で、朱雀帝の外祖父にあたる。そのため、朱雀朝、特に桐壺院崩御後の朱雀朝の後半では絶対的な権力を握り、右大臣時代には上席であった左大臣を逼塞させ、ついには太政大臣に到った。ただ注目すべきは、太政大臣の呼称は薨去の記事の中で初めて紹介されていることである。(4)朱雀帝は二十代後半、その年齢と性格を考えれば、外祖父として当然関白太政大臣の立場にあったはずであるが、太政大臣としての姿は直接的に描写されていないことを押さえておこう。

もう一人、よく似た立場にあるのは、鬚黒である。鬚黒の妹承香殿女御と朱雀帝の間の皇子は、冷泉朝の十八年間の春宮時代を経て、若菜下巻で即位する。『源氏物語』大尾まで帝位にある今上の二十歳の年である。御代替わりと共に実力者太政大臣（頭中将）は致仕したから、同時に右大臣に進んだ新帝の外伯父の鬚黒が関白的立場に最もふさわしい人物である。鬚黒はやがて経験を重ねて太政大臣に進んだらしい。鬚黒が太政大臣であったことは、没後に娘の真木柱を紹介する紅梅巻に「今ものしたまふは、後の太政大臣の御むすめ、真木柱離れがたくしたまひし君」（紅梅巻三三）と記されていることから判明する。鬚黒の没年は明示されないが、光源氏や致仕太政大臣と同じく、第二部と第三部の狭間、幻巻以降の空白の七年間に亡くなっている。

右大臣と鬚黒に共通するのは、一方は朱雀帝外祖父、他方は今上外伯父と、最も摂関的な権力を行使しやすい立場にあるということである。歴史上で言えば、朱雀・村上二代の外伯父関白太政大臣藤原忠平、円融天皇の外伯父一条摂政伊尹らが該当する。つまり、十世紀半ば頃の太政大臣の実態を反映させているわけで、延喜・天暦の時代を物語の時代設定の基本としている『源氏物語』にはふさわしいやり方であった。忠平・伊尹同様に、右大臣や鬚黒などは、当然太政大臣としての発言力も強かったと思われるが、『源氏物語』の中では、この二人の太政大臣像が直接的にはまったく描写されていない点が注目される。

これに対して、『源氏物語』の中で、最も印象的な太政大臣が、光源氏の岳父致仕左大臣である。朱雀朝後半では、右大臣派の専横に耐えかねて致仕したが、冷泉朝になり、内大臣であり女婿でもあった光源氏の懇請によって太政大臣に就任する。第四節でも詳述するが「摂政したまふべき」というのが光源氏の考えであった。この記述からも、十一歳という即位時の冷泉帝の年齢からも、摂政的な働きを求められた太政大臣であったはずである。実際、冷泉朝の初期は「世の中のこと、ただ、なかばをわけて、太政大臣、この大臣（稿者注、光源氏）の御ままなり」（澪標二九一）であり、冷泉朝四年目に薨去した際には「太政大臣亡せたまひぬ。世のおもしとおはしつる人なれば、おほやけにもおぼし嘆く」（薄雲四三二）と記されていた。太政大臣としての実績が『源氏物語』中で最も具体的に記されている人物であるが、実はこの人物は帝との血縁が最も薄い太政大臣でもあった。新帝への孫娘の入内を全面支援するが、それは大臣就任後のこと、就任の時点では、太政大臣の北の方が新帝の父桐壺院の妹というつながりにすぎなかった。藤原氏の長老としての立場と経験・識見を買われてのことであって、歴史上で言えば、冷泉朝で関白太政大臣、円融朝初期に摂政太政大臣であった藤原実頼が近い立場にある。冷泉・円融は弟の九条流の師輔の孫、二代の帝の祖父醍醐天皇と実頼の母が兄弟であるにすぎない。師輔が長命であれば当然その立場に取って代わられたはずであった。『源氏物語』の摂政太政大臣は「六十三歳」という年齢表記から、藤原良房を意識させようとしていることは明瞭だが、[5]六十代の長老の太政大臣という点で、実頼のイメージも巧みに利用されている。そういえば、光源氏の岳父摂政太政大臣も、史上の藤原実頼も、共に太政大臣就任から足かけ四年目に薨去していることが注目される。

『源氏物語』の太政大臣といえば、当然の事ながら光源氏をはずして論じるわけにはいかない。光源氏は少女巻で太政大臣に就任するが、それ以降の光源氏は、六条院をほとんど動かずに、政治の第一線から距離を置いて、悠々自適の日々を送っている。これは、そのころの内大臣（昔の頭中将）に政権を委譲し、権力に固執しない光源氏像を描こうとすることによるのだが、そのことを可能にしたのは、寛和二（九八六）年摂関と太政大臣が分離した後の藤原頼忠や、正暦二（九九一）年長老として遇された藤原為光らの歴史上の太政大臣の存在があった。太政大臣としての光源氏像は、二条太政大臣（右大臣）摂政太政大臣（左大臣）鬚黒太政大臣とはまったく異なる人物造型がなされているのである。そうした太政大臣光源氏の姿は、早く日向一雅の「太政大臣光源氏の造型」[6]によって鮮やかに剔抉されており、稿者も論じたことがあるので、[7]それに譲りたい。

『源氏物語』のもう一人の太政大臣は、光源氏の義兄、かつての頭中将である。藤裏葉巻で、光源氏から譲られる形で太政大臣に就任するが、内大臣から太政大臣に進んだ点も含めて、光源氏とまったく同じ経路を辿っている。前任の太政大臣である光源氏が、表向き政治に直接関与しない立場を取ってきた以上、後任の太政大臣もその路線から大きく逸脱することはできない。結局、大納言兼左大将の鬚黒や、新任中納言の夕霧らへと、徐々に世代交代が進むことになる。『源氏物語』執筆当時、直近の太政大臣は道長の叔父で長老の藤原為光であったことが改めて想起されよう。

このように、『源氏物語』の太政大臣は、変容する史上の太政大臣像を巧みに利用し、物語の展開にふさわしく書き分けていることが看取できる。

二　左大臣・右大臣について

左大臣と右大臣については、前節で述べた太政大臣や、次節で触れることになる内大臣と比べて、史学の分野でも、これらを単独で通史的に論じたものはほとんどなかった(8)。それは、この二つの官職が、長期間にわたって設置され、その割には、太政大臣や内大臣のような劇的な変化もなく、これら上下二つの官職に挟まれて、従属変数のように変化するということにもよるかもしれない。

ここではまず、歴史上の左大臣と右大臣を、その関係性に着目して、平安時代中期を中心に見て行きたいと思う。私見によれば、この時期だけでも大きく五つの型に分類することができるようである。

一つが、二大実力者が並び立つ型である。代表的なものは、貞観十四（八七二）年八月二十五日の同日就任から元慶四（八八〇）年まで、清和朝末期の約八年間の左大臣源融・右大臣藤原基経時代である。次に醍醐朝の昌泰二（八九九）年二月十四日のこちらも同時就任から約二年間と時期は短いが、『河海抄』が「執政臣二人例」とする藤原時平・菅原道真の例があげられる(9)。最も長期にわたるのは、天暦・天徳年間（九四七～九六〇）と村上朝の過半を藤原実頼と師輔の兄弟が左右大臣を占めた時代である。『源氏物語』第一部前半の左大臣（頭中将や葵の上の父）と右大臣（弘徽殿女御の父）が競合していた姿は、こういった史実を下敷きにして書かれている。

この大臣の御おぼえいとやむごとなきに、母宮、内裏のひとつ后腹になむおはしければ、いづかたにつけてもいとはなやかなるに、この君さへかくおはし添ひぬれば、春宮の御祖父にて、つひに世の中を知りたまふべき、右の大臣の御勢ひは、ものにもあらずおされたまへり。（桐壺一―二四）

二番目が、実力者の左大臣と、序列二番目の右大臣との力量に大きな開きがある場合で、実質的に左大臣一人に権力が集中する型である。長徳二（九九六）年七月から約二十年間続く、左大臣藤原道長、右大臣藤原顕光の時代がもっとも典型的なもので、一条朝の過半、そして三条朝を経て、後一条朝の初頭まで続いた。この型に醍醐朝後期、延長二（九二四）年正月以降の左大臣藤原忠平、右大臣藤原定方の時代を含めて良かろう。

以上二つは、太政大臣不在の時期の例で、左右大臣が実質的な筆頭と次席であった。筆頭と次席の距離によって、一と二に分かれる。

三番目は、太政大臣はいないが、左大臣が摂関を兼ねる場合である。後一条朝の長元二（一〇二九）年末から、後朱雀朝を越え、後冷泉朝の永承元（一〇四六）年初めまでの[10]、関白左大臣藤原頼通と右大臣藤原実資の時代である[11]。永承元年からは、関白左大臣藤原頼通と右大臣藤原教通時代が、約十五年続く。左大臣忠平・右大臣定方の醍醐朝後期は二番目に分類したが、朱雀朝に入り忠平が関白になることによってこちらの分類に属するようになる。同様に、一番目の源融・藤原基経の好敵手も、基経が陽成天皇の摂政右大臣、関白左大臣の時代は、それ以前とは明確に区別すべきで、ここに分類所属させるのが適切である。

四番目は、左右大臣の上に太政大臣がいる型である。陽成朝の末期から光孝朝を経て宇多朝に到る約十年間、関白太政大臣藤原基経の下に嵯峨源氏の源融・多が左右大臣を占めていた時期や、円融朝の天元元（九七八）年から花山天皇の雹撃的退位によって一条朝が始まるまでの八年間の、関白太政大臣藤原頼忠・左大臣源雅信・右大臣藤原兼家時代がその代表である。太政官の序列では、左大臣は第二位となる。時期は短いが関白太政大臣藤原実頼の下に源高明・藤原師尹・藤原在衡らが左右大臣を務めた冷泉朝を中心とする三年間や、摂政太政大臣藤原伊尹・左大臣源兼明・右大臣藤原頼忠の円融朝の一年間なども含められる。いずれも、太政大臣が摂関を兼ねていた点が重要であり、摂関という点に着目すれば、関白内大臣藤原頼通が、左大臣藤原顕光・右大臣藤原公季を抑えて実権を握った後一条朝の初めの数年間もこれに準じて考えることができよう。『源氏物語』の例で示せば、摂政太政大臣（もとの左大臣）と内大臣光源氏に挟まれて、左右の大臣の影が薄い冷泉朝発足当時の政治状況がこれに合致する。

五番目は、太政大臣・左大臣・右大臣とは別に摂関が存在する型である。花山帝を強引に退位させたことによって成立した一条朝で、新帝の祖父藤原兼家が摂政で太政官の序列を超越した立場に立ち、その下に太政大臣藤原頼忠・左大臣源雅信・右大臣藤原為光という体制が約三年続いた。同じ一条朝では、兼家の子息藤原道隆が関白で、太政大臣藤原為光・左大臣源雅信・右大臣源重信という時期もあった。これらの時期には左右の大臣は単なるナンバー3、4であった。

以上見てきたように、左大臣と右大臣は、通常は上卿のうちで第一第二の地位にあるが、則闕の官の太政大臣に適格者がいれば、太政官の席次ではそれぞれ一つずつ下がり、摂関と太政大臣が別人であれば更に繰り下がり、三番目・四番目の実力者ということになる。このように左右大臣の地位は極めて流動的で相対的なものであると言わざるを得ないのである。

左大臣と右大臣だけに絞ってみれば、有力な右大臣が左大臣を越える実力を持つことはある。『源氏物語』で言えば、致仕太政大臣（頭中将）の後を受けて、鬚黒大将が右大臣で実権を握った例である。

太政大臣、致仕の表奉りて、籠りゐたまひぬ。「世の中の常なきにより、かくかしこき帝の君も位を去りたまひぬるに、年ふかき身の冠を挂けむ、何か惜しからむ」と思しのたまひて、左大将、右大臣になりたまひてぞ、世の中の政仕うまつりたまひける。（若菜下一五六）

この部分、『細流抄』などは「関白になりたまふなり」[12]と注するが、『源氏物語』本文には関白になったことを示す明瞭な記述はない。新帝の伯父であるから、関白の有資格者であることは間違いないが、わざわざ関白と記されない問題は第四節で述べる。ここでは、鬚黒が右大臣で実権を握ったことに注目しておきたい。太政大臣は致仕したが、左大将鬚黒が大臣に進むために、左右の大臣がそれぞれ一つずつ上ったのかもしれない。光源氏と致仕太政大臣という二大実力者の後、鬚黒一人に権力が集中しない穏当な政界トップの交代を印象づけられる人事である。

再度、史実に目を向けてみる。仁明朝から文徳朝に掛けて右大臣藤原良房の上に左大臣源常がいたが、実質上の第一人者は良房であった。ただ良房に関して言えば、文徳朝後期、源常が薨去した後も、空席になった左大臣に進むことなく、右大臣のまま実権を行使したことの方が重要であろう。右大臣は基本的に左大臣の下のナンバー2の立場であるが、左大臣が欠員となり、そのため右大臣がトップに立つことがあるのである。桓武・平城・嵯峨朝のほとんどは左大臣は空席で、太政官の序列は右大臣が筆頭であった。

長徳元年、兄の藤原道隆・道兼が相次いで没したことにより、甥の内大臣伊周を抑えて内覧の宣旨を受けた藤原道長も、時期は短いながら約一年間左大臣を空席にしたまま右大臣で第一人者であった。上述した良房・忠平、これに道長を加えた、いわば大実力者たちが、なぜ左大臣をあえて空席にしたまま右大臣に留まったかは、それぞれの思惑があっただろう。『源氏物語』では、光源氏の嗣子で、今上の中宮の兄で、さらに今上と春宮に娘を入内させている大実力者である夕霧もまた右大臣であった。これに「宿曜に、御子三人、帝、后かならず並びて生まれたまふべし。中の劣りは、太政大臣にて位を極むべし、と勘へ申したりしこと、さしてかなふなめり」（澪標二七五）という記事の問題を考え合わせれば、予言にもありながら夕霧が太政大臣にならない意味は一層大きくなろう。[13] 光源氏の後継者である夕霧が、なぜか五十代半ばの物語の大尾まで右大臣であることを解く鍵は、これら史実の中にも求めるべきであろう。

左右大臣について纏めれば、実力者・第一人者が左大臣であれば、太政大臣の地位は空席であるか、長老の名誉職のようになる。一方、左右大臣の官職がふさがっているとき、通常は空席であることの多い太政大臣や内大臣のポストを利用して、実力者が摂関を兼ねる場合は、左右大臣の地位は低下する。左右大臣は一見常設の官職のようであるが、不在の時期もかなりある。特に、実力者右大臣があえて左大臣に進まず、左大臣職を空席にしたままで権力の維持を図るという型が注目される。

三　内大臣について

内大臣の官職は、平安時代中期の折々の権力構造や政争の内実を映し出す鏡のようなものであり、当然重要な論考が多い。史学者からの発言は、山中裕・坂本賞三らの先駆的な研究もあったが[14]、若手の倉本一宏「内大臣沿革考」、松本裕之「平安時代の内大臣について」など充実しており[15]、国文学者の側からの発言も多い[16]。

十世紀の後半、五人の内大臣が任命されているが、この補任にこそ、藤原北家九条流の中の骨肉相喰む権力争いの内実が反映していると見ることができる。

まず、天禄三（九七二）年十一月、約七十年ぶりに復活した内大臣に任命された藤原兼通である。兼通の前官は権中納言、そこから一挙に六人を抜いて内大臣となった。太政大臣一条摂政伊尹の薨去に伴い、その後継者が問題となった。しかし、伊尹薨去の時点で、後継者と目された二人の弟、藤原兼家は権大納言、兼通は権中納言であった。これまでの基経・忠平・実頼・伊尹らの摂関職は大臣在任者であったから、二人とも大納言以下のままでは先例に反することとなる。安和二年同時の中納言・参議の任命時点より一貫して兄の兼通の上にあった兼家を再逆転して、兼通が権力を手中にするのだが、それは「是依母后之遺書也」（『扶桑略記』）「故宮の御手にて、関白をば、次第のままにせさせたまへ、ゆめゆめたがへさせたまふな、と書かせたまへる」（『大鏡』）などと伝えるところによれば、円融天皇生母の故藤原安子の遺命が決したのであった。この時に兼通は弟の権大納言兼家ら六人を抜いて内大臣に就任するのである。それだけでも世間の驚きは大きかっただろうし、中納言の経験はわずか一年未満、大納言の経験のない兼通が、大臣の呼称を手にするにはこの地位をおいて他なかった。左右大臣はふさがっていたし、伊尹薨去後太政大臣は空席であったが、時の左大臣は人格識見共に抜群の器量を持つ嵯峨源氏の源兼明、この人物をただちに越えることはできなかっただろう。結局、内大臣という官職が格好の落とし所だったのである。二年間の時間的猶予を置き、天延二（九七四）年、兼通は、左大臣源兼明と、小野宮流の右大臣頼忠を抜き、太政大臣の地位に昇りつめる。この年、兼通の娘媓子は円融中宮となり、兼通は名実共に円融天皇を後見する関白太政大臣となったのである。

この兼通の軌跡は、ほぼそのままの形で、『源氏物語』澪標巻以降の光源氏の姿と重なり合う。光源氏の場合は、内大臣に任命されても、ただちに前任の左右大臣を越そうとはしなかった。その代わり空席の太政大臣には舅の致仕左大臣を呼び戻した。この太政大臣が冷泉朝四年目に薨去した後も、光源氏は動こうとせず、更に一年半の間内大臣のままであったのは、兼通以上に慎重な姿勢である。前々代、円融朝に、七十年ぶりに復活した内大臣の存在は極めて印象的であっただろうから、一条朝の読者たちは、澪標巻の内大臣就任で光源氏の摂政を予想しただろうし、薄雲巻の太政大臣薨去後、こんどこそ光源氏が関白太政大臣と考えたであろう。結局光源氏は、二度にわたって読者の予想外の行動をとったことになる。結果的に、兼通と異なる行き方を示すことによって、光源氏の謙譲の美徳が一層引き立つこととなった。もちろんその背景には、自らが昇進することによって大臣職に空きを作らないようにするという、権中納言（頭中将）対策があったことも一因である。[17]実は、光源氏の場合も養女梅壺女御の立后と太政大臣就任が同年のことであり、そこでもふたたび兼通の姿と重なり合うのであるが。

永祚元（九八九）年二月、兼通以来空席であった内大臣に十五年ぶりに補任がなされるのは象徴的である。任命されたのは時の摂政藤原兼家の嫡男道隆である。前官は権大納言であった。兼通の時ほど強引ではないが、近い将来道隆に関白職を譲るための布石として内大臣の地位が利用された。この時は太政大臣には前関白で小野宮流の長老藤原頼忠、左大臣は村上源氏の源雅信、右大臣には道隆の叔父藤原為光と、内大臣以外の大臣ポストはすべてふさがっていたのである。ここでも内大臣のポストがうまく利用されている。翌年永祚二年（正暦元年）摂政兼家は薨去するが、成人した一条天皇の関白には藤原道隆が自然な形で就任して、故兼家の目論見通りことが進んだのである。

道隆以降は、ほぼ間断なく内大臣のポストは埋められることとなる。正暦二年七月、道隆は内大臣を辞し、大臣を兼ねない無任所の摂政となる。父の兼家に倣ったのだろうが、ここは摂政と同時に、当時空席だった太政大臣を兼ねるべきではなかっただろうか。結局、摂政道隆、太政大臣に藤原為光が進み、以下左大臣源雅信、右大臣源重信、内大臣藤原道兼という老練中堅がずらりと顔を並べる布陣となった。道隆のあとを窺う道兼は、正暦五（九九四）年上席者の薨去を受けて右大臣に進み、翌長徳元年念願の関白となるがすぐに病没し、七日関白と称される。前年に戻るが、道兼の右大臣昇進と入れ替わりに内大臣の席に座ったのが、伊周である。病中の父道隆は伊周を何とか大臣の地位に進めておき、摂関への道筋をつけておこうとした。道隆自身も、道隆の叔父の兼通も、内大臣であったことが摂関への道を開いたのであった。内大臣は摂関への最短距離でもあり、最低条件でもあった。道隆にしてみれば、嫡男の伊周に次弟の道兼（伊周から見れば叔父）を超越させることはできなかったが、正暦三年から肩を並べている道長（同じく伊周の叔父）を越して、伊周を先に大臣の地位につけておこうとしたのである。これは内大臣というポストをうまく利用したものであった。道隆の誤算は、自らの薨去後、弟道兼、源氏の長老源重信らが相次いで世を去り、大臣の地位が空席になってしまったことによる。伊周を抑えて道長が内覧の宣旨を受けるのは五月十一日のこと。当時道長は権大納言であったが、五月八日の道兼・重信の同一日の死去により、大臣位がぽっかり空いていなかったらここまでうまくことが運んだかどうか。六月、道長は右大臣に進み、太政官の序列でも伊周の上に立ち、ここに雌雄は決された。その後も伊周のむなしい抵抗は多少続くことになるのではあるが。

四　摂政・関白について

本稿の冒頭で述べたように、『源氏物語』以後の物語である『狭衣物語』や『夜の寝覚』では、主要人物として関白と称される人物が登場する。

『狭衣物語』では、冒頭間もなく主人公狭衣の父が「堀川の大臣と聞こえさせて関白したまふ[18]」と記されている。この人物の物語上の呼称としては「大殿」「大臣」が使用されることが多いのであるが、最初の人物紹介として「関白」という語が使用されていることが注目される。これは、この人物の持つ権力・天皇の信頼・世間の信望などをこの言葉に集約させているのである。前後して紹介される洞院上の父太政大臣が、最近の注釈書では「特定の職掌のない名誉職」(19)と記されるのとは対照的な立場であるといえよう。『夜の寝覚』も同様である。男主人公中納言の父は「関白したまふ左大臣」で並ぶもののない実力者である。その立場を示すのは「関白」であって「左大臣」ではないのは、後に中の君が嫁するのは兄からその地位を継承した老「関白」であり、中納言も最終的には内大臣を経て関白に到る。

このように、後期物語では「関白」という呼称が登場人物の造型において決定的な役割を果たしているのであるが、『源氏物語』ではどうであろうか。実は『源氏物語』においては、「関白」という言葉は本文中でただの一回も使われていないのである。それは太政大臣という表現が三十回以上も使用され、左大臣、右大臣、左の大臣、右の大殿などの呼称も実に数多く使われていることと比べれば、一種異様なことでさえあると言ってもよかろう。

関白的な立場と権威を持つ人物は多く描かれている。二節で見たように、弘徽殿大后の父は、朱雀朝の後半では、関白右大臣か関白太政大臣であったはずである。物語に明瞭に描き出されている右大臣と朱雀帝の二人のそれぞれの性格、朱雀帝の年齢、右大臣の専横ぶり、どれをとっても実質的には関白としての強大な力を祖父大臣が把握していたと思われる。また、朱雀帝の外祖父大臣ほど強力でないにしても、今上の外伯父鬚黒もまた関白にふさわしい立場にあった。右大臣のような強引さはないが、逆に右大臣にはなかったはずの協調性や政治的嗅覚は、光源氏家と太政大臣(頭中将)家の二大勢力の中で、相対的に安定した力を保有することが可能であったはずである。新しい北の方玉鬘が、光源氏の養女にして、太政大臣の実子であるという二重の紐帯も鬚黒にとっては幸いしたであろう。冷泉帝時代が長く続いたため、二十歳で即位した今上には摂政は不用で、摂政よりは発言力の小さい関白というのも、将来の夕霧政権を考える光源氏にとっては受け入れやすいものであったはずである。このように、物語の内実を考えれば、関白的立場にあったことは疑いない二条大臣と鬚黒に対して関白という呼称を使わなかったのは、当然作者の意図的な筆使いによるものであることが推測される。恐らくは、関白という語が身にまとっている即自的な匂いをこの物語の作者は忌避したのではないか。後期物語が主人公やその周辺の人物を関白として設定するのとは、対極的な表現方法であったと思われる。

一条朝の発足に際し摂政に任じられた右大臣藤原兼家が、太政官の序列としては太政大臣藤原頼忠、左大臣源雅信の下に立つことを避けるために、右大臣を辞し、太政官の官職のない摂政となった。兼家の薨去後摂政に任じられた嫡男の藤原道隆もまた、帯びていた内大臣の職を辞し太政大臣藤原為光・左大臣源雅信・右大臣源重信らの上に立った。これらの時代の内実については、最近の山本信吉の論考が実に明解に解き明かしている。[20] 藤原頼忠時代を経て、兼家政権や道隆政権においては、摂政専任となることによって、摂関が太政官から分離して超越的な立場となり、一方太政大臣など地位低下をもたらしている以上、『源氏物語』の作者としては、摂政や関白などの用語の使用には慎重であったはずである。

そのことは『源氏物語』で唯一使用されている「摂政」の語を検討することからも明らかになる。澪標巻で、十一歳の冷泉帝が即位、内大臣に新帝の兄に当たる光源氏を迎えて新体制が発足するが、最終的に摂関的立場に立ったのは、実力者の内大臣光源氏でも、朱雀朝から引き続きその職にあった左大臣でも右大臣でもなかった。

源氏の大納言、内大臣になりたまひぬ。数定まりて、くつろぐ所もなかりければ、加はりたまふなりけり。やがて世の政をしたまふべきなれど、さやうの事しげき職にはたへずなむとて、致仕の大臣、摂政したまふべきよし譲りきこえたまふ。（澪標二七二）

致仕左大臣は一旦は固辞したが、最終的には「すまひまたたまはで、太政大臣になりたまふ」と記されている。その場面では摂政とは明記されていないが、上述の経緯からも、新帝の年齢から考えても、摂政になったと考えて良かろう。新帝とは、太政大臣の北の方である大宮が帝の父故桐壺院（実際の父は光源氏であるが）の妹という遠いつながりであった。第二節で述べたごとく、最も摂関的な血縁に乏しい、致仕左大臣であったからこそ「摂政」という語を冠することができたのである。摂政に（そして関白においても）最も必要なものは、天皇との血縁関係ではなく、人格・識見であるというのが、この物語の作者の認識であったのではないか。弘徽殿の父右大臣は論外としても、鬚黒の一種中道的な政治姿勢は関白としてふさわしくなくはない。しかし鬚黒の場合は、今上の外伯父であるから、そのことに目が奪われがちである。これに対して、致仕左大臣は、四代の帝のもとで培われた政治家としての経験（「こころの齢よはひにて、明王の御代、四代をなむ見はべりぬ」花宴四三二）、穏やかな人柄、卓抜した識見こそが、摂政たる資格であったのである。なまじ天皇との近い血縁のない致仕の左大臣のような人物であったから、作者も堂々と「摂政したまふべきよし」と記述することができたのであった。『源氏物語』中の摂政太政大臣には歴史上の藤原実頼のイメージがあることを第一節で触れたが、実頼が「揚明関白」[21]と称されていたことを考えると、この作者の摂政や関白に対する考えは明瞭ではなかろうか。

就任時既に六十三歳と高齢であった摂政太政大臣は、薄雲巻、光源氏三十二歳の年に薨去する。時に冷泉帝は十四歳、摂政を置かねばならない年齢ではないが、少なくとも関白職で補佐する人材が必要であった。冷泉帝は、光源氏が実父であることを知ったこともあるが、太政大臣就任を強く要請する。恐らくは、光源氏を関白太政大臣とすることを考えていたのであろう。

秋の司召に太政大臣になりたまふべきこと、うちうちに定め申したまふ。（中略）太政大臣になりたまふべき定めあ

れど、しばしと思すところありて、ただ御位添ひて、牛車聴されて参りまかでしたまふ（薄雲四四七）

しかし、光源氏は太政大臣を固辞して、位階が進むのを受け入れただけである。関白という文字は、冷泉帝の言葉にも、地の文にも出てこない。恐らく、関白的な仕事は行ったが、関白の詔そのものは受けずに、内覧として冷泉帝を補佐したのではなかろうか。(22) 公的な政務補佐と、日常的直接的奉仕という二重の後見で冷泉帝を支えたが、(23) それを関白という言葉で表現することは一切しなかった。歴史上の藤原兼家や道隆の例が身近にあるなかで、そうした関白像と光源氏の姿が重なることをこの物語の作者は巧みに回避しているようである。

おわりに

平安時代の中期に到り、太政官の頂点にある太政大臣の内実は大きく変化する。また従来ほとんど補任されることのなかった内大臣が、摂関への近道として復活する。それらにともなって、常設に近かった左右の大臣は、(24) 太政大臣と内大臣に挟まれて、従属変数のように様々な変化を見せる。また、摂政や関白は、太政官の大臣職にあるものが兼任する形が十世紀の半ばまでの一般的な姿であったが、藤原兼家や道隆のように太政官の職を離脱して摂関を努めることにより、太政官の地位の相対的低下をもたらした。摂政や関白を含め、各種大臣の内実は、平安時代中期に大きく変化をするのである。

摂関や大臣の変化は、村上・冷泉・円融・花山・一条朝のそれぞれの時期の権力構造と深く関わるもので、現実の政治が官職の変化を招来したと言えよう。

そういった、官職の変容の実態そのものと、それと連動する折々の政権や権力構造の内実は『源氏物語』などに強い影響を与えた。いや、『源氏物語』の側はその実態を鋭く見抜き、物語世界に巧みに転用したと言えよう。透徹した洞察力を有するこの物語の作者が、これら官職をどのように表現しようとしたかを分析することによって、逆に歴史上の官職の実態の変化のさまや、権力構造を正確に知ることができるかもしれない。なにしろ、同時代人として最も卓抜した政治批評家であったと思われるからである。『栄花物語』や『大鏡』などの歴史物語とはまた違った意味で、『源氏物語』は歴史資料としても利用できる、奥行きと深みを持っているのである。

注

（1）稲賀敬二「堀川関白は幼帝補佐の摂政を経験した―狭衣作者の政治認識―」（『稲賀敬二コレクション』四、笠間書院、平成十九年、初出は平成三年）。久下裕利「内大臣について―王朝物語官名形象論―」（『論叢源氏物語』四、新典社、平成十四年）。
（2）赤迫照子「『夜の寝覚』の始発と『源氏物語』―太政大臣出自考―」（『古代中世国文学』一九、平成十五年六月）。
（3）橋本義彦『平安貴族』（平凡社、昭和六十一年、初出は昭和五十七年）。
（4）明石巻で「太政大臣亡せたまひぬ。ことわりの御齢なれど」と記される。猶、賢木巻で桐壺院崩御後の記事、青表紙本系大島本では「おほちおとゝいときうにさかなくおはしてその御まゝになりなん世をいかならむとかむたちめ殿上人みなおもひなけく」とある部分が、河内本系尾州家本では「おほきおとゝ」、別本陽明文庫本では「大きおとゝ」の異文がある。ただこれらは明石巻の記述から遡及しての意改本文、もしくは誤写と考え採用しなかった。
（5）この問題については、田坂「冷泉朝の始発をめぐって―貞観八年の影―」（『源氏物語の新研究―内なる歴史性を考える―』新典社、平成十七年。本書所収）を参照されたい。
（6）日向一雅『源氏物語の王権と流離』（新典社、平成元年、初出は昭和六十二年）。
（7）田坂「冷泉朝下の光源氏―太政大臣と後宮の問題をめぐって―」（『研究講座源氏物語の視界』二、新典社、平成七年。本書所収）。
（8）数少ない例外が、近時の山本信吉『摂関政治史論考』で書き下ろされた「摂政・関白と左右大臣」である。注（20）および本稿四節参照。
(9)『河海抄』が挙げるのは、時平・道真の権大納言の時の例であるが、当時右大臣源能有の薨去後、大納言の二人が太政官の筆頭と次席であった。また二人の兼官の左右大将は左右大臣の時期までそのまま引き継がれる。「執政臣二人例、寛平九年七月三日権大納言兼左近大将藤原時平、権大納言右近大将菅家」(澪標巻「世中のことた〻なかはをわけておほきおと〻このおと〻の御ま〻なり」の注)、引用は『紫明抄・河海抄』(角川書店、昭和四十三年)による。
(10)永承元年は四月に改元されてから。厳密に言えば寛徳三年にあたるが、便宜上このように表記した。
(11)藤原頼通は既に寛仁二年の摂政内大臣から、関白内大臣を経て、治安元年に関白左大臣となっていた。このころは、上席の大臣に藤原顕光・公季らがいたが、長元二年太政大臣藤原公季が薨じてから、この体制となる。
(12)『細流抄』の本文は『内閣文庫本細流抄』(桜楓社、昭和五十年)による。
(13)この問題に関しては、中井賢一「夕霧〈不在〉の論理―夕霧の機能と物語の〈二層〉構造―」(『国語国文』平成十七年十月号)の分析が優れる。
(14)山中裕「源氏物語の準拠と構想」(『平安朝文学の史的研究』吉川弘文館、昭和四十九年、初出は昭和四十六年)。坂本賞三『藤原頼通の時代―摂関時代から院政へ―』「一、頼通摂政となる」(平凡社、平成三年)。
(15)倉本一宏「内大臣沿革考」(『摂関政治と王朝貴族』吉川弘文館、平成十七年、初出は平成三年)。松本裕之「平安時代の内大臣について」は渡辺直彦編『古代史論叢』(吉川弘文館、平成六年)所収。
(16)久下注(1)論文がその代表格。稿者も、「内大臣光源氏をめぐって」(『源氏物語の人物と構想』和泉書院、平成五年)でこの問題を取り上げたことがある。
(17)島田とよ子「『源氏物語』中宮冊立の状況」(『大谷女子大学紀要』一八、昭和五十八年九月)、田坂注(16)論文。
(18)『狭衣物語』の本文は『新編日本古典文学全集』(小学館)による。
(19)注(18)書二一ページ頭注一六。
(20)山本信吉『摂関時代史論考』「第二部よそ人の摂政・関白」「第三部藤原兼家政権の考察」(吉川弘文館、平成十五年)。
(21)「外戚の人々官位昇進事を議定せしかは小野宮殿此時関白にありなから見処し給し故に述懐し侍て揚明関白はやくやめらるへしとは記せられ侍り」『源語秘訣』、本文は『源氏物語古註釈叢刊』二巻(武蔵野書院、昭和五十三年)による。

(22) 内覧については、山本信吉「平安中期の内覧について」（注(20)書）、春名宏昭「草創期の内覧について」（『律令国家完成の研究』吉川弘文館、平成九年）参照。

(23) 吉川真司『律令官僚制の研究』「摂関政治の転成」（塙書房、平成十年、初出は平成七年）。

(24) 実際には常設ではない。この問題は、田坂「竹河巻紫式部自作説存議」（『源氏物語の展望』二、三弥井書店、平成十九年。本書所収）とも関わる。

編年体と列伝体

五　『源氏物語』の編年体的考察

――光源氏誕生前後――

はじめに

本稿は、『源氏物語』を可能な限り編年体的に読み解くことにより、この物語の精緻な構造を究明しようとするものである。

『源氏物語』を編年体の形で把握しようとしたものとしては、一条兼良の旧年立、本居宣長の新年立に代表される、年立の作成と、それらに立脚した物語の解読がある。年立として整然とした形で確立するのは、室町中期の兼良を待たねばならないが、その先駆的なものとして、鎌倉時代初期の藤原定家の『奥入』の、柏木・横笛・鈴虫・夕霧巻の関係を示す記述があった。(1)同じく鎌倉時代の河内方の注釈書に目を転ずれば、近時『水原抄』であることが再確認された『葵巻古注』にも、年立的記述や登場人物の年齢表記や、花宴巻と葵巻の時間的関係など、ここでも年立の先駆的記述は豊富に見出すことができるのである。(2)また、平安時代後期から鎌倉時代初期にかけての『源氏物語』享受の実態を伝える『光源氏物語本事』には、現存の『更級日記』とは異なる逸文が見られるが、そこには「ひかる源氏の物かたり五十四帖に譜くして」と記されていた。この「譜」を目録と考え、巻と巻の時間的な関係性に留意する立場に立てば、(3)『源氏物語』の成立から間もなく、後世の年立につながる読み方の萌芽があったと看做すこともできよう。これらの諸問題については、広い視野から考察した寺本直彦の詳細な分析もある。(4)

本稿が、これら年立的研究と決定的に異なるのは、対象とする時間が、光源氏誕生以前や、誕生から元服までを中心とする点においてである。すなわち、物語として直接語られている部分ではなく、現在記されている記述から延長線を伸ばして、語られていない部分を中心に考えるということにある。年立的研究が、あくまでも書かれている物語の理解を深めるためのものであるのに対して、本稿は十全には書かれていない部分も含めて、この物語の構造の緻密さを析出しようとするものである。副題に「光源氏誕生前後」とした所以である。ただ、書かれていないことに過剰な意味を付与するのではなく、現行の物語を根底で支えている構造を読み解くべく留意した。

一　記述の方針と歴代王朝の概観

本稿を進めて行くに際して、記述の方針をあらかじめ示しておく。この約束事に従って以下の部分は記されている。

基準となる年紀・年数は、光源氏の年齢を以て示す。すなわち光源氏の誕生の年が物語一年であり、藤裏葉巻の大団円が三九年、幻巻の巻末が五二年にあたる。これは、今日の『源氏物語』研究、特に年立的研究と整合性を持たせるためである。光源氏誕生以前を多く扱うことから、先帝五年とか、桐壺朝一年とか、王朝ごとの年数を立てた方が便利な面もあるが、(5)光源氏誕生以後とのつながりを円滑にするために、光源氏の年齢を年紀に採用した。

光源氏誕生以前の場合は、前一年、前二年、前三年と、順次遡って表記することとする。光源氏誕生の前年、桐壺更衣が桐壺帝の寵愛を独占したために、宮中の批判・非難が渦巻いていたのは、前一年あたりとなる。朱雀院は光源氏の三歳年上であるから、前三年の誕生となる。同じく葵の上の誕生は前四年、藤壺の誕生は前五年のこととなる。このような表記方式は、西暦の、ADとBCの関係に同じである。

本稿の性質上、登場人物一人一人の年齢や、物語内の通年の年紀を示すことが極めて多い。そこで、年齢の場合には「十五歳」「二十歳」「三十二歳」というように、漢数字「十」を含める形で表記し、年紀の場合は「一五年」「二〇年」「三二年」と、各位《くらい》の漢数字を並べる形で表記して、違いが明瞭になるようにした。

登場人物の呼称は、極官や最終呼称を主として使用したが、頭中将など最もなじみ深い通称を適宜採用した。大臣は多数出てくるため、歴史上の人物に倣い、その住まいなどを冠して私に表記した。すなわち、左大臣（摂政太政大臣、頭中将と葵の上の父）は三条左大臣と呼び、右大臣（弘徽殿大后の父、朱雀院の祖父）は二条右大臣と記し、六条御息所の父は六条大臣、明石入道の父は明石大臣などと表記した。

物語に記されている年齢表記などから、誕生や逝去が確実なものは、「この年」と表記した。一、二年の幅で年齢表記がなされているものは、「この年か翌年」などと表記した。推測によって誕生や譲位などを仮定した場合には「この頃」と表記した。仮定の論拠は極力詳細に記すようにした。

物語を遡って考察する場合には、現行の『源氏物語』では言及されていない人物を仮定する必要が出てくる。その場合には〈本院〉〈本院の女御〉のように、山型括弧に入れて表記した。

歴代の天皇や、その兄弟たちの年齢関係は物語を考える上での基本となるので、編年体的考察に入る前に一括して述べておく。

桐壺院の兄弟姉妹としては、兄弟に桃園式部卿宮と前坊がおり、姉妹に大宮（三条左大臣の北の方）と女五宮（朝顔巻で桃園式部卿宮邸に同居）がいる。女五宮という表記から、物語にはまったく登場しない姉妹が少なくともあと二人はいたことになる。桐壺帝は帝位に就いていることもあり、これら兄弟姉妹の中では最年長と仮定する。そのことによって、物語内の記述と矛盾することはない。そこで、生年の早い順に並べると、桐壺院、大宮、桃園式部卿宮、女五宮、前坊となるのではなかろうか。桃園式部卿宮と前坊の年齢の上下関係は、それぞれの娘である朝顔の姫君と秋好中宮の年齢を参考にした。

紅葉賀巻に見える一院を、桐壺院や前坊たちの父とした。朱雀院への行幸が極めて大がかりなものであったこと、朝廷を挙げて早くから計画されていることが若紫巻・末摘花巻などの記述から窺われること等々によれば、桐壺院の父院と考えるのが最も自然であろうと思われる。

式部卿宮（紫の上の父）や藤壺宮などの父である先帝は、一院の異母弟で、桐壺院にとっては叔父にあたると考えた。一院と先帝は、兄弟以外にも、叔父甥、従兄弟などの可能性が皆無ではないが、ここでは最も単純に異腹の兄弟で、長幼に従い、一院・先帝の順に即位したと考えた。この仮定に従えば、帝が一院で春宮が先帝（皇太弟）時代があり、それに続いて帝が先帝で春宮は桐壺院（甥）の時代、そして桐壺帝・前坊（皇太弟）時代と続いたことになる。先帝は在位中に急逝したために、院と呼ばれることはなかったと思われる。すなわち、一院系と先帝系の皇統が一時並立状態にあったが、先帝の急逝によって、一院・桐壺系に皇統が固定したと考えた。

一院と先帝の父として〈本院〉という帝を更にその上に想定してみた。三条左大臣は四代の帝に仕えたと物語内で述べられているが、それは本院、一院、先帝、桐壺院の四代のこととなる。

二　前四〇年代・前三〇年代

前四三年

この頃、主人公光源氏の母方の祖父に当たる按察使大納言（桐壺更衣の父）が誕生したか。兄に明石大臣（明石入道の父）がおり、十歳ぐらい年長であったか。

前四二年

この頃、〈本院〉（一院の父、桐壺院・大宮・前坊らの祖父。先帝の父、式部卿宮・藤壺宮らの祖父）は春宮であり、年齢は二十一歳ぐらいであったか。明石尼君の祖父の中務宮は本院と同世代である。前二四年の記述参照。〈本院〉の弟の可能性もあろう。

この頃、〈本院〉と〈春宮の女御〉との間に皇子（後の一院）が誕生。光源氏のもう一人の祖父に当たる。一院を仮に第一皇子としておく。

一院は、一八年の十月紅葉賀巻で、仙洞御所である朱雀院に、桐壺帝（当時）の行幸を受けている。朱雀院への行幸は、「十月に朱雀院の行幸あるべし。舞人など、やむごとなき家の子ども、上達部、殿上人どもなども、その方につきづきしきは、みな選らせたまへれば、親王たち大臣よりはじめて、とりどりの才ども習ひたまふ。いとまなし」（若紫三一四）、「朱雀院の行幸、今日なむ、楽人、舞人定めらるべきよし」（末摘花三五九）、「行幸近くなりて、試楽などののしる」（末摘花三六二）と、その準備に余念がない姿が繰り返し描かれており、早くから計画されていた大規模なものであった。一院の算賀を兼ねたものなどであったことが推測される。一八年の行幸が、一院の六十賀であったと仮定したら(6)、その誕生はこの年、前四二年のこととなる。物語一年、光源氏誕生の年には、一院は上皇で四十三歳であったことになる。

〈本院〉から一院へと直接皇位が継承されたと考えて、この時点で、〈本院〉は春宮であったと仮定した。

一院の母である〈春宮の女御〉を、〈本院の女御①〉とする。この女性は三条左大臣の祖父の姉妹かなにかであろうか。つまり、三条左大臣の祖父は、一院の外伯父（外叔父）などにあたるのではなかろうか。遙か後年であるが、桐壺院の妹の大宮と三条左大臣が結婚していることや、三条左大臣が二条右大臣より若くして地位が上であることから、〈本院〉か一院の段階で、三条左大臣家の家系と皇室とのつながりを想定すべきであろう。

かくして『源氏物語』の淵源は、前四三・四二年頃にまで遡ることができる。

前三九年

この頃、光源氏の母方の祖母に当たる女性が誕生したか。後の按察使大納言の北の方である。前四三年生まれの按察使大納言より四歳年下となる。十七歳ぐらいで按察使大納言と結婚、十八歳頃に雲林院律師を生み、二十三歳頃に桐壺更衣を生み、三十六歳ぐらいで夫の按察使大納言と死別。娘の桐壺更衣を入内させたのは三十九歳頃と考えた。

前三八年

この頃、〈本院〉が即位したか。二十五歳ぐらい。これに伴い〈本院〉の第一皇子（後の一院）が立坊、こちらは五歳ぐらいである。

前三六年

この頃、六条御息所の父（後の六条大臣）が生まれたか。後述する、三条左大臣より数歳年上との判断による。

前三五年

この頃、〈本院〉に第二皇子（後の先帝）が誕生する。

後年明らかになる先帝の子供たちの年齢から逆算して、先帝はこの頃の誕生となる。先帝の子供で、生年が明確な式部卿宮（紫の上の父）は前一五年の誕生、第四皇女の藤壺宮が前五年の誕生である。最も誕生が遅い藤壺女御（朱雀院の女三宮の母）は前一年くらいの誕生と考えないと、女三宮を生んだ年齢に無理が生じる。結局、先帝の子供たちは、前一五年から前一年くらいまでに生まれているから、父親の先帝は前三〇年代の半ばころの誕生と考えて良いのではないだろうか。一院に比べて七歳年少となる。

後の桐壺巻で桐壺院が先帝の四宮の入内を要請するくだりでは、一院の子である桐壺院と、先帝の遺児たちとの間には、あまり往き来がなかったようであるから、一院と先帝は異腹の兄弟と考える。そこで先帝の母を〈本院の女御②〉とする。二人の本院の女御のうち、どちらが立后したのかは不明だが、前一九年の項目で述べるごとく、先帝の母が后であった可能性が高いか。

前三四年

この頃、明石入道が誕生する。二七年に「年は六十ばかりになりたれど、いときよげに、あらまほしう、行ひさらぼひて」（明石二―二八）とあることから逆算。この年に生まれたと仮定して、本稿の明石入道の年齢は算出されている。

この年、三条左大臣（頭中将や葵の上の父）が誕生する。二九年に「すまひはてたまはで、太政大臣になりたまふ。御年も六十三にぞなりたまふ」（澪標二七三）と記されていることから逆算。

ここで、三条左大臣を基準に、桐壺朝と、その直前の先帝の御代で、大臣及び大臣に近い実力者であった人物たちの年齢を想定しておく。

三条左大臣の終生のライバルであった二条右大臣は、十歳くらいの年長であろう。前四四年の誕生とすれば、前三年の桐壺院第一皇子（朱雀院）の誕生で、四十一歳で祖父になったことになる。一方で、娘の五の君や六の君（朧月夜）は、孫の朱雀院よりも遅い生まれであるだろうから、これ以上高齢にするには無理がある。前四四年頃に生まれたとしておくのが年齢設定として穏当であろう。

明石大臣（明石入道の父）と按察使大納言の兄弟も、三条左大臣より遙か年長である。明石入道は、上述のごとく、この年、前三四年頃の誕生である。父の明石大臣の二十歳の時のことと考えれば、明石大臣は前五三年の誕生となる。弟の按察使大納言は、兄明石大臣より十歳年下と考え、前四三年の誕生とした。弘徽殿大后と桐壺更衣の年齢差のイメージから考えて、二条右大臣と按察使大納言が一歳差というのは、近すぎるような感じもあるが、桐壺更衣の上には兄の雲林院律師が生まれていることも勘案してこのように考えた。

六条御息所の父大臣は、三条左大臣より年上であろうか。三条左大臣より先に大臣位に到達しており、かつ先に薨じているからである。ただ、六条大臣の娘の六条御息所は前七年の生まれ、三条左大臣の娘の葵の上は前四年の生まれ、頭中将は前六年頃の誕生と、ほぼ同時期であるから、六条大臣は三条左大臣とあまり年齢差はなかろう。そこで数歳の年上と考え、仮に前三六年の誕生、三条左大臣より三歳年上として、年齢を仮定している。

これらをまとめれば、数歳の誤差はあるにしても、明石大臣の世代、二条右大臣と按察使大納言の世代、六条大臣と三条左大臣の世代が、それぞれ十歳前後離れていると考えられる、といったところであろうか。

三　前二〇年まで

前二三年

この頃、一院（当時春宮）に第一皇子（後の桐壺院）誕生。

最重要人物の一人であるので、年齢についてあらかじめ見ておく。この年を起点に考えれば、次のような計算になる。桐壺院に第一皇子（後の朱雀院）が誕生するのが二十一歳の春宮時代、二十二歳頃に即位してまもなく桐壺更衣を寵愛して人々の批判を浴びた。花宴巻と葵巻の間で朱雀院に譲位したのが四十四歳、賢木巻に四十六歳で崩御したことになる。[7]

桐壺院と仲の良い同腹の妹大宮（三条左大臣の北の方）は、女三宮と記されているから、この頃までに、異腹の姉妹女一宮・二宮が生まれていたであろう。

この年か前年に、明石尼君が誕生する。四一年に「六十五、六のほどなり。尼姿いとかはらかに、あてなるさまして」（若菜上九八）とあることから逆算。夫である明石入道は前三四年頃の誕生であるから、夫婦の年齢差は約十歳となる。娘の明石の上の誕生は一〇年頃、母（明石尼君）の年齢は三十代半ばになってしまう。高齢の両親だけに娘にかける思いは一層強いものがあった。

明石尼君の祖父の中務宮が健在であれば、五十歳くらいであろうか。従って桐壺院の祖父である〈本院〉とは同世代になる。〈本院〉と中務宮は兄弟の可能性もあろう。この頃、按察使大納言は北の方（桐壺更衣の母）と結婚したか。前四三年生まれと仮定した按察使大納言は二十一歳となる。北の方は十七歳となる。

前二一年

この頃、按察使大納言と北の方の間に男子誕生。後の雲林院律師である。桐壺更衣の兄に当たる。この夫婦にはほかに男子がいないから、最初から僧籍に入ることが予定されていたとは考えがたい。嗣子として、父の立場や人脈を継承する人物として期待がかけられていたであろうが、父の按察使大納言や伯父の明石大臣などの相次ぐ死去によって、将来の希望を失って出家したと考えるべきであろう。それは父の死の後であり、かつ妹の桐壺更衣の入内よりも前の時点となる。

この頃、一院（当時春宮）に第三皇女（後の大宮、三条左大臣の北の方）誕生。大宮の年齢を固定する要素は物語中には記されていないが、夫の三条左大臣が前三四年の誕生であるから、あまり引き下げられない。かつ、桐壺院とは同腹であるから、多少無理はあるが、桐壺院とは数え歳で一歳違いと考え、この年の生まれと仮定した。大宮は行幸巻と藤袴巻の間の三七年三月に逝去しているから（藤裏葉四二四に「三月二十日、大殿の大宮の御忌日にて、極楽寺に詣でたまへり」と記されている）、享年五十九であった。孫である夕霧と雲居雁の筒井筒の恋を温かく見守っていたのは、五十代の半ばのことである。(8)

前二〇年

この頃、一院（当時春宮）に皇子（後の桃園式部卿宮、朝顔の姫君の父）誕生。

一院の子息である桐壺院の兄弟で、物語に描かれているのは、桃園式部卿宮と前坊の二人だけである。前坊は一三年に薨去しており、ただ一人の女子（後の秋好中宮）はその時三歳である。一方、桃園式部卿宮の娘である朝顔の姫君は、源氏より多少年下と考えても、一三年の時点で十歳前後であろう。朝顔の姫君については、後年「御はらからの君達あまたものしたまへど、ひとつ御腹ならねば、いとうとうとしく、宮の内いとかすかになりゆくままに」（朝顔四七八）と記されている。この「御はらからの君達」はいずれも既に桃園邸を出ていることから、兄たちであって既に結婚しており、妻の実家などに移り住んでいるのであろう。とすれば、朝顔の姫君は桃園式部卿宮の末子ではなかっただろうか。少なくとも兄弟姉妹の長幼では、かなり年下となる。そこで、桃園式部卿宮は桐壺院に年齢が近く、すぐ下の弟と考え、三歳年少と仮定した。前坊は更に年下と考えるべきである。後述するごとく、春宮位は、桐壺院から弟の前坊へと受け継がれており、年齢的にはその間に位置する桃園式部卿宮は飛ばされた形になっているから、桐壺院や前坊とは異腹であると考えるのが極めて自然である。薄雲巻の三二年に、「その日式部卿の親王亡せたまひぬるよし」（薄雲四四三）[9]とあり、五十二歳で薨じたことになる。

この頃、二条右大臣に長女誕生か。後の弘徽殿大后である。弘徽殿大后は、桐壺院の春宮時代に入内、前三年に朱雀院を生んでいる。この年の生まれと仮定すると、朱雀院は十八歳の時の子供となる。前五年頃に十六歳ぐらいで春宮（桐壺院）に入内したことになろうか。弘徽殿大后の誕生時、父の二条右大臣は、二十五歳ぐらいである。

四　前一〇年まで

前一九年

この頃、〈本院〉が譲位。春宮であった一院が践祚。一院の弟の先帝が立坊した。一院には既に桐壺院と桃園式部卿宮の皇子がいたと思われるが、春宮には皇太弟として、先帝がその地位についた。桐壺院も桃園式部卿宮も極めて幼かったということもあるが、上皇となった〈本院〉の意志によるものであろうか。あるいは、先帝の母方の立場が極めて強力であった可能性もあろう。一院と先帝が異腹であることは上述したが、〈本院〉の皇后であったのが、一院の母か先帝の母かは不明である。ただし、一院の母が后であれば、ただちに孫の桐壺院を春宮に推挙したであろう。春宮は皇太弟となっていること、母方の発言力が強かったであろう事などを勘案すれば、〈本院〉の皇后は先帝の母である〈本院の女御②〉であった可能性の方が高かろう。ともあれ、一院周辺の人々の気持ちは複雑であっただろう。この問題は、後年の前坊の春宮退位に大きく影を落としている。

三条左大臣は、前三四年の誕生、〈本院〉譲位の年には十六歳となり、既に若手の殿上人であっただろう。二〇年二月の南殿の桜の宴に際して左大臣は「ここらの齢にて、明王の御代、四代をなむ見はべりぬれど、このたびのやうに、文ども警策に、舞、楽、ものの音どもととのほりて、齢延ぶることなむはべらざりつる」（花宴四三二）と述べており、聖帝四代に使えたことを自負しているが、これは〈本院〉・一院・先帝・桐壺院の四代の帝を指している。花宴巻で左大臣は五十四歳、この時点で四代の帝に仕えたという経歴は大変なもので、最初の〈本院〉には、元服後一、二年仕えただけであっただろう。三条左大臣は、〈本院〉時代を振り出しに、四代にわたって殿上人・上達部の階梯を登ったことになる。

前一八年

この頃、一院に女五宮誕生。三二年、桃園式部卿宮の薨去後、桃園邸で朝顔の姫君と同居していることから、桃園式部卿宮とは同腹と考えるべきである。三条左大臣の北の方となった姉の大宮（女三宮）のことを羨ましく思っているが、同腹である桐壺院・大宮・前坊に加えて、桃園式部卿宮・女五宮も母親が同じと考えるのは無理があろう。この二人を桐壺院たちとは母親が異なると考えた所以である。「故院の、この御子たちをば、心ことにやむごとなく思ひきこえたまへりしかば、今も親しく次々に聞こえかはしたまふめり」（朝顔四五九）とあるのは、故桐壺院が長兄として弟妹たちに心をかけていたことを示すのであろう。光源氏と螢宮のように、異腹の兄弟たちの中でも仲が良かったと考えておく。三二年、光源氏が桃園邸に女五宮を見舞った時は、随分老衰しているが、今年誕生とすれば、その頃には五十歳であった。

前一七年

この頃、按察使大納言と北の方の間に、女子が生まれる。後の桐壺更衣である。先に仮定した年齢で言えば、父の大納言は二十七歳、北の方は二十三歳、兄（後の雲林院律師）とは五歳違いとなる。この年の生まれだと、十八歳で光源氏を生み、二十歳で逝去したことになる。桐壺院への入内は十七歳くらいのことであろう。父の官職はまだ参議程度で、伯父（明石入道の父）が大納言ぐらいであっただろうか。

前一六年

この頃、前坊誕生。桐壺院や大宮の同母弟。桐壺院よりは七歳年下、大宮よりは六歳年下と仮定した。桐壺院は皇太弟であった前坊を殊に可愛がっていた（「故前坊の同じき御はらからと言ふ中にも、いみじう思ひかはしきこえさせたまひて」葵四六）のは、やや歳の離れた弟に対する家父長的愛情にもよるものであろうか。六条御息所の入内は九年、後に秋好中宮となる女子の誕生は一〇年のことだから、前一六年あたりを、前坊誕生の上限とした。更に数年繰り下げることは不可能ではなかろう。

後述するごとく、前坊と六条大臣家は深いつながりがあるから、前坊の母（桐壺院の母、大宮の母でもある）は六条大臣家に近い女性ではなかっただろうか。

前一五年

この年、先帝と皇后との間に皇子誕生。後の式部卿宮（紫の上の父）である。少女巻三四年に四十九歳で、明年の五十の賀が計画されている（「式部卿宮、明けむ年ぞ五十になりたまひける」少女七〇）ことからの逆算である。先帝の子供たちとしては、十歳下に藤壺宮がおり、後年女三宮の母となる藤壺女御は更に四歳程度年下となるから、先帝の第一皇子であろうか。先帝は前三五年の誕生と仮定したから、二十一歳で第一皇子の誕生と考えることに無理はない。式部卿宮が少なくとも后腹の子供たちの中では長兄と考えられることは、桐壺巻で藤壺入内に際して最終決断を下していることからも窺われる。

前一四年

この頃、明石入道の父は右大臣に進んだか。前一七年に大納言と推測したこの人物も年齢は四十歳ぐらいとなり、大臣の職にあっただろう。

前一三年

この頃、〈本院〉崩御。この年に限定する必然性はないが、次項で述べるように、一院が桐壺院を春宮位に付けるために譲位することが可能であったのは、一院の発言力が従前に比して強まっていたからである。それは、一院の父の上皇である〈本院〉が崩御したことが、背景にあると考えるべきである。前四二年に二十一歳くらいと仮定していた〈本院〉の享年は五十くらいとなり、大きな問題はない。

前一〇年

この頃、一院が譲位。先帝が踐祚、桐壺院が立坊。

一院は約三十年後の紅葉賀巻まで存命であるから、退位は健康上の理由などではなかろう。恐らくは、皇統を我が血筋に伝えるための譲位であったろう。異腹の弟の先帝に帝位を譲り、引き替えに春宮に自身の皇子（桐壺院）を据えたのである。前一九年で考えたように、一院自身が践祚したときに、既に皇子（桐壺院）が誕生していたとしたら、春宮に我が子ではなく、異腹の弟宮が据えられたことには違和感を持っていたであろう。それが、父本院や、先帝の母方の発言力によるものであったとしたら、それらの力が弱まるのを待って、今度は、自身の退位と引き替えに、我が皇子を春宮としたのである。前項で見たように、一院や先帝の父である〈本院〉は崩御していたはずである。先帝の母后はまだ存命であったかもしれないが、三十代になった一院の発言力が大きく上回ったのである。このころ一院は三十三歳くらい、先帝は二十六歳くらい、桐壺院十四歳くらいと思量される。

もう一つ、一院の譲位がこの時点でなされねばならなかった理由がある。それは、先帝にも既に後継者たる皇子が誕生していたことによる。前一五年に誕生した、後の式部卿宮（紫の上の父）がそれで、ぐずぐずしていれば、先帝の皇子も春宮にふさわしい年齢になるし、もし一院自身が急逝するようなことにでもなれば、先帝が践祚、その皇子（式部卿宮）が春宮となる可能性は高く、一院系の皇統は絶えてしまうことになる。一院が決断した所以である。

かくして、〈本院〉の諒闇が明けてから二年目に御代替わりとなったと考えた。

五　光源氏誕生前年まで

前八年

この頃、三条左大臣と大宮（一院の女三宮、当時春宮であった桐壺院の妹）が結婚したか。左大臣は二十七歳の年である。大宮は十五歳ぐらいであっただろう。大宮の兄の春宮（桐壺院）は十六歳ぐらいであるから、この結婚は上皇（一院）の推進するところであったかもしれない。三条左大臣が桐壺院の信頼の厚いことは繰り返し物語中で触れられているが、そういった信頼関係は、上皇（一院）以来培われたものであった可能性がある。さればこそ、後年、年長の二条右大臣を越えて朝堂の頂点に立つことも可能であったのである。内親王を迎えることができているから、三条左大臣の二十七歳当時の官職は権中納言くらいではあっただろう。(10)

前一六年の項目で述べたように、一院との間に、桐壺院・大宮・前坊を儲けた女性は、六条大臣の一族であったと推測したが、三条左大臣と、一院・桐壺院との親しさを考えると、三条左大臣と六条大臣とも比較的近い血縁関係にあったか。前一年の項参照。

前七年

この年、六条大臣家に女子（後の六条御息所）誕生。六条御息所の年齢表記については、九年の項目参照のこと。父（六条大臣）は、大臣一歩手前の三十歳くらいであろう。前三四年のところで、六条大臣は三条左大臣より数歳年上とした事を踏まえる。

前六年

この頃、三条左大臣と大宮の間に、男子誕生。後の頭中将である。光源氏より四歳年上の葵の上の更に二歳年上と考えた。父の左大臣は二十九歳である。

前五年

この年、藤壺宮が誕生する。三二年、崩御した年に「三十七にぞおはしましける。されど、いと若く、盛りにおはします」(薄雲四三四)とあることから逆算。光源氏より五歳年長である。先帝の后腹の内親王で、同腹の兄の式部卿宮(紫の上の父)とは十歳違いである。先帝の第四皇女にあたる。異腹の藤壺女御よりは四歳程度年上であろうか。

この頃、明石左大臣・六条右大臣体制であったか。後の二条右大臣は内大臣であったか。(11) 三条左大臣は、当時はまだ次席の大納言あたりで、その上に按察使大納言(桐壺更衣の父)がいたであろう。これら五人のうち、明石大臣を筆頭とするのは、年齢的にも問題はないであろう。この頃五十歳ぐらいである。六条右大臣は、弘徽殿女御(後の大后)の父よりも、十歳ぐらい年下であるが、仮定した没年との関係から、官職の上では上位にあるとした。

明石左大臣の子息(後の明石入道)は三十歳くらい、年齢から考えて既に近衛中将であっただろう。まもなく父大臣の死に直面するが、その後は官職の昇進はなかったと考える方が自然である。

前四年

この年、三条左大臣と大宮の間に、女子誕生。後の葵の上である。一八年紅葉賀巻で、光源氏より四歳年上と記されている(「四年ばかりがこのかみにおはすれば、うちすぐし、恥づかしげに、さかりにととのほりて見えたまふ」紅葉賀三九五)。葵の上が生まれた時、左大臣は三十一歳、大宮は十九歳くらいであった。

この頃、按察使大納言逝去か。桐壺更衣の入内を、光源氏の誕生の前年のことと考えると前一年になるから、この時期より遅らせることは妥当性を欠く。父の按察使大納言の服喪中の一年間は入内は出来ないだろうから、大納言の父は前三年以前に逝去。次項で述べる明石大臣の薨去の時期との関連から、この年に仮定した。按察使大納言は四十歳ぐらいであっただろう。

前三年

この頃、明石左大臣が薨去。六条右大臣が左大臣に、新任の右大臣に二条右大臣が就任したか。(12) 明石大臣・按察使大納言兄弟の相次ぐ死は、それぞれの息子たちの人生を大いに変えることとなった。

桐壺更衣の実家の立場で言えば、前年に当主の大納言の逝去に続き、一族で最も頼りとしてきた明石左大臣が世を去ることによって、決定的な打撃を受けたであろう。父と伯父という二人の強力な後ろ盾を失った大納言の遺児は、将来を悲観して、まもなく僧籍に入ったのではなかろうか。後年、賢木巻で雲林院律師として描かれる人物である。前二二年生まれと仮定していたから、今年二十歳。殿上人として歩み始めたばかりであっただろうが、暗い将来の重さに耐えきれずに官職を捨てたのであろう。夫の死、義兄の死、子息の出家と続いて、大納言の北の方の心労は募ったであろう。そのことが逆に、いまわの際の夫の遺言にひたすら向き合う契機となったのかもしれない。

明石大臣の子息、後の明石入道は既に三十歳を過ぎていた。大納言の子息である従兄弟よりは十歳くらい年長であったし、官僚としての経験や実績もあったから、ただちに将来に見切りを付けるようなことはなかった。ただ、既に近衛中将で参議目前であったにも拘わらず（宰相中将ではなかっただろう）、この後約十年の歳月を経ても結局上達部に列することなく、自ら播磨守を望んで、京官を離れることになる。一八年には既に新発意と呼ばれているが、従兄弟に十数年遅れて、こちらもやはり出家の道を選択したのであった。

この頃、二条右大臣の三の君（後の螢兵部卿宮の北の方）が誕生したか。螢宮の北の方は弘徽殿大后の妹（「女御の御おとうとたちにこそはあらめ、まだ世に馴れぬは、五六の君ならむかし、帥宮の北の方、頭中将のすさめぬ四の君などこそ、よしと聞きしか」花宴四二八）と記されているだけだから、二の君の可能性も皆無ではないが年齢的に無理があろう。(13) 螢宮の方は、二年の項で述べるごとく光源氏の一歳年下と考えれば、四歳違いの夫婦となる。これは葵の上と光源氏の年齢関係に同じである。二条右大臣の外孫、桐壺第一皇子（朱雀院）の誕生もこの年であった。

前二年

この頃、先帝が崩御した。ただちに桐壺が践祚、前坊が立坊して、皇太弟となる。

先帝の崩御はもう少し遡らせる考え方もあろうが、藤壺女御の誕生とのかねあいからこの年しかありえないだろう。前一年の項参照のこと。

新帝桐壺は二十二歳くらい、弟の新春宮は十五歳くらいである。先帝には十四歳になった皇子（後の式部卿宮）もいて、春宮の有力な候補者であっただろうが、結果的に桐壺兄弟が、帝と春宮を独占することになった。これには兄弟の父である、一院の強い意向があっただろう。前一九年頃と推測される、即位に際して自らの皇子を春宮に据えることができなかった一院の無念さは、ここに晴らされたことになる。結局十数年もの間続いた一院系・先帝系の両統並立の時代はこれで終わり、これ以降は桐壺系のみが皇統を占めることになる。

有力候補者でありながら春宮に擁立されなかった先帝の皇子（式部卿宮）の心理は極めて複雑であっただろう。後年、妹の藤壺宮の入内を支持したり、娘の王女御を冷泉帝に入内させたりして、皇統への我が血筋の混交を模索し続ける生涯となるのであるが、それはこの時の出来事が長く長く影を落としているのである。

もう一つ見逃すことができないのが、桐壺系が皇統を独占すると言っても、今回もまた桐壺系・前坊系と新たな並立状況を生むことが内包されている点である。桐壺と前坊は同腹の兄弟で後年まで仲が良かったから、決して深刻な対立とはなり得ないが、桐壺新帝には前年に弘徽殿女御（後の大后）が生んだ第一皇子がいるなかで、春宮（皇太弟）に指名された前坊の気持ちには多少複雑なものがあったのではなかろうか、一院系と先帝系の隠微な対立が十数年に及んできたことを、間近で見聞していた前坊は、自分が春宮となることが本当に望ましいことかどうか、多少躊躇する思いもあったかもしれない。この問題については四年の項目で詳述する。

この頃、二条右大臣に四の君（頭中将の北の方）が誕生したか。前六年生まれと仮定した頭中将よりは四歳年下となる。四の君がこの年生まれならば、後年、柏木を生んだのが十七歳ぐらい、弘徽殿女御を生んだのが二十歳ぐらいになる。

前一年

この頃、先帝の皇女が誕生する。後に朱雀院の藤壺女御（女三宮の母）となる女性である。母は更衣であった。先帝没後まもなくの誕生と考えた。

女三宮は、三九年、朱雀院が出家を考えている頃に、まだ十三、四歳であった（「そのほど御年十三、四ばかりおはす」若菜上一二）から、その生誕は早く見積もっても二六年、光源氏が須磨に退去した年に生を受けたことになる。その母の藤壺女御は、前一年に生まれたとしても、二十七歳で女三宮を生んだことになる。先帝没後間もなくの誕生として、藤壺女御の生年をぎりぎりまで引き下げたのはこのことによる。この女性は、長じて、春宮時代の朱雀院の元に入内した（「藤壺と聞こえしは先帝の源氏にぞおはしましける、まだ坊と聞こえさせし時参りたまひて」若菜上一一）。後年、「高き位にも定まりたまふべかりし人」（若菜上一一）とも記されているのは、その血筋の高貴さにもよるが、春宮に最も早く入内したという経緯もあったのではないか。一三年、十四歳くらいで春宮の女御となったのではなかろうか。前年には、春宮入内を働きかけていた左大臣家の葵の上を、弟の光源氏の元服の添臥として取られていたから、春宮周辺としては、左大臣家の姫君をしのぐ、先帝の姫宮の入内は大いに歓迎したであろう。

ところが、歳月が経ち、朱雀帝の即位が現実のものになってくると、右大臣家では、次世代も一族の血筋で固めるべく、六の君である朧月夜の入内を計画した。[14]朧月夜は光源氏とのことがあったため、表立っての入内とはならなかったが、結局尚侍として朱雀帝の寵愛を独占することになる。「大后の尚侍を参らせたてまつりたまひて、かたはらに並ぶ人なくもてなしきこえなどせしほどに、気おされて」（若菜上一一）、というのはその頃の事情を明瞭に示している。結局、朱雀帝は在位十年にも充たずして譲位、寵愛も朧月夜に奪われ、立后の沙汰もなかった。朱雀帝がどんなに心の内で藤壺女御を気にかけても、春宮時代からいち早く朱雀院の傍にいたこの女性は報われることなく、憾みを残してやがて世を去ったらしい。

この頃、六条左大臣薨去。六条左大臣は前七年生まれの娘を前坊に入内させようと早くから考えていたであろう。それだけ、前坊を強く支えていたのではなかっただろうか。六条左大臣の薨去は、前坊にとっても大きな痛手であった。

空席の左大臣には、二条右大臣を越えて、三条左大臣が就任したか。先任の二条右大臣を、年下の三条左大臣が越えることが出来たのは、桐壺院たちの母が三条左大臣の一族の女性であったことによろうか。とすれば、六条大臣と三条左大臣も血縁が近く、兄弟、叔父甥、従兄弟のいずれかであっただろうか。桐壺院の母方の血筋を想定しないと、年上の二条右大臣を越すことは考えにくい。遡って考えれば大宮と左大臣の結婚も、従兄弟同士かそれに近い関係であっただろうか。

桐壺院の三条左大臣に寄せていた信頼を考えると、このような推測も不可能ではなかろう。あるいは、桐壺院第一皇子を押す勢力にのみ力が集中するのを避けて、藤原氏の力を二分して、そのバランスの上に立った親政ということを一院が考えたのかもしれない。ともあれ、桐壺院第一皇子の祖父二条右大臣にとっては、面白くない人事であった。

この頃、新帝桐壺に、女御や更衣の入内が相次いだか。先帝時代すなわち桐壺院の春宮時代は、両統並立の可能性もあり、春宮の地位もやや不安定であったが、先帝の急逝で、一院・桐壺系の皇統が確立したから、有力者たちはこぞって新帝の後宮に子女を送りこんだであろう。

この頃、桐壺更衣入内。

更衣の父である故按察使大納言は、桐壺院即位の際には娘を入内させたいという強い意向を持っていたであろう。それは「生まれし時より、思ふ心ありし人」とあるように、桐壺更衣の誕生時から兆していた望みではあっただろうが、成長と共にその計画は一層の具体性を帯びていったであろう。大納言はまだ三十代半ば、娘は十歳を過ぎたばかりの頃、春宮時代の桐壺院に、二条右大臣の娘が弘徽殿として入内した。その頃は、按察使大納言は自らの地位も我が娘の年齢も、不十分であるから、他日を期したであろう。いずれ娘も成長し、うまくいけば自分自身も大臣の地位にたどり着ける。その時が入内の時期と考えていたであろう。自らの地位はさておき、兄の明石大臣の後押しもあろうから、桐壺院が即位の暁には娘を宮仕えさせようと思っていたのではないか。

ところがその目的を果たさないうちに按察使大納言は逝去してしまった。四十歳前後で、まだまだ働き盛りであっただろうか。さぞかし心残りであっただろう。「いまはとなるまで、ただ、『この人の宮仕への本意、かならず遂げさせたてまつれ。我亡くなりぬとて、口惜しう思ひくづほるな』と、かへすがへす諫めおかれはべりし」（桐壺一〇六）と記されていた。

残された北の方は途方に暮れたに違いない。夫亡き後、女手で娘を入内させることの困難さは言うまでもないが、夫に替わって支援してくれることを期待していた義兄の明石大臣も相前後して薨去してしまったからだ。

本稿では、弟の按察使大納言が先に亡くなり、兄の明石大臣の死を一年後と仮定してみた。いまわの際の大納言の遺言は、明石大臣の存在を密かに頼みにしていたと考えた方が自然だからだ。いくら娘が生まれたときからの望みであっても、兄大臣が先立ち、自分も死期が近いとなると、娘入内の執着もあり得ないはずである。兄大臣には、一人息子の明石入道(当時近衛中将か)がいるくらいで、娘がいなかったようであるから、間接的な支援を期待したのであろうが、それも叶わなくなってしまった。

次に頼りにするのは殿上人として歩み始めたばかりの一人息子であった。しかしその息子は、父と伯父の相次ぐ死を目睫にした無常感と、そのことによって閉ざされてしまった暗い将来に耐えかねて、官職を辞し出家してしまった。次第に美しく成長していく娘を見ながら、北の方の心には、夫がなくなる寸前まで繰り返し述べていた言葉が常に去来していたであろう。娘を入内させよとの遺言である。しかし夫に先立たれた後、親族一の実力者であった義兄の明石大臣が薨じ、相談相手になってくれるはずの一人息子は僧籍に入り、北の方は八方ふさがりであった。そうした中で、誰一人頼るもののない北の方が娘を入内させたのはやはり、当時の事情が大きく関わっていよう。

上述したごとく、先帝の急逝によって、春宮であった桐壺院が即位した。一院の皇太弟から即位した先帝に比べて、新帝桐壺は一院直系である。父一院も存命でしっかりとした後ろ盾であっただろう。肉体的にも、系譜的にも、長期にわたる本格的な王朝となることが予想される。実力者たちは、先を争って一族の娘を新帝桐壺に入内させたのではなかろうか。

こうして「女御、更衣あまたさぶらひたまひける」（桐壺九三）という状況が現出したのである。そのような中で、亡き按察使大納言の遺言を抱き続けてきた北の方が、我が娘もその中に加えて貰うことは不可能ではないと思うに至ったのであろう。北の方は按察使大納言と四歳ぐらいの年の差で、十七歳ぐらいで結婚したと仮定したが、ちょうど娘も、自分が亡き夫と結婚した年齢となる。それやこれやの事情で、蛮勇を奮って、北の方は娘を宮仕えに出したのであった。ただ、我が娘が帝から人並みはずれた寵愛を受け「めざましきものにおとしめそね」まれ、「人の心をのみ動か」す、という状況に至ることまでは予想できなかったのであろうが。

六　光源氏誕生以後

一年

この年、光源氏が誕生した。同年の生まれは、二条右大臣の五の君あたりであろうか。従姉妹で光源氏との結婚が何回か噂された朝顔の姫君は同い年か、多少年下であろうか。

二年

この頃、螢宮が誕生した。螢宮は、頭中将の北の方となった右大臣家の四の君の姉、三の君が最初の北の方である。頭中将は前六年くらいの誕生だから、三の君と四の君がほとんど同い年でも、螢宮と頭中将の年齢はあまり開いていない方が自然である。ここでは光源氏のすぐ下、一歳違いの弟、第三皇子と考えた。年齢的に、繰り下げてももう一年が限度であろう。二年の誕生で、頭中将より七歳年下となる。桐壺院の第四皇子は、一八年の朱雀院への行幸の時点で元服前であるから（「承香殿の御腹の四の皇子、まだ童にて、秋風楽舞ひたまへるなむ、さしつぎの見物なりける」紅葉賀三八七）、光源氏や螢宮より更に、五、六歳は年少となる。

三年

この年、桐壺更衣が逝去する。

同じくこの年、鬚黒北の方誕生したか。

大鬚黒が三七年に三十二、三歳であり、それより三、四歳年上（「北の方は紫の上の御姉ぞかし。式部卿の宮の御大君よ。年のほど三つ四つが年上は、ことなるかたはにもあらぬを、人柄やいかがおはしけむ、嫗とつけて心にも入れず、いかで背きなむと思へり」藤袴三三五）との記述がある。この記述から算出すると、鬚黒と北の方の誕生の年は、最も早く考えれば、鬚黒が五年の誕生、北の方が光源氏と同じ年の一年の誕生となる。最も遅く考えれば、鬚黒が六年の生まれ、北の方が三年の生まれとなる。ここで、並行して考えなければならないのは、鬚黒北の方の同腹の妹王女御の生年である。王女御は、三条左大臣の孫であり権中納言の娘の弘徽殿女御と同年輩と記されている。弘徽殿女御は一八年の誕生だから、同年輩の王女御はどんなに早く見積もっても、二歳年上ぐらいであろう。すなわち、王女御は一六年頃の誕生となる。同腹の妹との年齢差をあまり大きく想定はできないから、鬚黒北の方は、上記の想定のうち最も遅い生まれと考えて、この年の誕生とした。それでも王女御とは十三歳の年齢差がある。

父の式部卿宮は、前一五年の生まれであるから、この年十八歳である。式部卿宮の大北の方は、十六歳くらいで大君（鬚黒北の方）を生み、二十九歳くらいで中の君（王女御）を生んだことになろうか。

四年

この年、前坊、春宮の位を返上したか。

極めて大胆な仮定だが、前坊は自らの意志で、春宮の位を降りたと考えた。十三年に兄の桐壺院に先だって亡くなっていることから、病弱であったのかもしれない。それに加えて、性格的にも控えめで、家父長的立場で可愛がってくれている兄帝に皇子が誕生したことに遠慮したのではないか。更に、まだ元気である祖父の一院が桐壺院に帝位を継がせることに苦労したこと、一院と先帝という、兄帝と皇太弟との微妙な関係などを知っていた前坊が、将来の混乱を避けるために、自ら春宮位を退いたのであろう。桐壺院の第二皇子である光源氏の誕生以降、春宮のことがいろいろと推測されていたから（「この皇子生まれたまひて後は、いと心ことに思ほしおきてたれば、坊にも、ようせずは、この皇子のゐたまふべきなめり、と一の皇子の女御は思し疑へり」桐壺九五）、前坊は桐壺院第一皇子（朱雀院）が誕生して間もなくから、春宮位を返上する内意を漏らしていたのかもしれない。

新春宮には、後見に不安のある第二皇子（光源氏）ではなく、第一皇子（朱雀院）が定められた（「明くる年の春、坊定まりたまふにも、いとひき越さまほしう思せど、御後見すべき人もなく」桐壺一一三）。

前坊については、春宮時代に亡くなったために、前坊と呼ばれていると考えるのが通説である。四年に立太子をした桐壺院の第一皇子（朱雀院）と春宮時代が重なるのは、作者のケアレス・ミスと考えるのである。ただ、前坊が生前春宮位を辞して、それを受けて桐壺院の第一皇子が立坊という考えは従来皆無ではない。多屋頼俊の「六条御息所と前坊」(15)がそれである。多屋は「春宮自身」には「責任のない事情」によって、春宮位を辞したのであろう、と推測している。本稿では、それを具体的に、皇統をめぐる一院系先帝系の対立のような事態を避けるために、自ら申し出たのではないかと考えたのである。兄の桐壺帝は強く慰留したであろうが、前坊の決意は固かったのであろう。こうした経緯があったからこそ、桐壺院は前坊のこと、前坊の未亡人となった御息所のこと、前坊の遺児のことを常に気遣っていたのであろう。

この立場を取る場合、最大の問題点は、春宮を降りて、文字通り前坊となった後に、六条御息所の入内の時期が来ることである。詳しくは、九年の項で述べるが、歴史上の小一条院のように、手厚く遇されて、有力者であった六条大臣の遺児との結婚となったのではないだろうか。

六年

この年、光源氏の祖母、按察使大納言の北の方逝去。娘の桐壺更衣に遅れること三年である。二年前の前坊の春宮位辞去に伴う、新春宮の決定に際して、孫の第二皇子（光源氏）が第一皇子（朱雀院）に敗れたことなどが引き金となった。前三九年生まれと仮定したから、享年四十五であった。

この年、鬚黒が誕生したか。三七年に三十二、三歳（「この大将は、春宮の女御の御兄弟にぞおはしける。大臣たちを措きたてまつりて、さし次ぎの御おぼえいとやむごとなき君なり。年三十二三のほどにものしたまふ」藤袴三三五）との記述があり、逆算すると五年または六年の誕生となるが、三年の項で述べたごとく、北の方との誕生時期との関連から、一年でも遅く繰り下げる方が穏当だから、この年の誕生と仮定した。

鬚黒の妹に当たる承香殿女御、すなわち朱雀院の「春宮の女御」を仮に二歳年下と考えれば八年の生まれとなり、十九歳で今上を生んだことになる。

七年

この年、光源氏読書始、弘徽殿側とも一時良好な関係であった（「七つになりたまへば、読書始めなどせさせたまひて、世に知らず聡うかしこくおはすれば、あまり恐ろしきまで御覧ず」「弘徽殿などにも渡らせたまふ御供には、やがて御簾の内に入れたてまつりたまふ」桐壺一一四)。

八年

この頃、高麗の相人が鴻臚館で光源氏を観相したか。

この頃、先帝の四宮(後の藤壺)の帝(桐壺院)への入内の話が持ち上がるか。先帝の后の反対によって実現せず。

九年

この年、紫の上誕生。一八年春の若紫巻の初登場場面(「なかに、十ばかりやあらむと見えて、白き衣、山吹などのなえたる着て、走り来たる女子、あまた見えつる子どもに似るべうもあらず、いみじく生ひさき見えて、うつくしげなる容貌なり」若紫二八〇)の記述から、この年十歳として算出。通説の立場を取り、若菜下巻四七年の年齢表記(「今年は三十七になりたまふ」若菜下一九七)には従わなかった。

後年、玉鬘をめぐって離婚騒動を引き起こす、腹違いの姉である鬚黒の最初の北の方(式部卿宮の大君)よりは六歳年下。秋好中宮と冷泉帝の寵を争った腹違いの妹王女御(中の君)よりは六歳年上。腹違いの姉妹のちょうど真ん中の年齢にあたる。

この年、六条御息所、前春宮(前坊)と結婚する。二三年秋の「十六にて故宮に参りたまひて、二十にておくれたてまつりたまふ。三十にてぞ、今日また九重を見たまひける」(賢木八五)の記述から算出。通常の理解では、春宮時代の前坊に入内したと考えるのであるが、四年の桐壺帝の春宮決定との矛盾を解決するために、これ以前に春宮位を辞しているとした。もちろんこのことによって「今日また九重を」の表現など、別の矛盾が生じるため、あくまでも仮定である。六条御息所の結婚は、亡き六条大臣の強い遺志を受けたものであろう。六条大臣は、前坊が春宮位にあるとき、前一年になくなったと仮定したが、当時七歳であった娘の成長を待って、春宮妃にと考えていたのである。後に春宮を辞した前坊を気遣って、実力者であった六条大臣の遺児との結婚を、計画通り勧めたのは兄帝（桐壺院）ではなかっただろうか。六条大臣が桐壺院や前坊の母の縁者であるとしたら、その可能性は一層強まろう。

一〇年

この年、前坊と六条御息所との間に女子が誕生。後の秋好中宮である。二三年に「斎宮は十四にぞなりたまひける」（賢木八五）とあることからの算出。前項で通説に従い、若菜下巻紫の上三十七歳の年齢表記を採用しなかったのは、本年生まれの秋好中宮より紫の上の方が一歳年下になってしまうのも理由の一つである。

この年、明石の上も誕生か。二七年の「住吉の神を頼みはじめたてまつりて、この十八年になりはべりぬ」（明石二三四）を誕生の年から一八年目、十八歳のことと考えて逆算。娘が生まれたとき父（明石入道）の官職は十数年も近衛中将に留まっていただろう、年齢は四十四歳となっていた。北の方（明石尼君）は三十四歳と大変な高齢であった。

この頃、先帝の四宮（藤壺宮）、帝（桐壺院）に入内したか。この年十五歳である。反対であった先帝の后の死と服喪期間を間に挟むため、この年あたりの入内と考えるのが妥当か。「御兄の兵部卿の親王など、かく心細くておはしまさむよりは、内裏住みせさせたまひて、御心も慰むべくなど思しなりて、参らせたてまつりたまへり」（桐壺一一八）と、兵部卿宮（後の式部卿宮、紫の上の父）などが最終判断をしたが、この入内によって一院系と先帝系の対立を止揚する結果ともなった。先帝没後十年以上たち、母后も崩じて「心細くておはしま」す、というのも事実であった。決断をした兵部卿宮は二十五歳、分別ざかりであっただろう。

一二年

この年、光源氏元服。三条左大臣の娘である葵の上と結婚する。四歳年上の葵の上は十六歳。これ以前に、右大臣側から、葵の上の春宮参りの打診があったが承引しなかった（「春宮よりも御気色あるを、思しわづらふことありける」桐壺一二二）のは、葵の上の年齢から考えて、一、二年前のことであろうか。

おわりに

以上、光源氏誕生の四三年前から、元服の年までを編年体で辿ってみた。誕生後の分析は、誕生以前に比べると粗い記述となっているが、これは物語に書かれていない部分がどれくらい物語を支えているかを考えるという本稿の立場によるものである。

編年記述を策定するにあたって、いくつもの仮説・仮定を積み重ねてきた。当然、異論や反論も予想されるが、それらによって一層妥当な仮説がたぐり寄せられることになれば、本稿の目的は達せられたことになる。もちろん、可能な限り記述相互の矛盾を解消することに努めたし、物語内の人物の相互の年齢関係にもできる限りの注意を払ったから、今回提示した仮説の修正も、数年程度の誤差に留まるのではないだろうかとの見通しを持ってはいる。

それにしても、今回多くの人物の関係を見ていく過程で、描かれていない部分も含めて、『源氏物語』が実に精緻極まりない構造を持っているということを改めて認識させられることとなった。物語内の記述を、どこまで延長線を伸ばしても、物語の世界が広がりを見せるだけで、ほとんど矛盾は生じない。この物語の構成力が並はずれたものであることが、再確認できたと言えよう。

注

（1）『奥入』横笛巻に「柏木の後年也」、鈴虫巻に「横笛同年夏秋也」、夕霧巻に「今案此巻猶横笛鈴虫之同秋事歟」などと記されている。これらのことに早くから注目していたものに、以下の論考がある。大朝雄二「源氏物語年立の論のための覚え書き」（『源氏物語正編の研究』桜楓社、昭和五十年。初出は『藤女子大学国文学雑誌』七、昭和四十四年十一月）、伊藤博「源氏物語第二部論断章―『奥入』註記をめぐって―」（『源氏物語の原点』明治書院、昭和五十五年。初出は『文学論輯』二二、昭和五十年三月）。

（2）田坂「『葵巻古注』（水原抄）について」（『源氏物語享受史論考』風間書房、平成二十一年）。

（3）稲賀敬二『源氏物語の研究―成立と伝流―』第一章（笠間書院、昭和四十二年）。

（4）寺本直彦『源氏物語論考　古注釈・受容』第六章・七章「源氏物語年立の発生と展開（一）（二）」（風間書房、平成元年）。

（5）坂本共展「明石姫君構想とその主題」（『源氏物語構成論』笠間書院、平成七年）はこうした表記を用いて、桐壺朝一年以降、桐壺朝の出来事を極めて整然と纏めている。

（6）諸注、算賀のための行幸という点ではほぼ一致を見るが、具体的な年齢を想定しているものもある。それらは『河海抄』が準拠とする、醍醐天皇による宇多法皇四十賀、五十賀を重視するものが多い。小学館『日本古典文学全集』が「四十または五十の賀か」三八三ページ頭注一、岩波書店『新日本古典文学大系』が「四十賀か五十賀」二四〇ページ脚注一、としているのがその代表である。ただし実際の一院の年齢を考えると、この時四十歳、五十歳では無理があり、それらを勘案して、坂本注（5）論文などでは七十の賀とする。その一方で、一院五十の賀説を積極的に補強し、桐壺院の年齢を大幅に引き下げる立場も存する。藤本勝義『源氏物語の想像力』（笠間書院、平成六年）がこの立場で、本稿は結果的に、坂本説・藤本説の中間の立場を取る形となった。

（7）桐壺院はしばしば醍醐天皇になずらえられているが、醍醐天皇は元慶九（八八五）年生、延長八（九三〇）年譲位、同年没、四十六歳であった。桐壺院は四十四歳で譲位、四十六歳で崩御と、醍醐天皇に近い年齢設定にしておいた。

（8）永井和子「源氏物語の大宮像―作中世界の保証者として―」『源氏物語と老い』（笠間書院、平成七年）は、大宮の年齢をもう少し上に想定する。

（9）河内本には「その日なかつかさのみこうせ給ぬる」（尾州家本）とあり、式部卿から中務卿に転じている。長老の親王としてはこちらの方がふさわしいか。

(10) 後年、朱雀院の女三宮の相手として、中納言の夕霧は有力な婿がねの一人であったが、右衛門督柏木は「位などいますこしものめかしきほどになれば」(若菜上三〇)、と候補者とはなり得なかった。

(11) あるいは、明石太政大臣・六条左大臣・二条右大臣という体制か。いずれにしても、この時点で既に、弘徽殿大后の父の右大臣は、桐壺更衣の父の按察使大納言より上席と考える。

(12) 前項のように、前五年で明石太政大臣であったとしたら、左右大臣体制には変化がないと考えればよい。

(13) 螢宮と北の方の年齢関係については、田坂「螢宮をめぐる諸問題」『源氏物語の人物と構想』(和泉書院、平成五年) 参照のこと。

(14) 朧月夜とは別に、藤大納言の娘 (弘徽殿大后の姪に当たる) が麗景殿女御として入内している。右大臣一族は朱雀院の後宮でも多大な力を持つようになっていた。

(15) 多屋頼俊「もののけの力　六条御息所を中心に」の論文の付記「六条御息所と故前坊」の項目 (『源氏物語の思想』法蔵館、昭和二十七年)。後に〈多屋頼俊著作集〉五『源氏物語の研究』(法蔵館、平成四年) として仮名づかいを改めて再刊。

六　『源氏物語』の列伝体的考察
――頭中将の前半生――

はじめに

『源氏物語』の研究において、残されている課題はまだまだ山積しているであろうが、その一つとして、この物語の作品構造の緻密さの解明があるのではないだろうか。

『源氏物語』はあまたの主題が複雑に組み合わされて形成されている。これを登場人物の立場に置き換えて言えば、いくつもの人生、いくつもの列伝が縒り合わせられるような形でこの物語は構成されているのである。それらの列伝は、主人公である光源氏との関わりにおいて物語世界に引き入れられて詳述されることがほとんどであるが、しかし描かれていない部分も含めて、これら列伝は巧みに組み立てられているのではないかと思われる。物語に描かれている部分の様々な記述を基に延長線を伸ばして、描かれていない部分を含めて列伝の全体像を再構築してみると、実に整然としたものが確認できるのである。玉上琢彌の至言を転用すれば「描かれたる部分」によって「描かれざる部分」までもが緻密に「支えられている」(1)と思われるのである。

本稿では、光源氏のすぐ傍を生きた頭中将の生涯、特に直接描出されることが少ない前半生を中心に見ることによって、描かれている世界が、描かれていない、いわば水面下にある部分といかに巧みに響き合っているのかを究明するものである。そのことは、この物語のたぐいまれな緻密な構造を析出することにつながると予想されるからである。

猶、登場人物の呼称は通例に従い、頭中将、螢兵部卿宮など最も一般的なものを固定的に使用することを原則とするが、必要に応じて、当時蔵人少将、当時帥宮などの表現を併用する。また、左大臣の三条邸、右大臣の二条邸の伝領の問題なども扱うので、この二人は、三条左大臣、二条右大臣と呼ぶことが多い。猶、年齢は光源氏二十三歳、年紀は賢木二三年のように、数字の表記を区別して用いた。

一　三条左大臣の誕生から結婚まで

頭中将の父である三条左大臣が生まれたのは、光源氏の誕生より三十四年前、西暦の記載に準じて表現すれば、前三四年ということになる。[2]言うまでもなく、澪標巻二九年の冷泉朝の発足時に「太政大臣になりたまふ。御年も六十三にぞなりたまふ」（澪標二七三）と記されていることからの算出である。

この三条左大臣が誕生した当時の帝は、桐壺帝よりも少なくとも三代前の天皇となる。これもまた周知の花宴巻二〇年二月の南殿の桜花の宴の盛儀を評する左大臣の言葉「ここらの齢にて、明王の御代、四代をなん見はべりぬれど」（花宴四三二）によるものである。この三代を桐壺帝から遡れば、先帝時代、一院時代、そして恐らく先帝や一院の父に当たる帝、これを仮に本院と呼べば、本院時代となる。[3]三条左大臣は、本院践祚から数年後に誕生して、本院時代の末期に若手の官僚として歩み始めたと考えておけば、物語の記述と無理なく合致する。

三条左大臣の誕生の年が正確に算出できるのに対して、その北の方で、頭中将の母である大宮の誕生の年は明確ではない。何よりも、大宮の同腹の兄弟にして物語の始発時の状況に大きく関わる桐壺帝の年齢や、光源氏は桐壺帝何歳頃の子供であるのかさえ決定できない。しかし、推測の可能性は皆無ではない。『紫明抄』『河海抄』以来の延喜・天暦準拠説は近時様々な修正意見が出ているが[4]、寛平の御遺誡や醍醐天皇堕獄説話の援用など、物語の構成要素の一つとして、桐壺帝に醍醐天皇の面影を重ね合わせるように造型されていることは間違いないところである。そこで仮に醍醐天皇と桐壺帝の享年をほぼ同じくらいと仮定したらどうであろう。すなわち、賢木巻二三年十一月に崩御した桐壺帝が、醍醐天皇とほぼ同じ歳であったと考えれば、四十六歳ぐらいとなるのである。この享年を基準とすれば、第一皇子に恵まれたのは二十一歳ぐらい、光源氏の誕生は二十四歳ぐらい、藤壺が後に冷泉帝となる皇子を生んだのは桐壺帝四十二歳の頃のこととなる。これらは物語の描写と照らし合わせても、著しい矛盾や不整合を生ずることはない。

以上の点から、桐壺帝の生年を仮に前二三年頃の誕生と固定することに大きな問題はなかろう。次に、大宮を桐壺帝の妹と考えると、一歳違いなら前二二年、二歳違いなら前二一年の誕生となる[5]。桐壺帝の年齢だけの問題ならば、もう少し引き下げることは必ずしも不可能ではないが[6]、連動して大宮の誕生も遅くなり、頭中将の誕生時期との間で矛盾が生じることになる。夫である三条左大臣との年齢差があまり大きくなるのは不自然であるから、ここでは、仮に前二二年の誕生と考えておく。それでも三条左大臣とは十二歳の年齢の開きがあり、このあたりが限度であろうか。

それでは、三条左大臣と大宮との結婚はいつ頃であろうか。十歳以上の歳の差という事を考慮すれば、大宮は比較的早婚、三条左大臣はやや晩婚となる、三条左大臣二十七歳、大宮十五歳あたりが、両者の結婚の時期としては最も自然なのではなかろうか。三条左大臣の生年から算出すれば、物語内の時間では前八年のこととなる。前八年とは、現在の『源氏物語』の記述から敷衍していけば、どのような時代と考えられるだろうか。光源氏誕生の八年前では、桐壺帝はまだ即位していなかったであろう。藤壺や式部卿宮の父に当たる先帝の時代であったと考えるべきで、後の桐壺帝は春宮であったはずである。先帝には、女四宮にあたる藤壺宮の下に、更に異腹の姫宮（後の藤壺女御。女三宮の母）が生まれているから、それほど短命ではなく、一定程度の在位時期があったと考えるのが自然である。とすれば前八年頃は、先帝の更に一代前の御代であるとまでは遡らせて考える必要はなく、後の紅葉賀巻で桐壺帝の行幸を受けている一院は、既に譲位して上皇であったのではなかろうか。

このように想定すれば、三条左大臣が結婚したのは当時の春宮の妹宮にあたり、上皇の鍾愛の内親王の降嫁を得たということになろう。すなわち、前八年頃の一院・春宮（後の桐壺帝）・大宮・三条左大臣の関係は、そのまま、若菜上巻四〇年の朱雀院・春宮（後の今上）・女三宮・光源氏の構図と重なり合うのである。先に大宮の結婚時の年齢を十五歳くらいと仮定したが、六条院に降嫁した時の女三宮の年齢も十四、五歳であった。(7) このように、三条左大臣と大宮との結婚は、朱雀院の女三宮の降嫁に近いものがあったと考えることができよう。もちろん相違点もあり、一院は、病弱で帝位を投げ出した観のある朱雀院よりも遥かに発言力が強かったであろうし、実際紅葉賀一八年までは確実に存命であるから、肉体的にも壮健であっただろう。三条左大臣も女三宮の降嫁時の光源氏よりも十歳以上若いのであるが、それだけに三条左大臣の将来が嘱望されていたことを示していよう。

二　頭中将・葵の上の誕生の頃

春宮の妹である大宮と結婚した当時、後の三条左大臣の官職はどのようなものであっただろうか。やはり女三宮の例になるが、参議兼右衛門督の柏木が「位などいますこしものめかしきほどになりなば、などかはとも思ひよりぬべきを」（若菜上三〇）と記されていることを考え併せると、少なくとも符宣の上卿たる中納言ではあっただろう。(8) まだ大納言の地位には到達していなかっただろうが、武官系では近衛大将あたりを兼官していたのではなかろうか。同じく女三宮の婿に擬せられていた夕霧が中納言兼右大将であったのが参考になろう。

前八年頃結婚した三条左大臣と大宮の夫婦は、まもなく二人の子供に恵まれることとなる。前四年には女子が誕生、その二年前くらいには男子が誕生したと思われる。後の葵の上と頭中将の二人である。

大宮腹の二人の子供のうち、葵の上は光源氏より四歳年上だから（「四年ばかりがこのかみにおはすれば」紅葉賀三九五）、前四年の生まれであることは明らかである。一方、頭中将の方は年齢を考える手がかりに乏しいが、葵の上の兄と考える方が自然かとも思われるので、葵の上より二歳年上の、前六年頃の生まれと考えた。頭中将の誕生がこれ以上遡ると、親友にして好敵手の光源氏との年齢が開きすぎて不自然になるだろう。

ここで大宮腹と殊更表記したのは、この頃、左大臣には別に通い所があったらしいからである。参議から中納言へと順調に進む将来性豊かな若者が、二十代後半まで独り身であったことの方が考えにくい。大宮の結婚以前に多少の通い所があると考えた方が自然である。しかも、その通い所は、春宮の妹大宮の降嫁に際して障害とはならない程度の家格であっただろう。

その通い所に儲けた子供が、夕顔巻で病床にある光源氏を、頭中将と共に見舞った蔵人弁である。夕顔巻の場面では、今回の一件が女がらみであるということを薄々感づいている頭中将に対しては、なんとも体裁が悪いので、同道して来た「蔵人弁を召し寄せて、まめやかにかかるよしを奏せさせたまふ。大殿などにも、かかる事ありてえ参らぬ御消息など聞こえたまふ」（夕顔二四九）、と記されている。光源氏にとっては、頭中将に次いで気の置けない存在であったと見え、年齢的にも、頭中将や光源氏とあまり違わないはずである。もし頭中将より年下で、光源氏に年齢が近ければ、こういった言い訳も頼みやすかったかもしれない。

夕顔巻の蔵人弁は、若紫巻では左中弁と記されている。瘧病の治療に北山に出掛けた光源氏を迎えに来た左大臣家の子息たちの一人でもあり（「大殿より、いづちともなくておはしましにけることとて、御迎への人々、君達などあまた参りたまへり。頭中将、左中弁、さらぬ君達も」若紫二九七）、頭中将の笛にあわせて「豊浦の寺の西なるや」（同）と歌っている。また花宴巻では、光源氏が左大臣と過日の桜の宴の盛儀を語り合っている所に頭中将共々合流して管絃の遊びを行っている。(9) 若き日の光源氏にとっては、頭中将に次いで最も親しい義兄であった。

この蔵人弁の母親が、左大臣のもう一つの通い所であったのである。ただ、後述する頭中将の場合と異なって、蔵人弁の母親と大宮との間に緊張関係はまったく感じられない。左大臣の人柄によるのかもしれないが、この通い所が生んだ子供たちは、継母の大宮に実によく尽くしているようである。父の三条左大臣（澪標巻以降摂政太政大臣）が薨去した後も、未亡人となった大宮に従前同様に仕えている様が少女巻に記されている。

左衛門督、権中納言なども、異御腹なれど、故殿の御もてなしのままに、今も参り仕うまつりたまふことねむごろな

れば、その御子どももさまざま参りたまへど（少女四七）

ここでは頭中将の異腹の兄弟の名前が二人記されているが、先に挙げられている左衛門督が、かつての蔵人弁と考えて良かろう。[10] 二人列記する形は、行幸巻では「藤大納言・春宮大夫」とも見えており、少女巻の「左衛門督、権中納言」が、そのまま該当すると思われる。これら兄弟たちの母親が誰であるかは記されていないが、異腹の兄弟の官職を比較してみることで多少推測できようか。一方が頭中将時代は他方は左中弁（蔵人弁）、内大臣時代は藤大納言と、その官職は、大宮腹の頭中将と比べて見劣りがしないから、母親は内親王には比肩しないまでも、藤原氏の有力者の娘であったと考えて良いだろう。その息子たちに孝養を尽くされているのは、作中世界を保証する大宮その人の人徳にもよるのだろう。[11] それは、次の世代の頭中将の北の方である四の君と夕顔の関係を対比的に浮き彫りにする効果も持っている。

三　二条右大臣家の状況

ここで、頭中将の北の方の実家である二条右大臣家のこの頃の様子を見てみよう。

三条左大臣家に葵の上が生まれた前四年頃、恐らくはその翌年にあたる、前三年くらいに、二条右大臣家に三番目の女子が生まれたであろう。後に螢兵部卿宮の北の方となる、三の君である。

螢宮は光源氏のすぐ下の弟で、桐壺帝の第三皇子として誕生したと思われる。第四皇子は、かなり年下で、源氏十八歳の時点でまだ少年であった。[12] 螢宮が光源氏の翌年の誕生であっても、この年（前三年）に生まれたと仮定した三の君よりは四歳年下となる。螢宮の誕生が更に下れば、螢宮夫妻の年齢差は一層広がることとなる。従って、三の君の誕生は前三年くらいが上限となろう。

前三年には、三の君の姉に当たる弘徽殿女御が桐壺帝（当時はまだ春宮か）の第一皇子（後の朱雀帝）を生んでいるから、右大臣は娘と孫とをほぼ同じ頃に得たことになる。三の君から六の君までの妹たちは、姉の弘徽殿女御とは大きく年齢が離れており、異腹の妹と考えられる。後に朱雀帝の寵愛を受ける朧月夜（六の君）は、血縁上は朱雀帝の叔母でありながら、朱雀帝よりも年下である。三の君以下の姉妹をすべて同腹とする必要はないが、弘徽殿女御の父でもある右大臣の年齢から、この下に更に三人の妹が生まれることとなる三の君の生年は、このあたりが下限でもあろう。

この頃、二条右大臣家には相次いで女子が誕生したであろう。三の君の誕生の翌年頃、前二年頃には四の君が生まれているとしなければならない。三の君の夫の螢宮の方が、四の君と結婚した頭中将より七、八歳年下であることから、この姉妹の年齢は極めて近接している方が自然である。そこで、四の君は三の君と一歳違いで前二年の誕生と仮定してみる。前六年誕生と考えた頭中将よりは四歳年下となる。

前二年頃には、実は四の君とは因縁浅からぬ夕顔も生まれているのである。夕顔は、光源氏十七歳の八月に某院で急死し、その衝撃から光源氏も病床に臥すが、約一か月後病も癒え、右近から夕顔の素性を聞くことになる。「年はいくつにかものしたまひし」の源氏の問に右近は「十九にやなりたまひけむ」と答えているが、享年が十九ならば、この年の生まれとなる。つまり、頭中将の北の方である右大臣の四の君と、頭中将が通っていた夕顔とほぼ同い年である可能性があるのである。この問題は次節で詳述する。

ここで、頭中将の父である三条左大臣が、左大臣の官職を拝命した時期について推測してみる。三条左大臣と二条右大臣は、後者の方が十歳近く年上と考えて良かろうが(13)、年下の左大臣が、右大臣を越えたのはいつであろうか。描かれていない以上詳細は不明だが、左大臣・右大臣の任命時期が同時かもしくは左大臣が先行するか、それとも二条右大臣が先に任命されており、遅れて権大納言あたりから右大臣を越えて三条左大臣が任命されたか、そのいずれかであろう。

二条右大臣の方は、「一の皇子は、右大臣の女御の御腹にて、寄せ重く、疑ひなきまうけの君と世にもてかしづききこゆれど」（桐壺九四）と、物語第一年、光源氏誕生の時点で既に右大臣だったことは明確に記されている。

弘徽殿女御の入内の時点では、明石入道の父の大臣や、六条御息所の父大臣などとの関連から、二条右大臣はまだその地位にはなく、大臣就任がほぼ確実視される筆頭大納言か、内大臣であったと思われる。(14) 第一皇子の誕生から光源氏誕生までの間に右大臣に進んだと考えるのが自然であろう。この間、明石大臣や六条大臣の相次ぐ薨去などもあって、三条左大臣が二条右大臣を越えて空席の左大臣に進んだのではないだろうか。もちろん桐壺帝の妹宮の降嫁を仰いでいるということも一つの理由であるが、紅葉賀巻まで健在で発言力を有していたはずの一院と三条左大臣との関係なども想定してみる必要があるかもしれない。こうしてみれば、二条右大臣家が葵の上の春宮（朱雀院）参りを働きかけたり、それが叶わないとなると、ただちに四の君に蔵人少将を婿取りしたことなども極めて当然の動きとして納得できるのである。年少の三条左大臣を、二条右大臣は、娘弘徽殿女御の入内、第一皇子の誕生と、実績を積み上げて追走していたというのが実態であろう。

結局、三条左大臣・二条右大臣体制は、物語第一年頃から確立されていたものと思われ、それは賢木巻二三年の桐壺院崩御まで続いた。(15) 同一体制がやや長期に過ぎるようではあるが、醍醐天皇の時代の例で言えば、左大臣藤原忠平が七歳年上の右大臣藤原定方の上にいた時期が延長二（九二四）年から約十年続いている。これに先立つ左大臣空席時代は、右大臣藤原忠平と筆頭大納言藤原定方の時期が数年間続いており、桐壺巻で三条左大臣と二条右大臣が長期間併走した例に酷似する。(16) 桐壺朝延喜準拠説に固執するわけではないが、ここでも醍醐天皇の時代の例から、桐壺朝の左右大臣体制を説明することができるのである。

四　頭中将の結婚とその前後

桐壺巻末近く、物語一二年に、頭中将（当時蔵人少将）は、右大臣の四の君と結婚したと思われる。蔵人少将と四の君との結婚は、光源氏と葵の上の後でありさえすれば、物語の流れと矛盾しないのだが、次の文章などを見ると、光源氏の結婚からあまり間をおかずに、蔵人少将の婿取りがなされたと考えるのが自然であろう。

この大臣の御おぼえいとやむごとなきに、母宮、内裏のひとつ后腹になむおはしければ、いづかたにつけてもいとはなやかなるに、この君さへかくおはし添ひぬれば、春宮の御祖父にて、つひに世の中を知りたまふべき、右大臣の御勢は、ものにもあらずおされたまへり。御子どもあまた、腹々にものしたまふ。宮の御腹は蔵人少将にて、いと若うをかしきを、右大臣の、御仲はいとよからねど、え見過ぐしたまはで、かしづきたまふ四の君にあはせたまへり。劣らずもてかしづきたるは、あらまほしき御あはひどもになん。（桐壺一二五）

もともと右大臣家では、春宮妃に葵の上を迎えて左大臣家との連携を図る計画があったが実現しなかった（「引き入れの大臣の、皇女腹にただ一人かしづきたまふ御むすめ、春宮よりも御気色あるを、思しわづらふことありける、この君に奉らむの御心なりけり」桐壺一二二）。計画が頓挫しただけでなく、その葵の上が光源氏を婿に迎えるということで、右大臣家や春宮は面子をつぶされたのである。それでも左大臣家が桐壺帝との紐帯を一層深めていくことに、手をこまねいているわけにもいかず、新たに左大臣家との連携を模索したのであろう。(17)「劣らずもてかしづきたる」という筆致には、光源氏に劣らぬ有力な婿を迎えたことを誇示するような右大臣家の態度が示されていると見るべきであろう。

光源氏の結婚と同年のこととすれば、右大臣の四の君が十四歳ぐらい、蔵人少将(頭中将)が十八歳ぐらい、似合いの若夫婦の誕生であったと言えようか。左大臣家の後継者と、右大臣の愛娘、ともすれば対立すると目されていたに違いない二大勢力の和合の象徴とも言うべきこの結婚は、世間の注目を浴び、祝福の声に包まれたと思われる。

ところが、この結婚の翌年頃、蔵人少将は、故三位中将の忘れ形見の姫君の所にも通うようになった。夕顔である。結婚後間もなく夫が「なまなまの上達部」(帚木一三五)程度の娘に通い始めたのでは、右大臣家の姫君としては面白くなかろう。しかもその女の父親は故人であるという。家格が違うと一笑に付すべきところだっただろうが、四の君はそのように考えることはできなかった。四の君その人の性格にもよろうが、自分とその女がほぼ同い年ということを知れば、やはり穏やかではいられなかったのではなかろうか。後の夕顔巻、右近は、夕顔と頭中将との出会いから、右大臣家によって二人の仲が裂かれた経緯について次のように述べている。

頭中将なんまだ少将にものしたまひし時、見そめたてまつらせたまひて、三年ばかりは心ざしあるさまに通ひたまひしを、去年の秋ごろ、かの右の大殿よりいと恐ろしきことの聞こえ参で来しに、もの怖ぢをわりなくしたまひし御心に、せむ方なく思し怖ぢて、西の京に御乳母の住みはべる所になむ、這ひ隠れたまへりし。(夕顔二五九)

ところで、この夕顔巻の記述より少し遡るが、結婚から三年目くらい、桐壺巻と帚木巻の空白の第一五年目頃に、四の君は、頭中将との最初の子供を産んでいる。後の柏木である。義妹の葵の上と光源氏夫妻とは、結婚の時期も近く、比べられることも多かったのではないか。右大臣家の方では頭中将を左大臣家の婿の光源氏に「劣らずもてかしづきたる」と、最初から対抗意識は露わであった。その義妹の所に先立って子宝に恵まれたのだから、多少精神的な余裕を取りもどしたのではないか。この柏木は、遙か後年、亡き義妹の長男夕霧より「五六年のほどのこのかみ」（柏木三三二）と述べられているごとく、義妹と光源氏の夫妻にはいまだそのような兆候は見られなかったのである。

ところが、四の君が男児を生んだのとほぼ同時期に、三位中将の忘れ形見の女は女児を生んでいたのである。柏木巻四八年に二十七歳の夕霧より、五、六歳年上の柏木は三十二、三歳という計算になり、上述したごとく一五年頃の誕生となる。一方、夕顔巻一七年に三歳であった玉鬘は一五年の生まれ、柏木と玉鬘の二人の誕生の時期はほとんど重なり合うのである。四の君その人の感情の反映なのか、まわりの女房たちの反発なのか、右大臣家総体の意向なのかは不明であるが、過剰なまでの夕顔に対する四の君側の反応の背景には、こうした出来事の積み重ねがあったのである。

蔵人少将と四の君の結婚、蔵人少将が夕顔のもとに通い始めた時期、この二つが近接すること、柏木と玉鬘が同年か一年違いの誕生であること、更に四の君と夕顔もほぼ同い歳であること、こうした様々な事象を視野に入れることによって、この物語はまた一つ奥行きの深さを見せてくれるようである。

更に付言すれば、少女巻三三年に「十四になんおはしける。片なりに見えたまへど、いとこめかしう、しめやかに、うつくしきさましたまへり」（少女四八）と記されている雲居雁は、物語二〇年の誕生となるが、それは光源氏が「頭中将のすさめぬ四の君などこそ、よしと聞きしか」（花宴四二八）と思惟していた、正にその年なのである。このように頭中将をめぐる女性たちを共時的に見ることによって、頭中将の人生がいかに巧みに構築されているかを知ることができよう。

五　青年期の頭中将の官職

一五年頃に、後の柏木となる頭中将の嫡男を生んだ二条右大臣家の四の君は、一七年頃に二人目の男子（後の紅梅大納言）、一八年に女子（後の弘徽殿女御）の母となっている。一七年の雨夜の品定めの場面で「右大臣のいたはりかしづきたまふ住みかは、この君もいとものうくして、すきがましきあだ人なり」（帚木一三〇）と記されてはいるが、当然ながら別の面も持っていたのである。

子供たちの年齢は、澪標巻二九年に十二歳と記される弘徽殿女御は固定できるが、柏木・紅梅の二人の兄弟は、一、二年の幅で年齢が記されている。ただ賢木二五年に八、九歳と記されている紅梅は一七、八年の誕生だが、弘徽殿と同い歳ではなかろうから、一七年の生まれ、夕霧との年齢差から一五、六年の誕生である柏木も、一五年誕生と考える方が自然であろうから、この推定は大きく揺らぐことはなかろう。

「ものう」いと感じている頭中将の意識とは裏腹に、右大臣家にしてみれば、次々と子宝にも恵まれ、それなりに安定した夫婦仲であったのだろう。それだけに、桐壺院崩御後、名実共に新体制を確立した朱雀朝の二条右大臣政権下で協力姿勢を見せなかった頭中将には、失望と不快感を抱いたのであろう。

三位中将なども、世を思ひ沈めるさまこよなし。かの四の君をも、なほかれがれにうち通ひつつ、めざましうもてなされたれば、心とけたる御婿のうちにも入れたまはず。思ひ知れとにや、このたびの司召にも漏れぬれど、いとしも思ひいれず。（賢木一三一）

ここで、二十代の頭中将の官位の変遷を簡単に見ておこう。

帚木一七年には既に頭中将だが、翌一八年秋の朱雀院への行幸の際に「正下の加階したまふ」（紅葉賀三八七）と記されているから、この頃の位階は従四位上くらいであっただろうか。帚木同年十七歳の光源氏も官職は中将、同じく朱雀院への行幸の折に「正三位したまふ」（同）と記されているから、この頃既に従三位か、正四位下くらいであっただろうか[18]。帚木巻の時点で頭中将は二十三歳ぐらい、左右いずれの中将かは不明であるが、既に位階では六歳年下の光源氏に抜かれていたのである。上達部に一足早く到達したのも光源氏であった。一九年には光源氏は宰相を兼任、二二年に頭中将が三位中将となり位階の上で上達部に列したときには、光源氏は近衛大将で武官の頂点に立っていた。

頭中将が三位中将となったのは、恐らく朱雀朝発足時で、光源氏の任大将と同時であると考えるのが自然であろう。新帝の弟が参議兼大将、新帝の母の義弟が三位中将と、それなりに新体制を支える形である。ところがこれ以降、頭中将は官職の上では不運が続いたようだ。葵の上が急死した二二年秋の司召は、朱雀朝発足から一年以上たち、光源氏に水をあけられていた頭中将も、参議に列するよい機会であっただろう。父左大臣も、右腕とも言うべき嫡男を、符宣の上卿の一歩手前まで進めておきたかったに相違ない。頭中将もまたそれを望んでいたであろう。

　秋の司召あるべき定めにて、大殿も参りたまへば、君たちも功労望みたまふことどもありて、殿の御あたり離れたまはねば、みなひき続き出でたまひぬ。（葵三九）

ところが、葵の上の急死で司召どころではなく、左大臣親子の目論見は完全にはずれてしまった。更に翌年の桐壺院の崩御、実権を握った二条右大臣家と三条左大臣家の露骨な対立は、その結節点に位置する頭中将の立場を、これまで以上に複雑なものとした。時流に抵抗するように、実家寄りの、というより非主流の立場を取った頭中将が「このたびの司召にも漏れぬ」と記されているのは、二五年春頃のことであろう。当然参議に列するはずのところを留め置かれたのである。葵の上の死から早くも三年目であり、頭中将は既に三十代となっていた。

先に検討したように、物語一年の段階で父は既に左大臣であったとすれば、三十代半ばで朝堂の頂点にいたことになる。後年のことだが、嫡男の柏木は二十前後で頭中将、二十代半ばで参議に列しているから、父と比べても、息子と比較しても、頭中将の官職は停滞していたことは明瞭である。それには、以上のような事情が積み重なっていたのである。結局、参議に列したのは光源氏が須磨流謫中の二七年のこと、以降は、それまでの遅れを取りもどすように、二九年権中納言、三二年大納言、三三年内大臣と一挙に駆け上っていくのである。

しかし、二九年以降の官職の急上昇に際しては皮肉なことに、かつて冷遇した四の君の実家の二条右大臣家、冷泉朝の発足前後から急速に力を失ったこの一族の期待をも背負わされることになるのである。

六　二条右大臣家と頭中将

ここで、一旦時間を遡って、二条右大臣家の三の君が、螢兵部卿宮（当時帥宮）を婿に迎えた頃のことを振り返っておこう。

四の君が左大臣家の頭中将（当時蔵人少将）と結婚したのは物語一二年の頃ではないかと考えたが、その翌年くらいに、二条右大臣家では、四の君の姉の三の君の婿として、桐壺帝の第三皇子を迎えたと思われる。これが帥宮、後の螢兵部卿宮である。第二節で、螢宮は光源氏の一、二歳年下の弟と推測したが、物語一三年頃には、螢宮は十二歳くらい、三の君は十六歳くらいとなる。これは、光源氏と葵の上の年齢関係とほぼ等しく、三の君は螢宮の元服時の添臥であったかもしれない。二人の結婚時期は多少繰り下げる余地はあろうが、妹の四の君が先に婿を迎えている以上、三の君の結婚はそれより一、二年程度しか遅れないと見る方が自然であろう。

右大臣家では、弘徽殿女御腹の皇子が春宮であったが、男御子は一人きりで、あとは皇女が二人であった。ポスト春宮として、第三皇子を婿として囲い込んでおこうという計算もあったかもしれない。しかし、そのような右大臣家の目論見を知ってか知らずか、螢宮は右大臣家とは相容れない光源氏と一貫して親しかった。ただ、三の君との夫婦仲は極めて良かったらしく、三の君に先立たれたあとも「宮は、亡せたまひにける北の方を、世とともに恋ひきこえたまひて、ただ昔の御ありさまに似たてまつりたらむ人を見む、と思しける」（若菜下一五四）という状態であった。三の君と螢宮の夫婦の若き日の姿は描かれていないから推測するより他はないが、追慕の念の甚だしさから思量して、結婚当初から琴瑟相和する仲であったと考えて良いのではないか。ほぼ同じ頃に迎えた二人の婿のうち、四の君の夫の頭中将は「すきがましきあだ人」で、「いたはりかしづ」かれる右大臣家を「いとものうく」思っていたのだが、三の君夫婦は当初より仲むつまじかったようである。

しかし皮肉なことに、夫婦仲の良かった三の君の方は三十代半ばで没したようである。三六年春には「兵部卿宮、はた、年ごろおはしける北の方も亡せたまひて、この三年独り住みにてわびたまへば」（胡蝶一六二）と記されているから、亡くなったのは三三年頃であった。三の君と螢宮との間には、梅枝巻で父宮の使いをする「侍従」がいたようだ。この時十六歳ぐらいと考えれば、二三年の誕生となり、螢宮二十一歳、三の君二十六歳の頃の子供となる。結婚後十年近く経って授かった子供であっただろうか。先に、螢宮の結婚は、光源氏の場合と同様に、元服時の添臥ではなかったかと推測したが、三の君の出産も葵の上と同い歳くらいであったかと思われる。

ここで、右大臣家の姫君たちを振り返ってみると、大君が弘徽殿大后、中の君は詳細不明、(19)三の君は螢宮の北の方、四の君は頭中将の北の方、五の君は詳細不明、六の君は朧月夜であった。こうして見てみると、多くの娘たちに恵まれた二条右大臣であったが、右大臣家を託すことのできる婿は頭中将のみであったことが確認できよう。そのことを示すように、二条右大臣邸は、四の君と頭中将夫婦に実質上譲られたようである。

もともと四の君が生んだ柏木・紅梅・弘徽殿女御は、生母の二条邸で養育されていたはずである。一方、頭中将は後には「二条の大臣」（真木柱三四七）とも記されているように、生家の三条邸を出て、妻の四の君の二条邸に同居しているようである。少なくとも「屋号の冠称は」「父から娘の通婚者、すなわち娘の婿に継承され(20)」ていることは確認できよう。頭中将が二条邸に完全に同居したのがどの時点かは明白ではないが、澪標巻で娘の弘徽殿女御を入内させた頃ではなかっただろうか。明石巻二七年に二条太政大臣が薨去した後、弱体化した右大臣家を立て直す意味もあっただろうし、冷泉朝になって、左右大臣家のかつての対立も霧散した以上、頭中将が二条家入りをする障害はなにもない。旧二条右大臣家の全面的支持も取り付けて、次代を窺う頭中将は足場を強固にすることができたであろう。

薄雲巻三二年に摂政太政大臣が薨じた後、三条邸には未亡人の大宮が残された。叙上のような展開を見ると、三条邸は本来大宮が父祖から伝領した屋敷で、左大臣の方が同居した可能性も考えられよう(21)。その一方で、摂政太政大臣の薨去に際して、光源氏が「後の御わざなどにも、御子ども孫に過ぎてなん、こまやかにとぶらひ扱ひたまひける」（薄雲四三三）と記されている。もちろんこれは、光源氏を称揚する独特の筆致ではあるが、頭中将と二条家側の紐帯が微妙な影を落としていると見ることもできよう。

さて、大宮が残った三条邸では、故葵の上の忘れ形見の夕霧と、頭中将が別の通い所に儲けた雲居雁が、祖母に養育されていた。二人の幼な恋はこの家で育まれたのであるが、やがて雲居雁の父の頭中将（当時内大臣）の知るところとなり、立后問題をめぐる内大臣・光源氏の対立の余波もあって、雲居雁は夕霧から引き裂かれて、父の大臣の住む二条邸に移住させられる。それに先だって、内大臣は以下のように述べている。

ここにさぶらふもはしたなく、人々いかに見はべらんと心おかれにたり。はかばかしき身にはべらねど、世にはべらん限り、御目離れず御覧ぜられ、おぼつかなき隔てなくとこそ思ひたまふれ。（少女三五）

大宮に対する皮肉たっぷりの言葉ではあるが、生家三条邸は、もはや内大臣にとっては距離の遠いものとなっていたことを示す発言でもある。

もちろん、二条邸には四の君以外に、右大臣家を代表する二人の女性がいた、弘徽殿大后と朧月夜である。二条邸の寝殿には、皇太后となった弘徽殿が早くから住んでいたはずである。実際、賢木巻で自邸での光源氏と朧月夜との密会を発見したときに、右大臣は証拠となる光源氏の「畳紙を取りて」弘徽殿大后のいる「寝殿に渡りたまひぬ」（賢木一三八）と記されていた。この時点では、朧月夜は対の屋にいたことになる。頭中将が通ってくる四の君の居所も恐らく対の屋であっただろう。その頃は、皇太后の居所は別格として、妹たちは東西の対の屋の東面・西面などに分かれて住んでいたのであろう。

後年、朱雀院が出家をして西山に移った後、院の女御や更衣たちが上皇御所を出るという記述に続けて「尚侍の君は、故后宮のおはしましし二条宮にぞ住みたまふ」（若菜上六九）と記されており、この段階の二条宮は従前の二条右大臣邸とは別の建物と考えることも可能である。史実に徴しても、藤原道長の小二条殿と教通の二条殿が二条大路と東洞院大路の四辻を挟んで建っている例もあり、[22]二条右大臣家も二つの二条殿・二条宮を持っていた可能性もあろう。内大臣から太政大臣へと廟堂の頂点へと登り詰めた四の君の婿と、桐壺院の皇太后や朱雀院の尚侍を必ずしも同居させる必要はない。ただ、二条右大臣邸は、四の君を介して、頭中将へと伝領され、「二条の大臣」という呼称は、正に頭中将の立場を象徴するものであったのである。

おわりに

以上、頭中将の誕生以前から内大臣時代までを俯瞰してみた。従来の人物論とは多少異なって、両親の家系から説き起こし、異腹の兄弟たちにも言及し、子供たちの誕生時期も視野に入れ、官職の昇進、邸宅の問題なども考えてみた。『大鏡』などに見える列伝の叙述に倣って見たのである。

その結果、断片的に描かれているかのごとく思われた記事を、ある場合は共時的に把握し直しても、ある場合は通時的に配列し直してみても、ほとんど矛盾が生じないことが確認できた。矛盾がないどころか、物語始発時における左右大臣家の状況、四の君と夕顔の関係、雲居雁の誕生時期、二条家との紐帯を深めていく頭中将など、物語の構造がいかに緻密なものであるかが、一層明らかになったと思われる。頭中将とその周辺の人物たちの分析を通して、この物語の構造は、どのように延長線を伸ばしても、大きく揺らぐことはないことが改めて確認できたのである。

『源氏物語』中のあらゆる人物に対してこうした接近が可能かどうかは、今後の研究に俟たなければならないが、少なくとも、光源氏周辺の人物、周辺の家系についてこうした試みを行う余地はまだまだ残されていると思われる。

注

(1) 玉上琢彌「源氏物語の構成─描かれたる部分が描かれざる部分によって支えられていること─」(『源氏物語研究』角川書店、昭和四十一年)。
(2) こうした表記を使用することについては、田坂「『源氏物語』の編年体的考察─光源氏誕生前後─」(『源氏物語の展望』四、三弥井書店、平成二十年。本書所収)も参照されたい。
(3) このあたりの事情は、注(2)拙稿でも述べている。猶、坂本共展『源氏物語構成論』(笠間書院、平成七年)のように、一院と先帝の間に新院時代を想定する立場もある。
(4) この問題を正面から取り上げた最近の論考に、仁平道明「『源氏物語』の世界と歴史的時間─延喜・天暦准拠説との訣別─」(『源氏物語　重層する歴史の諸相』竹林舎、平成十八年)がある。
(5) 大宮の生誕年は前二二年あたりが妥当であるから、桐壺院の生誕を更に一年くらい繰り上げることができよう。享年を合わせれば本稿のような立場、大宮との年齢差を二歳と考えれば、前二四年頃の誕生か。いずれにしても、この一、二年の誤差内に収まると考えている。
(6) 早く与謝野晶子が『新訳源氏物語』桐壺巻冒頭近くで「陛下は二十になるやならずやの青年である」と述べているのが、その一例。稿者よりも三、四歳若く推定していることになろうか。晶子が約三十年後に改訳刊行した新新訳ではこの一文は見られない。新訳の本文は、いわゆる元版、中沢弘光の木版挿絵入りの菊判本(金尾文淵堂、明治四十五年初版、大正二年十一月第十版架蔵本)に拠った。新新訳が戦後、角川文庫や河出書房各種全集に収載されて広く普及したのに比べ、新訳は入手しづらい時期が長く続いたが、角川書店から、平成十三年に四六並製函入りの普及版『与謝野晶子の新訳源氏物語』全二冊、平成二十年に文庫版が刊行されて便利になった。普及版・文庫版共に神野藤昭夫の要を尽くした解説が付される。また、藤本勝義「源氏物語における先帝」(『源氏物語の想像力』笠間書院、平成六年)も、同様の立場から、桐壺巻始発時の桐壺帝を「十八歳と仮定」している。猶、与謝野晶子による桐壺帝の年齢表記の問題については、田坂「桐壺院の年齢─与謝野晶子の『二十歳』『三十歳』説をめぐって─」(『源氏物語の愉しみ』笠間書院、平成二十一年。本書所収)で詳述した。
(7) 若菜巻冒頭近くで「女三宮を、あまたの御中にすぐれてかなしきものに思ひかしづききこえたまふ。そのほど御年十三四ばかりおはす」と記されており、翌年六条院に降嫁している。

（8）符宣の上卿と参議との歴然たる差については、土田直鎮「上卿について」（『奈良平安時代史研究』吉川弘文館、平成四年）参照。

（9）「弁、中将など参りあひて、高欄に背中おしつつ、とりどりに物の音ども調べあはせて遊びたまふ、いとおもしろし」（花宴四三一）。

（10）この左衛門督は、大島本のみ「左兵衛督」とあり、今日では「左兵衛督」の本文は採用されないが、伊井春樹「源氏物語の登場人物と本文異同」（『源氏物語論とその研究世界』風間書房、平成十四年）のように、「左兵衛督」の本文に積極的に意味を見出そうとする立場もある。猶、伊井論文では蔵人弁は頭中将と同腹の可能性も述べている。

（11）永井和子「源氏物語の大宮像―作中世界の保証者として―」（『源氏物語と老い』笠間書院、平成七年）。

（12）「承香殿の御腹の四の皇子、まだ童にて、秋風楽舞ひたまへる」（紅葉賀三八七）。猶、螢宮については、田坂「螢兵部卿宮をめぐる諸問題」（『源氏物語の人物と構想』和泉書院、平成五年）など参照。

（13）田坂注（2）論文。

（14）田坂注（2）論文。

（15）三条左大臣が致仕するのは、二五年のことであるが、それに先だって二条右大臣が第一の実力者となっていた。太政大臣で薨じたことが記されるのは明石巻であるが、早ければ二三年頃にはその地位にあっただろう。

（16）吉海直人「右大臣の再検討―桐壺巻の政治構造―」（『源氏物語の始発―桐壺巻論集―』竹林舎、平成十八年）は、左大臣藤原道長・右大臣藤原顕光をモデルの一例としてあげる。

（17）右大臣のこうした「政治的な平衡感覚」については、倉田実「『花宴』巻の宴をめぐって―右大臣と光源氏体制の幻想―」（『国語と国文学』昭和六十三年九月号）の分析がすぐれる。

（18）正四位上は越階されることが多い。米田雄介「正五位上と正四位上の越階について―特に蔵人との関連において―」（『続日本紀研究』一五一、昭和四十五年七月）、黒板伸夫「平安時代の位階制度―正四位上・正五位上を中心に―」（『律令制の諸問題』吉川弘文館、昭和五十九年）など。越階のことを考慮すれば、光源氏の官位は帚木巻で正四位下であっても、翌年春には従三位に進んでいたと考える方が自然であろう。このこと、田坂「内大臣光源氏をめぐって」（『源氏物語の人物と構想』和泉書院、平成五年）参照。

（19）坂本和子「中の君」（『源氏物語講座』第二巻、勉誠社、平成三年）は、この女性が桐壺帝の女御で宇治の八宮を生んだ可能性を推測する。

（20）服藤早苗「王朝貴族の邸宅と女性」（『叢書　想像する平安文学』七、勉誠出版、平成十三年）。

（21）土居奈生子「『源氏物語』左大臣の妻〈大宮〉について」（『源氏物語と帝』森話社、平成十六年）。

（22）川本重雄「二条殿」（『平安京の邸第』望稜舎、昭和六十二年）がこの二つの建物を詳細に分析する。

七　『源氏物語』前史
――登場人物年齢一覧作成の可能性――

はじめに

『源氏物語』研究のごく初期の段階から作成されてきたものに、系図と年立がある。系図は室町期の源氏学者三条西実隆が大成させるが、それ以前のものを古系図と呼び、書写年代を鎌倉時代初期と推定されるものが現存しており、(1)『源氏物語大成』は古系図の発生を「後三条・白河両朝の頃」かと推測する。(2)年立は一条兼良が旧年立と言われるものを作成するが、その萌芽は『奥入』の記載や『水原抄』かと思われる『葵巻古注』にも見られる。(3)古系図の淵源を院政期と見る池田亀鑑は「更級日記においては見られなかった研究志向」と述べたが、その後発掘された『更級日記』の逸文には、「ひかる源氏の物かたり五十四帖に譜くして」の本文があり、「譜」とは系譜か目録類かと考えられ、菅原孝標女の入手した『源氏物語』には既にこうしたものが付属していたとも考えられるのである。(4)すなわち、系図的把握、年立的把握こそ、この物語の構造の秘密に迫る最適な道と早くから気づかれていたのである。

翻って史書の記述方法を考えてみると、紀伝体と編年体の二種類があるが、紀伝体とは歴史の系図的把握であり、編年体とは歴史の年立的把握であると言えよう。すなわち『源氏物語』の描き出したものが歴史的時間そのものであるからこそ、系図・年立という補助線を引くことが作品理解につながるわけである。そうした立場から、稿者は、「『源氏物語』の列伝体的考察—頭中将の前半生—」[5]「『源氏物語』の編年体的考察—光源氏誕生前後—」[6]で、この作品の構造の秘密を分析してみた。本稿ではその結果を受けて編年体的分析に登場人物単位での考察を加味して、桐壺巻以前の〈登場人物年齢一覧〉を作成してみる。そのことによって、いかにこの物語が精緻な構造を持っているかを確認してみたい。論述の都合上、これら旧稿と一部重なる問題を検討することをお断りしておく。

また、桐壺巻以前の描かれていない世界まで延長線をのばすことによって、描かれている『源氏物語』の世界の一層正確な把握を目指すことも本稿の目的である。

一　登場人物年齢一覧表に向けて

本稿は二つの部分から成り立っている。

第一段階とも言うべき部分が、物語内の記述から光源氏誕生以前の物語を復元してみることである。光源氏より年長の人物たちが、それまでどのような人生を辿っていたのかを素描するものである。物語が登場人物の生涯から成り立つ織物ならば、一本一本の糸にまで還元して織り始めの段階まで遡り、個々の人物の生涯を辿ることによって、物語世界の原風景が自ずから見通せることになると思われる。

『源氏物語』を光源氏誕生（及びその直前の桐壺更衣が寵愛を受けた時期）以降の時代の歴史であると考えれば、光源氏誕生までの時間は有史以前という言い方ができるかもしれない。有史以前を検討すると言うことは、具体的には、光源氏と同世代で年長である葵の上、頭中将、朱雀院、六条御息所の誕生の時期を探ること、一つ上の世代に属する桐壺院や桐壺更衣、弘徽殿大后、左大臣、明石入道、明石尼君、先帝らの動静を探ること、更にもう一つ上の世代である光源氏の祖父按察使大納言や、桐壺院の父一院、明石入道の父大臣らの生涯を復元することである。もちろんすべての人物を単純に世代分けができるわけでもなく、たとえば弘徽殿の父右大臣は、父の世代と祖父の世代の中間に位置することになろうか。両親の世代では先帝を除いて現実の物語世界まで生き続けている人物がほとんどであるが、祖父の世代においては直叙される人物が少なくなってくる。こうした人物の誕生や結婚、場合によっては逝去の時期までを可能な限り絞り込んでいく作業である。

それらを基にして、〈登場人物年齢一覧〉の表として作成することが第二段階である。虚構の物語世界では個々人の年齢などはいくらでも恣意的な推測が可能であるが、現実世界ではすべての人間の上に流れる時間は共通している。したがって『源氏物語』が歴史そのものを描いていると言うことができるかどうか、現実世界と同様の時間構造を持っていると言うことができるかどうかは、すべての登場人物の年齢の変化を一覧できる表を矛盾なく作成できるか否かによって確定できるのである。

〈登場人物年齢一覧〉のモデルとしたものは、池田亀鑑編『源氏物語事典』(東京堂、昭和三十五年)の下巻、五一五ページ以下の〈登場人物官位・身分・年齢一覧〉である。稲賀敬二の作成にかかり、横軸に登場人物名、縦軸一列目に巻名、二列目に光源氏の年齢を立てたものである。二列目の光源氏の年齢とは物語内の年紀である。つまり、この表を横に見れば同一年の出来事の共時的把握、すなわち編年体的考察が可能となるものであり、特定の人物を縦に見れば同一人物の通時的把握、すなわち紀伝体的考察を可能とするものとなるのである。更に関連する人物を纏めて縦に見れば、『大鏡』のように家単位の把握が可能となるのである。研究史初期からの系図的把握と年立的把握を合体させた画期的な作業であったと言える。

本稿ではこれにならい、〈登場人物年齢一覧〉を作成してみる。物語内から年齢が明確である人物は、物語発生以前、桐壺巻冒頭以前の年齢も正確に換算することができるからこれを基準とする。一方物語の登場人物のうち、年齢が不明なものについても、両親との関係、兄弟との関係、子供たちとの関係などから、年齢の幅を絞ることができる。これらを可能な限り適切なものに絞り込み誕生年を推測する。物語で存在は示されているものの直接描写されていない人物（六条御息所の父大臣、明石入道の父大臣など）についても遡って年齢を推測する。更にごく一部ではあるが、物語には見えないが想定すべき人物（紅葉賀で朱雀院に住む一院の父親）などについても考えてみる。こうして、『源氏物語』の桐壺巻以前の世界を〈登場人物年齢一覧〉の表として復元したものが本稿末尾の表である。官位・身分については推測の度合いが一層強くなるために最小限の記載とし、正確に推定できる年齢を中心に記述をしてみた。

基準となる年数表記は、光源氏誕生の年を一年とし、その前年をマイナス一年として、マイナス四〇年すなわち前四〇年から記載した。また印刷の都合上、十年単位の表として作成している。

二　有史以前の大臣たち

まず資料が豊富である臣下の部分から見てみよう。いわば大臣列伝の考察である。

大中納言や参議と異なって、同一官職には同時に複数名は存在しない大臣を物語内に登場させる場合、作者は細心の注意を払ったに違いない。ある大臣を新たに登場させた時、既出の大臣と齟齬が生じないようにしなければならない。光源氏と頭中将の大臣の地位を内大臣と太政大臣に固定したのは、左右の大臣が存在できる余地を残す意味もあったのである。そうした作者の意向を考えれば、第三部において初めてその存在が語られる八宮の母方の祖父大臣（橋姫一一六）をそれ以前の物語との関連において捉えようとした柳町時敏の試み(7)などが極めて有益であることが理解できよう。

さて、同一時期に複数の人物が存在しない大臣を考える場合、年齢が明確な人物を座標の中心に据えることが必要であろう。

基準となるのは、葵の上の父左大臣、古系図などでは摂政太政大臣と呼ばれる人物である。本稿では最もなじみ深い左大臣という呼称に、他と区別するために三条の邸名を冠して三条左大臣と呼ぶこととする(8)。

三条左大臣の誕生年は明確に規定することができる。光源氏が内大臣となった二十九歳の年に、左大臣は「太政大臣になりたまふ。御年も六十三にぞなりたまふ」（澪標二八三）と記されていることから逆算すれば、前三四年の誕生となる。その娘の葵の上は光源氏より四歳年長であるので、前四年の誕生、三条左大臣三十一歳の時の誕生と確定できる。頭中将の年齢は推測を交えなければならないが、葵の上の兄で二歳年長と仮定する。とすれば、前六年の誕生、左大臣二十九歳の時の子供となる。これらの年齢と矛盾なく大宮の年齢を推測すれば、十五歳から二十五歳ぐらいの間に二人の子供に恵まれたと考えれば良かろう。そこで、左大臣より一回り年下で、前二二年の誕生と仮定する。そうすれば十七歳で頭中将を生み、十九歳で葵の上を産んだことになる。大宮の逝去は藤裏葉巻から確定でき(9)、三七年三月のことである。前二二年の誕生なら、六十六歳の夫と死別したときが五十四歳、その後五年の間三条邸を守り、孫の夕霧と雲居雁の将来を気にしながら五十九歳で亡くなったこととなる。大宮の年齢については不確定要素が多いかもしれないが、後述する桐壺院など兄弟たちの年齢との関係も考えれば、このあたりに落ち着くのではなかろうか。

次に弘徽殿大后や朧月夜の父右大臣である。この人物もやはり住まいである二条の屋敷にちなんで、二条右大臣と呼ぶこととする。二条右大臣は明石巻の薨去の折に「ことわりの年齢」と言われ、孫の朱雀院が東宮であった頃に、左大臣の娘の葵の上の参内を慫慂したことがあった、しかも朱雀院と葵の上とはほぼ同年齢（一歳違い）であるから、左大臣より遙かに年長である。

それ以上の手がかりがないので、そこでまず娘たちの年齢を推測することとする。弘徽殿大后の産んだ朱雀院は光源氏より三歳年長、前三年の誕生である。弘徽殿が朱雀院を産んだのが十八歳であると仮定すれば、前二〇年の誕生となる。桐壺更衣逝去後の傍若無人に振る舞う弘徽殿の様子などを勘案するとあまり若く考えるよりも、物語三年のこの頃二十五歳くらいと考えたいのである。

右大臣家の四の君は頭中将の北の方で、三の君が螢宮の北の方である。(10) 三の君の夫の螢宮が光源氏の弟であり、四の君の夫の頭中将が光源氏より年上であることを考えれば、この姉妹の年齢は自ずから定まってくる。前三年に三の君誕生、前二年に四の君誕生、このあたりに仮定せざるを得ない。従前の仮定と組み合わせれば、頭中将が四の君より四歳年長となり、著しい不均衡とはならない。更に螢宮も光源氏の一歳年下と考えれば、こちらは三の君が四歳年長となり、光源氏と葵の上と同じ年齢差となる、これも妥当な年齢の範囲内となる。右大臣家にしてみれば、第一皇子朱雀院の立坊から即位というのが既定の路線であるが、相容れない存在である第二皇子の光源氏は除外して、すぐ下の皇子である螢宮を女婿として囲い込んでおくことは無意味ではなかった。そこで螢宮を三の君の婿として迎えたのである。その螢宮が成人後兄の光源氏と紐帯を深めていくことは計算外であっただろうが。それでも螢宮と三の君との夫婦仲は良かったらしく、三三年の逝去後も宮は数年間独身を守っている（「この三年ばかり一人住みにて」胡蝶一七〇）。先の仮定に従えば三の君の逝去は三十六歳のこととなる。六の君である朧月夜は花宴巻で入内を予定されている段階を十六歳と仮定すれば、物語五年の誕生となる。

これらを総合して右大臣の年齢を左大臣より十歳年長で前四四年の誕生と仮定してみる。弘徽殿大后は二十五歳の時の娘となる。右大臣の年齢はもう少し引き下げる考えもあろうが、賢木巻に登場する頭弁や麗景殿女御の父である藤大納言は弘徽殿の兄と考えた方が良いから、このあたりが妥当と考える。

次に問題となるのは、明石入道の父大臣（以下明石大臣とする）と六条御息所の父大臣（以下六条大臣とする）である。明石入道は物語二七年に「年は六十ばかりになりにたれど、いときよげに」（明石二二八）とあるから、この時六十一歳と仮定すれば、前三四年の生まれとなる。これは先に仮定した三条左大臣の生年と同年である。明石の上は同じく二七年の「住吉の神を頼みはじめたてまつりて、この十八年になりはべりぬ」の記事を年齢と考えれば、物語一〇年の生まれ、入道四十四歳の時の娘となる。明石尼君は、物語四一年に「六十五、六のほどなり、尼姿いとかはらかに、あてなるさまして」（若菜上九八）とあるから、前二五、二四年の誕生となる。明石尼君の生誕時期をぎりぎりまで引き下げても、一粒種の明石の上を出産したのは三十四歳の時となる。明石夫妻の年齢から考えても、この娘が異常なまでの期待を背負わされたことも納得できるのである。さて問題とすべき明石大臣の年齢は他に狭める条件がないから概数として二十歳の時に明石入道が生まれたと考えて前五三年の生まれ、弟に桐壺更衣の父按察使大納言がいるからこれも概数で十歳年下と考え前四三年の生まれと仮定しておきたい。

六条大臣については、明石大臣以上に手がかりが少ない。唯一の手がかりは二三年記載の六条御息所の年齢である（「三十にてぞ、今日また九重を見たまひける」賢木）。六条御息所は前七年の生まれであるから、三十歳の時の子供と考えると六条大臣は前三六年の誕生となる。やや晩年の子供という感があるかもしれないが、物語始発の段階で、六条大臣の姿は見えず、既に薨去していると考えねばならないから、このあたりが妥当であろう。

かくして有史以前の大臣の誕生を推測すれば、明石大臣が前五三年生、二条右大臣が前四四年生、六条大臣が前三六年生、三条左大臣が前三四年生となる。明石大臣の世代、二条右大臣の世代、六条大臣と三条左大臣の世代が、ほぼ十年おきとなる。大臣ではないが按察使大納言が前四三年生だから、二条右大臣と同世代となる。このように仮定してみると、この大臣たちの子供たちの年齢とも矛盾せず、しかも二条右大臣と按察使大納言、三条左大臣と六条大臣が同世代故に競い合っていたことを考えれば、後の弘徽殿大后と桐壺更衣、葵の上と六条御息所との因縁まで見事につながってくるのである。

猶、以上の四人の大臣の時代を大まかに考えれば、明石左大臣・六条右大臣時代、六条左大臣・二条右大臣時代、三条左大臣・二条右大臣時代となろうか。二条右大臣は年下の六条大臣に先行され、同じく年下の三条左大臣に追い越されたことになる。この人物の性格形成とも関わってこよう。

三　天皇家をめぐる状況

続いて本紀にあたる部分の検討に移る。

物語の始発時の天皇は言うまでもなく桐壺帝である。その父と思われる一院は健在で朱雀院に住んでいることは紅葉賀巻で明らかにされる。しかし、桐壺帝の前の天皇は一院ではなく、藤壺宮の父君である先帝と考えるべきであろう。本節では、先帝系の人々、桐壺系の人々について考察する。

物語では直叙されることのない先帝であるが、年齢の幅は意外に狭めやすいのである。それは子供たちの年齢が明記されていたり、ほぼ確実に推定できたりするからである。

まず、紫の上の父の式部卿宮であるが、この人物は、物語三五年が五十賀と予定されているから（「式部卿宮、明けむ年ぞ五十になりたまひける」少女七〇）、前一五年の誕生となる。一方藤壺宮は薄雲巻三二年の崩御の年に「三十七にぞおはしましける」と記されていることから、前五年の誕生となる。式部卿宮は藤壺より十歳年長、桐壺帝への入内に際しては、亡父・亡母に代わって最終決断を下すだけの年齢であり立場であった。藤壺は「先帝の四の宮」（桐壺四一）であったから、式部卿宮と藤壺との間に、三人の内親王がいたと考えるのが自然である。これらの兄弟をすべて同腹（后腹）と考える必要はないが、藤壺入内の決断、後の王女御を通しての皇権への執着などから、式部卿宮は先帝の第一皇子であったと考えて良かろう。

さて、物語の始発の段階で既に桐壺朝となっているから、先帝はこれまでに崩御していなければならない。崩御の時期は有史以前であれば問題はないが、実は物語始発にぎりぎりまで引きつけなければならない。といっても諒闇そのほかの記述は物語に影を落としていないから、前二年の崩御と考えるのが妥当である。前三年以前でも良いのであるが、それを妨げるのが藤壺女御の存在である。

朱雀院の女三宮の母藤壺女御は先帝の末子と考えられる。その女御が産んだ女三宮は、物語三九年で十三、四歳、従って、物語二六、七年の誕生。藤壺女御はどんなに繰り下げても、先帝の崩御の年かその翌年の誕生のはずであるから、先帝の崩御が早くなりすぎると、藤壺女御が高齢となってしまうのである。

そこで、両者の妥協点を探ると、前二年先帝崩御、前一年藤壺女御誕生、二十七、八歳で藤壺女御が女三宮を出産となるのである。この推測は極めて蓋然性が高いと思われる。

以上のように考えれば、先帝の子供たちは前一五年誕生の式部卿宮から前一年誕生の藤壺女御までとなる。そこで先帝を前三五年の誕生と仮定すれば、式部卿宮が二十一歳の時の子供、藤壺宮が三十一歳の時の子供、前二年に三十四歳で急逝、翌年遺児の藤壺女御の誕生となる。後述する皇位継承の問題を考えると、働き盛りの急逝という条件は是非とも必要なものであると思われる。

次に桐壺系の人々の年齢について考えてみよう。

物語内で直接間接に言及される桐壺院の兄弟は、桃園式部卿宮、大宮（女三宮）、女五宮、前坊である。大宮と女五宮の長幼は明確であるが、これらの人物の子供たちの年齢から考えて、この順番であるかと思われる。猶、桃園式部卿宮と大宮は年齢が近いと思われ、この二人だけは上下入れ替わる可能性がある。

大宮は前節で前二二年の誕生と仮定したから、桃園式部卿宮は二歳年下で前二〇年の誕生と仮定する。その娘の朝顔の姫君は、光源氏十七歳の時には既に噂の対照であり（式部卿宮の姫君に朝顔奉りたまひし歌などを、すこしほほゆがめて語るも聞こゆ」帚木九五）、かつ斎院退下後の三二年に改めて光源氏に求愛されているから、光源氏とほぼ同い年か数歳の年少と考えるべきであろう。朝顔の姫君が光源氏と同年なら、二十三歳の時の娘となる。桃園式部卿宮は三二年の薨去時は五十二歳であったことになる。桃園宮に同居している女五宮は式部卿宮より更に二歳年少と考えればその時五十歳となる。

「いと古めきたる御けはひ、しはぶきがちにおはす」（朝顔四七〇）と記されているのは多少気の毒な感じがするが、「年長におはすれど、故大殿の宮は、あらまほしく古りがたき御ありさまなる」（同）と比べて老耄の程が強調されているのであろう。

重要なのは桐壺帝の末弟と思われる前坊の誕生時期である。女五宮より更に二歳年下と考えれば、前一六年の誕生となる。この仮定を、賢木巻二三年の六条御息所の年齢表記に関するあまりに有名な記事「十六にて故宮に参りたまひて、二十にて後れたてまつりたまふ。三十にてぞ、今日また九重を見たまひける」と重ねても矛盾しないであろうか。賢木巻の記事によれば、六条御息所の参内が前坊二十五歳の時となり、薨去したのは二十九歳であったこととなる。あと数年引き下げることは不可能ではなかろうが、取り敢えずこのように考えておく。

さて残る桐壺院その人の誕生時期であるが、前二二年大宮、前二〇年桃園式部卿宮、前一八年女五宮、前一六年前坊誕生という推測は、それ以後の物語と齟齬することはないから、これらを基準として考えることが出来る。そこで大宮より一歳年長と考えれば、前二三年の誕生となる。[11] 第一皇子朱雀院が誕生したのが前三年二一歳の時、先帝在位時代のことなり、桐壺院は当時は春宮であった。その翌年先帝の崩御に遭遇し、二二歳で即位したと考えるべきであろう。猶、前坊の立坊は桐壺院即位とほぼ同時期と考えてこの年に行われたこととする。[12] 桐壺院が桐壺更衣を寵愛して、世間の耳目を集めたのは即位の翌年二十三歳頃、光源氏の誕生時には二十四歳であったと考える。与謝野晶子が『新訳源氏物語』の口語訳で「二十歳になるやならずや」「三十歳になるやならずや」と物語始発部で桐壺院の年齢について二通りの訳文を作っているが、[13] 本稿の推定は晶子の「二十歳」「三十歳」の二説のほぼ中間となる。

ちなみに桐壺院の年齢を物語の記述と付き合せてみれば、紅葉賀での朱雀院行幸時は四十一歳、賢木巻で崩御したのが四十六歳となる。延喜準拠説に拘泥するわけではないが(14)、見事に醍醐天皇の享年と同じ年となる。

四　両統迭立の問題

前節までの検討で、『源氏物語』の世界の開闢以前の状況が多少見えてきたようだ。前二年までは先帝時代（春宮は後の桐壺院）、前二年からは桐壺帝時代（春宮は前坊）と考えることができる。先帝崩御に際して、当時十四歳と仮定した先帝皇子（式部卿宮）が立坊するのではなく、前春宮であった桐壺新帝の弟（前坊）が立坊したことを考えれば、先帝系と桐壺系の一種の緊張関係が見て取れる。桐壺新帝の父一院は一八年紅葉賀巻の朱雀院行幸時まで健在であるから、この立坊は一院の強い意志であったと思われる。とすれば、一院と先帝とは親子関係と考えるよりは、兄弟と考える方が自然であろう。すなわち先帝時代の一つ前の王朝は、帝（一院）春宮（先帝）の兄弟の時代であったのではなかろうか。一院は退位するに当たって直系の皇子（後の桐壺院）を春宮に据えたが、そのために一院系と先帝系との両統迭立の形となったのである。前二年の先帝崩御時に健在であった一院はこの形の解消を目指すべく、桐壺新帝の弟（一院の末子か）を春宮に据えることとしたのであろう。一院の年齢は不詳であるが、一八年の朱雀院行幸が算賀の年の出来事であるから、前五二年、前四二年、前三二年の誕生ならば、七十賀、六十賀、五十賀となり、このいずれかの年であろう。先帝の誕生を前三七年と仮定したから、先帝より先に即位している一院を兄と考えるべきであるから、前四二年の誕生が最も自然である。奇しくも、一院と先帝の年齢差は七歳、これは桐壺院と前坊と同じ年の差となる。

このように考えてくれば、当然、一院と先帝の父である天皇を措定しなければならない。これを仮に本院と命名すれば、本院、一院、先帝、桐壺院の順に王朝が継続したことになる。前三四年誕生の三条左大臣の元服の年を、夕霧・薫・匂宮あたりを平均して十四歳ぐらいと仮定して、二年ぐらい本院に仕えたと考えれば本院の譲位は前一九年ぐらいとなる。三条左大臣が花宴巻二〇年の五十四歳当時に「明王の御代、四代をなむ見はべりぬ」と述べていることとも合致する。そして、本院譲位以降、天皇の皇子が春宮となる王朝はしばらく姿を消すのである。

つまり、本院（父帝）・一院（子春宮）時代の後は、一院（兄帝）・先帝（弟春宮）、先帝（叔父帝）・桐壺院（甥春宮）、と両統迭立であったことが改めて確認できるのである。これは正しく嵯峨流・淳和流の両統迭立、冷泉流・円融流の両統迭立などの、平安時代の史実そのものを背景としていると考えるべきである。つまり『源氏物語』の隠された史実への回路として両統迭立の問題が浮き彫りになってくるのである。

こうした中で、一院にとっては願ってもない好機がやってきた。弟であり、自らの帝位を継いだ先帝の急逝である。この好機を捉え、一院系先帝系の両統迭立の状況を打開しようとしたのである。この時自らの血筋に皇統を固定化しようとした一院は、我が子桐壺院即位に際して、その弟の前坊（弟春宮）を立坊させたのである。前坊と同世代の先帝の皇子（式部卿宮）を抑えて立坊させるには、誕生して間もない桐壺院の第一皇子（朱雀院）では不十分と考えたのであろうか。あるいは、二条右大臣家の力が強くなり過ぎることを嫌ったのであろうか。あるいは自身の皇子たちで帝位・春宮位を独占したかったのであろうか。最後の考えをとれば、一院の父権への執念のようなものが感じられる。ただ、先帝系を皇統から排除したものの、春宮に皇太弟である前坊を据えたことは、新たな両統迭立の可能性を胚胎したことになるのである。

ここでどうしても前坊の問題に触れなければならない。

賢木巻二三年の六条御息所の心内語に「十六にて故宮に参りたまひて、二十にて後れたてまつりたまふ。三十にてぞ、今日また九重を見たまひける」とあるように、御息所が前坊と死別したのは物語一三年のこと、御息所が前坊のもとに参ったのが九年のこととなる。これをごく自然に春宮参りと捉えるのが通常の見方である。

ところが、その一方で、物語三年の桐壺更衣の逝去を受けて「明くる年の春、坊定まりたまふ」と記されているのである。この時点、物語四年で桐壺院第一皇子（朱雀院）が立坊するから、以降春宮が二人いたことになる。もし前坊が逝去するまで春宮位にあったとすれば、一三年まで約十年間二人の春宮がいたことになる。こうしたことを避けるためには、賢木巻の六条御息所の年齢表記に何らかの錯誤があるとするのが一般的な解釈である。その代表格が十年単位構想説を唱えた藤村潔で、(15)これらを修正継承した森一郎の説(16)を初め、年齢表記に何らかの錯誤や作為を読み取って、この問題から『源氏物語』の作品構造を解明しようとした好論が多い。(17)こうした中で異彩を放っているのが多屋頼俊の説である。時期的には藤村・森らの考察に先行するものである。多屋頼俊は桐壺院即位と共に前坊が立坊、朱雀院の立坊時に春宮位を辞したとの説を提出した。「この弟宮は、桐壺御門が即位せられた頃に春宮に立たれたのであろう。そして何かの事情（春宮御自身には責任のない事情）によって春宮を辞せられたのであろう(18)」と述べたのである。もちろん多屋説以後に藤村説・森説などが輩出したことは、春宮位を辞した後に六条御息所が参内するということに不自然さによる。それは後述する古注以来指摘されていることである。しかし、年齢表記の誤記と、春宮返上後の前坊参りと、どちらにも弱点がある以上、多屋説は顧みられる余地があるのではないだろうか。

そこで、多屋説を補強するために、改めて、一院（帝）・先帝（春宮）時代、先帝（帝）・桐壺院（春宮）時代と二代続いた両統迭立時代の問題を考慮に入れたいと思う。一院の政治力によって、先帝・桐壺の両統迭立は回避されたが、前坊は、自分が春宮位にいる限り新たな両統迭立の可能性が生じると考え、兄帝に春宮位の返上を申し入れたのではないか。それぐらいこの問題は根の深いものであったと思われる。そういえば『源氏物語』の桐壺朝と重ね合わせられることの多い醍醐朝の初期では、春宮は不在であった。その時皇太弟の可能性があったのが斉世親王であることに思いを致せば、皇太弟の存在の危険性が理解できよう。前坊の春宮位返上ということは、回避された政変として、延喜準拠説へのもう一つの回路ではなかろうか。

また、時代は下るが、甥の花山院に娘の婉子女王を入内させて「御みづからも常に参り」「さらでもありぬべけれ」(『大鏡』師輔伝一六九)と人々からそしられた為尊親王を、王女御を入内させた式部卿宮に重ねてみる考えがあるが、当然そこにも桐壺系・先帝系の摘み取られた両統迭立の問題が色濃く影を落としていると言えよう。更に、二条右大臣側が朱雀朝において常に皇太弟冷泉を廃する動きをしていたことは言うまでもない。この動きは前坊薨去後のことであるが、『源氏物語』において、桐壺朝以前から朱雀・冷泉朝に至るまで一貫してこうした問題が伏流していたことは見逃してはならない。

そうした状況にあったからこそ、前坊は自らの意志で春宮位を返上したのではないだろうか。前坊は自ら身を引くことによって、こうした流れを絶とうとしたのではないか。前坊の春宮位返上の意思が内々に示されていたからこそ、桐壺系に皇統を統一することを前坊が望んだからこそ、桐壺直系の後継者は誰か、第二皇子光源氏の誕生後、次の春宮の地位をめぐる思惑が激しく渦巻いたのであろう。

ところで古注釈の世界でも、前坊と朱雀帝の春宮位の重複の問題は議論されていたのである。そこでは前坊春宮位返上と朱雀の立坊という考えは妥当か否かと議論されていた。実に意外な感に打たれるが、『源氏物語』に近い時代の注釈書においては、前坊春宮位返上後の朱雀立坊と解釈されていたのである。

古くは、有職故実に通暁しかつ源氏学の大家でもあった一条兼良の『花鳥余情』に「朱雀院の立坊は源氏四歳のことなりそれより先の東宮にてまし〳〵しによりて前坊とは申侍り」[19]と記されていた。『弄花抄』もこれを受けるような形で「前坊は朱雀院の立坊よりさきの東宮にておはせし成へし」[20]と述べており、『孟津抄』『岷江入楚』『万水一露』など主要な注釈書は、こぞって「花」「弄」としてこれらの説を引用するのである。これに対して林宗二の『林逸抄』では「坊を辞しまし〳〵て已後御息所まいり給へるかといふ儀あれともそれならハ御息所と号しかたきにや」[21]と反論しているのである。『林逸抄』は岡嶌偉久子が喝破したように、『一葉抄』『尋流抄』『休聞抄』など非主流とも言うべき連歌師の所説を注釈の根幹として利用しているが[22]、ほぼ同文が『一葉抄』に既に見ることができる。ただし『尋流抄』は『花鳥余情』『弄花抄』寄りの解釈であり、『休聞抄』はこの件には言及しない。『一葉抄』『林逸抄』などに見られる説は『湖月抄』などに引用されたことが大きかったのか、今日の主流の意見となっている。ただし『湖月抄』がどこからこの意見を採用したのかは実は不明なのである。『湖月抄』の当該箇所を引用してみよう[23]。

十六にて古宮にまゐり（細）年紀ノ事花鳥に詳也（花）御息所は十六にて故宮にまゐり給十七才にてやかて秋好中宮をまうけ給廿才にて前坊にはなれ給へり源十二の年の事也朱雀院の立坊は源氏四才の時也、其より前に東宮たりし故に前坊と申也、保明太子小一条院などの例也、牡丹花の説ニ云十六にて故宮にまゐり廿にてをくれ奉り卅にて又こゝのへを見給といへり。故宮坊にまし〳〵し時まゐり給へるならば年記大に相違也。其故は朱雀院の立坊は源氏四歳の時也。今源氏廿二歳に成給、しかるに朱の立坊は今十九年になるを以て思に、宮す所の年相違せり、かやうの事不審の輩あればのがれがたき物也、又坊を辞しまし〳〵て已後御息所まゐり給へるかといふ儀あれども、それならば御息所と号しがたきにや所詮つくり物なれはかやうの所をは此巻のことくになしてことをきはめさらんや可然侍らん紫ノ

上ノ年を末の巻にてわかくいひなしたる事もある也（師同）

「坊を辞しまし〳〵て已後御息所まゐり給へるかといふ儀あれども、それならば御息所と号しがたきにや」の部分は「牡丹花の説」のように見えるが、上述したように『弄花抄』は『花鳥余情』同様に、前坊が朱雀院と交代して春宮を辞したという立場であり、後代の注釈書も「弄」の説を引用している。これは季吟が『一葉抄』などの説を肖柏説と混同したのではなかろうか。「師同」と記されていることから、箕形如庵がそのように述べていたのかもしれない。『一葉抄』は肖柏の講釈聞書が重要な部分を占めているから、季吟が「牡丹花の説」と考えても無理からぬ事ではある。肖柏自身が春宮交代の自説を後年になって改めたという可能性もあろうが、それならば三条西家以降の説にも多少は影響を与えていそうなものである。ともあれ、前坊朱雀院交代説に対する『湖月抄』の反証の淵源は不分明であると言わざるを得ない。

出所不明にしても御息所の呼称の問題はやはり避けては通れない。とりあえずは後代のように春宮以外の親王の場合でも御息所と号すことが可能であったか、あるいは「前坊」ということで例外的に御息所の称号を使用したかと考えておきたい。

おわりに

以上、現行の『源氏物語』に登場する人物、またその名前だけが挙げられている人物について、光源氏誕生以前の世界ではどのような状況であったかについて推測してみた。仮定に仮定を重ねた感がないでもないが、しかし、これだけ多数の人物が矛盾なく共存していると言うことは、その仮定が高い蓋然性を保っていると言えるのではないだろうか。それは稿者の仮定の正確さと言うことではなく、この物語の作者の、たぐいまれな時間を見通す力によるものであるのだが。そのことを附載した表によって改めて確認していただきたいと思う。

注

（1）『源氏物語大成』の掲出する九条家本古系図、伝為家筆本古系図、伝良経筆本古系図など。
（2）『源氏物語大成　研究篇』第二部第六章第二節（中央公論社）。
（3）寺本直彦『源氏物語論考　古注釈・受容』第六章「源氏物語年立の発生と形成」（風間書房、平成元年）、田坂『源氏物語享受史論考』第三章七「『水源抄（葵巻古注）について」（風間書房、平成二十一年）などに指摘がある。
（4）島原松平文庫蔵『歌書集』所引「光源氏物語本事」。この資料については今井源衛「了悟『光源氏物語本事』翻刻と解題」『源氏物語の研究』（未来社、昭和三十七年）、稲賀敬二『源氏物語の研究―成立と伝流―』第一章第一節「源氏物語梗概書の諸相と周辺」（笠間書院、昭和四十二年）などの分析が有益。
（5）『国語と国文学』平成二十年十月号、本書所収。
（6）『源氏物語の展望』四、三弥井書店、平成二十年九月、本書所収。
（7）柳町時敏『『源氏物語』の「大臣」　八宮物語の系譜」（『ことばが拓く古代文学史』笠間書院、平成十一年）。
（8）この命名方法は、田坂注（6）論文に同じ。
（9）「三月二十日大殿の大宮の御忌日にて」（藤裏葉四三二）。
（10）この問題については田坂「螢兵部卿宮をめぐって」（『源氏物語の人物と構想』和泉書院、平成五年）参照。
（11）本稿の年齢推定は、注（5）（6）論文とほぼ重なる。なお、大臣の序列や薨去やそれにともなう諸事情などの推測も、注（5）（6）論文を参照されたい。
（12）あえてこのように断ったのは、受禅・践祚・即位と立坊がほぼ同時期の例は意外に少ないのである。『源氏物語』執筆以前では、桓武天皇・早良春宮、嵯峨天皇・高丘春宮、淳和天皇・正良春宮、仁明天皇・恒貞春宮、円融天皇・師貞春宮、花山天皇・懐仁春宮の例しかない。しかも早良、高丘、正良、恒貞の四人のうちただの一人として即位できず、師貞春宮（花山）は約二年で帝位を追われ、帝位が安泰であったのは懐仁春宮（一条）ただ一人であった。陽成・光孝の春宮不在の時期は別にしても、それ以外でも春宮が決定するまでに時間を要している。文徳天皇・惟仁春宮の二か月後、冷泉天皇・守平春宮の三か月後は早いほうで、後継の皇子がいなかった場合もあるが、清和即位から貞明立坊まで十一年、宇多即位から敦仁立坊まで六年、醍醐即位から保明立坊まで七年、朱雀即位から成明立坊まで十四年、村上即位から憲平立坊まで四年を費やしている。これら春宮位の不安定さが『源氏物語』にも影を落としていよう。

(13) 田坂「桐壺院の年齢—与謝野晶子の『二十歳』『三十歳』説をめぐって—」(『源氏物語の愉しみ』笠間書院、平成二十一年、本書所収)。

(14) 仁平道明「『源氏物語』の世界と歴史的時間—延喜天暦准拠説との訣別—」(『源氏物語　重層する歴史の諸相』竹林舎、平成十八年)が、この問題を詳細に検討する。

(15) 藤村潔『源氏物語の構造　第二』(赤尾照文堂、昭和四十六年)。

(16) 森一郎『源氏物語作中人物論』(笠間書院、昭和五十四年)。

(17) 代表的なものを掲出すれば、吉岡曠『源氏物語論』(笠間書院、昭和四十七年)、坂本共展(昇)『源氏物語構想論』(明治書院、昭和五十六年)、久下裕利『変容する物語　物語文学史への一視角』(新典社、平成二年)などがある。

(18) 「もののけの力　六条御息所を中心に」の付記「六条御息所と故前坊」の項目(『源氏物語の思想』法蔵館、昭和二十七年)。ただし仮名遣いを改めた〈多屋頼俊著作集〉五『源氏物語の研究』(法蔵館、平成四年)の本文に拠った。

(19) 〈源氏物語古注集成〉一『松永本花鳥余情』(桜楓社、昭和五十三年)。

(20) 〈源氏物語古注集成〉八『弄花抄』(桜楓社、昭和五十八年)。

(21) 〈源氏物語古注集成〉二三『林逸抄』(おうふう、平成二十四年)。

(22) 注(21)書解説。

(23) 『湖月抄』の本文は『北村季吟古註釈集成』第九巻(新典社、昭和五十三年)の影印による。

年齢一覧表

人名	略注	前四〇年	前三九	前三八	前三七	前三六	前三五	前三四	前三三	前三二	前三一
本院		既に春宮	24	即位	26	27	28	29	30	31	32
一院	本院の子	3	4	立坊	6	7	8	9	10	11	12
桐壺院	一院の子										
朱雀院	桐壺院の子										
大宮	一院の子										
桃園式部卿宮	一院の子										
女五宮	一院の子										
前坊	一院の子										
先帝	本院の子						誕生	2	3	4	5
式部卿宮	先帝の子										
藤壺宮	先帝の子										
藤壺女御	先帝の子										
明石大臣	明石入道の父	14	15	16	17	18	19	20	21	22	23
明石入道	明石大臣の子							誕生	2	3	4
明石尼君											
按察使大納言	明石大臣の弟	4	5	6	7	8	9	10	11	12	13
大納言北の方			誕生	2	3	4	5	6	7	8	9
雲林院律師	大納言の子										
桐壺更衣	大納言の子										
二条右大臣		5	6	7	8	9	10	11	12	13	14
弘徽殿大后	右大臣の子										
三の君	右大臣の子										
四の君	右大臣の子										
三条左大臣								誕生	2	3	4
頭中将	左大臣の子										
葵の上	左大臣の子										
六条大臣						誕生	2	3	4	5	6
六条御息所	六条大臣の子										

人名	略注	前三〇年	前二九	前二八	前二七	前二六	前二五	前二四	前二三	前二二	前二一
本院		33	34	35	36	37	38	39	40	41	42
一院	本院の子	13	14	15	16	17	18	19	20	21	22
桐壺院	一院の子								誕生	2	3
朱雀院	桐壺院の子										
大宮	一院の子									誕生	2
桃園式部卿宮	一院の子										
女五宮	一院の子										
前坊	一院の子										
先帝	本院の子	6	7	8	9	10	11	12	13	14	15
式部卿宮	先帝の子										
藤壺宮	先帝の子										
藤壺女御	先帝の子										
明石大臣	明石入道の父	24	25	26	27	28	29	30	31	32	33
明石入道	明石大臣の子	5	6	7	8	9	10	11	12	13	14
明石尼君								誕生	2	3	4
按察使大納言	明石大臣の弟	14	15	16	17	18	19	20	21	22	23
大納言北の方		10	11	12	13	14	15	16	17	18	19
雲林院律師	大納言の子									誕生	2
桐壺更衣	大納言の子										
二条右大臣		15	16	17	18	19	20	21	22	23	24
弘徽殿大后	右大臣の子										
三の君	右大臣の子										
四の君	右大臣の子										
三条左大臣		5	6	7	8	9	10	11	12	13	14
頭中将	左大臣の子										
葵の上	左大臣の子										
六条大臣		7	8	9	10	11	12	13	14	15	16
六条御息所	六条大臣の子										

人名	略注	前二〇年	前一九	前一八	前一七	前一六	前一五	前一四	前一三	前一二	前一一
本院		43	譲位	45	46	47	48	49	崩御		
一院	本院の子	23	即位	25	26	27	28	29	30	31	32
桐壺院	一院の子	4	5	6	7	8	9	10	11	12	13
朱雀院	桐壺院の子										
大宮	一院の子	3	4	5	6	7	8	9	10	11	12
桃園式部卿宮	一院の子	誕生	2	3	4	5	6	7	8	9	10
女五宮	一院の子			誕生	2	3	4	5	6	7	8
前坊	一院の子					誕生	2	3	4	5	6
先帝	本院の子	16	立坊	18	19	20	21	22	23	24	25
式部卿宮	先帝の子						誕生	2	3	4	5
藤壺宮	先帝の子										
藤壺女御	先帝の子										
明石大臣	明石入道の父	34	35	36	37	38	39	40	41	42	43
明石入道	明石大臣の子	15	16	17	18	19	20	21	22	23	24
明石尼君		5	6	7	8	9	10	11	12	13	14
按察使大納言	明石大臣の弟	24	25	26	27	28	29	30	31	32	33
大納言北の方		20	21	22	23	24	25	26	27	28	29
雲林院律師	大納言の子	3	4	5	6	7	8	9	10	11	12
桐壺更衣	大納言の子				誕生	2	3	4	5	6	7
二条右大臣		25	26	27	28	29	30	31	32	33	34
弘徽殿大后	右大臣の子	誕生	2	3	4	5	6	7	8	9	10
三の君	右大臣の子										
四の君	右大臣の子										
三条左大臣		15	16	17	18	19	20	21	22	23	24
頭中将	左大臣の子										
葵の上	左大臣の子										
六条大臣		17	18	19	20	21	22	23	24	25	26
六条御息所	六条大臣の子										

人名	略注	前一〇年	前九	前八	前七	前六	前五	前四	前三	前二	前一
本院											
一院	本院の子	譲位	34	35	36	37	38	39	40	41	42
桐壺院	一院の子	立坊	15	16	17	18	19	20	21	即位	23
朱雀院	母弘徽殿								誕生	2	3
大宮	一院の子	13	14	結婚	16	17	18	19	20	21	22
桃園式部卿宮	一院の子	11	12	13	14	15	16	17	18	19	20
女五宮	一院の子	9	10	11	12	13	14	15	16	17	18
前坊	一院の子	7	8	9	10	11	12	13	14	立坊	16
先帝	一院の弟	即位	27	28	29	30	31	32	33	崩御	
式部卿宮	先帝の子	6	7	8	9	10	11	12	13	14	15
藤壺宮	先帝の子						誕生	2	3	4	5
藤壺女御	女三宮の母										誕生
明石大臣	明石入道の父	44	45	46	47	48	左大臣	50	没		
明石入道	明石大臣の子	25	26	27	28	29	30	31	32	33	34
明石尼君		15	16	17	18	19	20	21	22	23	24
按察使大納言	明石大臣の弟	34	35	36	37	38	39	没			
大納言北の方		30	31	32	33	34	35	36	37	38	39
雲林院律師	大納言の子	13	14	15	16	17	18	19	出家	21	22
桐壺更衣	大納言の子	8	9	10	11	12	13	14	15	16	17
二条右大臣		35	36	37	38	39	内大臣	41	右大臣	43	44
弘徽殿皇太后	右大臣の子	11	12	13	14	15	入内	17	18	19	20
三の君	螢宮北の方								誕生	2	3
四の君	頭中将北の方									誕生	2
三条左大臣		25	26	結婚	28	29	大納言	31	32	33	左大臣
頭中将	左大臣の子					誕生	2	3	4	5	6
葵の上	左大臣の子							誕生	2	3	4
六条大臣		27	28	29	30	31	右大臣	33	左大臣	35	没
六条御息所	六条大臣の子				誕生	2	3	4	5	6	7

作品を形成するもの

八　大宰府への道のり

――『源氏物語』と『高遠集』から――

はじめに

古代の交通、歴史地理研究については、この四半世紀に長足の進歩を遂げた。ごくかいつまんで述べれば、田名網宏らの先駆的な研究を受け、昭和五十年代の藤岡謙二郎編の『日本歴史地理総説　古代編』（吉川弘文館、昭和五十年）、『古代日本の交通路』（大明堂、昭和五十三年）、足利健亮『日本古代地理研究』（大明堂、昭和六十年）らが一時代を画し、平成に入って刊行された、木下良編『古代を考える　古代道路』（吉川弘文館、平成八年）の冒頭に据えられた「古代道路は直線の大道だった」という標題は、近時の研究成果を最も端的にかつ衝撃的な言葉で示したものであった。平成十年代に入ってからは、啓蒙的な書物に高水準のものが多く、吉川弘文館の『街道の日本史』シリーズは、近世・近代に多く紙幅を割くものの、古代・中世の交通や地理についても的確にまとめている。そういったものの中で、掘り下げの深さと間口の広さで、専門家から隣接分野の研究者にまで必携の書物となったのは木下良監修・武部健一著の『完全踏査　古代の道』正続二冊（吉川弘文館、平成十六年、十七年）である。続編については、本稿をなすに際して特に有益であり、次節以下で具体的に引用することが多い。本稿の課題である、京都から大宰府への道に関しても、高橋美久二『古代交通の考古地理』（大明堂、平成七年）など、個別研究にも卓越したものが多い。これらの成果を、文学研究にどれくらい役立たせることができるか、本稿はそのささやかな試みである。

一　大宰府への陸路

古代における京都から大宰府への道は、平安京のあった山城国から、山陽道を播磨・備前・備中・備後・安芸・周防・長門と進み、豊前に上陸した後西海道を経て大宰府へ到る。古代の道路の中では最も重要視されたもので、駅馬二十疋が常置されている大路と規定されていた。東海道・東山道が駅馬十疋の中路、それ以外の山陰道・南海道・北陸道などが駅馬五疋の小路と規定されていることからも、その重要性が窺えよう。それは、平安京と遠の朝廷である大宰府とを結ぶ路線であり、先進国である中国の文化を取り入れるルートでもあったからである。『完全踏査　続古代の道』[1]では、山陽道の特色を的確に五点にまとめているが、そのなかでも特に重要と思われるものを引用すれば、「駅馬の配備数が多く、かつ駅間距離が短いために、輸送能力が中路に対して三倍もあること」「外国からの賓客に備えて瓦葺きで粉壁（白壁）の駅館を建てたこと」「各道は一般にその通過地域の各国で終るが、山陽道だけは西海道とつながって、大宰府までが一本の道と機能」していること、の三点である。駅馬については後述するが、駅間については、前掲書の成果を借用すれば、東海道・東山道・南海道本道の駅間平均距離が十五キロ以上であり、北陸・山陰本道が十四キロ前後であるのに対して、山陽道本道の駅間平均距離は十・九キロと著しく短いのである。[2]この駅間距離と駅馬の配備数の多さの相乗効果で、大宰府から京都への輸送能力が際だったものとなっていたのであった。

それでは、平安京から、大宰府までの陸路を簡単にたどってみよう。駅名と駅馬数は、『延喜式』巻二十八の記述に拠っている。安芸国では実際の経路は大町→伴部の順であるが、これも『延喜式』の排列に従う。

平安京の羅城門から鳥羽の作道と呼ばれる道を通り、途中で東海道・東山道・北陸道に向かう道が東に分かれ、山陰道が西に別れる。その後鳥羽の作道と別れて、最初の駅である山埼駅（現在の京都府乙訓郡大山崎）に着く。山埼の駅馬数は二十疋である。ここで南海道とも分岐して、摂津国に入る。摂津国では草野・葦屋・須磨の三駅を経由する。駅馬数は草野・須磨が十三疋、葦屋が十二疋である。摂津国を出て播磨国に入る。ここからが地方行政区画としての山陽道である。以下は、簡略に従い、各国の駅名と駅馬数を列挙し、必要に応じて補足することとする。播磨国では、明石（三十疋）・賀古（四十疋）・草上（三十疋）・大市・布施・高田・野磨間（以上二十疋）を通り、備前国では坂長・珂磨・高月（以上二十疋）・津高（十四疋）、備中国では、津峴・河辺・小田・後月（以上二十疋）、備後国では安那・品治・看度（以上二十疋）を通り安芸国に入る。安芸国は険しい山道を通るために、平均駅間距離が最も短く、従って駅数も多い。安芸国では真良・梨葉・都宇・鹿附・木綿・大山・荒山・安芸・伴部・大町・種篦・濃唹・遠管（以上二十疋）の十三駅が設置されている。駅数の多さ、駅間距離の近さに比して、駅馬数の多さが、険路であることを物語っているようである。周防国に入り、石国・野口・周防・生屋・平野・勝間・八千・賀宝（以上二十疋）を経由して、長門国に入り、阿潭・厚狭・埴生・宅賀を経由して臨門（以上二十疋）に到る。ここまでが山陽道である。次いで九州に入るが、まず豊前国に上陸、社埼・到津の二駅（各十五疋）を経由して、筑前国に入る。そして独見・夜久（各十五疋）・嶋門（二十三疋）・津日（二十二疋）・席打・夷守・美野（以上十五疋）・久爾（十疋）を経て大宰府に到る。

京都から大宰府へ向かう古代道路は以上のような道筋をたどる。ところが、実際には海路を取り、瀬戸内海の沿岸を通行することが多かったようである。たとえば『延喜式』に「凡そ山陽、南海、西海道等の府国、新任官人任に赴くは、皆海路を取れ。……其の大弐已上は乃ち陸路を取れ」と記されている。『大鏡』には大弐藤原佐理の帰京の途次、能筆の佐理に額を揮毫させようとの大三島神の思し召しで海が荒れ、足留めをされたとの逸話が記されているので、(3)「陸路を取れ」とされた大宰大弐も帰路には海路を取ることもあったのかもしれない。『源氏物語』では大宰大弐が帰京の途次、須磨の光源氏と消息を交わす話が描かれている。そこで次節以下では、物語や和歌の記述から、京と大宰府を結ぶ道について考えてみたい。

二　『源氏物語』の大宰の大弐

『源氏物語』において、大宰府と関連のある官職に由来する人物としては、帥、大弐、少弐などが描かれている。まず長官の帥としては、帥宮が二人登場している。一人は若い頃の螢宮で、花宴巻から絵合巻まで、光源氏ともっとも仲の良い兄弟として描かれている。少女巻で螢宮が兵部卿に転じた後、弟宮がその後を襲ったようで、新しい帥宮は螢兵部卿宮と比較されて、「帥の親王よくものしたまふめれど、けはひ劣りて、大君けしきにぞものしたまひける」(螢二〇〇)と花散里に評されている。二人の帥宮は、もちろん下向してはいない。大宰府まで下向した人物で「帥」と表記されているのは、後述する筑紫五節の父であるが、実際の官職は大弐である。

さて、『源氏物語』では、少なくとも七人の大宰大弐が想定されているようである。今それら七人を区別するために仮に番号を附して、着任の順に考えてみよう。

大宰大弐①は、光源氏の乳母の夫。夕顔の葬送を執り行った阿闍梨や惟光、少将命婦たちの父である。大弐①は物語内では直接描写されていない。その妻大弐乳母は、夕顔巻巻頭で病のために出家しており、光源氏の見舞いを受けている。大弐乳母は光源氏の軽々しい振舞いに苦言を呈しており「尼君ましてかやうのことなど諫めらるるを、心恥づかしくなむおぼゆ」（夕顔二五〇）と源氏も述べている。「左衛門の乳母とて、大弐のさしつぎにおぼいたる」（末摘花三四〇）という記述からも、大弐乳母は光源氏の乳母の中では、第一の存在であったらしい。その夫の大弐着任時期は不明だが、妻が大宰府まで同行したとすれば、光源氏誕生前後の時期をはずして考えねばならない。

大宰大弐②は、夕顔の乳母の夫である大宰少弐の上司であった人物である。「その御乳母の夫、少弐になりて行きければ、下りにけり。かの若君の四つになる年ぞ、筑紫へは行きける」（玉鬘八二）と記されているとおり、少弐の赴任は、後の玉鬘が四歳の年、物語一八年目の出来事である。その時から約二十年後玉鬘巻後半で、右近と邂逅した玉鬘の侍女の三条は「大弐の北の方ならずは、当国（稿者注、大和国）の受領の北の方になしたてまつらむ。……大弐の御館の上の、清水の御寺観世音寺に参りたまひし勢は、帝の行幸にやは劣れる」（玉鬘一〇五）と、筑紫にいた頃の驚きを大げさなまでに述べているが、この勢い盛んな北の方の夫の大弐在任時期は、物語二〇年前後となろうか。大弐②自身も、実際にその姿が描かれているわけではない。

大宰大弐③は実像が描写される唯一の人物である。これが、前述した筑紫五節の父である。物語二十六年目の秋に、大宰府からの帰途、須磨に滞在している光源氏と、子息筑前守を使いとして消息を交わしている。

そのころ大弐は上りける。いかめしく類ひろく、むすめがちにてところせかりければ、北の方は舟にて上る。浦づたひに逍遥しつつ来るに、外よりもおもしろきわたりなれば、心とまるに、大将かくておはすと聞けば、あいなう、すいたる若きむすめたちは、舟の中さへ恥づかしう、心げさうせらる。まして五節の君は、綱手ひき過ぐるも口惜しきに、琴の声風につきて遙かに聞こゆるに、所のさま、人の御ほど、物の音の心細さとり集め、心ある限りみな泣きにけり。帥、御消息聞こえたり。「いと遙かなるほどよりまかり上りては、まづいつしかさぶらひて、都の御物語もとこそ思ひたまへはべりつれ、思ひの外にかくておはしましける御宿を、まかり過ぎはべる、かたじけなう悲しうもはべるかな、あひ知りてはべる人々、さるべきこれかれまうで、来向かひてあまたはべれば、ところせさを思ひたまへ憚りはべることどもはべりて、えさぶらはぬこと、ことさらに参りはべらむ」など聞こえたり。子の筑前守ぞ参れる。この殿の蔵人になしかへりみたまひし人なれば、いとも悲し、いみじと思へども、また見る人々のあれば、聞こえを思ひて、しばしもえ立ちとまらず。（須磨一九五）

任果てて帰京する大弐の一族の様子が、具体的に描出されている。「帥、御消息聞こえたり」とあるが、前文に「大弐は上りける」とあるように、帥宮が赴任しないために、慣用的に使われる表現である。その頃の帥宮は螢宮である。また、「浦づたひに逍遥しつつ来るに」という表現などから、任期を無事に勤め上げ、物心共に豊かになって帰途にある様子が窺われる。五年の任期が満ちての帰京と考えれば、着任は物語の二一年目にあたり、ちょうど大弐②の直後の赴任と考えれば良かろう。

娘が五節の舞姫の大役を務めたのは、大宰府下向以前のこと、もちろん、殿上人・受領の分としての舞姫であった。父はそののち、地方官としてトップの地位に上り詰めたのである。二一年はまだ朱雀朝のごく初期、桐壺院が大きな影響力を持っていた頃のことである。桐壺院・左大臣・光源氏派であったと思われるこの人物は、その推挽もあり大弐に栄進したのであろう。子息の筑前守赴任も恐らく同時期で、これは蔵人時代から光源氏の恩顧を蒙っていたとあるから、父の大弐就任と合わせて、巡爵後ただちに筑前守となったのであろう。その後この一家は、九州の地にいたために、須磨への退去に至る光源氏の没落を直接見聞することはなかったのである。

大弐・五節と光源氏との消息の最後は「むまやの長にくし取らする人もありけるを」云々と結ばれており、菅原道真の故事を踏まえている。単純に重ね合わせるだけでなく、西下する道真、東上する大弐一家、左遷されてこの地を通る道真、落魄してこの地に逼塞する光源氏と、見事なまでに対照的に描き出されている。

大弐③の後任が、末摘花の叔母の夫に当たる人物である。末摘花の叔母とは、「この姫君の母北の方のはらから、世におちぶれて受領の北の方になりたまへるありけり」（蓬生三二二）と記されていた人物で、「心少しなほなほしき御叔母」で「わがかく劣りのさまにて、あなづらはしく思はれたりしを、いかでかかる世の末に、この君を、わがむすめどもの使ひ人になしてしかな」（三二三）と、末摘花を娘の女房にしようとたくらんでいた。夫が大宰大弐に就任したときも「この君をなほもいざなはむの心深くて」（同）、何回も常陸宮邸を訪れている。結局、頑固な末摘花を同道することはできなかったが、その頑固さが末摘花の運命を転回させ、光源氏に迎えられる幸運を摑むこととなる。叔母は、末摘花の乳母子の侍従を伴って下向するが、夫の任果てて再度上京したときに、「かの大弐の北の方上りて驚き思へるさま、侍従が、うれしきものの、今しばし待ちきこえざりける心浅さを恥づかしう思へる」（三四五）と記述されている。

叔母の夫である大弐④は、例によって直接描出されないが、その着任時期は蓬生巻の時間構造から、物語二八年頃とわかる。大弐③の後任として赴任する時期が多少遅れたか、その間にもう一人何らかの事情で一、二年で交替した大弐がいたかと考えれば良かろう。大弐③も五年の任期を全うしたとしたら帰国は三三年頃となる。蓬生巻末は「二年ばかりこの古宮にながめたまひて、東の院と言ふところになむ、後は渡したてまつりたまひける」(三四四)とあり、松風巻以降の記述内容を先取りしている形となっており、様々な議論を呼んでいるが、(4) この先取り記述の後に、上述した叔母の帰京の記事が来ているので、時間的に問題はない。作者は大弐の赴任期間なども計算していたのであろう。

大弐⑤については、梅枝巻頭からその存在を窺うことができる。

正月のつごもりなれば、公私のどやかなるころほひに、薫物合はせたまふ。大弐の奉れる香ども御覧ずるに、なほいにしへのには劣りてやあらむと思して、二条の院の御倉開けさせたまひて、唐の物ども取り渡させたまひて、御覧じくらぶるに、「錦、綾なども、なほ古き物こそなつかしうこまやかにはありけれ」とて、近き御しつらひのものの覆、敷物、褥などの端どもに、故院の御世のはじめつ方、高麗人の奉れりける綾、緋金錦どもなど、今の世の物に似ず、なほさまざま御覧じ当てつつせさせたまひて、このたびの綾、羅などは人々に賜はす。(梅枝三九五)

今回、大宰大弐⑤が献上した、「香」「綾、羅など」も、やはり「唐の物ども」であろう。大陸・半島から渡来したものを大宰府で入手、光源氏に献上したものである。渡来品でさえも「古き物こそなつかしうこまやかにはありけれ」と記されており、近年は品質の低下があったというように記されている。「このたびの」と記されていることから、任果てて上京した大弐が、献上したばかりの品々と考えるべきであろう。物語の論理からも、この大弐は、第一の実力者である太政大臣光源氏に、帰京後真っ先に、最良の貢ぎ物を持参したと考えるべきである。梅枝巻頭は、物語三九年であるから、この大弐も三四年頃の赴任となり、末摘花の叔母の夫であった大弐④の後任と考えて何の矛盾もない。こうしてみると、点景として描かれている大弐たちの存在が、実に見事に配置されていることが分かる。この物語の作者のたぐいまれな構成力をここでも知ることができる。

それ以外では、絵合巻の大弐典侍や、蜻蛉巻の大弐と呼ばれる女房も、父や夫などが大宰大弐であったであろうが、断片的な記述のため、大弐在任時期などは不明である。絵合巻の大弐典侍は、藤壺中宮の前での絵合で、右の方人を務めており、「ただ今は心にくき有職ども」の一人である。『正三位』と『伊勢物語』の番では、「雲のうへに思ひのぼれる心には千ひろの底もはるかにぞ見る」（絵合三七二）と、正三位の「兵衛の大君の心高さ」を称揚する和歌を詠んでいる。蜻蛉巻の薫の「あなたに参りて、大弐に、薄物の単衣の御衣ぞ縫ひて参れ、と言へ」（蜻蛉二四一）という言葉にだけ見える人物は、今上の女三宮の女房であろう。詳細は不明だが、この二人の係累に、大宰大弐⑥と⑦がいたことになる。

三　『源氏物語』の大島は筑前か

『源氏物語』では、多くの大弐が描かれているが、大宰府への往還については、わずかに五節の父の大弐③が帰京の途次須磨の光源氏と消息を交わす様子が描写されているのみであった。それ以外では、大宰少弐に任官した、夕顔の乳母の夫の一家の下向と帰京の様子が描かれている。往復共に航路を取っているが、帰路は、玉鬘に懸想する大夫監から逃れるために、当時住んでいた肥前から早舟を仕立て、松浦宮の前のなぎさ、ひびきの灘を経て、淀川河口の川尻まで、一挙に駆け抜ける様が描かれている。

往路の方は、多少ゆとりがあって、「おもしろき所どころを見つつ」下向したようで、本文も『伊勢物語』の「いとどしく過ぎゆく方の恋しきにうらやましくもかへる波かな」をはじめ、小野篁の「鄙の別れ」の和歌、更には万葉歌などもおりまぜながら、纏綿と綴られている。

おもしろき所どころを見つつ、「心若うおはせしものを、かかる道をも見せたてまつるものにもがな」「おはせましかば我らは下らざらまし」と、京の方を思ひやらるるに、かへる波もうらやましく心細きに、舟子どもの荒々しき声にて、「うら悲しくも遠く来にけるかな」とうたふを聞くままに、二人さし向かひて泣きけり。

舟人もたれを恋ふとか大島のうらがなしげに声の聞こゆる

来しかたも行く方もしらぬ沖に出でてあはれいづくに君を恋ふらむ

鄙の別れに、おのがじし心をやりて言ひける。金の岬過ぎて、「我は忘れず」など、世ととものことぐさになりて、かしこに到り着きては、まいて遙かなるほどを思ひやりて恋ひ泣きて、この君をかしづきものにて明かし暮らす。

（玉鬘八四）

この部分で記されている和歌は、少弐の二人の娘たちの唱和であるが、最初の和歌に「大島」とあるのが注目される。この「大島」については、早く『河海抄』が「大嶋、筑前国也、鐘御崎近辺也」と注して以来、この説が疑われずに来た。定評のある辞典類でも、北山谿太『源氏物語辞典』（平凡社）が「おほしま【大島】筑前国にある島」、東京堂『源氏物語事典』語彙編でも「おほしま　大島［地名］福岡県（筑前の国）宗像郡大島村。鐘御崎の沖の一島嶼。航路にあたる」と記されている。現行の注釈書もすべてこの説である。代表的なものを刊行順に挙げれば、『対校源氏物語新釈』「河海抄、大島、筑前国也、鐘御崎近所なり」、玉上琢彌『源氏物語評釈』「大島は筑前（福岡県）宗像郡の大島か」、『日本古典文学全集』「大島は福岡県宗像郡大島か」、『日本古典集成』「大島は、筑前宗像郡大島村。次の頁に見える金の御崎の沖の島」『新日本古典文学大系』「大島は筑前国（現福岡県）宗像郡の大島、三行後の金の岬の沖に当たる」等々である。『河海抄』の引用に始まり、「宗像郡の大島か」と推量の形に進み、「宗像郡の大島」と断定されるに至るという、注釈が固定化される経緯が明白に見て取れる。猶、現在、宗像郡大島は、宗像市となっている。

これに対して、和歌研究の分野では、地名の大島としては圧倒的に周防の大島が著名である。近時の『歌ことば歌枕大辞典』(5)では「おおしま」の項を全体の編者でもある久保田淳が執筆しているが、そこでは次のように記されている。

大島。周防国の歌枕。現在の山口県大島郡に属する瀬戸内海の島。周防大島、屋代島とも呼ばれる。早く『万葉集』巻一五・三六三八番田辺秋庭の歌の題詞に「大島の鳴門を過ぎて」と見える。……平安時代に入っては、『後撰集』に「人知れず思ふ心は大島のなるとはなしに嘆く頃かな」(恋一・五九三・よみ人しらず)と歌われる。同集の「大島に水を運びし早舟の早くも人に逢ひ見てしがな」(恋四・八二九・朝綱)という作での「大島」も同じく周防の大島を詠んだものであろう。

以下、和泉式部、藤原知家の詠歌例などを挙げるが、筑前大島へ言及することはない。

もともと大島は、福井久蔵の名著『枕詞の研究と釈義』(6)で、やはり『後撰集』五九三番歌を引用して「周防の大島と本国との間に鳴門あるなり、物の成就の意なる成るに転じたるなり」と記されていた。古代から近代短歌までを網羅した歌語事典・例歌事典も同様である。『歌語例歌事典』(7)は、あらゆる歌語を通史的に取り上げるために、歌枕の項目に割く紙幅は多くないが、それでも山口県(周防・長門)の歌枕の項目に唯一挙げられているのが、周防大島なのである。福岡県(豊前・筑前・筑後)では、生の松原から竈山まで七項目を掲出するが、大島の項目はない。また『日本歌語事典』(8)は、すべての歌語を五十音順に取り上げているが「大島」の項目では、周防大島が大江朝綱の例歌で、伊豆大島が太田水穂の作歌例で、取り上げられるだけである。再度、古典和歌に目を転じて、小型ながら名著とされる片桐洋一『歌枕歌ことば辞典』(9)を見ると、やはり「周防国の歌枕」として、朝綱・恵慶・一条摂政らの和歌が紹介され、『五代集歌枕』『八雲御抄』の備前説にも言及するが、筑前大島については触れられていない。

こうした状況下において、はたして、『源氏物語』の「大島の浦」は、筑前大島と断定して良いのであろうか。再検討してみる必要があろう。

まず、「大島」と「鳴門」が組み合わせられている和歌であるが、『枕詞の研究と釈義』『歌ことば歌枕大辞典』の指摘どおりに、周防大島と断じて良い。周防大島は、現在の住居表示で言えば、山口県大島郡周防大島町である。平成十六年に、旧大島町・久賀町・立花町・東和町が合併して、周防大島町が誕生した。周防大島と対岸の柳井市との間は、潮流が激しく変化することで有名な海の難所である。そのために、本四架橋に先駆けて、昭和五十一年には周防大島と柳井市との間に大島大橋が架けられた。山口県観光情報課ＨＰには「最大流速10ノットの急流で……歩道からは、眼下に渦潮の激流を眺める事ができ」るなどと記されている。平成二十年三月に、パナマ船籍のタンカーが潮流に流され、大島大橋の橋桁に衝突したのは記憶に新しい出来事である。平安時代からこの潮流の早さは有名であったようで、藤原元真の「大島のなるとのうらのこぎがたさうどのはまもかくやあるらん」（元真集・一〇八番）は、その雰囲気を最も良く伝えているものである。猶、和歌の本文は『新編国歌大観』に拠り、その番号を並記するが、表記については漢字を多く当てて意味を取りやすくしていることをお断りしておく。

さて、和歌や詞書で「大島」「鳴門」を組み合わせた和歌は、他に『恵慶集』七一番歌「大島のなるといふ所にて、潮みちみづまさりて、都にと急ぐかひなく大島のなだのかけぢは潮みちにけり」『一条摂政御集』「女の戸をおしたてて入りにければ、あしたに、さながらもつらき心は大島のなるとをたてし程のわびしさ」などがある。後者は「鳴門」に「鳴戸」を掛けた技巧的なものだが、前者は実景であろう。『恵慶集注釈』(10)は「西国から帰京する折の歌と知られるが、恵慶が何のために周防国以西にまで旅をしたかは不明である」とする。

また『万葉集』三六三四番の「筑紫路のかだの大島しましくもみねば恋しき妹をおきてきぬ」などのように、「なると」の語を使わずに、周防大島を詠むものもある。「かだ（可太）の大島」は「かた（難）し」と掛けられて、中世では好んで使われた。家隆や為家の詠歌例がある。同じく中世には、北条泰時や鴨長明により伊豆大島も詠まれているが、中世という時代を反映したものであり、平安の用例はない。万葉集の「かだの大島」が「筑紫路」と組み合わせられていることも含めて注目されよう(11)。

平安時代の大島は、上述の『後撰集』八二九番や、『恵慶集』二五四番「大島や瀬戸の潮あひをこぐふねのかぢとりあへぬ恋をするかな」などがあるが、注釈書はすべて周防大島を比定しているのである。

さて、ここで『源氏物語』の大島の和歌を改めて見てみよう。

舟人も誰を恋ふとか大島のうらがなしげに声の聞こゆる

「鳴門」や「可太の大島」など、周防大島と限定する語彙は併用されていないようである。しかし、ここで注目すべきは、三句から四句にかけて、文字通り和歌の要・腰にあたる部分である。そこでは「大島の浦」と「うら悲し」が「うら」という掛詞によって接続されている。すなわち「おおしまのうらがなし」という部分こそがこの和歌の根幹である。そこで、「大島」と「浦」を含む平安時代の和歌を見てみよう。

大島のなるとのうらのこぎがたさうどのはまもかくやあるらん（藤原元真）

声をだにかよはむことは大島やいかになるとの浦とかはみし（和泉式部）

元真の和歌は既に言及したものであるが、和泉式部の作も含めて、「大島」「浦」と共に「鳴門」も詠み込んでいるのである。一種の縁語仕立てであるから、当然かもしれないが、それだけ安定した一般的な表現であると言えよう。

とすれば、『源氏物語』の当該歌を筑前大島とするには、いささか無理があるのではないか。「大島の浦」は、『源氏物語』の時代に最も一般的であった周防大島のイメージで理解すべきではなかろうか。紫式部の祖父の藤原雅正は周防守に任じられおり、周防大島の話は父為時などから聞いていたかもしれない。また、現実にも周防大島は、淡路島・小豆島に次ぐ、瀬戸内海で三番目に大きな島であり、当時内海を通行する人々にとっては、極めて印象深かったであろう。『源氏物語』の大宰少弐や玉鬘の一行が大宰府に向かった航路は、『万葉集』巻十五冒頭の詳細に記されている天平八年の遣新羅使のルートと同様に、備後国水調郡長井浦、風速浦、安芸国長門嶋、周防国玖河郡麻里布浦、大嶋鳴門、熊毛浦などの山陽路の沿岸を辿って西下したものであろう。そうすれば、当然周防大島の浦を通ることとなり、歌枕で名高いこの場所に到った思いを和歌に託したのである。

『河海抄』が『源氏物語』の大島を筑前大島と誤解したのは、その直後に「金の御崎」という地名があるからである。もちろん現実の宗像市鐘崎と、宗像市大島は近くにあるから筑前大島と考えたのであろうが、下向の様子は「おもしろきところどころを見つつ」、下ったのであるから、そこで具体的に記されるのが筑前大島と金の御崎というのでは、あまりに局所集中で良くない。摂津国を過ぎ、浦伝いに播磨国へと畿外へ出るあたりで「かへる波もうらやましく」思い、備後・安芸を過ぎ周防の大島のあたりで「大島のうらがなしげに声の聞こゆる」と詠み、難所の関門海峡を超えて「金の岬過ぎて」志賀のすめ神に思いを馳せているうちに、かしこ（大宰府）に到着したと考えるべきであろう。

四　『大弐高遠集』に見る大宰府往還時の地名

藤原高遠は寛弘二（一〇〇五）年に大宰大弐として赴任しているが、その家集には大宰府往還時に詠まれた地名が多く見られる。『大日本史料』第二篇之五では、中世の私撰集などを手がかりに国名を比定しているがまだまだ不十分である。一方、近時の地名や交通の研究の進展を参看することにより、新見の提示や旧説の修正も可能になろう。こうした試みが、逆に『高遠集』という文学資料を史学・地理学の側でも活用することにつながるのではないかと思う。以下、特徴的な地名を挙げて考察する。猶、紙幅の関係から、地名や、歌枕として著名な例（一八六番「そめかは」一八七番「きのまろどの」二〇三番「いきのまつばら」二二一「はりまがた」）などは除外している。また詞書が地名のみの場合は、見出しに掲げて、詞書としてはこれを略した。

一八九番「はやみのさと」

何ごとのゆかしければか道遠みはやみのさとに急ぎきつらん

『大日本史料』は「同早見ノ里」とする。「同」とは二首前の「木の丸殿ヲ過グ」を承けるとすれば、筑前国と認識していることになる。同様の立場に立つのが『夫木和歌抄』（以下『夫木抄』と記す）一四五六三番で、本歌を「はやみのさと、筑前」に分類している。一方『歌枕名寄』では、筑後国の項目に「一夜河、千年河、速見里」と列挙して、本歌と藤原実方の和歌「おぼつかな我がことづけしほととぎすはやみの里をいかでなくらむ」とを例示している（九〇三四・九〇三五番）。ただ『実方集注釈』一〇一番では、[12] 所在不明とする。筑前・筑後では、現在の福岡県宇美町や立花町に、早見、早水などの地名が存していたことが知られるが、近世以前に遡ることができない。

この「はやみのさと」は、豊後国速見郡と関連があるのではないか。速見郡は豊後国八郡の一つで、古く『豊後国風土記』『和名類聚抄』などにその名前が見えるものである。現在の大分県速見郡は日出町のみであるが、隣接する杵築市や由布市などの一部も含めた広い範囲が古代の速見郡であった。大宰府から、由布・長湯・豊後国府を経て大隅国府に至る西海道東路[13]も近くを通っている。『豊後国風土記』には、「昔者、纏向の日代の宮に御宇しめしし天皇、熊襲を誅はむと欲して、筑紫に幸し、周防国の佐婆津より発船して渡りまして、海部郡の宮浦に泊てたまひき。時に此の村に女人あり。名を速津媛といひて其の處の長たりき。（中略）斯に因りて、名を速津媛の国といひき。後の人、改めて速見の郡といふ」と記す。中略部分には土蜘蛛征伐の経緯が書かれており、古来から著名な地名である。

一九三番「ひぐれいし」

ひぐれいしのうらとふかみに祈りみむわが思ふことなるやならずや

「ひぐれいし」については不明だが、山口県山口市徳地野谷に日暮ヶ岳という標高七百メートル弱の山がある。同地には日暮川という名称の川も存する。徳地は、旧佐波郡徳地町で、平成十七年、吉敷郡秋穂町、阿知須町、小郡町と共に旧山口市と合併したもので、『角川日本地名大辞典』などには、佐波郡徳地町として紹介されている。日暮ヶ岳は山口県百名山の一つでもあり、後述するように佐波郡と関連があると思われる地名が『高遠集』に多いため、一つの可能性として掲出しておく。

一九五番「たるたまのはし」

しまづたひとわたる舟のかぢまより落つる雫やたるたまのはし

『大日本史料』には国名注記などはなく、「たかたまのはし」の本文を取るが「落つる雫や」とのつながりから、掲出したように「たるたまのはし」が自然であろう。また『歌枕名寄』は「たるまののはし」の本文で「垂間野橋」の漢字を当てているが、やはり「雫」とのつながりから「たま」の方が良いと思われる。「たるたま」という地名は九州に皆無ではないが、与謝野鉄幹・吉井勇らがいわゆる五足の靴の旅で投宿した垂玉温泉は、肥後国（現在熊本県阿蘇郡）の高地であり、「しまづたひ」と歌い出した本歌とは相容れない。『大宰府古代史年表』[14]は、寛弘二年六月十四日の条で、本歌を「筑紫にまつわる歌」の一首とするが、論拠は不明である。

一九七番「かざはや」

鶯の縫ふといふなるはながさはやなぎの糸を風やよるらん

『大日本史料』は「風早」と注するのみ。物名として詠み込んでいるので、地名にはあまり留意しなかったのかもしれない。古代・中世において、風早という地名は、下総、伊予、壱岐などにも見られるが、ここは、安芸国賀茂郡の風早と考えて良かろう。現在の東広島市安芸津町風早のあたりで、ＪＲ呉線を竹原から呉に向かうと風早駅がある。『万葉集』巻十五・三六一五番「わが故に妹嘆くらし風早の浦の沖辺に霧たなびけり」とあるのは、遣新羅使の「風速浦船泊之夜作歌」である。藤原高遠も下向の際にこの地を通った可能性があろうから、その折の和歌か、後日この地を想起して物名に詠んだかであろう。備後国を出て安芸の国府に向かう古代の山陽道は、現在の山陽自動車道に近い内陸を通っているため、風早の地は大きく隔たっているが、重要な港の一つであった[15]。

一九八番「ながはま」

とまりつつむまやむまやとおもふまにゆけどつきせぬ道のながはま

『大日本史料』は「ながはま」とするのみで、国名は挙げないが、ここは『万葉集』以来の歌枕である豊前国の企救の長浜と考えて良いのではないか。今日の地名で言えば、門司から小倉にかけての海岸である。『万葉集』三二一九番「豊国の企救の長浜ゆきくらしひのくれゆけば妹をしぞ思ふ」三二二〇番「豊国の企救の高浜たかたかに君まつよらはさよふけにけり」などとあるように、企救の高浜とも呼ばれた。企救郡は古代以来の郡名であり、戦前まで企救郡、企救町の地名があったが、昭和二十三年の合併により「この由緒ある名も命脈を絶たれた」のである(16)。現在の住居表示では、海岸線より遙か山手に入った、九州自動車道と東九州自動車道の分岐点近くの新興住宅地に「企救丘」の名前があるのみである。ただし、長浜、高浜は現在でも小倉北区の海岸線の地名として残っている。現在の小倉港から少し内側に入り、JR小倉駅から東に鹿児島本線沿いの地域である。地理的にもこのあたりが、古代の企救の長浜・高浜にあたると推測されている。

一九九番「たちばなのさか」

あはれなる昔の袖もかをるとやはなたちばなの坂やゆかまし

『大日本史料』は国名注記などはない。『夫木抄』九二三三番でも「つくしへまかりける道にて橘のさかを」の詞書はあるが、国名は記されない。『歌枕名寄』には取られていない。わずかな手がかりが、今川了俊の『道ゆきぶり』にある。了俊は、九月二十四日に周防の国府に到着しているが、国府に到る道中は「これより外の海になりぬとぞ申める。やがて浦の名をも、とのみといふなり。磯際より九十九折りに上る坂あり、橘坂といふ。荒磯の路よりもなを足曳の山たち花の坂ぞ苦しき」と記されている。現在の富海も、すぐ後ろに山が迫っており、防府方面に向かうには、山陽自動車道では大平山トンネル、国道二号線では防府第一・第二トンネルと続く山間部を通ることとなる。橘坂は、富海から周防国府に抜ける途中の坂と考えて良いのではなかろうか。高遠が大弐として赴任する約三十年前に周防守であった清原元輔と藤原仲文の贈答歌に詠まれた江泊（『仲文集』二二番）も近くであるし、元輔は江泊の先の勝間駅でも名所の松を詠んでいる。[17]高遠がこの近くの地名である「たちばなのさか」に注目した可能性は強いのではなかろうか。

二〇〇番「いかの江」

風いたみなかゐしつべきいかの江にゆめこぎよするいそなかりふね

『大日本史料』でも国名は比定していない。本歌は『夫木抄』一〇六四六番に採録されているが、そこでも「いかの江、未国」とされている。未詳とせざるを得ないが、日暮ヶ岳のある旧佐波郡徳地町には、中世以降「伊賀地」「伊佐江」などの地名が資料に見られることから、何らかの関わりがあるかもしれない。

二〇四番「みのぶのはま」

みのぶ浜といふ、貝おほかるはまにて

みのぶ浜なにかはなみのよるをまつひるこそかひのいろも見えけれ

『大日本史料』は前歌の「筑前生松原」に続けて「同簑生浜」とする。『角川日本地名大辞典』は「みのぶの郷」の項目では「平安期に見える郷名。『和名抄』筑前国宗像郡十四郷の一つ。訓は『美乃布』。……江戸期の『続風土記』では、福間と新宮との間の海岸を蓑生浦とし、『順和名抄に、宗像郡に蓑生の郷有、今、上西郷村に、蓑生と云枝村有、昔は此辺をすべて、蓑生の郷と云しにや』とある。現在の福間町一帯に比定される」と記し、『大日本史料』を論拠に「平安期の大弐高遠集には、『みのふはま』が見える」と述べている。旧地名で言えば上西郷は内陸部、下西郷が海辺部であるが、おおむね従うべきであろう。現在も糟屋郡新宮町、古賀市、福津市（旧福間町・津屋崎町）となだらかな海岸線が広がって、往時を偲ばせる。「みのぶのはま」が「かひおほかるはま」であることは著名であったらしく、『馬内侍集』一五七番に

「うかりける身のうの浦のうつせ貝むなしき名のみたつは聞きつや」と詠まれ、福津市海岸近くには馬内侍の歌碑が建立されている。

二〇八番「うづらはま」

うづらはまをゆくとて

かりにとはおもはぬたびをいかなれやうづらはまをばゆきくらすらん

『大日本史料』では「筑前鶉浜」とし、『夫木抄』一一八〇〇番でも本歌を「うづらはま、筑前」の項にあげる（ただし高遠作ではなく「読人不知」として掲出）。「仮りに」に「狩りに」を掛けその縁で「鶉」につなぎ、地名を導き出したものであるが、「うづら」とは『和名秒』遠賀郡内浦郷の内浦浜である。『平家物語』の大宰府落の段にも「住吉、箱崎、香椎、宗像ふしおがみ……たるみ山、鶉浜などいふ峨々たる嶮難をしのぎ」と記されている。「垂水」は宗像から内浦に抜ける道筋である。今日でも「内浦」の地名は残るが、海岸線は「波津」の地名で呼ばれることが多い。二〇四番の蓑生浜同様に、玄界灘から響灘に面した海浜である。旧宗像郡・遠賀郡は隣接しているが、蓑生浜から鶉浜まで遠く見渡せるわけではない。蓑生浜は勝島にのびる勝浦浜（桂浜）の海岸線で一旦視線がさえぎられ、この小さな半島状の地形を回り込んだ後も、今度は、地の島に向かい合う鐘崎（金の岬）などによって再度視線が途切れる形となる。蓑生浜から鶉浜までは、桂浜（桂潟）や金の岬などを挟み、歌枕が続く海浜地帯である。

二一五番「とおるのさと」

とほつのかみに、のさきたてまつるとて

ゆくみちをとおるのさとにみそぎしていまぞしまねをいではじめける

『大日本史料』では国名注記はない。『夫木抄』一四五八四番に採録されるが、そこでも「大宰任じて下りける時」「とほるのさと、未国」としている。本文校訂を行っている『新編国歌大観』でも『高遠集』では「とおるのさと」『夫木抄』では「とほるのさと」と表記が揺れていることも、候補地を探すことの困難さを示している。「とおる」「とほつ」に適当な地名は見出せないが、多少名前が近いものとして、遠石八幡宮のある周防国遠石がある。宇佐八幡宮とも関連があるから、大弐高遠には馴染みの地名である。

二一八番「もたひ」

ふなゑひをせしかば、もたひといふとまりにとどまりて

ころふねにゑふ人ありとききつるはもたひにとまるげにやあるらん

『大日本史料』では「備中瓶泊」と注する。『夫木抄』一二〇〇六番「もたひのとまり、備中」の項目に前中納言資実卿「みつきものはこぶちふねもこぎいでよもたひのとまりしほもかなひぬ」を挙げ「この歌、建久九年大嘗会主基方備中国御屛風」とする例に見られるように、備中説で妥当である。現在の新倉敷駅の近く、倉敷市玉島八島が往時の「もたひのとまり」と思われる。『角川日本地名大辞典』では倉敷市八島の項目に「道口川左岸に位置し、北部の丘陵地帯と江戸期の干拓による南部の水田地帯からなる。地名は多くの島々の干拓地に由来すると言われる。古代、丘陵地帯は海岸線で亀山に甕の泊があり、鎌倉期には亀山焼の積出し港であった」と記している。

二一九番「やひろはま」

やひろはまといふ所にて

春の日のはるかにみちの見えつるはやひろのはまをゆけばなりけり

『大日本史料』に「豊前、八尋浜」、『夫木抄』一一八一〇番に「やひろのはま、豊前」として取られており、『歌枕名寄』巻三十五の豊前国の項目に、「八刃浜」として挙げられている（九〇六二番）のに従うべきである。八尋浜は、旧築上郡八屋町、昭和、平成の合併を経て現在は豊前市八屋の海岸にあたる。八幡浜は八屋祇園の神幸祭でも知られる。その起源は、聖武天皇の天平十二（七四〇）年、大宰少弐の藤原広嗣の乱に遡ると言われる。広嗣は大宰府から、軍を三手に分けて豊前を目指した。そのうち広嗣の弟綱手に率いられた一軍が豊後国を迂回して、八尋浜のあたりで、京都郡、上毛郡らの勢力と衝突した。在地勢力が乱を鎮圧して凱旋し、八屋八尋浜に御輿を奉納したのが神幸祭の淵源であるとされている。猶、広嗣の軍勢の三軍の進路が古代北九州地域の古代路を考える上で極めて示唆的であることは指摘されている(18)。

二二〇番「ふくら」

ふくらといふところのはなを見て
春風のふくらにさけるさくらばなさくほどもなくちりはてぬらん

「ふくら」は前歌の八尋浜との距離の近さから言えば、福良天満宮のある、現在の臼杵市福良あたりであろうか。南海道淡路国の福良駅の方が、古代の地名としては良く知られたものではあろうが、前歌同様に春の景物を詠んでいるということ、「春の日の」「春風の」という初句の歌い出しの共通性、「はるかに」が地名の「やひろ」と呼応していたり、「ふくらに」が地名の「ふくら」と掛詞となっていたり、第二句の作り方も通底する部分があるから、二一九、二二〇番歌一連のものと考えるべきで、「ふくら」の地も豊前の八尋浜の近くであることが望ましかろう。淡路福良説は除外するとしても、臼杵市福良も高遠の通った道筋から、やや遠いので、他に適切な場所がないか検討してみよう。

可能性があるのは、次の二箇所である。一つは『角川日本地名大辞典』のものである。「ふくら　吹浦　玄海町……平安期に見える地名。筑前国宗像郡のうち。平安期の『大弐高遠集』に、ふくらといふところのはなをみて、はるかせのふくらにさけるさくらはな……、とある（大日料二—五）」などと記しており、『大日本史料』の説を踏襲している。平成の市町村合併で玄海町の名は消え、現在の地名は宗像市田島吹浦である。ただ、現在の吹浦はやや内陸にあり、「浦」という名前とは違和感がある。筑前吹浦説も魅力的ではあるが、稿者は新説として、長門福浦を提唱する。現在の下関市彦島福浦町のあたりで、福良港は彦島の南西部に位置する港である。今川了俊の『道行きぶり』に「霜月十三日は、住吉の御日にて侍れば、かの一宮（稿者注、下関市楠乃の住吉神社）に詣で侍るに……この近き海の端に、福浦島といふ所にかかりて侍るを」などと記されている。八尋浜から福浦と海岸風景でつないでみたのではないだろうか。一九八番の「ながはま」が企救の長浜だとすれば、長門福浦はほぼ対岸に位置することも、その可能性を高めると思われる。

二二二番「ゆめさきがは」

ゆめさきがはをわたるとて

はるのよのゆめさきがはをこぎわたりこひしき人にあふがまさしさ

『大日本史料』が「播磨夢前川」と注するように、現在の兵庫県姫路市の雪彦山を源とし、書写山の麓を通り、播磨平野を貫通し、播磨灘に注ぐ川である。『古今六帖』一五八九番「うつつにはさらにもいはずはりまなるゆめさき川のながれてもあはん」『壬生忠見集』一四二番「はりまのゆめさきがはをわたりて、わたれどもぬるとはなしにわがみつるゆめさきがはをたれにかたらむ」などと詠まれている。

二二三番「ふたみの浦」

ふたみの浦にて

たまくしげあけてみつれどあさぼらけふたみの浦は猶なみぞよる

『大日本史料』は「同二見ノ浦」と注す。二見の浦は、今日では伊勢の二見浦が圧倒的に有名であるが、平安時代の歌枕としては、播磨・伊勢が著名であった。『五代集歌枕』では播磨を、『和歌初学抄』や『和歌色葉』では播磨と伊勢の二つをあげる。ここはやはり播磨国、現在の明石市二見町であろう。「下向美作間、於播磨二見浦、暁聞郭公を、たまくしげふた見のうらのほととぎすあけがたにこそなきわたるなれ」(『江帥集』一六二)が、播磨の二見浦の例であるが、ほかにも『兼輔集』九〇番「たぢまのゆにくだるとて、ふた見のうらにやどりて」詠んだ和歌があり、また播磨講師であった恵慶法師の「ふゆはみつふたみのうらのあさごほりとけぬほどこそかがみなりけれ」(恵慶法師集二三七番)は、やはり播磨と考えるべきであろう。(19)

二二七番「ゆふさき」

神のますうらうらごとにこぎすぎてかけてぞいのるゆふさきの松

『大日本史料』は「備中勇崎」と注する。備中国浅口郡で、二二一番から二二六番まで播磨国(播磨潟、夢前川、二見浦、明石)、摂津国(住吉、須磨)と、次第に京に近づいていたのが、ここで備中国に戻るのはやや不審かもしれない。そのため『夫木抄』一二一六八番では「ゆふざき、播磨」の項目に「大宰任にて下りける時、ゆふざきにてよめる、大宰大弐高遠卿」として収載されている。

しかし、ここではやはり、備中説に従うべきであろう。吉備は法然・栄西・黒住教などと関わりがあり「宗教県岡山」(20)とも呼ばれるが、その代表格である金光教の本部があるのが、現在の浅口市金光町の木綿崎である。今日では内陸の金光町大谷付近には夕崎、津の地名が、隣接する倉敷市玉島阿賀崎には唐舟、亀崎の地名が残っており、往時は海岸であっただろうと推測される。備中の「ゆふさき」にはもう一箇所可能性のある場所がある。現在の倉敷市玉島勇崎である。勇崎の一部は金光町大谷にも隣接しているが、現在の玉島湾まで細長く伸びている。「木綿崎」「勇崎」のどちらが『高遠集』の「ゆふさき」であるか確定はできないが、「勇崎」は道口川の河口に位置しており、二一八番の「もたひといふとまり」も「道口川の左岸」にあったから、こちらの可能性がやや高いだろうか。ただ、このあたりは後世干拓されており、平安時代の地形とは大きく異なっているであろう事を留意する必要がある。和歌の修辞としては、当然「神」「木綿」「かけて」「いのる」と縁語仕立てであり、地名としては「木綿崎」の意識が強かろう。

ちなみに、本歌のみ備中で、和歌配列の上から問題があると先述したのであるが、それも二一八番歌との関連を重視すれば、解決するのではなかろうか。二一八番歌は再録された『夫木抄』によれば「大宰任にて下りけるにふなゑひして、もたひといふ所にとまりて」和歌を詠んだのであり、その後川沿いに、浦づたいに「ゆふさき」に来たのではなかろうか。往路の和歌が、ここに竄入したと考えておきたい。

二二八番「なるを」

おもふことなるをにとまるふな人は人なみなみにあらざらめやも

『大日本史料』に「摂津鳴尾」と注するように、今日の西宮市鳴尾が該当しよう。武庫川の川岸にあたり、「松」と取り合わせて詠まれることが多い。歌枕として多用されるのは、源俊頼あたりからであり、高遠の例は比較的早期のものとして注目される。二二一番からは「播磨潟」「夢前川」「二見の浦」「明石」「須磨」「鳴尾」と、ほぼ帰京の道筋順に読まれているのではないかと考えられる。

おわりに

以上、近年の歴史地理学や交通研究の成果を生かして、『源氏物語』や『大弐高遠集』に見える大宰府への道や歌枕について考えてみた。地理研究は、具体的な候補地が想定され、その妥当性が吟味されることによって、研究が深化するものである。そのために、従来比定されていた場所に対して、あえて異説を唱えてみたり、多少なりとも可能性のあるものについては新説を提示することとした。また、文学研究といっても、物語研究の結論と和歌研究の成果とが、必ずしも有機的に結びついていないこともあるので、両者を相互補完の関係とすることに意を用いた。『道行きぶり』など、中世の史料を援用することについては異論もあろうが、平安和歌に同名や類似の地名が出てくることを重視してみたのである。地理学研究においては、海岸線を中心に、古代の地形と現在の地形の相違に留意しなければならない。それでも、現在の地名表示を併記することはどうしても必要である。地名辞書類のうち、歴史的記述に優れる吉田東伍『大日本地名辞書』、平凡社『日本歴史地名大系』に対して、『角川日本地名大辞典』は、刊行時点の地名表示に優れていた。ところが、その後の平成の大合併で更に地名や住居表示が変化してしまった。そのことに鑑み、本稿執筆時の平成二十（二〇〇八）年現在の住居表示をできる限り併記するように努めた。やや煩瑣にわたった点、御寛恕いただきたい。

注

（1）木下良監修・武部健一著『完全踏査　続古代の道』（吉川弘文館、平成十七年）Ⅲ「山陽道をたどる」。

（2）注（1）書Ⅰ「古代の道とその探索」。猶、西海道のうち山陽道に連結する大宰府路は駅間八・八キロと更に短くなっている。

（3）『大鏡』頼忠伝。
（4）稲賀敬二『源氏物語の研究　成立と伝流』（笠間書院、昭和四十二年）第四章第二節。伊藤博『源氏物語の基底と創造』（武蔵野書院、平成六年）第二節第二章。
（5）『歌ことば歌枕大辞典』（角川書店、平成十一年）。
（6）昭和三十五年に有精堂から刊行された新訂増補版に拠った。
（7）加藤克巳・桜井満監修『歌語例歌事典』（聖文社、昭和六十三年）。
（8）佐佐木幸綱・杉山康彦・林巨樹編『日本歌語事典』（大修館書店、平成六年）。
（9）片桐洋一『歌枕歌ことば辞典』（角川書店、昭和四十八年）。
（10）松本真奈美・川村晃生『恵慶集注釈』（貴重本刊行会、平成十八年）。
（11）『万葉集』の「かだの大島」と『源氏物語』の当該歌を組み合わせて、筑前大島説を批判したものに、奥村恒哉「源氏物語の『大島』と万葉集の『可太の大島』」（『文学』昭和五十六年八月号）がある。奥村は『源氏物語』で「大島」の和歌の後に「金の岬過ぎて」とあることから、金の岬（鐘崎）の西にある筑前大島では、航路上あり得ないとする。そして『万葉集』の諸注釈書が「可太の大島」を周防大島とするのに対して、備前大島説を提示して、『源氏物語』の大島も備前大島であるとする。ただ、金の岬（鐘崎）と筑前大島との位置は、かなり近接したところにあり、地元の人間か、二箇所の場所を正確に経度まで調べあげた人間にしか判別できないものである。歌枕の知識で地名を認識していた紫式部にそこまでの厳密性を求めるのは無理であろう。また、「可太の大島」を備前大島とする説は、その後刊行された『万葉集』の注釈書、吉井巌『万葉集全注』巻十五（有斐閣、昭和六十三年）、伊藤博『万葉集釈注』八（集英社、平成十年）、阿蘇瑞枝『万葉集全歌講義』八（笠間書院、平成二十四年）などでいずれも認められていない。特に伊藤博の『釈注』では奥村説を具体的に否定している。
（12）竹鼻績『実方集注釈』（貴重本刊行会、平成五年）。
（13）注（1）書Ｖ「西海道をたどる」九「豊前・豊後連絡路を行く」。
（14）川添昭二・重松敏彦編『大宰府古代史年表』（吉川弘文館、平成十九年）。
（15）「安芸国は山陽道諸国のなかで最も駅数が多く、しかもほとんど山中を通行する。（中略）米などの重量物は古くから海路を利用していたと考えるべきであろう」、頼祺一編『広島・福山と山陽道』（『街道の日本史』四一、吉川弘文館、平成十八年）。

(16) 助川徳是『文学と史蹟の旅　九州』(学燈社、昭和四十九年)。
(17)『角川日本地名大辞典』が引用する『元輔集』四二番の他にも、「ちはやぶるかつまの宮のひめこ松おいをたむけてつかへまつらん(夫木抄・一六一一五)」などがある。
(18) 注(1)書V「西海道をたどる」三「豊前路を行く」。
(19) 注(12)書。筑紫平安文学会『恵慶百首全釈』(風間書房、平成二十年)。
(20) 土井作治・定兼学編『吉備と山陽道』(『街道の日本史』四〇、吉川弘文館、平成十六年)。

九　竹河巻紫式部自作説存疑

はじめに

『源氏物語』全巻はすべて紫式部自身の手になるものであろうか。藤原為時原案紫式部協力説[1]は論外としても、後半を紫式部の娘である大弐三位が書き継いだという説がかつて存在した。中世以降では『花鳥余情』所引「或鈔」などによって宇治十帖の部分が、近代に入っては与謝野晶子[2]によって若菜以降の巻が、大弐三位作ではないかと推測されていた。しかしそれら大弐三位補筆説も今日では妥当性のないものと考えられている。

そのような中、別筆説のうち戦後の『源氏物語』研究の時代まで生き続けたものがある。正編と、続編のうちのいわゆる宇治十帖との間に挟まれた、匂宮・紅梅・竹河の三つの巻で、通常匂宮三帖と称される部分である。この三帖の中でも特に竹河巻については、早くから紫式部自作ではないのではないかと、疑問が呈されていた。中世末期の『花屋抄』『玉栄集』[3]などがその先鞭を付け、その後もこれらの巻についてはしばしば不審の念をもって語られてきたが、戦後のいわゆる成立論論争の中で注目を浴びることになる。官職の矛盾、命名法則による推量、古系図との関連、語彙考証など様々な形で別筆説の可能性が探られたが、いつしか不可思議な（と稿者には感じられる）終息状況に陥り、ここ四半世紀ほどは別筆説を声高に語る論は見ない。しかし別筆の可能性を視野に入れることによって、作品分析が一層深まる可能性があると考えるので、ここに改めて、竹河巻紫式部自作説に対して、いささかの疑念を表しておきたいと考える。

猶、和歌の引用に際しては、必要に応じて『新編国歌大観』の番号を付した。

一　竹河巻別筆説の終息

竹河巻別筆説は、なにゆえ顧みられなくなってしまったのか。竹河巻別筆説はここで取り上げる必要のない過去の遺物なのか。研究史を辿ることによってそのことを見極めたいと思う。

成立論論争で常に先陣を切っていた武田宗俊は、竹河巻の作者説でも、作者別人説の強固な論陣を張った(4)。一体、武田の論は、歯切れの良い明快な論旨が魅力であるが、明快すぎるが故に反論を招きやすく、また歯切れの良さが時として勇み足やケアレス・ミスを招来したため、一時は遼原の火のように広まった後記挿入説も、急速に鎮火に向かった。しかし後記し挿入したということの具体的な証明は困難であっても、若紫系・帚木系において主題に揺れがあり、登場人物が大きく偏っていることなどの問題を、明瞭に浮き彫りにした功績は甚大である。竹河巻においても、夕霧やその子息の蔵人少将、薫、紅梅大納言などの官職が匂宮三帖の他巻や宇治十帖との間に矛盾があることを指摘した意義は大きい。

武田宗俊の論と重なりを見せつつ、命名法則という観点から正編をも視野に収めたスケールの大きな論を展開した小山敦子もまた、竹河巻別筆説の可能性を探った(5)。武田がやや結論を急ぎすぎる傾向にあったのに対して、歴史資料に幅広く眼を通しているがゆえの安定感のようなものがある。

一方稲賀敬二は、『源氏物語古系図』などにその名が見える巣守三位に関する物語との関連を推定して見せた。(6) 晩年に宇治十帖ダイジェスト説に到った、師の池田亀鑑の考えとも通底するものである。大胆な仮説であるが、これまた稲賀らしい既成概念に捉われない柔軟な思考によってはじめて可能であったものである。

一方手練れの源氏読みと言っても過言でない石田穣二は、早くからこの三帖に疑念を表していた。「この三帖は、どうもいけないやうである。……上手下手といふよりも、才能の質が違うのである」(7) というのは石田一流の韜晦した物言いであるが、頭脳明晰な源氏学者にしても別筆ということを論理化することの困難さへの苛立ちであったかもしれない。それでも石田は語彙考証を中心に、なんどかその証明を試みている。(8) 論証の困難さを自覚しつつも、一歩でも半歩でも議論を進めようとした姿勢に、粛然たる思いを持たせられる。

このように、竹河巻別筆説と言っても、一括りにできるものではなく、内部矛盾、享受資料、語彙考証など、様々な形を取っていることが、竹河巻を紫式部自作とすることに対する疑問が多方面にわたっていることを示すものであり、竹河巻別筆説の根深さが顕現しているようである。ところが逆にいえば、多様な接近がなされているのは、どの立場も決定的ではないということの裏返しでもある。そのため、最も明解に別筆論を展開した武田成立論の季節が終焉を迎えるのと軌を一にするように、別筆説は徐々に下火になっていったのである。

こうした中で、池田和臣の「源氏物語竹河巻官位攷―竹河論のための序章として―」(9)「竹河巻と橋姫物語試論―竹河巻の構造的意義と表現方法―」(10) の二つの論文の果たした役割は決定的に大きい。池田は、前者では竹河巻において常に議論の中心となっていた官職の問題を詳細に再吟味し、後者において、竹河巻と宇治十帖を同一作者と仮定したらどのような構造的特質が見えてくるかということを、徹底的に追究した。もちろん従来から、竹河巻と宇治十帖のつながりを重視する論考は多数あったが[11]、池田の分析は精緻を極め、「竹河巻が源氏物語全体の構造の中ではたす意義[12]」を極めて鮮明に浮かび上がらせたのである。現在でも、作品論的な意味では、池田和臣の論は常に参看されるべき重要な論考としての輝きを失っていない。そのため池田論以降、表だって別筆説を主張する論考は影を潜め、竹河巻と宇治十帖のつながりを重視したり、あるいは竹河巻から宇治十帖への発展という観点から分析する論考が輩出した[13]。

しかしよくよく考えてみれば、竹河巻と宇治十帖、あるいは正編とのつながりがどれほど提示されても、そのことがただちに作者同一説、竹河巻紫式部自作説を決定づけるものではないのである。それは、竹河巻の作者が、いかに『源氏物語』について良く知っていたか、竹河巻を『源氏物語』世界の中に位置づけるだけの文才があったか、ということを証明するに過ぎない。『続明暗』がいかに『明暗』の内包する主題を発展させたにしても、それは水村美苗の筆力を証明するものであり、『スカーレット』がいかに『風と共に去りぬ』の後日談を巧みに描出しても、アレクサンドラ・リプリーのストーリー・テラーとしての才を確認するに過ぎないのである。

もちろん、こうした立場がいたずらに物事を複雑化させる危険性を持っていることは言うまでもない。しかし、雪崩を打つように、竹河巻から宇治十帖へという論考のみが量産されるのは、やや危険なものを感じる。突飛な連想かもしれないが、ベルリンの壁の崩壊以来、対立軸を見失った世界のどうしようもない閉塞状況に相通じるものがあるのではないか。計画経済が内包する利点を克服する必要があったからこそ、今日世界中で見られるような資本の放恣な自己増殖が防がれていたのではないか。同様に、竹河巻別筆説があったからこそ、それを乗り越えるべくすぐれた構造分析が行われたのではないかと考えられるのである。

実は、池田和臣自身次のようにも述べていた。

作品論として竹河巻を『源氏物語』プロパーと認めるかどうかということと、作者別人ということとは、別の問題といってよかろう。少なくとも別人説の確証のない現状では、生理的作者ならびにその意識をひとまず措いた作品論の側面から、作業上別人説とは切り離して、おこなう他ないのである。またそれゆえに、内部徴証による別人説が決定的であり得ないからといって別人説が全く意味無しというのではなく、それはそれとして決して結論を急ぐことなく積み上げられるべきなのであろう。(14)

実に抑制の利いた文章である。このような文章の存在を可能にしたのは、第一に池田自身の研究者としての資質に指を屈しなければならないが、同筆説と別筆説の程良い緊張関係が存在していた時代背景も忘れてはならないであろう。研究論文もまた、先行論文や様々な時代思潮から決して自由ではあり得ないと言うことも自明のものである。ともあれ、池田自身の表現とは裏腹に、作者別人説の立場からの検討は急速に影を潜めていく。それは池田論文の到達した地点の高さによるという皮肉な結果となった。こうして、竹河巻作者論の問題は等閑視されるようになってきた。たとえば、竹河巻に対する石田穣二の強烈な違和感の表明に対して、回答は何一つなされていないにも拘わらず。

池田論文以来、竹河巻は基本的にその価値を評価する方向で研究が進められてきた。構想の連続性、主題の発展性、構造の一貫性といった、いわば明の部分が解明されてきたのである。しかしその一方で、竹河巻には構想の断絶や自閉する主題、稚拙な文体、矛盾する表現が存在するのもまた事実である。いわば、これら暗の部分も含めて総合的に分析することによって、竹河巻の理解は一層深まるのではなかろうか。

現実に、竹河巻紫式部作者説を具体的に論証した論考がほとんどない以上（唯一の例外については次節参照）、竹河巻別筆説をも視野に入れながら読解することは必要なのではなかろうか。このような思いも含めて本稿は構成されている。

二　今井竹河論の重要性

前節で述べた研究状況の中で、具体的論拠を例示しながら竹河巻紫式部自作説を積極的に述べた唯一の論と言って良いものが存在する。「竹河巻は紫式部原作であろう」という、端的な題名のもとに書かれた、今井源衛の論考である。この論文は、初出誌の段階では、分量の関係からか上下に分けられていた(15)。しかし、上下編の発表時期も近く、今井の第三論文集『紫林照径　源氏物語の新研究』（角川書店、昭和五十四年）で一編にまとめられているので、本稿でも統一された一つの論考として扱う。笠間書院から刊行されている『今井源衛著作集』は、全体の骨格や論文の配列など基本的部分の立案には、晩年の今井自身の考えが極めて強く反映されているが、この論文は著作集の首巻である『王朝文学と源氏物語』（平成十五年）に収載されている。全編の構成との関わりもあろうが、今井自身も愛着と自信のあった論文と思しい。この今井竹河論（以下適宜このように略記する）を乗り越えない限り、竹河巻紫式部自作説に疑問を呈することは出来ないと思われる。それだけの重みのある存在なのである。

今井竹河論の卓越している点は、明確な具体的論拠の提示にあるが、もちろん印象批評的に流れてしまった部分がないわけではない。たとえば、文章・文体が稚拙であるという指摘に対して「部分的にやや拙いと思われるものが散見することのみ見て、他のすぐれた文章について目をつむるのは、片手落ち」と述べ、人物呼称の混乱という指摘に対しては「少なくともこの巻では、そもそも人物の呼称に作者はあまり気を遣っていなかった」という言説などが散見する。しかしこれらは、瑕瑾とも言うべきもので、やや筆が滑った部分であろうから、これら枝葉末節とも言うべき部分を取り上げるのは本質を見えにくくするものである。今井竹河論の眼目は、何と言っても同筆説の具体的証拠を提示することにあるのだから、それ以外の些少な部分の弱点をつくことにはあまり意味がない。今井竹河論の根幹をなす具体的証拠に対して、異見を提示することこそが、生産的議論であろう。

さてそれでは、今井竹河論の具体的証拠とは何か。それは大きく二つに分けられる。

一つは作中和歌の問題である。竹河巻の和歌には、やや特殊な表現が使用されているものがあり、その表現は『紫式部集』所収歌にも見られる、更に進めて言えば『紫式部集』所収歌とのみ親近性を有している、ということを述べている。特異な表現を共有する二つの文献は同一の筆者によって書かれた可能性は当然大きいわけであるから、これは表現分析から導かれた、紫式部自作説である。

今一つは、竹河巻末で左大臣になった夕霧が宇治十帖では右大臣で通されているという矛盾に対する説明である。この矛盾は竹河巻別筆説の最大の論拠の一つであったから、これを崩すことによって逆に紫式部自作説へと大きく転回させることとなる。今井は、歴史上左大臣不在の時代など存在せず、一旦左大臣と記載した夕霧の官職が、宇治十帖で右大臣であるのは、紫式部の意識的な操作で、それは当時の左大臣藤原道長への遠慮であるとするのである。

前者は新しい論拠の提示による、紫式部自作説への賛成討論で、後者は従来の矛盾説を批判した、竹河巻別筆説への反対討論である。以上二点を重要な柱として、竹河巻紫式部自作説は構築されている。次節以下ではこの二点を個別に検討してみたい。猶、以下に引用する今井論文は原則として、決定稿となった著作集の本文による。著作集の本文を改めた場合はその旨注記した。

三　竹河巻所収歌と『紫式部集』歌

今井竹河論では、竹河巻の四首の和歌と『紫式部集』との関連を述べるが、そのうち四分の三ほどの分量を費やして次の二首の和歌を論じており、この二首こそが最も重要な論拠であったと考えられる。

折りて見ばいとどにほひもまさるやとすこし色めけ梅の初花（五九五番）

桜ゆゑ風に心のさわぐかな思ひぐまなき花と見る見る（六〇一番）

右二首は連作ではなく、前者は玉鬘邸の女房宰相の君が薫に詠みかけた歌、後者は囲碁の賭け物となった桜争いに敗れた玉鬘の大君の和歌で、詠まれた場面も隔たっている。今井はこの二首を取りまとめて、『紫式部集』所収の次の和歌との類似性を指摘する。

折りて見ば近まさりせよ桃の花思ひぐまなき桜惜しまじ（三六番）

「折りて見ば」「思ひぐまなき」の句が共通することは一見明らかで、今井もその点に注目して、しかもこの二つの句は、竹河巻と『紫式部集』以外にはほとんどその例を見ないとする。今井の主張に耳を傾けてみよう。

「折りて見ば」という用語は［国歌大観］正続索引で検するかぎりでは、『古今集』秋上に一首、

折りてみば落ちぞしぬべき秋萩の枝もたわわに置ける白露

があり、これは『古今六帖』一にも家持作として所見のものである。しかし、他には［平安朝歌合大成］［桂宮本叢書］『万代和歌集』『夫木和歌抄』等各索引に徴しても、その例がない。歌語として語調がやや円滑を欠き、その用例は極

めて少ないのである。それが『古今集』一首のほかは『紫式部集』と竹河にのみ、しかも同じ男女関係を寓意して用いられるというのは、偶然とは思えず、作者の同一人であることを思わせる。

まず、小さな修正から始めよう。「折りてみば落ちぞしぬべき」は『古今集』二二三番歌であるが、この歌は『家持集』にも見える。『新編国歌大観』の番号では三〇一番、もちろん、旧来の『国歌大観』にも収載されていて、旧大観番号では一六一二〇番である。『古今六帖』と重複するのであえて触れなかったのかもしれないが、誤解を与えるかもしれない。更に旧来の『国歌大観』などには含まれていないが、この『古今集』二二三番歌は、『綺語抄』四五二、『定家八代抄』三二六、『色葉和歌』三五五にも再掲されている。一種の後代評価ではあるが、この和歌の面白さが『古今集』以降の人々の目を引いたことは十分に窺える。とすれば、『古今集』二二三番歌から、『紫式部集』三六番歌と竹河巻五九五番歌の両方が影響を受けている可能性も十分にあろう。

更に句が完全に重なるわけではないが、「折りて見」が初句に来るものとしては、『拾遺抄』三八五番に「をりて見るかひも有るかな梅のはないまここのへのにほひまさりて」という和歌がある。詞書には「康保三年二月廿一日、梅のはなのもとに倚子たてさせたまひて、宴せさせ給ひけるに、殿上のをのこども和歌つかまつりけるに　源のひろのぶ」とあり、『源氏物語』に先行するものである。花の種類は『紫式部集』の桃の花ではなく、竹河巻所収歌と同じ梅の花であるから、ある意味では、『紫式部集』よりも語句の関連性は高いと言えよう。以上、『古今集』二二三番歌の影響の強さと、『拾遺抄』三八五番の存在の二つの点から考えて、『紫式部集』と竹河巻の直接関係と断ずるのは慎重であるべきであろう。

「折りて見ば」以上に今井が重視したと思われるのは「思ひぐまなき」という歌句である。確かに、「折りて見ば」にはなかった特異性のようなものが看取される。今井は次のように言う。

また、「思ひぐまなき」の用例は、当代にはそのままの形では他に見当たらず、「思ひぐまなく」の形で『後撰集』恋三に一首ある。（稿者注、用例省略）また、かなり後年の長承三年九月『中宮亮顕輔歌合』には、新中納言の歌に（同、用例省略）あるが、他には見当たらないのである。まして、「思ひぐまなき」に「桜」を結びつけて、人の気持ちも汲まずに散り急ぐ身勝手な花、という擬人化を試みるのは例がなく、それが、ともに竹河巻と『紫式部集』にのみ見えるというのも、またおそらく偶然ではあるまい。

右の今井の言の通りであれば、反証をするのは極めて難しい。「折りて見（ば）」のような日常的に使用される表現とは異なり、「思ひぐまなき」は自覚的にその表現が選ばれていると推量されるからである。実際今井論文のこれらの和歌についての論証、就中この「『思ひぐまなき』の用例は、当代にはそのままの形では他に見当たらず」云々の影響は極めて強く、最近でも『源氏物語の鑑賞と基礎知識』三八『匂兵部卿・紅梅・竹河』（平成十六年）の「鑑賞欄・おもひくまなし」（一八七ページ）でも、今井論をあげ、『後撰集』『中宮亮顕輔歌合』『紫式部集』にしかこの語がないことを引用し、「『竹河』巻が紫式部の筆になるという証拠ともされている」と、自作説の例として紹介されているほどである。

この影響力の甚大な部分について考えてみたい。まず「思ひぐまなき」という用語そのものであるが、散文の用例は少ないというわけではない。『源氏物語』自体にも、「いとうたて。思ひ隈なき御言かな。女におはしまさむにだに、あなたにて見たてまつりたまはむこそよくはべらめ」（若菜上一一七）、「かくはかなかりけるものを、思ひ隈なきやうに思されたりつるもかひなければ」（総角三一七）、などという用例を拾うことができる。ただ、今井の立論は、和歌に絞ってのことであろうから、散文の用例では反証とならないであろう。

ところが、和歌自体にも「思ひぐまなく」の先行例、それもほかならぬ「桜」と結びついた例を拾うことができるのである。それは、『源氏物語』の成立よりも一世紀以上遡る『新撰万葉集』三三番である。
「鶯之（ウグヒスノ）　破手羽（ワレテハグクム）　桜花（サクラバナ）　思隈無（オモヒクマナク）　早裳散鉋（トクモチルカナ）」がそれである。このような明瞭な先行和歌の存在がある以上、「竹河巻と紫式部集にのみ見える」という前提自体改めなければならないであろう。

実は、この和歌の発見は稿者が最初ではない。今井竹河論より十五年早く、昭和三十五年に公表された石川徹「平安文学語意考証（その七）─『思ひぐまなし』の意味と沿革─」[16]に既に指摘されている。石川は右論の中で次のように述べている。猶、原論文には、石川によって和歌に通し番号が付されているが、これは今削除した。

竹河巻の用例は、宣長が「思ひやりがない」といふ訳語の証歌とした歌であるが、それは、庭の桜の木を賭物にして妹と碁を打つて負けた姉姫の歌で

桜ゆゑ風に心の騒ぐかな思ひぐまなき花と見る見る

である。（中略）紫式部家集にも

桜を瓶にさして見るに、取りも敢へず散りければ、桃の花を見遣りて

折りて見ば近まさりせよ桃の花思ひぐまなき桜惜しまじ

といふ似た表現がある。（中略）この二つの歌の本歌とおぼしき歌が、新撰万葉にある。

鶯のわれて羽ぐくむ桜花思ひぐまなくとくも散るかな（中略）

これが文献に現れた、この語の一番早い用例である。

竹河巻歌、『紫式部集』歌、『新撰万葉集』歌のすべてに目配りの及ぶ石川の論に間然するところはなく、『新撰万葉集』

歌をやはり竹河巻の和歌の本歌と認めてしかるべきであろう。ちなみに、近時の『新撰万葉集註釈　巻上（一）』（新撰万葉集研究会、平成十七年）でも、竹河巻歌と『紫式部集』歌とを「本歌（稿者注、新撰万葉集当該歌）に拠ったものだろう」としている。猶、石川の論自体は、原田芳起『平安時代文学語彙の研究　続編』（風間書房、昭和四十八年）「『思ひぐまなし』の意味的構造」「『思ひぐまなし』の意味の展開」、南波浩『紫式部集全評釈』（笠間書院、昭和五十八年）、などでも引用されている。

このように重要な指摘をした石川は、同じ頃匂宮三帖の作者についても発言している。二つの論考は当然無関係でなかろうから、ここで引用しておこう。「源氏物語は果たして紫式部一人の創作か」という題目で『解釈と鑑賞』昭和三十六年十月号に発表された（後『平安時代物語文学論』笠間書院、昭和五十四年、に再録）ものである。

現存巻についてみると、「竹河巻」が最も疑わしく、文体も内容も寝覚に似ており、特に夕霧が左大臣になっていることは他の巻と合わないので十中八九後人の増補と考えられる。（中略）この三帖については、疑わしい点があるという言い方をしておくのが一番無難であろう。

さて、当該歌の問題に立ち戻って、多少補足をしておけば、近代以前にも『新撰万葉集』の和歌に気付いていた先人もいた。契沖『源注拾遺』が最初に指摘し(17)、次いで賀茂真淵『源氏物語新釈』(18)が「さくらゆゑ　新撰萬葉に鶯のわれて羽ぐゝむ櫻花おもひくまなくとくも散哉、てふを少しかへて、それにかのかけ物につきて、かなたによりし花なれば、我思ふ心をも思ひしらぬ花ぞとはめにみながらも散は猶をしまるる、と也」と述べている。竹河巻当該歌の引歌として『新撰万葉集』をあげる、これら江戸時代の注釈の指摘は重視しなければならない。

また「思ひぐまなき（く）」という句の和歌自体の用例も、それほど稀少ではない。特に、「くま（隈）」⟷「ひかり」

などの対照性から「月」「月かげ」などと組み合わせて詠まれることが多く、紫式部より多少時代は下るが、「くもりなき月のひかりをなげくかな思ひぐまなきものにぞありける」（『相模集』三六〇）、「をしめどもあかしの浦にてる月の思ひぐまなくかたぶきにけり」（『散木奇歌集』七七三）などがある。俊頼には「世の中は思ひぐまなき物なれやたのむ身をしもいとふと思えば」（『散木奇歌集』一四九八）の和歌もあり、月との組合わせをはずせば、早く源順の「しなのなるあさまのたけのあさましやおもひぐまなききみにもあるかな」（『順集』一〇七）の用例を拾うこともできる。桜とのつながりを有する『新撰万葉集』歌に比べれば重要度は低いが、「『思ひぐまなき』の用例は、当代にはそのままの形では他に見当たらず」とまでは言えないであろう。

ともあれ竹河六〇一番歌と『紫式部集』三六番歌にのみ共通する語という、竹河巻自作説の前提を一つ崩すことができよう。

残りの二首についても簡単に見ておく。まず、竹河巻「人はみな花に心をうつすらむひとりぞまどふ春の夜の闇[19]」と『紫式部集』「春の夜の闇のまどひに色ならぬ心に花の香をぞしめつる」との類似を言うが、これは今井自身も一方で述べているように『古今集』の「春の夜の闇はあやなし」の躬恒の和歌の影響が強かろうし、語句の類似するものを一例だけ挙げれば『敦忠集』二〇番「はるのよのやみのなかにてなくかりはかへるみちにぞまどふべらなる」がある。同じく竹河巻「いでやなぞ数ならぬ身にかなはぬは人に負けじの心なりけり」と『紫式部集』「数ならぬ心に身をばまかせねど身にしたがふは心なりけり」「心だにいかなる身にかかなふらむ思ひ知れども思ひしられず」の二首の関連であるが、これも末句を「心なりけり」でまとめるのは極めて一般的で、特に『紫式部集』のみとの関連を言わずとも良いものと思われる。また南波浩が喝破したように、通常は「数ならぬ身」の形で用いるものを、『紫式部集』では「数ならぬ心」としている点は、「宮廷高貴の方から見れば、取るに足らぬ『心』にすぎないものであろうが、その心こそは私自身のものであるはず[20]」という強烈な意識があると思われ、一般的な形状の竹河巻歌とは懸隔があると思われる。ともあれ、この二首については今井自身もごく簡単に述べるに留まっているため、補助的なものとして考えていたのではなかろうか。やはり今井竹河論の眼目は「思ひぐまなき」の和歌にあったのであろう。

四　左大臣をめぐる問題

次に、竹河巻の作者の問題を論じるときに常に議論の中心になる、巻末に近い部分の、夕霧の官職の記述について考えてみる。問題の記事は以下の部分である。

左大臣亡せたまひて、右は左に、藤大納言、左大将かけたまへる右大臣になりたまふ。次々の人々なりあがりて、この薫中将は中納言に、三位の君は宰相になりて、よろこびしたまへる人々、この御族より外に人なきころほひになむありける。（一〇〇）

この場面で、「右」を夕霧と考えると、ここで左大臣に昇任したことになる。竹河巻では夕霧は「右の大臣」「右の大殿」と繰り返し呼ばれているから、これを夕霧以外とは考えにくい。ところが夕霧は、宇治十帖では一貫して右大臣であるから、そこに解決しがたい矛盾を生じることとなる。

今井竹河論では、この物語ではもともと左大臣の影が薄いことに注目する。光源氏の岳父、葵の上の父逝去後、この竹河巻巻末の記事を除けば「左大臣として、実質的に活躍する人物は皆無」として、歴史上不在の時がまったくない左大臣にもかかわらず、この物語でこのように偏っているのは、『源氏物語』執筆当時の左大臣藤原道長を憚ったからであるとする。宇治十帖で権力的で強引な「敵役」的な人物として描かれる夕霧を、左大臣にしなかったのもそのゆえであるとするのである。

まず、議論の前提条件から整理してみよう。今井は次のように述べている。

試みに史実に徴すれば、左・右大臣のいずれか一方でも欠けた時代というものは、嘗てなかった。太政大臣、あるいは内大臣の欠員は法規上いくらもあり得る事であり、史実としてもその通りであるが、左・右大臣は共に不可欠が鉄則である。

右は、今井竹河自筆論の大前提の一つであるが、しかし、本当に「史実に徴すれば、左・右大臣のいずれか一方でも欠けた時代というものは、嘗てなかった」のであろうか。まず、この検討から始めよう。

実は、六国史や『公卿補任』、古記録類を詳細に見れば、左右大臣の不在の例をかなり多く拾うことができるのである。左右大臣が二人とも揃って欠けたのはさすがにあまり例がないが、それでも、嵯峨天皇の弘仁十、十一（八一九、二〇）年、清和天皇の貞観十一（八六九）年、醍醐天皇の昌泰元（八九八）年などでは、一年以上にわたって、左右大臣が二人とも不在であった。これが、左大臣に絞って見てみると、欠員の期間はかなりの例を数えることができるのである。

まず、平安時代初期の例から見てみよう。実は平安遷都、更に遡って長岡京遷都の延暦三（七八四）年以来、桓武・平城・嵯峨朝を通じて四〇年以上左大臣に任じられたものは一名もいないのである。平安時代初期には左大臣不在の期間の方が長かったのである。ただこれは、例がやや古すぎるという批判がなされるかもしれない。ならば、更に下って、藤原北家の繁栄の礎を築き、「ふぢさし」（藤氏の左大臣）[21]と呼ばれた藤原冬嗣の時代を見てみよう。

冬嗣は嵯峨朝の末期には太政官の序列の頂点に立っていたが、大納言・右大臣がその頃の官職で、左大臣には昇っていない。冬嗣より上位の人物はいないから、この間、当然左大臣は空席である。淳和朝の天長元年に至り、冬嗣はようやく左大臣の地位に就く。藤原氏の実力者としての左大臣のイメージが固まったからこそ、「ふぢさし」の名称が喧伝されたのであろう。この冬嗣は天長三（八二六）年七月に薨じるが、その後この地位を襲うものはおらず、左大臣の後任は、またもや不在のままであった。冬嗣薨去時に右大臣であった式家の藤原緒嗣はそのまま動かなかった。緒嗣は、天長九（八三二）年十一月の権大納言清原夏野の右大臣就任と共に、漸く左に転ずることとなる。この間五年六か月左大臣は空席のままであった。

冬嗣の後継者であり、後に摂政や太政大臣を歴任することになる藤原良房はどうであろう。良房は、冬嗣没後、一時、源常・信らの嵯峨源氏に前後を挟まれていた観もあったが、左大臣源常が仁寿四（八五四）年十一月二九日に薨去（翌十一月三十日斉衡に改元）した後を受けて、名実共に朝堂の頂点に立つ。ところが、この時点から二年間は右大臣のままで太政官序列の最高位を占めたため、左大臣はやはり空席である。良房は、斉衡から天安と再度元号が改まった直後、天安元（八五七）年二月に左大臣を飛ばして一挙に太政大臣となる。(22) 良房は結局左大臣の経験がなく、そのこともあって、元号が斉衡であった足かけ四年間は左大臣は空位のままだったのである。

このように、藤原北家の繁栄の基礎を固めた冬嗣や良房の時代にもしばしば左大臣は空席だったのである。こののちも左大臣不在の時期は少なくなく、数か月や一年未満の左大臣空位の例を数え上げればきりがない。宇多朝末期から醍醐朝初期にかけて、二年にわたる空席の時期もある。

左大臣不在の最も著名な例は、『源氏物語』の作者が物語の時代設定に用い、物語中では桐壺帝に繰り返し擬せられている醍醐天皇の時代から拾うことができるのである。すなわち、左大臣藤原時平が延喜九（九〇九）年四月四日に三十九歳で薨じた後、後継者不足もあり、道真の怨霊ということが喧伝されたこともあり、政界は一時混乱を来し、左大臣の後を継ぐ者もいない。もともと、『江談抄』のいう「うるさし」(23)の伝承とも関わる、左大臣時平・右大臣道真時代は実際にはわずか一年ほどで幕を下ろし、年号が延喜と改まってからは左大臣時平・右大臣源光体制が八年ほど続いていた。そして、延喜九年の時平薨去となるのであるが、右大臣源光は、時平没後も左大臣に昇進することはなく、結局延喜十三年に右大臣のまま薨じた。この間四年間左大臣は空席であったのである。源光の薨去を受けて、満を持していた藤原忠平が名実共に朝堂の頂点に立つが、翌延喜十四年に、大納言から右大臣に進んだだけであった。結局左大臣は相変わらず空席のままであったのである。忠平はその後十年にわたって右大臣のまま首班を務め、延喜から延長に改元されて二年目に漸く左大臣に進んだ。この時藤原定方が右大臣に就任して、ここに左右大臣体制が約十五年ぶりに復活したわけである。寛平末昌泰初年の不在の時期も合わせれば、醍醐朝約三十三年の内、実は半分以上の年月は左大臣がいなかったのであった。

以上見てきたように、今井竹河論の大きな柱である、「史実に徴すれば、左・右大臣のいずれか一方でも欠けた時代というものは、嘗てなかった」という論拠自体が成り立たないのである。しかも、延喜聖代を桐壺朝と重ね合わせようとした紫式部が、醍醐朝では左大臣不在の期間の方が長かったことを知らないはずがない。それは、物語における左大臣なる人物の影の薄さ、光源氏の岳父葵の上の父を除いて、ほとんどが脇役的人物であることとも通じていようか。その紫式部が夕霧を簡単に左大臣としてしまうのはあり得ないことではないだろうか。

次に、左大臣といえば、藤原道長を想起するという問題について考えよう。今井竹河論は次のように述べている。

かれ（稿者注、藤原道長）は長徳元年五月に内覧の宣旨を蒙って、堂上の覇者となるや、翌二年六月二十五日右大臣、さらに七月二十日左大臣と昇進を重ね、以来位も正二位に達していた。

右の記述によれば右大臣昇進後、ひと月もたたないうちに左大臣に就任したことになる。しかし左大臣藤原道長のイメージを強固にしようとするあまりに、ここでも誤認が見られる。史実はそうではないのである。道長が右大臣になったのは長徳二年ではなく、内覧の宣旨の直後の長徳元年六月のことで、その後一年以上左大臣には進まず、右大臣のままで首班の地位にあったのである(24)。そしてこの時道長が一年以上右大臣の地位に留まったのは極めて重要な意味を持つと思われる。

藤原道長は、中関白家の後継者である甥の伊周より八歳年長であり、当然の事ながら一貫して官職では上位にあり、正暦二（九九一）年には先んじて権大納言となったが、翌三年に追い上げてきた甥に並ばれ、翌々年正暦五年には一足先に伊周が内大臣の地位に昇った。伊周は中関白家の威勢を背景に、叔父の道長を一挙に抜き去り、もう一人の叔父の右大臣道兼に肉薄したのであった。ただし長徳元年（正暦六年が二月に改元）四月の総帥道隆の薨去によって、中関白家の勢力は急速に衰退に向かい、同月関白を拝命したのは叔父道兼であった。その道兼が七日関白で薨じた後を受けて道長が実権を掌握、右大臣に就任して太政官の序列でも一年ぶりに甥を抜き返したのであった。その後一年以上道長が左大臣に進まなかったのは、換言すれば右大臣を動かなかったのは、一旦は追い抜かれた経験のある甥の内大臣伊周をこれ以上高位に昇進させないためであったに違いない。左大臣を空席にしてまで右大臣に留まったのは、これ以上の伊周の昇進を防ぐために、ポストの空きを作りたくなかったというのが大きな理由であろう。道長が左大臣となれば、右大臣に進むのは、道隆の病中に一時的にせよ関白職を代行した伊周以外にはあり得ない。その下の大納言の顕光や公季では、経歴から見ても能力から見ても、伊周を飛び越して右大臣に任命しようにも世論の支持は得られないだろう。結局、翌長徳二年四月の、いわゆる長徳の政変で、内大臣伊周・中納言隆家ら、中関白家の残存勢力を完全に朝堂から一掃して、道長ははじめて左大臣に就任したのである。伊周が姿を消した候補者の中から、ナンバー2の右大臣には、決して自らを脅かすことのない凡庸な従兄弟の顕光を据え、万全の体制を整えたのである。中関白道隆の薨去から約一年間、左大臣を空席にしたまま右大臣として権力を握った藤原道長の姿は、強烈な印象を残したことであろう。

道長政権の基礎は、軽々しく左大臣に昇ることなく、慎重に右大臣に留まって足元を固めたこの一年間に築かれたのであった。そこに、道長の並はずれた政治勘のようなものを見ることができよう。とすれば、当時の人々にとっても、この一年間の右大臣道長の姿は記憶に鮮明に残ったに違いない。従って、道長といえば左大臣と考えるのはやや早計であるだろう。

五　太政大臣にて位を極むべし

本節では、夕霧の官職について視点を変えて考えてみよう。

稿者は、竹河巻紫式部自作説に疑義を呈する立場から論じているが、竹河巻紫式部自作説の場合、竹河巻末の夕霧の任左大臣の記述を、宇治十帖では黙殺して右大臣で通したという極論以外に方法はないのであろうか。いやもっと自然な展開があるのである。そのことに言及しなければ不誠実な論となろうから、この問題についても吟味しておきたい。

藤原道長との関係はひとまず措くとしても、何らかの事情で夕霧を左大臣の地位に置きたくないと作者が考えた場合、ごく簡単にそれを回避する道がまだ一つ残されているのである。それは、物語の骨格の一つであり、特に正編では物語の展開を推進する大きな力でもあった予言、その記述を実現させることである。

澪標巻には次のように記載されていた。

宿曜に「御子三人、帝、后かならず並びて生まれたまふべし。中の劣りは、太政大臣にて位を極むべし」と勘へ申したりしこと、さしてかなふなめり。（二七五）

右は明石の姫君の誕生に際して、源氏がかつての宿曜の勘申を想起している場面である。竹河巻よりも、約四十年前のことである。この時点で冷泉帝は即位しており、第一の予言は既に実現ずみ。第三の予言は左大臣家の故葵の上との間に若君（夕霧）が誕生しており、左大臣は澪標巻当時摂政太政大臣、源氏自身も朱雀朝の不遇の時期を乗り越えて、実力者の内大臣であるから、源氏の後継者たる男子が将来の太政大臣となることは間違いないところで、実現の可能性は極めて高い。このような状況にあるから、今回の初めての女児誕生に際して、この予言が想起されたのであり、三人の子供に関する予言の内、一つは完全に実現、今一つは可能性が甚大、ならば残る一つも的中する蓋然性は高く、今回誕生した女児が、将来の后となることを源氏に、更に言えば、読者に確信させる仕組みとなっているのである。

宿曜の言葉では二番目に書かれていたが、誕生は最も遅く、冷泉帝よりは十歳、夕霧よりも七歳年少のこの明石の姫君は、御法巻二十三歳で既に中宮であり、早々に予言を現実のものとしているが、「中の劣りは、太政大臣にて位を極むべし」の方は未だ実現していない。御法巻の時点で、夕霧はまだ三十代のはじめ、大納言兼左大将で、大臣一歩手前である。六十三歳で太政大臣となった祖父の例は、朱雀朝の逼塞の時期を間に挟むので余り参考にはならないが、一世の源氏であった父は二十九歳で内大臣、岳父の致仕太政大臣が内大臣になったのは三十代の終わり頃であったから[25]、遠からず大臣の地位につくことは間違いなかろう。

十六歳で宰相中将、十九歳で中納言兼右大将と進んだ夕霧にしては、三十一歳で大納言兼左大将とは、昇進にかげりが見えるようでもあるが、そうではあるまい。光源氏・夕霧と、六条院家は二代続いた一人息子の家系なのである。夕霧にとっては頼みになる伯叔父も兄弟もいないのである。将来の夕霧政権を安定したものにするための協力者は、夕霧自身の子息たちの成長を待つよりしかたない。一方第二の権勢家である致仕太政大臣家は、代々子沢山の家系で、夕霧と同世代には、柏木・紅梅のほかに、左大弁・藤宰相[26]などが上達部に列しており、鈴虫の宴でこの二人と並んで名前が列挙される式部大輔・左衛門督も致仕太政大臣の子息であるならば、朝堂に占める比重は一層大きくなる。更に一つ上の世代、致仕太政大臣の兄弟たちの中にはまだ現役の上卿がいた可能性がある。こうした致仕太政大臣家の勢力のこれ以上の伸長を防ぐためには、序列に従って昇進する機会を与えないことである。そのためには、次期政権担当者で最速の昇進コースを進むはずの夕霧が同一の官職に留まることが最善であった。夕霧より上位の官職に空きができても、夕霧を越えて昇進することは事実上不可能だからである。恐らく夕霧は、先任の大納言や、大臣職にあるものが引退・逝去したのちも上位に進むことなく、空席のままにしていたのであろう。それが夕霧自身の判断か、父光源氏の指示によるものかは不明であるが、冷泉朝の草創期に足かけ五年間内大臣のまま動こうとしなかった父光源氏のやり方に思いを馳せれば、若い夕霧であっても十分になし得る政策であっただろう。光源氏から夕霧への、いわば中継ぎ政権でもあった、夕霧の義兄的立場にある鬚黒が、太政大臣や左大臣ではなく、関白右大臣であったのもこうした事情と関わっているのかもしれない。今上即位の年、物語四十六年の光源氏の住吉詣の折には「大臣二人」と記されているから、鬚黒は今上伯父として関白になったが、上席の左大臣を越えることなく、右大臣で実権を握っているのである。[27]

このように考えると夕霧が大臣職に進むのは、父と岳父の内大臣就任時の年齢を平均した三十代半ば頃と考えるのが妥当ではなかろうか。夕霧の子息たちも成長して、殿上人としての経験も積み、上達部に抜擢しても良い子息もいたかもしれない。ただ、幻巻巻末で三十一歳である夕霧の三十代の動静は、丁度正編と続編の物語の空白期間にすっぽり収まっており、任大臣の年齢などは当然不明である。読者は続編に入り、既に四十代の「おとど」「右のおとど」等と呼ばれる夕霧と再会することになる。

宇治十帖の実質的な幕開けの年を、薫がはじめて宇治の八宮を尋ねる年と考えれば（八宮の過去に遡ってなされる記述はひとまず措く）、薫は二十歳であり、夕霧は四十六歳である。宇治十帖はその後九年間の物語を描き、一旦亡くなったものと思っていた浮舟に薫が消息を送る二十八歳の夏までが語られるが、夕霧の姿が描かれているのはその前年の記事まで、すなわち五十四歳の夕霧の様子まで知ることができるのである。四十の賀、五十の賀の年を過ぎ、当時としては晩年と考えても良かろうが、物語内の人物と比較してもその思いは強い。夕霧の父光源氏の生前の姿が描かれていたのは、御法巻末五十二歳まで、母方の伯父でもあり正室雲居雁の父でもある太政大臣が致仕の表を奉って引退したのも五十二歳頃[28]であるから、それらと比較して、夕霧が現役の政治家として第一線にいることが別格であることが知られよう。

さて、ここで宇治十帖における夕霧の官職が問題となってくる。竹河巻末で夕霧を左大臣にしたのが紫式部で、しかも後には当時の左大臣藤原道長に憚って、夕霧を左大臣であることを何とか回避しようとしたのであれば、知らぬ顔をして右大臣に差し戻したりするよりも、最も自然な解決方法があったはずである。それは、夕霧を太政大臣に昇進させる方法である。右大臣に戻すことに比べて、太政大臣昇進の方が二つの理由ですぐれている。

一つは、未だ実現していない、宿曜の予言の最後の一項目、「中の劣りは、太政大臣にて位を極むべし」という予言の実現である。冷泉帝即位が源氏二十九歳の年、明石中宮立后が源氏の五十歳頃のこと、いずれも光源氏生前に実現しているが、夕霧の任太政大臣だけは源氏自身は見ることができなかった。それは夕霧の年齢や、夕霧を取り巻く政治状況という制約があったための妥当な展開であったことは先に検討したところである。しかし、源氏の死後十数年後である宇治十帖では、そのような制約は最早雲散霧消している。残された一つの予言である「太政大臣にて位を極む」夕霧の姿を描くことは十分に可能であったはずである。しかも一旦記述してしまった左大臣という地位での物語の展開を忌避するためであれば、昇進させるということが最も自然であった。

二つ目は、夕霧の年齢である。上述したごとく父の光源氏が太政大臣になったのは三十三歳のこと、これは早すぎる例であるが、岳父が太政大臣になったのは四十五歳頃[29]である。一体夕霧は、十八歳で中納言となり、その昇進の早さには、朱雀院も舌を巻いたほどであった。

　宮の内に生ひいでて、帝王の限りなくかなしきものにしたまひ、さばかり撫でかしづき、身にかへて思したりしかど、心のままにも驕らず、卑下して、二十がうちには、納言にもならずなりにきかし。一つあまりてや、宰相にて大将かけたまへりけん。それに、これはいとこよなく進みにためるは。次々の子の、世のおぼえのまさるなめりかし。（若菜上二〇）

「次々の子の、世のおぼえのまさる」夕霧は、二十五歳で大納言と父よりも早く大臣一歩手前まで進んだが、その後は二十九歳で内大臣になった一世の源氏の速度には叶わなかった。それは上述した伯叔父や兄弟がいないという事情も与っていた。ただ岳父の致仕太政大臣よりははるかに早い昇進であった。二人の昇進時の年齢を比較すると次のようになる。

	致仕太政大臣	夕霧
宰相中将	三十三歳	十六歳
中納言	三十五歳	十八歳

大納言　三十八歳　二十五歳

このように、どの官職も夕霧の方が十歳以上若くして就任している。致仕太政大臣が内大臣となるのは三十九歳頃のこと、正編と続編の狭間であるために、三十二歳以降の夕霧がいつ大臣の地位に昇ったかは不明だが、物語の流れから、三十三、四歳くらいと考えるのが自然ではなかろうか。若年からの経歴を考えても、夕霧が太政大臣の地位に到達するのが、岳父の四十五歳より大きく遅れることはあまり自然ではない。

このように考えてくれば、夕霧を左大臣にしたのが紫式部自身であるならば、そして夕霧を左大臣のまま描き続けることに躊躇を感じたならば、太政大臣に昇進させることこそが、最も自然で最も妥当な方法であったのである。にもかかわらず、物語がそのような展開をしないのは、紫式部自身の考えでは、夕霧は一貫して右大臣であったからである。年齢から考えると違和感を覚えるほど長く右大臣に夕霧を留めておいたのは、この人物があくまで政治の第一線に留まり、手中にしている権力を手放さない人物として描こうとしているからと思われる(30)。それは世代交代をも受け入れようとしない孤独な権力者像であったかもしれない。大臣の地位としては、内大臣を含めても下から二番目の、内大臣がいなければ唯一の大臣の地位である右大臣に長く留まったのは、後進の者たちには簡単にその地位を明け渡そうとしない晩年の夕霧の姿であっただろう。春宮も二宮も匂宮もすべて聟にしておかねばやまないほどの、あくなき独占欲とも相通じるものがあるのかもしれない。それはしたたかな権力者でありながら決してその姿を露わに描かれることのなかった正編の光源氏像とは、対蹠的な姿でもある。

ともあれ、『源氏物語』正編において作者は政治と人間の絡み合いを極めて巧みに描出していた。光源氏や致仕太政大臣の官職の動きなどを物語の政治構造と巧みに結びつけていた作者が、無神経なほど簡単に「右は左に」などと書くとは思われないのである。政治的なものに対して急速に興味を失ったのではないかとの反論が出るかもしれないが、八宮の経歴からも明らかなように、また近時のすぐれた論考が解き明かしているように、[31]宇治十帖においても政治的なものは物語の底流として常に流れ続けていると推測されるのである。

六　尚侍という呼称

この物語を一層陰影の濃いものにしている様々な人物呼称のありようについては、古くから注目を集めてきた。いささか啓蒙的な書物だが、清水好子の『源氏の女君』[32]は、この物語の人物呼称の肝要について、実に適切にまとめているので引用しておこう。

作者はある場合、人々を突然「おとこぎみ」「おんなぎみ」と呼び、どうかすると、なにもかもかなぐり捨てたように「おとこ」「おんな」と呼んでいる。やんごとなき妃たちも帝の御子源氏さえもそう呼ばれる。その時、あたりの文章は急に異なる調子に呼吸づき、場面は異様の光に照らし出されたようになる。

また一般的に、人物呼称が平安時代の物語の分析に極めて有効であることについては、神尾暢子「官職称呼の人物映像―堤中納言の権中納言[33]―」などの成果を見れば明らかであろう。当面の課題である、匂宮三帖を含めて「命名法則」という用語を使用しての小山敦子の詳細な分析があることも既に述べたところである。[34]

竹河巻の作者説を考える場合、これら先学のすぐれた業績についてもいささか補える部分がある。それは玉鬘の呼称の問題である。

玉鬘の呼称を概観すると、帚木・夕顔・末摘花巻では「撫子」、玉鬘巻では「若君」「姫君」「孫」などと呼ばれることが多い。玉鬘の年齢や、周辺人物との関係性から呼称が設定され使い分けられていることが看取できる。

これが六条院の夏の町の西の対に落ち着いた初音以降の巻になると「西の対の姫君」「西の対」「姫君」等の呼称が多く用いられるようになるが、こと光源氏との関わりが強調される場面では、一転して「女」と呼ばれている。

御手をとらへたまへれば、女かやうにもならひたまはざりつるを、いとうたておぼゆれど、おほどかなるさまにてものしたまふ。（胡蝶一七八）

いと涼しげなる遣水のほとりに、けしきことに広ごり伏したる檀の木の下に、打松おどろおどろしからぬほどに置きて、さし退ぞきて点したれば、御前の方は、いと涼しくをかしきほどなる光に、女の御さま見るにかひあり。（篝火二四八）

胡蝶巻の例は主格として、篝火巻の例は光源氏の視点の先にあるものとして、共に「女」と記述されている。これは、六条院において正式な立場は西の対の姫君であり、対外的にはこの呼称が頻用されてはいるものの、一旦光源氏の恋情に引き絞られてくれば、姫君ではなく、女としての部分がクローズアップされてくるからである。これらの部分について、先の清水好子の解説がそのまま当てはまることは言うまでもない。

これが、玉鬘の運命が一転し鬚黒のものとなったことから書き起こされる真木柱巻になると、呼称に更に特徴的な現象が見られる。真木柱巻以前に、玉鬘は尚侍に任じられており、宮中への出仕目前であったわけで、藤袴巻で記されていた年内十月という予定からは遅れて年明けの実現とはなったものの、実際に参内も果たしている。その意味では「尚侍」と呼ばれるのは自然であるようだが、実は鬚黒との結婚自体に気が進まない玉鬘の心情が語られるときに、この呼称が頻出する。真木柱巻冒頭近くでは「女君深くものしと思しうとみにければ」（三四二）と記されるが、以降、もとの北の方腹の子供たちも含めて、鬚黒一家との関係性において述べられる場面では、玉鬘に対しては、ほぼ一貫して「尚侍」という呼称が使用されている。

十一月になりぬ。神業など繁く、内侍所にも事多かるころにて、女官ども、内侍ども参りつつ、今めかしう人騒がしきに、大将殿、昼もいと隠ろへたるさまにもてなして籠りおはするを、いと心づきなく、尚侍の君はおぼしたり。

（真木柱三四四）

これは、真木柱巻の「尚侍」の呼称の初出例である。内侍所の仕事に関連する場面であるから尚侍と呼ばれているとも考えられるが、「いと心づきなく……おぼしたり」の主語でもあることを見逃してはなるまい。

鬚黒は錯乱状態になったもとの北の方の起こした騒動のため、心ならずも玉鬘の許に来ることができず、手紙が届けられるが、その場面でも「尚侍の君、夜離れを何とも思されぬに、かく心ときめきしたまへるを見も入れたまはねば、御返りなし。男、胸つぶれて、思ひ暮らしたまふ」（三五九）と記されていた。同様に、北の方の実家式部卿宮家との仲がこじれている場面でも「尚侍の君は、かかることどもを聞きたまふにつけても、身の心づきなうおぼし知らるれば」（三六八）とも書かれているのである。一体、鬚黒との関係において記述される場面では、ほぼ一貫して「尚侍」「尚侍の君」などと呼ばれているのである。これは、鬚黒との結婚という結果は受け入れざるを得ないかもしれないが、それでも鬚黒を疎ましく思う感情を棄てきれない玉鬘が、心理的には尚侍としての立場に逃げ込みたいと考えている意識を反映させての記述と見るべきではないだろうか。

当然、光源氏との関わりにおいて述べられる場面では、「女」「女君」と呼ばれることになる。

大将のおはせぬ昼つ方渡りたまへり。女君、あやしう悩ましげにのみもてないたまひて、すくよかなるをりもなくしほれたまへるを、かく渡りたまへれば、すこし起き上がりたまひて、御几帳に、はた、隠れておはす。（真木柱三四五）

「おりたちて汲みはみねども渡り川人のせとはた契らざりしを、思ひのほかなりや」とて、鼻うちかみたまふけはひ、なつかしうあはれなり。女は顔を隠して、

「みつせ川わたらぬさきにいかでなほ涙のみをのあわと消えなん」（真木柱三四六）

後者は、あまりにも有名な渡り川・三瀬川問答、もちろんここで源氏の和歌に答える玉鬘は「女」と記され、前者では「大将のおはせぬ昼つ方」という部分が、この呼称が鬚黒不在の空間においてはじめて可能であるということが、見事に語られている場面設定である。(35)

このような玉鬘であったが、「心づきなく」と思っていた鬚黒との心理的な懸隔も、時の流れの中で次第に溶解していき、安定した結婚生活を築き上げるようになる。第二部に入って、光源氏四十賀の年「正月二十三日、子の日なるに、左大将殿の北の方、若菜まゐりたまふ」（若菜上四八）と記されているのは、そのことを象徴的に示している。もちろん第二部でも引き続き「尚侍」と呼ばれることは多いが、その一方で「左大将殿の北の方は、大殿の君たちよりも、右大将の君をば、なほ昔のままに、うとからず思ひきこえたまへり」（若菜上一五一）、「試楽に、右大臣殿の北の方も渡りたまへり」（若菜下二六三）「右の大殿の北の方も、この君をのみぞ、睦ましきものに思ひきこえたまひければ、」（柏木三〇八）などと、鬚黒の官職の上昇に応じて適宜記されており、六条院体制を支える政治家の鬚黒の立場の重要性とも相まって、玉鬘の地位の安定を示していよう。

このように、玉鬘の呼称は、初期の「撫子」に始まり、「若君」から「姫君」へと成長し、玉鬘十帖では「西の対の姫君」と「女」の立場が交錯する様子が描かれる。真木柱巻では「尚侍」という呼称が集中するが、それは鬚黒と距離を置きたい玉鬘の心理の反映と見るべく、結婚生活の安定と共に「左大将（右大臣）殿の北の方」などとも呼ばれるようになってくる。つまり、呼称と物語の展開との関係、呼称と場面性との連関などが、玉鬘の場合は見事に生かされているのである。

それが、竹河巻では完全に放擲されてしまっている。竹河巻では、玉鬘の呼称は約三十例を数えるが、そのうち「上」「大上」と呼ばれる三例だけをのぞけば、それ以外はすべて「尚侍の君」「尚侍の殿」などと記されている。[36] このように用例が偏っているのであれば、場面によって使い分けられるという方法がこの巻では貫徹されていないという推論が容易に成り立つ。もちろん、次の場面などでは、「尚侍」という呼称が生かされている。

冷泉院より、いとねむごろに思しのたまはせて、尚侍の君の、昔、本意なくて過ぐしたまうしつらさをさへとり返し恨みきこえたまうて、「今は、まいて、さだ過ぎすさまじきありさまに思ひ棄てたまふとも、うしろやすき親になずらへて譲りたまへ」と、いとまめやかに聞こえたまひければ（竹河五五）

冷泉院にとって、玉鬘とは、尚侍であり、鬚黒の北の方という立場は認めがたかったことであるから、この文脈で「尚侍」という呼称が使われていることは理に叶っている。この巻では、いまだ衰えぬ冷泉院の玉鬘に対する執着が根底にあるから、尚侍という呼称が比較的多く用いられることは当然である。しかし次の場面などはその必要があるだろうか。

尚侍の殿、御念誦堂におはして、「こなたに」とのたまへれば、東の階より上りて、戸口の御簾の前にゐたまへり。（中略）尚侍の君、奥の方よりゐざり出でたまひて、「うたての御達や。恥づかしげなるまめ人をさへ。よくこそ面な

けれ」と忍びてのたまふなり。(竹河六二)

これは、年始のために玉鬘邸を来訪した薫を迎える場面であるが、この部分で「尚侍の殿」「尚侍の君」と連用される必然性は見出しがたい。ここで薫に相対しているのは、尚侍玉鬘ではなくて、鬚黒の北の方、大君や中の君の母としての玉鬘である。ことさら公的呼称を用いる理由はない。この巻の筆者は、玉鬘を極めて手軽に尚侍と呼んでしまうふしがある。呼称の持つ意味合いなどどこかに忘れてしまったように。

薫のみならず、我が子に対するときも玉鬘は、母ではなく、尚侍と呼ばれている。

「幼くて院にもおくれたてまつり、母宮のしどけなう生ほしたてたまへれど、なほ人にはまさるべきにこそはあめれ」とて、尚侍の君は、この君たちの手などあしきことを辱づかしめたまふ。(六八)

薫に比べて、我が子たちのできの悪さを嘆く場面であるが、この場面などまさに家庭内のこと、息子たちに不平を言う母親の姿を「尚侍の君」と呼ぶ妥当性は何処にもない。「母君」などとありたいところである。

因みに、我が子を「辱づかしめたまふ」という表現もどうだろうか。この表現が物語中で使われる場合は、端役である指喰いの女の夫とか、空蟬が弟の小君に対して叱責するような場面が中心である。もう一つは、紫の上に言い訳せんばかりに自分が朧月夜にいかに軽んじられているかということを述べる光源氏(若菜下二五三)や、浮舟の行方を教えない中君に開き直って皮肉を言う匂宮など(浮舟九七)、かなり屈折した心理で使用されることが多い。ここで、一人前の官人である息子たちを「辱づかしめたまふ」という表現はいかがなものであろう。更に言えば、「母宮のしどけなう生ほしたてたまへれど」と女三宮のことを口に出して言うのもやはり大いに問題がある。心中思惟や語り手の言葉ではないのである。六条院晩年の正夫人にして一品宮の内親王のことを、太政大臣の未亡人が口に出して論評する言葉ではなかろう。

一体、この巻の玉鬘はあまりに無警戒に様々なことを口に上らせすぎる。先の引用の直前の場面である。

内より和琴さしいでたり。かたみに譲りて手触れぬに、侍従の君して、尚侍の殿、「故致仕の大臣の御爪音になむ通ひたまへると聞きわたるを、まめやかにゆかしうなん。今宵は、なほ鶯にも誘はれたまへ」と、のたまひ出だしたれば、あまえて爪食ふべきことにもあらぬをと思ひて、をさをさ心にも入らず掻きわたしたまへるけしきいと響き多く聞こゆ。（六五）

琴を勧めるためとはいえ、薫に向かって玉鬘の口から「故致仕の大臣の御爪音になむ通ひたまへると聞きわたるを」と言わせるなど、表現そのものも含めてあまりにも露わな感じがする。椎本巻の八宮は、薫の笛を聞いて「昔の六条院の御笛の音聞きしは、いとをかしげに愛敬づきたる音にこそ吹きたまひしか。これは澄みのぼりて、ことことしき気のそひたるは、致仕の大臣の御族の笛の音にこそ似たなれ、など独りごちおはす」（一六三）と記されていた。一見、よく似た表現と見えるかもしれないが、薫自身に向けられた言葉と、独り言とでは、大きな差がある。こういった抑制の利かない文章とでも言うものが、竹河巻では多く見られるのである。

いささか脇道にそれすぎてしまったが、もう一例だけ付け加えておこう。玉鬘の子供たちも不平を言われっぱなしではない。大君を冷泉院に奉ったことに対する帝の不快の念など、子供たちも母のやり方を批判する。

「なにがしらが身のためもあぢきなくなんはべる」と、いとものしと思ひて、尚侍の君を申したまふ。（八七）

「ひがみたるやうになん、世の聞き耳もはべらん」など、二ところして申したまへば、尚侍の君、いと苦しとおぼして」などと（八九）

この場合も、子供たちは「母」ではなく、「尚侍の君」を批判し、「尚侍の君」も子供たちの非難を辛く思っていると記されているのである。

このように、この巻では、薫に対しても、我が子供たちに対しても、また夕霧の一家に対しても、尚侍の君、尚侍の殿などと乱用されているのである。この呼称の使い方の粗雑さ、特に正編において、適切に使われていた玉鬘の呼称のあまりにも無神経と言って良いような使い方があることも、竹河巻が正編の作者と異なる可能性を強く示唆するのではないかと思われる。

おわりに

ここ四半世紀ほど、竹河巻の作者別人説は影を潜めている。作者の問題に触れずに、あるいは紫式部自作ということを前提に、前後の物語との関係、特に宇治十帖とのつながりを積極的に読み解こうとする論文が積み上げられている。それらの論文群が解き明かしてきたものも少なくないが、その一方で竹河巻に点在する稚拙とも言える表現や、矛盾する表現についてはやや等閑視されてきた。竹河巻は正の部分だけではなく、負の部分も総合的に見ることによって、一層深い読みが可能になるのではなかろうか。そのような見通しのもと、本稿は改めて、竹河巻紫式部自作説の問題点を洗い出してみた。

その結果、竹河巻紫式部自作論の有力な根拠であった、竹河巻と『紫式部集』歌の関係は絶対的ではないこと、竹河巻末で左大臣になった夕霧を宇治十帖では右大臣で通したのは藤原道長に憚っての事というのは、資料の誤認などがあり従いがたいこと、が確認できた。従って、竹河巻が今日の『源氏物語』の一部として伝わっていること、前後の物語とのつながりがあること、などの内部徴証以外に、紫式部自作説を積極的に展開する論拠は今のところ乏しいと言って良い。もちろん、内部徴証は重要視すべきものであることは当然ではあるが。

本稿ではこれらの検討に加えて、玉鬘の呼称の問題も考えた。「撫子」「若君」「西の対の姫君」「女」「尚侍の君」「左大将の北の方」など、年齢に応じて、物語の展開に連動して、また場面性と呼応して様々な呼称が使い分けられてきた玉鬘が、竹河巻では、冷泉院に対しても、薫に対しても、夕霧一家に対しても、我が息子たちに対しても、ほぼすべて「尚侍の君」「尚侍の殿」といういわば公的な呼称にまとめられている。

竹河巻別筆説の可能性は今後も検討が続けられて然るべき課題であると考える。

注

(1)「今は昔、越前守為時とて、さえある世にやさしかりける人は、紫式部か親也。此為時か源氏は作りたるなり。こまかなる事共を、むすめにはかかせたりけるとそ」(『世継物語』『続群書類従』完成会版三二輯下)。

(2)「紫式部新考」(『太陽』昭和三年一〜二月号)。

(3)『花屋抄』「此巻或説に紫式部かむすめ大弐三位作りそへたりと云」(内閣文庫本)。

(4)「『竹河の巻』に就いて」(『国語と国文学』昭和二十四年八月号、後『源氏物語の研究』岩波書店、昭和二十九年、所収)。

(5)『源氏物語の研究―創作過程の探求―』(武蔵野書院、昭和五十年)、特に第四章の諸論。

(6)『源氏物語の研究―成立と伝流―』(笠間書院、昭和四十二年)、第四章の諸論。

(7)「匂宮・紅梅・竹河の三帖をめぐって」(『解釈と鑑賞』昭和三十六年十月号、後『源氏物語論集』(桜楓社、昭和四十六年、所収)。

(8)「匂兵部卿巻の語彙考証―その紫式部作にあらざるべきことの論―」(『国語と国文学』昭和三十七年五月号)、「紅梅巻の語彙考証―その紫式部作にあらざるべきことの論―」(『学苑』昭和三十七年一月号)、など。いずれも『源氏物語論集』所収。

(9)『国語と国文学』昭和五十五年四月号。

(10)『源氏物語及び以後の物語　研究と資料』(武蔵野書院、昭和五十四年)。注(9)の論文と共に、表題や内容を一部改めて『源氏物語表現構造と水脈』（武蔵野書院、平成十三年）に収載。猶初出の段階では注（10）論文が先に公刊されたが、論文題目に明らかなごとく、注（9）論文が池田竹河論の「序章」をなす。『表現構造と水脈』でも、注（9）論文が前に置かれている。

（11）代表的なもののみ二、三を挙げれば、藤村潔「竹河、紅梅、宿木」（『源氏物語の構造』桜楓社、昭和四十一年）、森一郎「源氏物語の構想の方法―匂宮・紅梅・竹河の三帖をめぐって―」（『国語と国文学』昭和四十二年十月号、後『源氏物語の方法』桜楓社、昭和四十四年所収）、田中（鬼束）隆昭「異説・別伝・紀伝体―竹河巻をめぐって―」（『日本文学』昭和五十年十一月号、後『源氏物語　歴史と虚構』勉誠社、平成五年所収）。

（12）注（10）池田論文。

（13）宇治の巻々との関連を追及する論考が圧倒的に多いが、正編とのつながりを析出する好論もある。藤本勝義「『竹河論』―光源氏的世界の終焉―」（『源氏物語の　人　ことば　文化』新典社、平成十一年）、など。

（14）注（9）池田論文。

（15）『文学研究』七二、昭和五十年三月、『語文研究』三九・四〇、昭和五十年六月。

（16）『平安文学研究』第二五輯、昭和三十五年十一月。この論文はしばしば引用される著名なものであるが、なぜか『平安文学研究』の号数が誤って記されることが多い。原田芳起『平安時代文学語彙の研究　続編』では「第二十輯」と、南波浩『紫式部集全評釈』では「第十二輯」など。些細な問題であるが今後の混乱を防ぐために敢えて付記して置いた。石川は、一連の語意考証の論文は単行本には収載していないから、この論文は今でも『平安文学研究』誌を参看する他はないのである。

（17）『源注拾遺』「さくらゆゑ風に心のさはくかな思ひくまなき花と見る〱　○今案、菅家萬葉に、鶯のわれてはくゝむ櫻花思ひくまなくとくもちる哉」（『契沖全集』第九巻、岩波書店、昭和四十九年）。

（18）『賀茂真淵全集』第九巻（吉川弘文館、昭和三年）。

（19）『著作集』「人はみは」、今初句を『紫林照径』で改める。

（20）南波浩『紫式部集全評釈』三一七ページ、なお同書では「取なに足らぬ」で記されているが、誤植と見て改めた。

（21）「ふちさし」とは『大鏡』冬嗣伝に見える語である。猶『大鏡短観抄』には「藤左子にや。しからば藤氏の左大臣ならん」と記している。

（22）『文徳実録』天安元年二月十九日「右大臣正二位藤原朝臣良房為太政大臣」。

(23) 以英雄之人称右流左死、其詞有由緒、昔菅家為右府、時平為左府、共人望也、其後右府有事被流、左府薨去、故時人称有人望之者、号右流左死、云々。諸本に多少異同があるが本文は『類聚本系江談抄注解』によった。

(24)『御堂関白記』『日本紀略』『公卿補任』によれば任右大臣は長徳元年六月五日、『小右記』『日本紀略』『公卿補任』によれば任左大臣は長徳二年七月二十日のことである。猶、「竹河巻は紫式部原作であろう」と同様に『紫林照径』に収載、著作集でも同じ第一巻に収められた「一条朝と源氏物語」(『講座日本文学・源氏物語』解釈と鑑賞別冊・昭和五十三年初出)では、このころの道長の経歴の記述が竹河論とは食い違っている。そこでは「道長の官歴は、長徳元年(九九五)五月内覧、翌年右大臣、翌々年左大臣に任じ」とあるが、これも正確を欠き、「翌月右大臣、翌年左大臣」とあるべきところ。

(25) 葵の上は光源氏より四歳年長、頭中将を仮に葵の上より更に二歳年長と仮定すると、少女巻で三十三歳の光源氏が太政大臣になったとき、三十九歳で任内大臣となる。

(26)「衛門督、昨日暮らしがたかりしを思ひて、今日は、御弟ども、左大弁、藤宰相など奥のかたに乗せて見たまひけり」(若菜下二二九)。

(27) この問題については、田坂「内大臣光源氏をめぐって―源氏物語における〈政治の季節〉その三―」(『源氏物語の人物と構想』和泉書院、平成五年)で分析した。

(28) 致仕太政大臣を光源氏より六歳年長と仮定する。注(25)参照。

(29) 注(25)(28)参照。

(30) このことは、田坂「冷泉朝下の光源氏」(『研究講座源氏物語の視界』二、新典社、平成十七年。本書所収)、で簡単に触れたことがある。

(31) 縄野邦雄「東宮候補としての匂宮」(『人物で読む源氏物語　匂宮・八宮』勉誠出版、平成十八年)。

(32)『源氏の女君』は昭和三十四年に三一新書版が刊行されたが、今、昭和四十二年初版の塙新書版に拠った。

(33)『王朝国語の表現映像』(新典社、昭和五十七年)。

(34) 小山注(5)書。

(35) このあたりまでの玉鬘の前半生を中心に、「女性と暴力」という視点から論じたことがある。田坂「『源氏物語』玉鬘の人生と暴力―あるいは淑女と髯―」(『文学における女性と暴力』福岡女子大学文学研究会、平成十八年)参照。

(36) 平林優子「竹河巻における玉鬘と冷泉院」(『東京女子大学日本文学』九三、平成十二年三月)に既に指摘がある。

（追記）

稿者は、一般論として、夕霧を太政大臣にするのが一番自然であると言っているのではない。あくまでも「夕霧を左大臣にしたのが紫式部自身であるならば、そして夕霧を左大臣のまま描き続けることに躊躇を感じたならば」という仮定条件の下に「太政大臣に昇進させることこそが、最も自然で最も妥当な方法」と述べたところである。言うまでもなく、竹河巻の作者が紫式部でないという本稿の立場であれば、この仮定は成り立たない。

「紫式部自身の考えでは、夕霧は一貫して右大臣であった」「違和感を覚えるほど長く右大臣に夕霧を留めて措いたのは、この人物があくまで政治の第一線に留まり、手中にしている権力を手放さない人物として描こうとしている」のであって、竹河巻の作者が紫式部ならば、巻末にうっかり夕霧を左大臣にするようなことはしないのである。

竹河巻も宇治十帖も同じ作者ならば、竹河巻末左大臣、宇治十帖太政大臣で良いと述べたのである。屋上屋を架すようであるが付言しておきたい。

十　『蒙求和歌』と『源氏物語』

はじめに

『源氏物語』の作者は、漢籍や仏典など東ユーラシアの文献を大量に読破していたとおぼしく、この作品の深奥にはそれらに由来するものが多く潜められている。したがって、この作品を読み解くには、豊富な外来文献、特に漢籍の知識が必要とされた。鎌倉時代の河内方の『源氏物語』研究では、注釈の知識の源泉となった書物や、示唆を与えてくれた学者の名前が列挙されるが、そこには多くの漢籍と、漢学を専門とした知識人の名前が見られるのである。たとえば、藤原孝範は源光行の師であるが、その父永範に始まり、孝範自身を挟んで、その子経範・孫の茂範と南家藤原の四代の碩学の名前を『原中最秘抄』などから拾い上げることができる。

漢籍や漢学に親昵する河内方の傾向は、その鼻祖である源光行の段階から顕著であった。源光行は『源氏物語』の注釈や本文校勘を行う一方で、『蒙求和歌』『百詠和歌』『楽府和歌』など、漢籍を素材にした和歌を次々と詠むなど、和漢兼才の面目躍如たるものがある。(1)

本稿では、この『蒙求和歌』を取り上げて、その和歌に『源氏物語』のどのような影響があるかを考えてみる。『蒙求』は言うまでもなく、漢籍故事の基本文献ともいうべき幼学書の一つであるが、(2)源光行はその故事を書き下し文とした上で、更に和歌を添えているのである。いわば東ユーラシアの文献を相対化するために、日本固有の和歌を作成して対峙させたとも言えようか。光行が和歌を作成するに際しては、当然のことながら、原初の『蒙求』の説話の話題が発想の淵源であったはずである。したがって、ある時は『蒙求』の説話と緊密な和歌が作られるのであるが、時としてその説話と一定の距離を取ることがあり、またある時は故事説話から大きく逸脱している和歌が作成されることがある。その場合に、和歌の背景には『源氏物語』の存在があったのではないかと思われることがある。こうした見通しの下に『蒙求和歌』と『源氏物語』の関係について考察をしてみようと思う。

一　「董永自売」と帚木

『蒙求和歌』巻五恋部の「董永自売」の項目は、片仮名本と平仮名本ではまったく別の和歌になっているのだが、そのことが、『蒙求和歌』と『源氏物語』との親近性を示すこととなっていると考えられるのである。まず、両系統の本文を掲出してみる。(3)

董永自売

董永イトケナクテ母ニオクレテ、家マヅシカリケレバ、田ヲツクリテヨヲワタリテ、ヒトリノチチヲヤシナヒケリ、チチノヒトリ家ニアラムコトヲ、ココログルシク思ヒテ、少キ車ニ乗セテ田ノホトリニグシテユキテ、木ノシタカゲニスヱテ、ミヅカラ田ヲツクリケリ、父死ニテ、後ヲオモヒワビツツ、ミヲウリテ一万ノゼニヲエテ、ワザノコトヲヘテ、カヘルミチニヒトリノ女アヘリ、ミメカタチイヒシラズタグヒナキホドナリケリ、女ススミテイヒヨリテ、董永ガメニナリテ、一月ニカトリ三百疋ヲオリテ、ミヲウリシアタヒヲツグノハセテ、董永ヲウケイダシテ、家ニカヘリスミテ、ヒトリノ子ヲウミテケリ、仲舒ト云フ、後ニ、我ハ天ノ織女ナリ、天帝、汝ガ孝養ノココロザシヲホメテ、ミヲウリシアタヒヲツグノハセムタメニ、ツカハシテチギリムスブトイヘドモ、下界ニヒサシクスムベキミニアラズ、トイヒテ、ナクナクワカレサリニケリ
ハハキギノアトヲトハレヌミナリセバヒトリフセヤニシヅミハテマシ

董永自売

董永、幼くて母に後れて、家貧しかりければ、田を作りて世を渡りて、一りの父を養ひけり、父の一り家にあらんことを心苦しく思ひて、小車に載せて田の辺りにぐして行きて、木の下陰にするゑて、自ら田を作りけり、父死にて後、思煩ひつつ、身を売りて十万の銭を得て、わざの事をへて、帰る道に女にあへり、みめ形いひしらず類ひなき程なりけり、女進みていひよりて、董永が妻になりて、一月、縑三百疋を織りて、身を売りし値を償はせて、董永を請出して、家にかへりすみて、一りの子を産みけり、仲舒と云ふ、後に、吾は値を償のはせん為につかはされて、契を結ぶといへども、下界には久しく住むべきに非ずと云ひて、泣別れ去りにき
おくるるもわかるるみちもかはらぬはおなじ名残のなみだなりけり

片仮名本・平仮名本共に、掲出した董永の説話は、前後半で大きく二つに分かれる。前半部は、貧しかった董永は小作として働くときも、母と死別して一人となった父を常に見守りながら農作業を行い、父が亡くなったときは、自分の身を

売って父の葬儀を行ったという、董永の孝養について語るものである。これが「董永自売」という標題の基となっている。片仮名本も平仮名本も、この前半部はほぼ同文である。身を売ったときの代金が「一万」か「十万」かという相違のみである。古注『蒙求』では「一万」の本文である。

後半部は、「天帝」が董永の「孝養ノココロザシヲホメテ、ミヲウリシアタヒヲツグノハセムタメニ」「天ノ織女」を遣わしたという話である。ここでは「天ノ織女」「天帝」というキー・ワードを明示する片仮名本の方が、文意が鮮明である。古注『蒙求』でも「天之織女」「天帝」という語は含まれている。平仮名本では「天之織女」「天帝」の語はなく、単純に「女」と記されている。ただし、平仮名本でも女が「下界には久しく住むべきに非ず」（片仮名本もほぼ同文）と述べ、「女」が異界から来たことを暗示している。さて、説話後半では、董永と「天ノ織女」（平仮名本では「女」）との間に生まれたのが、『蒙求』でも「董生下帷」の標題で知られる董仲舒であることが示される。これは、片仮名本・平仮名本に共通するが、実は古注『蒙求』には仲舒の名前は出てこない。ただ、この話は『捜神記』などで良く知られたものであるから、(4)特に異とするにはあたらないであろう。

さて、注目すべきは、片仮名本と平仮名本の和歌の相違である。

まず、片仮名本は「ハハキギノアトヲトハレヌミナリセバヒトリフセヤニシヅミハテマシ」とする。「アトヲトハレヌ」を後をたずねることができないと考え、「ハハ」を子供を残して去った「天ノ織女」、則ち董仲舒の「ハハ」と解する立場もあり得るだろうが、これはやはり「アトヲトハレヌ」を「後を弔えぬ」と考えて、葬儀を出すことに苦労した董永の話と考えるべきであろう。すなわち、「董永自売」の説話の前半部分、標題になっている話の部分を和歌に移したものと見るべきである。ただ一つ問題があって、董永が葬儀を出すために自分の身を売ったのは、母ではなく父の逝去の時であった。作者の源光行は、孤児となり貧窮に沈む董永の身の上を「ヒトリフセヤニシヅミハテマシ」として「フセヤ」の縁で「ハハキギ」を用いるために、あえて「父」を「母」にずらして、こうした表現を用いたのであろう。「ハハキギ」と「フセヤ」の組み合わせは言うまでもなく『源氏物語』帚木巻巻末で空蝉が詠じた「数ならぬ伏屋に生ふる名のうさにあるにもあらず消ゆる帚木」と、その淵源となった「園原や伏屋に生ふる帚木のありとて行けど逢はぬ君かな」(『古今六帖』巻五ほか)に拠るものである。

これに対して平仮名本は、「おくるるもわかるるみちもかはらぬはおなじ名残のなみだなりけり」とあり、まったく異なった和歌となっている。第二句「わかるるみち」や下の句「おなじ名残のなみだなりけり」は、「泣別れ去りにき」(片仮名本では「ナクナクワカレサリニケリ」の本文)を受けるものであり、「董永自売」の説話の後半部分、「女」が「縑三百疋を織りて、身を売りし直を償はせて、董永を請出して」その後二人の間に董仲舒を儲けた後、「下界には久しく住むべきに非ず」と去っていった時のことを詠んだものである。そしてここには、帚木巻の話はまったく影を落としていないのである。

『蒙求和歌』の片仮名本と平仮名本がまったく異なる和歌となっている例は決して珍しいものではない。もともと『蒙求和歌』の「董永自売」説話自体が、標題の由来となった前半と、董仲舒誕生の淵源となった織女伝説とがつなぎ合わされた形のものであるから、説話の前半か後半かのどちらに焦点を絞るかによって別の和歌となることは決して不自然ではない。しかし、片仮名本と平仮名本と、どちらも源光行の作である以上、一方が他方に何らかの形で影響を与えているか、通底する部分があるという可能性はあるのではないだろうか。その意味で、平仮名本の二句目にある「わかるるみち」に着目してみたい。この表現自体は極めて一般的なものであるが、実は『源氏物語』に鏤められている全七九五首の和歌のうちの第一首目の、病を得て内裏を退出する際に桐壺更衣が詠んだ絶唱の「かぎりとてわかるる道の悲しきにいかまほしきは命なりけり」にも見られる表現である。片仮名本が先行するとすれば、帚木巻の和歌の残映が桐壺更衣の和歌の用語を連想させたものであり、逆に平仮名本が先行するとすれば、「わかるるみち」が『源氏物語』の最初の和歌に使用されているという記憶が、「董永自売」の原因となった父の死を母の死と置き換えてまで「ハハキギ」「フセヤ」という語を使用させたということとなるであろう。
　このように「董永自売」の和歌は、『蒙求和歌』と『源氏物語』との関係を考える上で見逃すことのできぬ問題であると言えよう。

二　「西施捧心」と夕顔

　次に『蒙求和歌』巻二夏部の「西施捧心」の項目について見てみよう。「顰みに倣う」という表現で、我が国でも良く知られた逸話である。まず、片仮名本・平仮名本の二本で掲出してみる。

　　西施捧心
西施ハミメモカタチモタグヒナカリシ女ナリ、ヤマヒニフシテ、ムネヲオサヘテメヲヒソメケレバ、イヨイヨコログルシクイタハシキサマナリケリ、其里ノミニクキ女ドモ、コレヲウラヤミテ、ソラムネヲヤミテメヲヒソメケリ、西施ガ顔色コソイカナルニツケテモ、イミジクアテナリケレ、ミニクキ女ドモメヲヒソメケルヤマヒスガタ、イトドオソロシクゾミエケル

ユフガホノタソカレドキノソラメニモタグヒニスベキハナノナキカナ

西施捧心

西施はみめ形類ひなかりし女なれば、病に伏し、胸を押へて目をひそめければ、弥心苦しく労しきさまなりけり、其里の醜き女共、此をうらやみて、そら胸を病みて目を顰めけり、西施顔色はいかなるに付けても、いみじく妙なりけり、醜き人、目を顰めける病姿、いとおそろしくぞみえける

夕顔のたそかれ時のながめにもたぐひにすべき花ぞのこらぬ

今回は、片仮名本と平仮名本の和歌の間に、大きな質的な差異を認めることはできない。説話部分では「女ナリ、ヤマヒニフシテ」「女なれば、病に伏し」に見られるような助詞の相違が数箇所見られる程度である。和歌に関しても、結句「ハナノナキカナ」「花ぞのこらぬ」は微妙な表現の相違の範囲内に留まり、やや注目すべきは片仮名本「ソラメ」と平仮名本「ながめ」の相違であろうか。これについては後述する。

さて、片仮名本と平仮名本で完全に一致する「夕顔のたそかれ時」という表現は、ただちに『源氏物語』夕顔巻を連想させるものである。その中でもより直接的には、光源氏が夕顔を某の院に連れ出して、二人で語り合う場面に見られる著名な和歌が、「西施捧心」の『蒙求和歌』に大きく影を落としている。

「けうとくもなりにける所かな、さりとも、鬼なども我をば見ゆるしてん」とのたまふ。顔はなほ隠したまへれど、女のいとつらしと思へれば、げにかばかりにて隔てあらむも事のさまに違ひたりと思して、

「夕露に紐とく花は玉ぼこのたよりに見えしえにこそありけれ

露の光やいかに」とのたまへば、後目に見おこせて、

光ありと見し夕顔の上露はたそかれ時のそらめなりけり

とほのかに言ふ。をかしと思しなす。（夕顔二三五）

夕顔の返歌は、この巻の冒頭での劇的な場面構成、乳母である惟光母の見舞いに行った光源氏が、たまたま傍らの家の夕顔の花に目をとめたことから、運命的な出会いが切り開かれたことを巧みに一首にまとめたものである。夕顔が詠んだ六首の和歌の中でも、もっとも人口に膾炙したものである。したがって「たそかれ時のそらめ」は、このままの形で、後代の和歌に使用され「ふる雪をたそかれ時の空めには花とや人の見よしののさと」（『後鳥羽院御集』一七〇番）などの例をあげることができる。「夕顔」と「そらめ」も当然の如く組み合わせられ、紹巴の「夕がほのそらめは月のひかりかな」など和歌・連歌・発句に素材を提供している。冷泉為秀あたりの冷泉家の人の手になるかと推測される私撰集、島原松平文庫蔵『三百六十首和歌』は、京極家・冷泉家の歌人の和歌を多く収載するが、五月中旬の項目に「心あてにそれとぞ見ゆる白露のひかりそへたる夕顔の花」「光ありと見し夕顔の上露はたそかれ時の空目なりけり」の二首を撰入していることからも、この和歌がいかに人々の脳裏に刻みつけられたものであるかを示していよう。(6)

このように考えてくると、『蒙求和歌』第三句の相違は、片仮名本「ソラメ」の方が平仮名本の「ながめ」よりも、『源氏物語』の表現に密接であることが分かる。鎌倉時代初期における享受の実態とも通底するものがある。もちろんそのことが平仮名本に対する片仮名本の本文の優位性をただちに主張するものではない。『源氏物語』に付き過ぎることを回避して、あえて一般的な「ながめ」の語句に帰着した可能性もあるからである。それほど夕顔巻の和歌の喚起するものが強烈であったと言えようか。

ところで、「西施捧心」の逸話の記述からは、何故「夕顔のたそかれ時の」の和歌が発想されたかは明確ではない。『蒙求和歌』の本文には、実は「夕顔」も「そらめ」も「たそかれ時」も何一つ含まれていないのである。着想の淵源となったものを探してみれば、「ソラムネヲヤミテ」との「そら」と、「メヲヒソメケリ」の「め」があるだけである。光行は、この二つの語から「そらめ」を連想して、夕顔巻に通底する和歌を作り上げた可能性もあろうかと思われる。

三 「蔣詡三径」「原憲桑枢」と蓬生

次に『蒙求和歌』巻八閑居部の「蔣詡三径」の項目についてみてみよう。

蔣詡三径

蔣詡、性、廉ニシテ、家ノマヅシキ事ヲウレヘズ、ヨヲハシル心ナクシテ、シヅカニヒヲオクリケリ、羊仲、求仲ト云フ二人ノトモノミゾ、オナジ心ニヨノマジハリヲコノマズシテ、トモナヒアソビケル、ニハノホトリニタケヲウヱテ、竹ノモトニワヅカニ三ノ径ゾアリケル、三径ト云ヘルハ門ノミチ、井ノミチ、廁ノミチ也、三径ハ車、井、廁ノミチトモ云ヘリ

ヨモギフノツユワケワブルカヨヒヂハアトタエタリト云ハヌバカリゾ

蔣詡三径

蔣詡、性、廉にして、家の貧しき事を愁へず、世を趍る心なくして、静に日を送りけり、羊仲、求仲と云ふ二の友のみぞ、同じ心に世の交を好まずして、伴ひゆけば、庭の辺りに竹を植ゑて、竹のもとに僅に三の径ぞありける、三の径と云へるは門のみち、井のみち、廁のみちなり、三径は車、井、廁の道とも云へり

よもぎふのつゆわけわぶるかよひ路はあとたえたりといはぬばかりぞ

片仮名本と平仮名本の相違は、「トモナヒアソビケル」「伴ひゆけば」のみで、和歌本文は表記以外は完全に一致する。そこで本節の以下の部分では、読みやすさを考慮して平仮名本の本文のみを引用しつつ述べる。

さて当該和歌は「よもぎふのつゆわけわぶる」と詠み始められるが、冒頭の初句と二句を耳にしただけで、『源氏物語』蓬生巻の常陸宮邸の荒廃した様子、久しぶりに末摘花を思い出した光源氏が惟光の案内で邸内に入る場面、これらが明瞭に浮かび上がってくる実に巧みな構造である。引用の必要もないほどまざまざと想起されるのであるが、念のために『源氏物語』のその場面を掲出しておこう。

惟光も、「さらにえ分けさせたまふまじき蓬の露けさになむはべる。露少し払はせてなむ、入らせたまふべき」と聞こゆれば、

たづねてもわれこそとはめ道もなく深きよもぎのもとのこころを

と独りごちて、なほ下りたまへば、御さきの露を馬の鞭して払ひつつ入れたてまつる。（蓬生三三八）

『国宝源氏物語絵巻』の一場面としても有名な、惟光が馬の鞭で露を払いながら光源氏を邸内に導く場面である。下の句の「あとたえたりといはぬばかりぞ」は、末摘花の存在を長い間忘れていた光源氏の心中と微妙に交錯する、これも巧みな表現である。同時に第四句の「あとたえたり」という表現そのものも、『源氏物語』蓬生巻の少し前の場面での光源氏の発言「昔のあとも見えぬ蓬のしげさかな」と通底していると言えよう。

ところで、『源氏物語』蓬生巻全体や、光源氏の「道もなく深きよもぎの」の和歌は、多武峰少将高光の和歌とされる「いかでかはたづねきつらむよもぎふの人もかよはぬ我がやどの道」（『高光集』三六番に「たふのみねにはべるころ、ひとの

とぶらひたるかへりごとに」の詞書で収載される、また『拾遺和歌集』一二〇三番には「読み人しらず」として掲出される）に発想の淵源があると考えることもできる。『蒙求和歌』当該歌は、それらも視野に含めているとの立場もあろうが、取りあえずは『源氏物語』そのものを和歌に詠んだと考えて良かろう。

更に付言すれば、第二句の「つゆわけわぶる」も一般的な表現ではあるが、和歌に用いられたものは平安時代では稀少であるから、『源氏物語』若紫巻の「ねは見ねどあはれとぞ思ふ武蔵野の露わけわぶる草のゆかりを」が意識にのぼった可能性もあろうか。

それでは、源光行は、何故「蔣詡三径」から蓬生巻を連想したのであろうか。和歌そのものは蓬生巻の荒廃した末摘花邸を踏まえていることは明白であるが、そうしたことを発想するきっかけは何であったのだろうか。「性、廉にして、家の貧しき事を愁へず、世を趍る心なくして」というのは、確かに蓬生巻の末摘花の造型に通じるものがある。滑稽味のかった道化役の末摘花が、この巻に限っては、光源氏を待ち続ける純情な一面が強調され、以前の末摘花巻や以降の玉鬘十帖の描写とやや食い違いを感じさせる側面が強調されることは事実である。(7) しかし、「性、廉にして」「家の貧しき事」は、末摘花と結びつけるための十分条件ではあっても、必要条件というにはいささか弱いのではないだろうか。この説話を末摘花の説話、特に蓬生巻と結びつけるには、更に別の要素があったのではないかと思われるのである。

蓬生巻の前半は、「姫君の母北の方のはらから、世におちぶれて受領の北の方」となっている人物が、かつて「おのれをばおとしめたまひて、面伏せ」と思われていたことを逆恨みして、羽振りも良くなったので「この君を、わがむすめどもの使ひ人になしてしかな」と思い、夫が大宰の大弐になったのを良いことに末摘花を何とかして西国まで同道しようと企む話が中心である。帰京した光源氏から何の消息もなく、貧窮を極める末摘花に対して一層居丈高に同行を迫り、とうとう自身が末摘花邸に乗り込んでくるのが次の場面である。

例はさしも睦びぬを、さそひたてむの心にて、奉るべき御装束など調じて、よき車に乗りて、面もち気色ほこりかにもの思ひなげなるさまして、ゆくりもなく走り来て、門開けさするより、人わろくさびしきこと限りもなし。左右の戸もみなよろぼひ倒れにければ、男ども助けてとかく開け騒ぐ。いづれか、このさびしき宿にも必ず分けたるあとあなる三つの径、とたどる。わづかに南面の格子あげたる間に寄せたれば、いとどはしたなし、とおぼしたれど、あさましう煤けたる几帳さし出でて、侍従出で来たり。（蓬生三三八）

困窮する末摘花邸と、対照的に自信たっぷりで乗り込んでくる叔母の様子が描かれている名場面であるが、この箇所に、「いづれか、このさびしき宿にもかならず分けたるあとあなる三つの径、とたどる」と記されている。すなわち「蔣詡三径」の標題に含まれる「三径」こそ、蓬生巻に見られる言葉だったのである。(8) 光行は「三つの径」から蓬生巻を想起して、この和歌の発想を得たものと思われる。

猶、「三径」とは、後に陶淵明の『帰去来辞』が「三径就荒、松菊猶存」としたことから松・菊・竹の三径と考えるのが一般的であるが、『蒙求和歌』は「三径は車、井、厠の道とも云へり」としている。今日の『源氏物語』の注釈書でも「『三径ハ荒ニ就ケドモ、松菊猶存ス』（帰去来辞、陶淵明）によって邸の荒廃ぶりを表現した」(9) などと注する場合もあるが、「前漢の蔣詡の故事、『蔣詡三径』（蒙求）に由来する言葉」として更に『蒙求和歌』を引用する注釈もある。(10) それらの中では、『新潮日本古典集成』六七ページ頭注一二の「『三つの径は』は漢の蔣詡が庭に三逕（三つの小路）を作り、松、菊、竹を植えた故事に基づき、隠者の家の庭をいう。わが国では陶淵明の『三径荒に就けども、松菊猶存せり』（『文選』帰去来の辞）が知られている」とするのがバランスの良い注釈と言えようか。ところで、『新潮日本古典集成』も掲出しているのだが、古注釈書の中で『紫明抄』が「蔣詡字元卿舎中竹下開三逕門へ行みち　井へ行みち　かはやへ行みち」[11]と記していることが注目される。河内学派に共通する要素として面白いものがある。

関連して、『蒙求和歌』巻四冬部の「原憲桑枢」について簡単に触れておく。例によって片仮名本と平仮名本では異なった和歌となっている。

　　原憲桑枢

魯ノ原憲、家マヅシクシテ、ヨモギノトノアダナリケレバ、桑ノ木ヲトボソトセリ、イタマニハアメモタマラズシテ、トコモクチヌバカリニナリケリ、ツネニ絃歌ニ心ヲスマシテノミゾナグサミケル

アトトムルクハノトザシノユフグレヲシグレナラデハトフ人ゾナキ

　　原憲桑枢

原憲、家貧しくして、蓬ぎの戸のあだなりければ、桑を枢とせり、板間には雨もたまらずして、とこもくちぬばかりに成りにけり、常に絃歌に心をすましてのみぞなぐさみける

かどとづるよもぎの宿をとふものはよはのしぐれのなさけなりけり

『蒙求』の注文では、これらの話の直後に、通りかかった子貢とのやりとりなどが記されているが[12]、『蒙求和歌』では、その部分はない。説話が散漫にならないように一つの話題に集約していると言えよう。

さて、片仮名本は標題の「原憲桑枢」に緊密な形で「クハノトザシ」としているが、平仮名本の方では「蓬ぎの戸のあだなりければ」の部分と関連させる形で、「かどとづるよもぎの宿」としている。もちろん平仮名本は『源氏物語』蓬生巻を連想しての詠みぶりなのである。

四　「樊会排闥」「漂母進食」と花散里

『蒙求和歌』では、平仮名本と片仮名本のいずれか一方のみに説話や和歌が存在することがある。対校するものがない場合、どうしても資料的に不安が残るのであるが、『蒙求和歌』の場合は、前後の説話や和歌を統一的に見ることによって、その欠を補うこともできるようである。

『蒙求和歌』夏部の「漂母進食」の和歌は『源氏物語』との関連を考えてもよさそうなものであるが、和歌に使用されている語は、「子規」「かたらひおく」など一般的に使われているものであり、この説話を見ているだけでは決定打にかけるようである。ところが平仮名本ではその前に「樊会排闥」の話があり、この二項目をセットにしてみれば、『源氏物語』との関係が見事に浮き上がってくるのである。そこで「樊会排闥」「漂母進食」の二項目を平仮名本でまとめて引用してみよう。

樊会排闥

樊会は高帝の忠臣たりき、高帝、天下を取りて後、病ありて人の多く詣づることを悪みて、独りつかさ人を身にそへ給ひて、勅を下して門戸を守らせて群臣を入れられず、樊会、よのため此を歎きて、おして門戸を開きて、近くすすみ参りて、涙を流して諫め申して云、君の世を取り給ひし初より、随ひ仕へて忠ありき、天下既に定りぬ、君の御病を大臣おぢおそれ申す、群臣にみえ給ひて共にはかりごとを廻し給ふべき処、壱人をのみ近づけて、群臣にうとまれ給はん事の心憂く悲しきなり、昔、趙高がゆくへをば知り給はずや、と奏するに、公け咲ひてお

き居るに、此に随ひたまへり

くらかりし心のよはもあけにけり槙の板戸をたたく水鶏に

漂母進食

韓信若き時、家貧しかりけり、不邳と云ふ所に行きて、家を作りけるに、漂母来りて韓信を敬哀みて、己が家に入れて息めなぐさめ、食を進むること日重なりにけり、韓信、此が情を思知りて、報いむと云ふ、漂母が云はく、吾、王孫を哀ぶ故に、君が事疎ならざるなり、報いむ事をば不望、と答へけり、後に韓信、楚王として不邳に都して、漂母をめして百金をたびにけり

あはれとぞ思ひしりける子規かたらひおきしいにしへの声[13]

「くらかりし」の和歌は一見「樊会排闥」の説話と無関係のようであるが、そうではない。まず説話の中に「勅を下して門戸を守らせて群臣を入れられず、樊会、よのため此を歎きて、おして門戸を開きて」とあり、高帝が「門戸」を閉ざし「つかさ人」以外を近づけなかったのを樊会が「門戸」を開いて参入し高帝を諫めたという記述がある。ここから和歌の「板戸」という表現が導かれてくる。「くらかりし」「よはもあけにけり」ともつながってくる。ところで、樊会と言えば鴻門の会が真っ先に想起されるが、鴻門の会から函谷関が連想され、更に、鶏鳴の物まねを利用して函谷関を開かせた孟嘗君のことなども、この和歌に影を落としているかもしれない。とすれば、「まだ宵にうちきてたたく水鶏かな誰が門さして入れぬなるらむ」(『源氏釈』所引)の和歌を連想するのも自然であろう。

さて「くらかりし」の和歌の第五句に見える「水鶏」の『源氏物語』中の用例は四例、明石巻では、上述の『源氏釈』所引の和歌を引用して「水鶏のうち叩きたるは、誰が門さして、とあはれにおぼゆ」と使用されてもいるが、『源氏物

語』の読者で「水鶏」の語を耳にした時、真っ先に想起するのは、なんと言っても夏の御方の花散里であろう。澪標巻で久しぶりに花散里とその姉の麗景殿女御を訪ねた場面は次のように記されている。

五月雨つれづれなるころ、公私もの静かなるに、思しおこして渡りたまへり。よそながらも、明け暮れにつけて、よろづに思しやりとぶらひきこえたまふを頼みにて、過ぐいたまふ所なれば、今めかしう心にくきさまにそばみ恨みたまふべきならねば、心やすげなり。年ごろにいよいよ荒れまさり、すごげにておはす。女御の君に御物語聞こえたまひて、西の妻戸に夜更かして立ち寄りたまへり。月おぼろにさし入りて、いとど艶なる御ふるまひ尽きもせず見えたまふ。いとどつつましけれど、端近ううちながめたまひけるさまながら、のどやかにてものしたまふけはひ、いとめやすし。水鶏のいと近う鳴きたるを、

水鶏だに驚かさずはいかにして荒れたる宿に月をいれまし

いとなつかしう言ひ消ちたまへるぞ、「とりどりに捨てがたき世かな。かかるこそなかなか身も苦しけれ」と思す。

「おしなべてたたく水鶏におどろかばうはの空なる月もこそいれ

うしろめたう」とは、なほ言に聞こえたまへど、あだあだしき筋など、疑はしき御心ばへにはあらず。年ごろ待ち過ぐしきこえたまへるも、さらにおろかにはおぼされざりけり。「空なながめそ」と頼めきこえたまひしをりの事ものたまひいでて、「などて、たぐひあらじ、といみじうものを思ひしづみけむ。憂き身からは同じ嘆かしさにこそ」とのたまへるも、おいらかにらうたげなり。（澪標二八七）

引用が少し長くなったのは後述する部分と関連するところがあるからである。さて、この部分「今めかしう心にくきさまにそばみ恨みたまふ」こともなく「おいらかにらうたげ」な花散里の造型を見事に定着させた部分であるが(14)、この中に、

「水鶏」の語が三例集中して使用されていることが注目されよう。

贈答歌では、贈歌の語を用いて返歌がなされるから、三番目の用例は当然であるにしても、ここでは贈歌に着目したい。この和歌は稀有なことに、「おいらかにらうたげ」な花散里の側から先に詠まれた和歌なのである。水鶏の鳴き声が、「のどやかにてものしたまふけはひ」の花散里をして、思わず口をつくように「水鶏だに驚かさずはいかにして」と光源氏の到来を待ちかねる思いを迸り出させたのであろう。そして水鶏の鳴き声に導かれるようにやってきた光源氏と向かい合う花散里の心中は「くらかりし心のよはもあけにけり」に近いものがあったのではなかろうか。

続いて「漂母進食」の和歌について見てみよう。『蒙求和歌』には、もとの『蒙求』の標題や説話との関連が不分明な例が少なくないのであるが、この場合もそうした例の一つである。『蒙求』では「漂母進食」「孫鐘設瓜」と一対で、食物を与えたことに対して恩を返された人の話である。『蒙求和歌』では韓信の股くぐりの話などを省略して漂母の話に収斂させたところは巧みであるが、それにしても「あはれとぞ思ひしりける子規かたらひおきしいにしへの声」という和歌と、説話とのつながりは見出しがたい。それで子規は鶯の巣に卵を産んで子育てをさせることから、韓信を子規、漂母を鶯にたとえたという解釈なども出てくるのである。(15)

しかし、この和歌の発想には、次に掲出する花散里巻の場面などを考えるべきではないだろうか。

門近なる所なれば、少しさし出でて見入れたまへば、大きなる桂の樹の追風に祭のころ思し出でられて、そこはかとなくけはひをかしきを、ただ一目見たまひし宿なり、と見たまふ、ただならず。「ほど経にける、おぼめかしくや」とつつましけれど、過ぎがてにやすらひたまふ。をりしも郭公鳴きて渡る。催しきこえ顔なれば、御車おし返させて、例の、惟光入れたまふ。

をち返りえぞ忍ばれぬほととぎすほの語らひし宿の垣根に

寝殿とおぼしき屋の西の妻に人々ゐたり。さきざきも聞きし声なれば、声づくり気色取りて御消息聞こゆ。若やかなるけしきどもして、おぼめくなるべし。

ほととぎす言問ふ声はそれなれどあなおぼつかな五月雨の空

ことさらたどる、と見れば、「よしよし、植ゑし垣根も」とて出づるを、人知れぬ心にはねたうもあはれにも思ひけり。（花散里一四六）

これは、花散里巻で麗景殿女御とその妹の三の君（花散里）を訪ねていく途中で、光源氏が中川のあたりで昔会ったことのある女と和歌を詠み交わす場面である。しばらく途絶えていた光源氏からの突然の和歌に対して、女は「あなおぼつかな」とはぐらかすような返事をして、二人の交渉はこれで打ち切られるのである。その一方で女御姉妹はたまさかな光源氏の訪れを待ち続けるということが、対比的に描き出されるのである。引用部分には「郭公」「語らひ」と『蒙求和歌』と共通する語が見出されるのみならず、昔のことを忘れないというモチーフも通底する。そしてこの巻が花散里巻であり、『蒙求和歌』では隣接する「樊会排闥」では澪標巻の花散里の姿が投影されていることを併せ考えれば、「漂母進食」の和歌は、花散里巻を念頭に置いて詠んでいると考えるのが自然であろう。そういえば、前掲した澪標巻の花散里の描写では「あだあだしき筋など、疑はしき御心ばへにはあらず。年ごろ待ち過ぐしきこえたまへるも、さらにおろかにはおぼされざりけり」とも書いてあったのであった。昔のことを忘れないイメージで「漂母進食」の和歌が作られるならば、そこには光行にはなじみ深い花散里の姿が含まれてきたと思われる。

おわりに

以上述べ来たったもの以外でも『蒙求和歌』には『源氏物語』との関係が緊密な和歌が散見する。いまそれらすべてを掲出することはできないが、たとえば、「季倫錦障」の和歌「むさしのは萩のにしきをみぬまにぞわかむらさきにしかじとおもひし」(平仮名本三四番、片仮名本三七番は三句「オラヌマゾ」五句「シカジトハミシ」)などは巻名若紫を含み一見して分かるものである。

また五節の例とは逆に片仮名本のみの例には次のようなものがある。巻四冬部「王覇氷合」の和歌「ミヅトリノウキネノユメノナゴリヨリナミノ心モフカクナリニキ」は「ミヅトリ」「ユメ」「ナゴリ」「ナミ」など橋姫巻と共通する語句や発想が散見するが、これらだけでは決定打に欠ける。しかしこの説話のすぐ後の「羊続懸魚」の和歌「イトハルルミヲウヂガハノアジロギニネタクゾヒヲノオモヒヨリケル」を併せ見ることによって、源光行の念頭に『源氏物語』の宇治の巻々、特に橋姫巻が想起されていたことが明確になるのである。

このように『蒙求和歌』は、ある時はもとの『蒙求』の説話からなだらかに『源氏物語』へと結びつけ、ある時は大胆にもとの説話から離陸して『源氏物語』へと近づいて行く場合があるのである。それは東ユーラシア全体を覆う共通教養として、通奏低音のように流れている『蒙求』(16)を基盤としつつも、次第にその基盤から独自の文化へと旋回していく過程を示している一例なのである。

注

(1) 源光行については、山脇毅『源氏物語の文献学的研究』(創元社、昭和十九年) 所収の諸論考以来の研究の累積があるが、『蒙求和歌』との関連については、池田利夫『河内本源氏物語成立年譜攷』(日本古典文学会、新訂版昭和五十五年)、『日中比較文学の基礎的研究』(笠間書院、補訂版昭和六十三年) などの詳細な研究が基盤となる。それ以降では、「『蒙求和歌』小考」(『川口短大紀要』一〇、平成八年十一月) を始めとする山部和喜の諸論考、「『蒙求和歌』の基礎的考察—四季の部を中心に—」(『福岡大学日本語日本文学』一六、平成十八年十二月) 他の田坂順子の論考、「『蒙求和歌』における漢故事の受容—四季の部を中心に—」(『中国中世文学研究』五一、平成十九年三月) 他の章剣の論考が個別の問題を掘り下げている。猶、章剣については注 (15) 書も参照のこと。また池田と共に古注蒙求の発掘に尽力した佐藤道生には「説話の中の句題詩」(『藝文研究』九五、平成二十年、後『句題詩論考—王朝漢詩とは何ぞや—』勉誠出版、平成二十八年、所収) ほか『蒙求』や幼学書に関する示唆的な発言が多い。

(2) 『蒙求』本文で一般にもっともよく読まれているのは、早川光三郎校注の『新釈漢文大系』本 (明治書院、昭和四十八年) であろうが、これは徐注本であるから、『蒙求古注集成』(池田利夫、汲古書院、昭和六十三〜平成二年) などの成果を参看する必要がある。

(3) 『蒙求和歌』の本文は片仮名本は国会図書館蔵甲本、平仮名本は内閣文庫蔵甲本を使用し、共に『新編国歌大観 (解題・池田利夫・佐藤道生)』の翻刻によったが、一部私に表記を改めた箇所がある。

(4) 董仲舒の七夕説話を分析したものは多いが、最近の川田耕「中国における七夕伝説の精神史」(京都学園大学『人間文化研究』三七、平成二十八年十二月) が的確にまとめていて至便。

(5) 夕顔の花をのせて差し出された扇に書かれた「心あてにそれかとぞ見る白露の光そへたる夕顔の花」の和歌を、夕顔の性格から考えて、自分から詠みかけるはずはない、とする立場もあるが、通説によりこの和歌を含めて六首と認定している。

(6) 島原松平文庫蔵『三百六十首和歌』五月中旬の項目の和歌は、俊成、鶴殿、定家、光俊、伏見院などであり、これらに伍して夕顔巻の和歌が採られていることが注目される。

(7) こうした末摘花の変化については様々に論じられているが、その問題を方法論として論じたものに森一郎「源氏物語における人物造型の方法と主題の連関」(『源氏物語の方法』桜楓社、昭和四十四年) がある。北条秀司が十七代目中村勘三郎のために書き下ろした新作歌舞伎「末摘花」は、女主人公の名前を取りこのタイトルだが、末摘花巻ではなく蓬生巻を中心としている。末摘花の滑稽な容貌といじらしいまでの純情さとのずれが面白い舞台である。平成十三年には中村勘九郎 (十八代目勘三郎) が先代を写し取ったような末摘花を演じている。
(8)「蔣詡三径」の「三つの径」の用例は『源氏物語』においてはこの場面のみ。松風巻に「天に生まるる人の、あやしき三つの途に帰らむ一時に思ひなずらへて」とあるのは、地獄・餓鬼・畜生の三道のことである。
(9)『日本古典文学全集』(昭和四十七年)三二八ページ頭注七。新編(平成七年)でも頭注自体はそのままだが、巻末の「漢籍・私書・仏典一覧」では『蒙求』も併記する。
(10)『新日本古典文学大系』(平成六年)一四二ページ脚注三五。
(11)『源氏物語古注集成 18 紫明抄』(おうふう、平成二十六年)の本文を校訂して掲出した。同書底本の東大本では「開」の文字の上に「乍」の文字があってそれをミセケチにして「此字イ」と記している。
(12)「子貢過之曰、噫先生何病、憲曰、無財謂之貧、學不行、謂之病、今憲貧也、非病也」。
(13)参考のために、『蒙求和歌』巻二夏部「漂母進食」の片仮名本の本文を掲出しておく。

韓信ハ淮陰人也、若キ時、家マヅシカリケリ、下邳ト云フ所ニ行キテイヲヲツリケルニ、漂母来リテ韓信ヲウヤマヒアハレミテ、オノガ家ニ入レテヤスメナグサム、食スムルコト日カサナリニケリ、韓信、此ガナサケヲ思ヒシリテ、オモクムクイムト云フニ、漂母ガ云ハク、我、王孫ヲアハレム故ニ、君ガコトヲオロソカナラザルナリ、ムクイムコトヲバノゾマズ、トコタヘケリ、後ニ韓信、楚王トシテ下邳ニ都トシテ、漂母ヲメシテ百金ヲ給ヒケリ

アハレトゾオモヒシリヌルホトトギスカタラヒオキシ古ヘノ音

(14)この花散里像はあくまでも光源氏の目に映じた限りであるということを、田坂「花散里像の形成」(『源氏物語の人物と構想』和泉書院、平成五年)で述べたことがある。
(15)『蒙求和歌』校注』(章剣、渓水社、平成二十四年)。
(16)江戸時代における『箋註蒙求』『吹寄蒙求』『扶桑蒙求』等々の膨大な『蒙求』関連書籍の執筆や、近代においても、夏目漱石が自身の筆名を『蒙求』由来と述べたことはよく知られ、今日に至るまで七十年以上続く『螢雪時代』の書名など、私たちの身の回りに『蒙求』は生きている。

近代における享受と研究

十一　桐壺院の年齢
――与謝野晶子の「二十歳」「三十歳」説をめぐって――

はじめに

『源氏物語』の研究においては、物語の中の約七十五年間の出来事を、年立《としだて》と呼ばれる一種の年表形式で記述しようとする試みが、古くからなされている。十五世紀の半ばには、既に一条兼良によって本格的な年立が作られ、江戸時代の本居宣長の新年立を経て、今日に到っている。こうした年立を作ることが可能であったのは、主人公の光源氏をはじめ、他の登場人物たちが、物語の中の時間の経過と共に、極めて正確に年齢を重ねている事による。この物語の時間の長さと、登場人物の多さを考えると、それは驚嘆に値すると言っても良いほどの完成度である。もちろん、あのような大長編作品であるから、二、三の小さなミスのようなものはやむを得ないだろう。若菜下巻に記される紫の上の年齢（今年は三十七にぞなりたまふ）と初登場時の（十ばかりにやあらむと見えて）玉鬘巻（女君は二十七八にはなりたまひぬらむかし）などとの矛盾や、賢木巻で「十六にて故宮に参りたまひて、二十にておくれたてまつりたまふ。三十にてぞ、今日また九重を見たまひける」と記される六条御息所の年齢に関連して、桐壺朝前半の春宮は桐壺院の弟の前坊であったのか、第一皇子の後の朱雀院であったのかという問題は従来から指摘されている。ただ前者は、その直後の紫の上の大病を導き出すことに性急であったがゆえのミスであろうし、後者の解釈についてもさまざまな議論がなされているところでもある(1)。それらは、この作品の奥行きと幅広さを考えれば、瑕瑾と言っても良いくらいの小さな問題であると言えよう。

こうした緻密な時間構造を持つ『源氏物語』ならば、直接年齢表記がなされない登場人物であっても、妥当な年齢が設定されることによって、他の登場人物との関係に矛盾を来たさないように組み立てられていると推測される。そうした立場に立って主要人物の一人の年齢を推測しようとするのが、本稿の試みである。

一　与謝野晶子の桐壺院の年齢推定

光源氏をはじめ、『源氏物語』の主要な登場人物については、物語の流れの中で年齢が示されることがあるのだが、主人公光源氏の父親である桐壺院についてはその年齢に言及されることはまったくない。物語の始発を担うとも言うべきこの人物の年齢を考えることは、『源氏物語』の時間構造を考える上で、その意味は極めて大きいであろう。桐壺更衣を寵愛し、その結果光源氏が誕生した頃、桐壺院は一体何歳くらいであったのだろうか。物語の冒頭を引用してみよう。

いづれの御時にか、女御、更衣あまたさぶらひたまひける中に、いとやむごとなき際にはあらぬが、すぐれて時めきたまふありけり。はじめより我はと思ひあがりたまへる御方々、めざましきものにおとしめそねみたまふ。同じほど、それより下﨟の更衣たちは、ましてやすからず。朝夕の宮仕につけても、人の心をのみ動かし、恨みを負ふつもりにやありけむ、いとあつしくなりゆき、もの心細げに里がちなるを、いよいよあかずあはれなるものに思ほして、人のそしりをもえ憚からせたまはず、世の例にもなりぬべき御もてなしなり。上達部、上人なども、あいなく目を側めつつ、いとまばゆき人の御おぼえなり。唐土にも、かかる事の起こりにこそ、世も乱れあしかりけれと、やうやう天の下にも、あぢきなう人のもてなやみぐさになりて、楊貴妃の例も引き出でつべくなりゆくに、いとはしたなきこと多かれど、かたじけなき御心ばへのたぐひなきを頼みにて交らひたまふ。（桐壺九三）

ここには桐壺院も桐壺更衣も何歳ぐらいであったかなど記されてはいない。ところが、桐壺院の年齢に関して、唯一踏み込んだ解釈をしている人物がいる。それは、明治末期から大正初期にかけて、最初の本格的な現代語訳を試みた与謝野晶子である。晶子の『新訳源氏物語』上巻（金尾文淵堂、明治四十五年）では、この部分が以下のように訳されているのである。

何時の時代であつたか帝の後宮に多くの妃嬪達があつた。この中に一人陛下の勝れた寵を受けて居る人がある。この人は極めて権門の出身と云ふのでもなく、また今の地位が後宮においてさまでも高いものでもなかつた。多くの女性の嫉妬がこの人の身辺に集まるのは云ふまでもない。この人よりも位置の高い人はもとより、それ以下の人の嫉妬は甚しいものであつたから、この人は苦しい、悲しい日を宮中で送つていた。その上くよくよと物思ひばかりをする結果病身にさへなつた。陛下は二十になるやならずの青年である。恋のためには百官の批難も意に介せられない、いよいよ寵愛はこの人一人に集るさまである。この人も百方嫉視の中に陛下の愛一つをたよりにして生きて居る。(2)

一見して、原文と、現代語訳との間にかなり距離があることが看取できるが、これは与謝野晶子が意図的に行ったものであることが知られる。この『新訳源氏物語』には晶子自身によるあとがき「新訳源氏物語の後に」が付されているが、そこでは「必ずしも逐語訳の方法に由らず、原著の精神を我物として訳者の自由訳を敢えてしたのである」と述べられている。厳密な現代語訳を意図したものではなく、自由訳の中に「原著の精神」を再現しようとしたのである。

この部分でも、原文では「上達部、上人なども、あいなく目を側めつつ、いとまばゆき人の御おぼえなり。唐土にも、かかる事の起こりにこそ、世も乱れあしかりけれと、やうやう天の下にも、あぢきなう人のもてなやみぐさになりて、楊貴妃の例も引き出でつべくなりゆくに、いとはしたなきこと多かれど、かたじけなき御心ばへのたぐひなきを頼みにて交らひたまふ」と長文にわたるところを、思い切って圧縮して「恋のためには百官の批難も意に介せられない、いよいよ寵愛はこの人一人に集るさまである。この人も百方嫉視の中に陛下の愛一つをたよりにして生きて居る」と訳出している。原文では『長恨歌』を引用して「唐土にも」「楊貴妃の例」とある部分が、現代語訳ではばっさりと削られているのだが、そのことによって、この場面の緊迫感がかえって高まっているようである。

このように原文を圧縮する一方で、逆に付加された部分もあるのである。「陛下は二十になるやならずの青年である」という一文がそうである。原文にこれに対応する部分は見られない。桐壺院の年齢などまったく記されていないのである。与謝野晶子は「原著の精神を我物として」自身の「自由訳」としてこの一文を付加したと思われる。

この与謝野晶子のいわば作品解釈に対しては、口語訳の一部分ということもあって、当否が論じられるということはなかった。それが、約六十年の年月を経た後であるが、玉上琢彌によって「晶子は『人のそしりをもえはばからせ給はず』ひたすら更衣を愛し、ついには更衣を不幸にする帝に、年の若さを直感したのであろう。この直感に私は敬意を表する」と支持が寄せられるにいたった(3)。玉上は、更に言葉を続けて、梅枝巻の記述などとの整合性から、晶子説の意義をより積極的に認めた上で、歴史上の天皇に第一子が誕生したときの年齢から、桐壺院や弘徽殿女御の年齢を次のように推測してみせる。

桐壺院も十二歳で元服し、そのとき弘徽殿十六歳と結婚したとして、朱雀院誕生が桐壺帝十七歳、弘徽殿二十一歳、源氏誕生の時桐壺帝二十歳、弘徽殿二十四歳（下略、年齢表記を漢数字に改めた）

玉上説はもちろん仮説ではあるが、なかなか説得力に富んだものである。「二十になるやならず」という与謝野晶子の考えを生かし、その一方で、弘徽殿女御に一目置く、もしくは多少遠慮のある桐壺院の立場を、弘徽殿が元服の添臥で、四歳年長であると考えたのである。玉上は後文で、この仮説ならば、桐壺院と弘徽殿の年齢差は、光源氏と葵の上のそれと同じとなることをも述べ、光源氏に対する葵の上の位置と、桐壺院に対する弘徽殿の立場の相似性を示唆している。与謝野晶子も「人よりさきに参りたまひて、やむごとなき御思ひなべてならず、御子たちなどもおはしませば、この御かたの諫をのみぞ、なほわづらはしう、心苦しう思ひきこえさせたまひける」（桐壺九五）の部分を、「この女御は陛下が十二三で即位された時最も初に妃にあがつた人であるから、陛下が重んぜられることも他の妃嬪と同一の程度ではない」と訳していたのであった。

二　一院・先帝・桐壺院

玉上琢彌が、与謝野晶子の「二十になるやならず」という考えに賛意を表してから、ほぼ十年後、与謝野・玉上説を踏まえて、更に広い視野を持つ論が現れた。藤本勝義「源氏物語における先帝」(4)がそれである。藤本論文は標題に言うごとく『源氏物語』の「先帝」すなわち、式部卿宮や藤壺の父に当たる先帝について深く掘り下げたものである。この先帝については、「桐壺の院や一院との関係は不明」（『源氏物語事典』東京堂、昭和三十五年）とするのが一般的であったが、その一方で「一院―先帝」を親子関係と見る玉上琢彌説（『源氏物語評釈』角川書店、昭和三十九年）や、逆に「先帝―一院」を親子と考える清水好子説[5]などもあり、必ずしも統一的な見解は得られてはいなかった。藤本は、原田芳起の語彙研究[6]などを踏まえ、物語内の記述を深く読み込み、古注釈などにも目を配って、一院と先帝は兄弟関係にあると断じたのである[7]。藤本の論理の展開には間然するところはなく、一院と先帝の間柄については、兄弟と見る藤本の考え方で一応の決着を見たと考えて良いだろう。

藤本論文は、更に視野を広げて、一院、桐壺院、朱雀院、光源氏、冷泉院、先帝、式部卿宮、藤壺宮の年齢を統一的に考察して、人間関係を究明しようとする。このうち朱雀院から冷泉院までと、式部卿宮、藤壺宮は物語中の記述から年齢は確認できるが、一院、桐壺院の年齢までも推定しようとしたのである。そして、その際に、与謝野晶子の「二十になるやならず」説や、これを支持した玉上論などを援用して、「桐壺帝は十八、九歳だったと思われる。仮に十八歳と想定しよう」と述べ、これを基準に上記九人の年齢を算定するのである。結論のみ述べれば、紅葉賀巻の朱雀院行幸の時点で、一院五十歳、桐壺院三十五歳、朱雀院二十一歳、光源氏十八歳、冷泉院ゼロ歳、先帝（存命なら四十八歳）、式部卿宮三十三歳、藤壺宮二十三歳とする。藤本説では、一院と先帝が第一子を得た歳を共に十五歳としているのがやや窮屈かもしれないが、基本的な考え方は納得できよう。

かくして当面の問題である、光源氏誕生時点での桐壺院の年齢の考え方としては、与謝野晶子の「二十になるやならず」を基にして、少し若く考える藤本勝義の十八歳説、文字通り二十歳と考える玉上琢彌説があることが分かる。

稿者は、桐壺院の年齢はもう少しだけ引き上げるべきだと考える[8]。それは、桐壺院の同母妹と思われる大宮の存在による。大宮が、たとえ桐壺院と一歳しか違わなくとも（光源氏誕生時点で十九歳と考えても）、葵の上を生んだのが十五歳の時（葵の上は光源氏よりも四歳年長）となる。頭中将は葵の上の兄であろうから、当然その誕生は更に遡り、大宮が年少に過ぎることになりはしないだろうか。また、大宮の夫の左大臣は、澪標巻の冷泉朝始発時点で六十三歳と明記されているから、光源氏誕生の年には三十五歳であり、大宮をあまり遅い生まれと考えると、二人の年齢も開きすぎる憾みがある。稿者は、賢木巻で桐壺院が崩御した時を、醍醐天皇と同い年の四十六歳ぐらいと考える。そうすると、光源氏誕生の時は二十四歳で、玉上説より四歳年上、藤本説より六歳年上となる。推定であるから、数年の誤差を論じるのはあまり意味がないであろうが、恐らく稿者の算定あたりが桐壺院の年齢の下限であり、上限が藤本説ということになろうか。やや幅は広いが与謝野晶子の考えは、その中間あたりに位置することになり、慧眼であったと言えようか。

ちなみに、藤本説と比較するために、稿者の考える朱雀院行幸の時点での関連人物の年齢を掲げておこう。論拠は別稿（本書五、七）で述べたから結論のみ記載する。一院六十歳、桐壺院四十一歳、朱雀院二十一歳、光源氏十八歳、冷泉院ゼロ歳、先帝（存命なら五十三歳）、式部卿宮三十三歳、藤壺宮二十三歳となる。藤本説と比べると、一院は十歳、桐壺院は六歳、先帝は五歳年長と考えるのである。一院の年齢を五十歳とする藤本説は『河海抄』『花鳥余情』などの引く延喜十六年三月八日の宇多法皇五十賀と重ね合わせられるという点が強みであろう。一方、現実に一院の年齢を考えれば、紅葉賀の行幸を七十賀とすべきという考えもあるほどで(9)、桐壺院や前坊、先帝との関係を重視すれば稿者のごとく六十歳ぐらいに考えるのが穏やかではないだろうか。宇多法皇五十賀の季節は春であり、紅葉賀ではないので、いずれにしても完全に重なるわけではない。

光源氏誕生時点で、桐壺院の年齢を二十四歳と仮定すると、兄弟たちの年齢も矛盾なく考えることができる。

物語中に直接描出されている桐壺院の兄弟は、大宮、桃園式部卿宮、女五宮、前坊の四人である。大宮は女三宮であるから、これ以外に、女一宮、女二宮、女四宮の少なくとも三人の内親王がいたことになる。このうち大宮は、上述したごとく桐壺院と同腹ですぐ年下と考えるのが妥当である。物語に描かれない女一宮、女二宮は、恐らく桐壺院の姉と言うことになろうか。桐壺院よりかなり年下と思われる前坊が、母を同じくすると思われるから、桐壺院の姉宮と思われる二人は、異腹の姉妹と考えるのが自然であろう。桃園式部卿宮（朝顔の姫君の父）の子供たちでは、朝顔の姫君は末子であろうか。「御はらからの君達あまたものしたまへど、ひとつ御腹ならねば、いとうとうとしく、宮の内いとかすかになりゆく」（朝顔四七八）とあるのは異腹の兄たちで、結婚して既に桃園邸を出ていると考えるべきだろう。この兄たちは朱雀院と同年くらいであろうか。朝顔の姫君は光源氏よりやや年下であろうが、朝顔巻の記述から考えて、大きく年齢は隔たらないであろう。それらを考慮すれば、桃園式部卿宮は桐壺院に年齢が近い異腹の弟であろうか。女五宮は桃園邸に同居しているから、式部卿宮とは同腹、五宮だから大宮より更に数歳年下と考えれば、光源氏誕生時点では二十歳前くらいか。朝顔巻ではまだ五十歳前後であったことになり、あの巻の描写はやや気の毒なくらい老残の姿を強調していたことになる。前坊は桐壺院と同腹ならば、十歳以内の年齢差と見ておきたい。仮に桐壺院より七、八歳の年下くらいなら、光源氏誕生時点では十六、七歳であったことになる。

三　「二十歳」か「三十歳」か

これまで、光源氏誕生時点での桐壺院の年齢や、兄弟たちの年の差を考えてきたのであるが、その過程で、与謝野晶子の「二十になるやならず」という自由訳から大きく隔たることはないと言うことが確認できた。ところが、晶子自身は、一時、この考えを撤回しているのである。

与謝野晶子の『源氏物語』の現代語訳については、近年の神野藤昭夫の詳細な考察や、[11]市川千尋の労作『与謝野晶子と源氏物語』[12]を始めとして、新間進一、[13]田村早智、[14]片桐洋一、[15]河添房江[16]等々の研究があり、稿者自身も『源氏物語』と『日本文学全集[17]』で鳥瞰したことがある。

今それらに拠りながら、与謝野源氏の刊行の概略を述べれば以下の如くである。

1、元版四冊版。菊判・角背・天金・函入

装幀挿画・中沢弘光

発行所・金尾文淵堂

発行・明治四十五（一九一二）年二月～大正二（一九一三）年十一月

2、縮刷四冊版。三六変型判・丸背・天金・函入

装幀・有島生馬、挿画・ナシ

発行所・金尾文淵堂

発行・大正三（一九一四）年十二月

3、豪華二冊版。菊判・丸背・天金・函入

装幀挿画・中沢弘光

発行所・大鐙閣

発行・大正十五（一九二六）年二月

4、縮刷二冊版。四六判・函入
装幀・奥村土牛、挿画・梶田半古
発行所・金尾文淵堂
発行・大正十五（一九二六）年四月
5、菊判二冊版（大鐙閣版の再版）。菊判・丸背・天金・函入
装幀挿画・中沢弘光
発行所・河野成光館
発行・昭和四（一九二九）年三月
6、四六判一冊版。四六判・丸背・天金・函入
挿画・中沢弘光
発行所・新興社
発行・昭和七（一九三二）年七月（実見は昭和八年五月版、何刷かは未詳）
7、四六判一冊異装版（6とは外函が異なる）。四六判・丸背・函入。
挿画・中沢弘光
発行所・新興社（発売所・富文館）
発行・昭和十（一九三五）年九月（実見は昭和十三年一月版、四刷）

田村早智[18]によれば、7の初版すなわち昭和十（一九三五）年九月版は、6を四分冊にしたものと報告されているから、

稿者の見た7の四刷版は再度合冊となったものであろうか。転載を重ねたために、中沢弘光のせっかくの挿画が不鮮明なものとなっている。

この後に、昭和十三（一九三八）年の新新訳版がくるのである。新訳と新新訳の本文の相違については諸家に発言があり、戦後一般的に用いられた与謝野源氏が新新訳版であることもよく知られるところである。これに対して、新訳版の再評価を試みたのが神野藤で、その尽力により、新訳版も比較的容易に読めるようになった。新訳と新新訳との相違に対して、新訳版各種の中では本文に相違がないと考えがちであるが、4の縮刷二冊版では、現代語訳の本文に手が入れられていることを早く片桐洋一[19]が指摘しており、具体的に桐壺巻から、大きく変更されている箇所を七例挙げている。これをうけて神野藤昭夫は、その相違は2の縮刷四冊版から見られるもので、「初版本系の本文」と「縮刷本系の本文」について再調査の必要性を指摘している。[20]

それでは、1の元版に対して、2や4の縮刷版の段階ではどれくらいの割合で手が入れられているかを具体的に検証してみよう。改訂の比率を見るために、元版の一ページ半くらいの部分を、そのまま省略せずに挙げてみる。本稿のポイントとなる、年齢表記がなされている二箇所が含まれている部分を取り上げてみた。なお、原文のルビは、異同がある部分に限り言及することとしている。また漢字も新漢字に改めた箇所がある。

両本の異同は、矢印で示されているカッコの中の部分が、縮刷本で改められている箇所に該当する。異同箇所は、相違点が分かりやすいように、文節よりもやや長目に掲出している。

陛下は二十に（↓陛下は三十に）なるやならずの青年である。戀のためには百官の批難をも意に介せられない、いよいよ寵愛はこの人一人に集まるさまで（↓集まる有様で）ある。この人も百方嫉視の中に陛下の愛一つをたよりにして生きて居る。この人の父は大納言であつたがもう死んで居ない。残つて居る母親はものの分かつたえらい人で、この女のために肩身の狭いことのないようにと、常に心掛けて居たが、時には後家の悲しさ（↓寡婦の悲しさ）、両親の揃つた家の女にくらべて、心細い場合はないでもなかつた。（↓ないでもなかつた、）この時の妃嬪の位は、女御と云ひ、更衣と云ふのであつた。この人は更衣であるが、住んで居る御殿の名によつて呼ばれるので、その時の桐壺の更衣と云ふのは（↓云ふのが）この人の呼び名である。陛下と桐壺の更衣の間に一男子が生れた。美しい玉のような皇子である。陛下の第一男は右大臣の女の女御の腹で将来の儲君たることに（↓儲君たることは）誰（ルビ・だれ↓たれ）も疑ひを持つて居ない、臣下から多くの尊敬を払はれて居るが、更衣の腹の若宮の美貌には及びもつかない。陛下はその母を思ふがごとく（↓陛下は其母をお愛しになる如く）第二の皇子を愛し給ふことは非常なものであつた（↓非常であつた）。それを知つた右大臣の娘の弘徽殿の女御は我子の上に不安を感ぜずには居られない。第二の皇子が皇太子となるのではあるまいかと思はずには居られない。この女御は陛下が十二三で即位された時、最も初に妃に上がつた人であるから、陛下が重んぜらるる（↓重んぜられる）ことも他の妃嬪とは同一のもの（↓同一の程度）ではない。

ルビの訂正や、活用語尾の改変、てにをはの修正など小規模なものも含んではいるが、六百字程度の文章の中に、十一箇所もの修正があることが看取できよう。大雑把に言っても、平均百字ごとに一箇所の修正がなされているわけであり、与謝野晶子がかなり細かく手を入れていることが窺えるのである。

さて、桐壺院の年齢の問題に立ち戻ってみよう。縮刷版の改変箇所の中で最も目を引くのが「陛下は二十になるやならずの青年で」を「陛下は三十になるやならずの青年で」と、桐壺院の年齢を十歳も年上にしている点である。実に思い切った改変であるが、誰もが一見して「三十になるやならずの青年」という文章に、安定の悪さを感じるのではなかろうか。それは「三十」という年齢表記と「青年」という語とのつながりによるものであろう。そうした感覚は、後文の「この女御は陛下が十二三で即位された時、最も初に妃に上がつた人である」という一文によって一層際だつものとなる。弘徽殿女御が添臥として桐壺院のもとに来たときに、帝が十二、三歳であったならば、三十までは十七、八年となる。その間に生まれた唯一の男御子（第一皇子、後の朱雀帝）がこの後に誕生する光源氏よりわずかに三歳年上というのでは不自然であろう。朱雀帝と同腹の女一宮を年上にすることはできようが、裳着の記述（あたらしう造りたまへる殿を、宮たちの御裳着の日、みがきしつらはれたり。花宴四三二）から考えて、その誕生年を遡らせるのも限度があろう。結局、「陛下は二十」→「陛下は三十」という改変はかえって矛盾を含む結果となったのである。

ただ三十という数字は単純なミスなどではなかろう。物語の冒頭近くでもあり、そういった可能性は少ないだろうし、「三十」に「さんじふ」とルビまで附されている以上、ケアレスミスや誤植による数字の間違いとも考えられないだろう。とすれば、これは、「二十になるやならず」とまで、桐壺院の年齢を若くすることに与謝野晶子自身が違和感を持ったためではないだろうか。ここでは、晶子の「三十」説の矛盾を指摘するのではなく、たとえ一時期でも自らの「二十になるやならず」説に対していだいた違和感をこそ重視したいと思う。

『源氏物語』を詳細に読めば、真っ先に気になるのが左大臣の北の方の大宮の存在であろう。桐壺巻巻末で光源氏を婿に迎える左大臣家には、光源氏より四歳年上の葵の上や、その兄と思われる頭中将がいるのである。上述したように、この二人の母親である大宮との関係から、物語始発時の桐壺院の年齢はあまり引き下げられないのである。桐壺巻を見渡しただけでも、こうした問題が生じてくる。『源氏物語』全体に通暁している与謝野晶子にしてみれば、桃園式部卿宮、女五宮、前坊など、桐壺院の弟妹たちとの年齢構成のことも視野に入っていたのではないだろうか。

また先帝の皇子である式部卿宮との年齢関係も気になったかもしれない。少女巻で五十賀の準備がなされていることを根拠に逆算して桐壺巻の年齢を考えることなどはしないだろうが[21]、「嫗とつけて心にも入れず」と記される鬚黒の北の方の父親としてのイメージなどもあったかもしれない。

そうした様々な問題から、与謝野晶子は一旦「二十」説を撤回したのではないだろうか。単純に十歳上積みして「三十になるやならず」としたのは、やや安易な改訂という感がなきにしもあらずであるが、時間の制約などもあったのかもしれない。そのために、「青年」という後続語との関係や、後文の弘徽殿の入内時期との関係に多少の齟齬を来たしたのであろう。結局、この「三十」説は、大正初期に版を重ねた大鐙閣版や、新興社版には継承されなかった。晶子が最終的に、どういった考えに落ち着いたかは不明である。新新訳版では、原文に訳文を近づけたために、年齢に関する記述そのものがなされないからである。

おわりに

桐壺更衣を寵愛していたころの桐壺院の年齢をどのあたりに想定するかによって、物語の印象は随分異なってくる。藤本勝義の推測するように十代であれば、若い情熱のおもむくに任せてこの女性に惑溺する姿となろうし、稿者の推測する如く二十代半ばであれば、更衣の美貌と人柄故に思慮分別を失った青年天子の姿が浮き彫りになるであろう。『新訳源氏物語』の中で桐壺院の年齢が「二十歳」「三十歳」と揺れるのは、与謝野晶子が二人の桐壺院の姿のどちらを選択しようかと迷っていたのではないかと思われる。与謝野晶子ほど深く『源氏物語』を読み込んでいる読者にも、そうしたとまどいを与えるほどの振幅の広さもまた、この物語の魅力の一つであることを再確認して筆を擱きたい。

注

(1) この問題については、物語に描かれていない部分を含めて、「『源氏物語』前史―登場人物年齢一覧作成の可能性―」(『源氏物語の方法を考える　史実の回路』武蔵野書院、平成二十七年。本書所収)で分析した。

(2)『新訳源氏物語』の本文の引用は、いわゆる元版、中沢弘光の木版挿絵入りの菊判本(金尾文淵堂、明治四十五年初版、大正二年十一月第十版架蔵本)によった。

(3) 玉上琢彌「帝王」(『国文学』昭和四十六年六月号)。

(4)『太田善麿先生退官記念文集』(続群書類従完成会、昭和五十五年)。のち『源氏物語の想像力』(笠間書院、平成六年)所収。

(5) 清水好子「天皇家の系譜と準拠」(『源氏物語の文体と方法』東京大学出版会、昭和五十五年、初出は『武蔵野文学』二一、昭和四十八年)。

(6) 原田芳起『平安時代文学語彙の研究　続編』(風間書房、昭和四十八年)。

(7) ほぼ同時期に坂本共展『源氏物語構想論』(明治書院、昭和五十六年)は、六条御息所と前坊の分析から、同一の見解に到達している。

(8) 田坂「『源氏物語』の編年体的考察―光源氏誕生前後―」(『源氏物語の展望』四、三弥井書店、平成二十年。本書所収)、「『源氏物語』の列伝的考察―頭中将の前半生―」(『国語と国文学』平成二十年十月号。本書所収)など参照。

(9) 坂本共展「明石姫君構想とその主題」(『源氏物語構成論』笠間書院、平成七年)。

(10) 大宮は、朝顔姫君と同居している女五宮から「三宮うらやましく、さるべき御ゆかりそひて、親しく見たてまつりたまふを、うらやみはべる」(朝顔四六二)「故大殿の姫君ものせられし限りは、三宮の思ひたまはむことのいとほしさに、とかくことそへきこゆることもなかりしなり」(少女一三)、など「三宮」と呼ばれている。

(11) 神野藤昭夫「『新訳源氏物語』と幻の『源氏物語講義』」(『与謝野晶子の新訳源氏物語』解説、角川書店、平成十三年)、「与謝野晶子『新訳源氏物語』書誌拾遺」(『源氏研究』八、平成十五年)、「与謝野晶子の読んだ『源氏物語』」(永井和子編『源氏物語へ　源氏物語から』笠間書院、平成十九年)など。

(12) 市川千尋『与謝野晶子と源氏物語』(国研出版、平成十年)。

(13) 新間進一「与謝野晶子と『源氏物語』」(『源氏物語とその影響　研究と資料』武蔵野書院、昭和五十三年)。
(14) 田村早智「与謝野晶子訳『源氏物語』書誌(稿)」(『鶴見大学紀要(人文・社会・自然科学)』三二、平成七年)。
(15) 片桐洋一「與謝野晶子の古典研究―『源氏物語』を中心に―」(『源氏物語以前』笠間書院、平成十三年)。
(16) 河添房江「与謝野源氏の成立をめぐって」(『源氏物語とその享受　研究と資料』武蔵野書院、平成十七年)。
(17) 田坂「『源氏物語』と『日本文学全集』」『源氏物語とその享受　研究と資料』武蔵野書院、平成十七年、本書所収)。
(18) 注(14)田村論文。
(19) 注(15)片桐論文。
(20) 注(11)神野藤「『新訳源氏物語』と幻の『源氏物語講義』」参照。
(21) 実際に計算すれば、物語一年で式部卿宮は十六歳になる。

十二　『校異源氏物語』成立前後のこと

はじめに

いささか遠回りかもしれないが、最初に次のことを述べておきたい。稿者は、ここ十年ほど、戦後の文学全集を出版史・文化史の上に位置づけたいと考え、少しずつ調べてきた。その過程で気づいたことは、今日残されている様々な記録や記事は、最終的な形式や完成された形態に基づくものであって、当初の企画や変更された計画の逐一を追うことは意外に困難であるということであった。当初計画、第一次変更、第二次変更、刊行着手、刊行途中の修正、最終形態と、情報は次々と上書きされ、計画の初期のものほど下へ下へと塗り込められていく。今日的な表現を使えば、情報の上書きということであろうし、写本で言えば、削られ・胡粉を塗られ最初の文字が見えなくなった形と言えようか。最終形態がなまじ目に見える形で残されているだけに、かえって目を眩まされてしまうということもある。

ほんの半世紀前の、それも数万部から数十万部も出版され、広く巷間に流布した文学全集に関する記録でさえ、成立に到る過程や、成立前後の姿を探ることは困難である。それが、『源氏物語』研究に決定的な役割を果たしたとはいえ、一千部限定出版の専門性の極めて高い、しかも戦争による混乱期を間に挟んでいる『校異源氏物語』については、困難の度合いは一層高まってこよう。それだけに小さな記録や情報であっても、一つ一つ拾い上げていく地道な作業が必要とされる。『校異源氏物語』は、そうして調査して正確に位置づけておくことが必要な、近代における日本文学研究の金字塔の一つでもあるからである。

一　『校異源氏物語』底本の変更

『校異源氏物語』の成立過程を論じるときに、常に言及されるのは、東京帝国大学において、二度にわたって行われた『源氏物語』に関する展覧会である(1)。周知のことではあるが、やはりここから見ていかねばならない。

第一回目は、昭和七年十一月十九日、二十日に行われたもので、第一部源氏物語諸本、第二部源氏物語諸注、第三部源氏物語一般に関する研究書、第四部源氏物語の影響に関する資料に大別されて、総点数六百七十八が展示された。この時の経緯は、昭和十七年に刊行された『校異源氏物語』の序文（「芳賀矢一博士記念会実行委員」名義、日付は昭和十六年四月）にも記されているし、岩波書店から『源氏物語に関する展観書目録』が刊行されているので、その全体像を容易に知ることができる。この時点で、こうした大規模な『源氏物語』に関する展覧会が開催されたのは、昭和六年から七年にかけて、『校異源氏物語』の原稿が一応の完成を見たからであった。上述した『校異源氏物語』の序文から引用する。

池田文学士は（中略）昭和六年漸く校異源氏物語第一次稿本を完成いたされました。併し君はこれに満足せず、研究に研究を重ねて幾たびか稿を改め、最終的な稿本に到達されたのは、実に昭和七年のことでありました。

実際に、昭和七年の展覧会の第一部源氏物語諸本の最後には、「校本源氏物語原稿」として第一次から第五次までの五種が展示されていたのである。そしてそこには「校本源氏物語底本　河内本（禁裡御本転写）室町時代」と記されていた。このことと軌を一にするように、第一部源氏物語諸本は、河内本二十七種、青表紙本五十七種、別本十九種の順番に配置されていたのである。すなわち、昭和七年十一月の段階での『校異源氏物語』の素稿は、書陵部蔵の河内本を底本としたものであったのである。

これが、四年三か月後の、昭和十二年二月の、東京帝国大学における再度の『源氏物語』の展覧会では、がらりと様相を変えている。ここでは、「飛鳥井雅康自筆」のいわゆる大島本が、「本書は書写年代に於て必ずしも旧からずと雖も、現存諸本のいづれよりも原本の面目を最も忠実に伝へたりと推定しうる諸条件を具備し、本文校勘上きはめて重要なる資料たり」として、最重要写本の位置をはっきりと示している。

最終的に刊行された『校異源氏物語』は、言うまでもなく大島本が底本であり、河内本を底本とする昭和七年十一月時点の『校異源氏物語』の原稿が、完全に書き改められるのであるが、それは二回目の展示である昭和十二年二月までの間であろうと推測されるのである。大島本そのものの発見は、昭和五、六年頃といわれ、ただちに大島雅太郎の青谿書屋本となったといわれているから、池田自身がこの写本を眼にしたのも、ほぼその頃と推測される。実際に、大島本そのものは青表紙本系統の一写本として、昭和七年の展覧会にも展示されていたのである。それでは、『校異源氏物語』の底本として、河内本系の書陵部本から、青表紙本系の大島本に切り替えることを考え始めた時期については、いつ頃であろうか。(2)

上述したように、昭和十二年の東京帝国大学国文学科の二回目の展観では、大島本が中心となっていたことは明らかであるが、実は、一回目の展観の直後には、池田亀鑑によって大島本の重要性を示唆する論考が書かれている。岩波講座の

『日本文学』の一冊として、昭和八年一月に刊行された「源氏物語系統論序説」がそれで、そこでは、大島本は二楽軒自筆本（二楽軒は大島本の書写者の飛鳥井雅康の号）と呼ばれているが、阿部秋生によって指摘されているように、この「源氏物語系統論序説」では末尾に「昭和七年十二月十日稿」と入っているから、一回目の展観から一月足らずでこの文章が書かれたことになる。

おそらく、昭和八年早々には、大島本を中心として校本作成作業を練り直すことが、池田亀鑑の念頭にあったと思われるが、大島本そのものが重要写本の一つとして広く一般に公開された展覧会が、翌昭和九年一月に行われている。これも大島本や、『校異源氏物語』を考える上で重要な出来事であるから、次にこの展覧会について見てみよう。

二　松屋百貨店の展示

この展示については、これまで一、二の論考で報告したことがあるが、(3)今回は、この時作成された展覧会目録を読み込み、新たな観点から詳細に述べてみたい。

まず、この展覧会について簡単にまとめてみると、源氏物語同好会の主催で、源氏物語展覧会という名称で、銀座松屋八階を会場として、昭和九年一月九日から三十日まで二十二日間にわたって行われたものである。

松屋銀座本店の礎を固めた二代目古屋徳兵衛は、もともと「美術工芸についてとくに造詣が深く」(4)と記されている人物であったが、銀座という場所にふさわしい百貨店を目指して、各界の学識経験者から幅広く意見を聞くために、大正十四年に松屋呉服店顧問会を発足させた。(5)東京帝大教授工学博士塚本靖、東京美術学校校長正木直彦を始め、笹川臨風、岡田三郎助、久保田米斎（満明）、鹿島英二など錚々たる顔ぶれがそこには集った。この顧問会は、「銀座開店後特に活発となった各種展覧会、文化的催しなどについて指導的意見を求め[6]」るために設置された組織である。そして顧問会のメンバーのうち、笹川臨風と久保田満明は、『源氏物語』の展覧会の折に作成された解説目録に文章を寄せているから、今回の展覧会を開催する上でも、顧問会が重要な役割を果たしたことが推測される。実際、顧問の一人正木直彦の『十三松堂日記』昭和八年十二月二十六日の記事には、次のように記されている。

来春早々源氏物語展覧会を催すに就き準備程出来たれば一応内見並に尚助言を乞ふべきことありといふにより顧問会を開ける也[7]

顧問会全体の助言を受けて、笹川臨風と久保田満明が今回の展覧会の企画に直接関わったことは確実であるが、この展覧会のレベルの高さや、集められた資料の幅の広さから考えて、笹川と久保田の二人の下で、実際に準備作業や計画の具体化に従事した『源氏物語』の研究者がいたはずである。それはいったい誰であろうか。そのことを知る上で、展覧会に際して作成された、解説目録が重要な意味を持ってくる。

その解説目録とは、『源氏物語展覧会目録』という名称の縦十三センチ、横十九センチの横本の小冊子で、総ページ数も三十ページに満たない小さなものであるが、その体裁とは正反対の多くの情報をその中から得ることができるのである。特に、目録の後半、十五ページ以下の、出品された書籍・錦絵・屛風・衣装等の目録の部分は、当該資料の所蔵者の名前が明示されている精密なものである。

この目録の目次を挙げれば次のようになる。

ここには、東京帝国大学教授にして紫式部学会会長の藤村作と、当時東洋大学に移っていた島津久基の名前を見出すことが出来るが、実はここに名前が出ていない、もう一人の研究者が重要な役割を果たしていたと思われるのである。それは十五ページ目から二十八ページまで、この目録の約半分を占める出品目録をつぶさに検討することから分かるのである。

出品目録の冒頭に「久邇宮家御貸下」の『源氏物語覚勝院抄』『源氏交撰和歌集』と「梨本宮家御貸下」の『源氏絵屏風』が据えられているのは、昭和九年という時代を考えると当然であろう。次いで「第一部　源氏物語古写本及び古板本」の部を見ると十四種類の文献が列挙されているが、これら貴重な古文献の当時の所蔵者の名前がすべて記されている。

いま、それらを所蔵者別に分けてみれば、大島雅太郎所蔵とされているものが「鈴虫巻　伝藤原為氏筆　一巻」「古写本源氏物語」（これが所謂大島本であろう）、保坂潤治所蔵の「薄雲、朝顔巻　伝藤原為氏筆　一巻」、三条西伯爵家所蔵の「証本源氏物語　三条西逍遙院筆　五十三巻」、金子元臣所蔵の「嵯峨本源氏物語」、安田善次郎所蔵の「嵯峨本源氏物語」「古活字本源氏物語」そして池田亀鑑所蔵の「古写本源氏物語　伝津守国冬等各筆　五十四巻」「古写本源氏物語　牡丹花肖柏筆　五十四巻」「絵入源氏物語　小本　五十四巻」「素本源氏物語　五十四巻」「枕本源氏物語　万治二年刊　五十四巻」「英訳源氏物語　アーサー・ウエリイ訳　六巻」である。揃い本の優品は大島本・保坂本・三条西家証本・国冬本・肖柏本であるが、板本を含めて池田亀鑑が多くの資料を提供していることが注目される。

次いで「第二部　源氏物語研究書」のリストに目を転じてみよう。ここでは、『奥入』（二部）『原中最秘抄』『河海抄』（覆勘本、中書本）『花鳥余情』（初度本、再度本、複合本）『花鳥余情抄出』あたりを皮切りに、『覚勝院抄』『万水一露』『紹巴抄』『岷江入楚』などの大部の注釈書も含め、正統な注釈書のすべてを網羅し、江戸時代末期の『源註余滴』（本居大平旧蔵）『源氏物語評釈』にまで到る。更に『弘安源氏論義』（二部）『仙源抄』（二部）『源氏物語系図』（四部）『源氏物語年立』などの重要関連資料から、『伊勢源氏十二番女合』『紫家七論』『日本紀の御局考』を経て『雲がくれ』『山路の露』『手枕』（斉藤彦麿自筆書入）の擬作の数々、和歌資料としては『百番歌合源氏狭衣』（藤大納言局従三位忠子本）『今様源氏物語百人一首』『源氏百人一首湖月抄』、梗概書から翻案書としては『源氏小鏡』七部の他『源氏大鏡』『十帖源氏』『をさな源氏』『風流源氏物語』『若草源氏』『雛鶴源氏』『紅白源氏物語』等々ずらりと並ぶ。硬軟取り混ぜて、鎌倉時代初期から江戸時代末期・明治初期までの注釈書や関連資料全七十三種、九十三部の資料が並ぶ姿は壮観である。しかしてこの資料は「以上の文献は文学博士藤村作先生のご推薦により池田亀鑑先生の御所蔵品を拝借す」とあるごとく、すべてが池田亀鑑の蔵書単独で構成されているのである。この展覧会に果たした池田亀鑑の役割の大きさが推測されよう。

次の「第三部」は特にタイトルは付けられていないが、一部・二部以外の源氏物語関連資料、特に絵画資料などが多く集められているのであるが、ここに野村八良所蔵の『源氏物語』（写本五十四巻）『岷江入楚』『源氏物語英訳』（末松謙澄・ロンドン版）『源氏物語独訳』（マキシミリアン、ミューラ）など、本文・注釈も掲出されているのは、第二部を池田亀鑑蔵書のみで構成するためであろう。さて、第三部では、石山寺所蔵品では『大般若経』や芭蕉筆『紫式部追悼句』をはじめ、紫式部画像、石山形硯、紫式部木像など五点。顧問会に名を連ねていた正木直彦が前々年まで校長を務めていた東京美術学校所蔵品では住吉如慶筆『源氏物語絵巻』ほか七点。新劇場からは直衣、差貫、唐衣、汗袗、袴、単、表着など衣装多数。(8) 高田装束店からは透額冠と壁代、松木尚美社からは豊国・月耕・国周・広重らの錦絵百枚以上、そして解説執筆者の一人久保田満明が香道具箱、貝合、あふぎおとしなど十四点を提供している。第三部で注目されるのは第一部にも嵯峨本を出陳していた金子元臣が、『首書源氏物語』『俗解源氏物語』『源氏鬢鏡』『薄紫宇治曙』など江戸時代の文献多数に、源氏歌留多、源氏双六や活花関係資料、梶田半古の源氏絵など二十二種類を提供して、展示物の幅を広げている点であろう。今回の展覧会において、金子元臣の資料協力も小さくなかったと思われる。

しかし何と言っても、この展覧会を実質的に支えたのは、やはり池田亀鑑であったのではなかろうか。東京帝国大学教授藤村作を表に立ててはいるが、展観する古写本や関連資料の選択、配列など実際の作業全体に目配りができたのは、池田亀鑑を措いてほかにはいない。大島本・三条西家証本・保坂本などは池田の人脈によって展示可能となったものであろうし、(9) 全十二ページ強の出品目録の内、池田亀鑑の蔵書が半分近くを占めていることは、そのことを何よりも雄弁に物語っているであろう。とすれば、この展覧会の陰の立役者は池田亀鑑であったと言って良いのではないか。

『校異源氏物語』のような、専門性が高く、かつ莫大な経費を必要とする作業を継続するためには、幅広い分野の人々の理解や援助が必要である。そのためには、こうした百貨店の展覧会で、本文や注釈、関連書籍を並べて、それらに対する一般の人々の関心を高めることも、『校異源氏物語』に向けての重要な道程であったと思われる。

さて、この展覧会目録には、前半部の解説である十四ページまでと、後半部の十五ページからの出品目録との間に写真版が三点掲載されている。「梨本宮家御貸下　源氏絵屏風　六曲一双」と「柏木巻　薫君誕生　抱きてうつくしむは光源氏君」（隆能源氏柏木巻）と「古本源氏物語伝津守国冬等筆　五十四巻　池田亀鑑殿御所蔵」である。最後のものは、現在天理図書館の所蔵となっているいわゆる国冬本で、書写年代の古さや美しい装幀でも知られるものである。近時の、岡嶌偉久子『源氏物語写本の書誌学的研究』（おうふう、平成二十二年）でも、この国冬本は『源氏物語』の鎌倉時代の写本の代表の一つとして取り上げられ、更にその美しい書影がカラー口絵写真として使用されている。国冬本は当時池田亀鑑の手許にあったのであるが、展覧会目録で使用された写真とまったく同じ構図が、この時に作成された『源氏物語展覧会絵葉書』に使用されているのである。絵葉書の方は、トリミングなど若干の修正が施されているようであるが、国冬本の外箱を奥に置き、その手前に空蟬巻の表紙が見えるように配し、見開きの桐壺巻は靫負の命婦の弔問の場面を開き、奥にはその他の巻を二山に重ねていることなど、構図は完全に一致する。『目録』と『絵葉書』とが、同時に作成されたことを示す証左である。ちなみに奥の一山をくるんでいる柔らかい帙状のものは、現存しないらしい(10)。

次に、この絵葉書について簡単に見てみよう

絵葉書は「主催源氏物語同好会」「源氏物語展覧会絵葉書」「会場　東京銀座　松屋」と題する紙製の袋に入れられている。袋の背面には小さく「日本橋　青海堂納」と記されている。葉書の下部にも「東京　青海堂謹製」と記されている。青海堂は、当時手広く絵葉書を作成していて、稿者の目についたものとしては、大正天皇の『御即位式記念絵葉書』（大正四年）、『昭和天皇御大礼記念絵葉書』（昭和三年）、『日本大角力絵葉書』（男女ノ川、武蔵山、笠置山ほか、昭和初期）などがある。稿者の手許にある、『源氏物語展覧会絵葉書』は八枚入りであるが、これで完揃いであるか、一部脱落があるかは不明である。ただし、選ばれている構図のバランスの良さから考えて大きな脱落は考えにくかろう。また今回の展覧会

は、図版入りの目録の存在などは確認できないから、絵葉書の情報も貴重であるので、この八枚の構図を、絵葉書の解説文を使いながら略記しておきたい。

まずは絵巻・書籍関係が二枚、一枚が上述した「古本源氏物語伝津守国冬等各筆五十四巻」で、今一枚が「隆能源氏絵巻の内　宿生木巻」である。次に、「江州石山寺紫式部源氏の間書院窓より見たる土佐光起筆の紫式部画像と寺宝の硯」を一覧できる贅沢な一枚。以下の五枚は、人形などを使って立体的に視覚に訴えるもの。「会場の一部」「紫式部」とあるものは紫式部の立像だが、「会場の一部」という語句はこの一枚だけだから、これが会場の雰囲気を伝えるものとして、絵葉書の第一枚目に当たるものかもしれない。残りの四枚は、桐壺巻の光源氏元服、葵巻の車争い、胡蝶巻の龍頭鷁首、夢浮橋巻の小野を訪ねた浮舟弟の小君、という場面が選ばれている。そして、それぞれの場面に解説の文章とその場面に関連する和歌が添えられている。解説文を夢浮橋巻で例示すれば「仄かにこれを耳にした薫君からの文を携へて　浮舟の弟の小君がこの小野の庵室へ御使いに立ち　僧都の妹尼君を通して懇請してみましたけれど姉への対面は終にかないませんでした。空しい復命を待ちつけた大将の心が思ひやられます」「法の師とたつぬる道をしるへにて　思はぬ山にふみまとふかな」である。この文章と和歌は、展覧会目録中の「画面設定並解説」から転載されているものである。和歌まで絵葉書の解説に入れるあたり工夫が凝らされていると言って良かろう。

ともあれ、銀座松屋を会場とした「源氏物語同好会」主催の「源氏物語展覧会」は、『源氏物語』の古写本や多数の注釈書・関連書が、大学という象牙の塔を出て、百貨店の会場で専門家以外の多くの人々の眼に触れたという点でも画期的であったし、同時に大島本の一般へのお披露目となったであろう。『源氏物語』そのものへの関心はもちろん、古写本や書籍、そして源氏文化とでもいうべきものに対する認識を広げたという点では、大きな役割を果たしたものと思われる。

それは、『校異源氏物語』の公刊へ向けて、一歩踏み出したことになったのではなかろうか。

三　谷崎源氏の成功

『校異源氏物語』の刊行に向けて、大きな弾みとなったのは、中央公論社が谷崎潤一郎の『源氏物語』の現代語訳の出版を手がけ、それが大成功となったことである。

銀座松屋の『源氏物語』の展覧会から、ちょうど五年後、昭和十四年一月二十三日に、谷崎源氏の第一巻の桐壺巻から空蟬巻まで（序、例言、総目録を含む）、第二巻の夕顔巻・若紫巻が刊行された。いわゆる旧訳と呼ばれる谷崎源氏である。以降、四月、六月、七月、八月、十月と順調に配本を重ね、十二月二十日には第七回配本の巻十三・巻十四（若菜下巻から鈴虫巻まで）を刊行、翌十五年には三月、六月、九月、十二月と四回の配本で巻二十二の蜻蛉巻までを刊行、十六年四月二十五日の巻二十三（手習巻・夢浮橋巻）・巻二十四（源氏物語和歌講義上巻）、七月二十五日の巻二十五（源氏物語和歌講義下巻）・巻二十六（源氏物語系図、同年立、同梗概他）まで二年半で全巻の刊行を終えた。

第一巻の冒頭に掲げられた序文に「此の全巻を刊行し終る迄には、今後尚一年一箇月の日子があるので、その間に更に推敲を重ねつゝ印刷に附するつもりである」と記しているように、刊行開始時点での計画は、毎月配本で、翌十五年春には完結の予定であっただろう。それが、時代の空気との妥協を図りながら修正を迫られるということもあっただろうし、結果的には多少の遅延を余儀なくされることとなる。それでも、ほぼ二、三か月の間隔を守りながら、二年半でこの大事業を完成させたことは驚嘆に値すると言って良いであろう。

一冊一円（計二十六円、一時払特価二十三円）の普及版も、八十円（前金払い）という高額の愛蔵版も共に大変な人気であった。普及版・愛蔵版共に題簽中扉を尾上柴舟の筆跡で飾り、装幀と地模様を長野草風が担当し、各巻異なる地模様入りの用紙に本文が印刷されるという豪華な造本であった。愛蔵版は特別に全巻に鳥の子紙を使用し、限定番号入りの一千部限定本で、更に本冊が横二列に収まる特製桐箱が付き、これに谷崎潤一郎の自筆署名が記されるという贅沢なものであった。普及版の方も収納用の桐箱をという声に答えて、こちらは全二十六冊が一列に収まる縦長の並製桐箱（代価八円）が作成されている。この二種類の谷崎訳は、昭和の新しい『源氏物語』として大きな人気を博したのであった。そして、この谷崎源氏の大成功を受けて、『校異源氏物語』の刊行が日程に上ってくるのである。

この谷崎源氏の刊行前夜の状況について、池田亀鑑の周辺の人物に貴重な証言がある。二松学舎で池田亀鑑に学んだ、池田より十歳年少の岡本正が、谷崎源氏と『校異源氏物語』刊行の頃を回想した、「若き日の池田亀鑑先生―心に滲みる思い出のかずかず―」(11)という文章がある。谷崎源氏第一巻の発行直前に、中央公論社主催の講演会が行われ、恩師の池田亀鑑が講演をするので、教え子の岡本は駆けつけたのであろう。この文章は谷崎源氏刊行前夜の、当時の空気を良く伝えているものである。

世にいう『谷崎源氏』なるものの初版巻一が中央公論社から出版されたのは、昭和一四年一月二三日（発行）である。その数日前と思しき頃(12)、東京日比谷野外音楽堂で出版記念口演会が盛大に催された。社長嶋中勇作氏が開会の挨拶、谷崎も話し、（中略）山田孝雄博士（原文注、当時東北帝大教授）は開口一番、「私は只今陛下に『古事記』の一章について御前講の帰途、立ち寄ったものでありまして……」とフロックコートを召して、いかにも時の人として、堂々得意の絶頂とお見受けしました。（中略）山田孝雄博士が、此処で最初に言い出された詞は、忘れもしないが「源氏物語は私の道義心から、大学の講壇では講義せぬ事にしている。なぜかと申せば、源氏の中には、あたかも絣の目のように、我が皇統を乱す詞がちりばめられていて、それを識別するのは至難なわざであります……」といった具合であったのです。（中略）それから、やがて池田亀鑑先生がお立ちになる。

岡本の文章は、このあと当日の池田亀鑑の伸び盛りの若木のような印象を巧みに伝えているが、ここでは「時の人として、堂々得意の絶頂」にある山田孝雄の、「只今陛下に『古事記』の一章について御前講」から始まる発言が目を引く。特に、谷崎源氏の出版を数日後に控えた、出版記念講演会であるだけに、山田の持論の「源氏物語は……我が皇統を乱す詞がちりばめられて」云々の言葉が一層強烈な響きを与えるのである。

戦前の谷崎源氏が、藤壺と光源氏のくだりを、ばっさりと削っているのは良く知られた出来事である。そうしたことがなされたことについては、多少説が分かれているものの、大なり小なり山田孝雄の関与が、推測されている所である。これも周知のことであるが、谷崎自身は、旧訳の序文で、次のように藤壺の一件を削除したことについて述べている。

此の原作の構想の中には、それをそのまゝ現代に移植するのは穏当でないと思はれる部分があるので、私はそこのところだけはきれいに削除してしまつた。〔実際それは構想のほんの一部分なのであつて、山田博士も既に指摘してをられる通り、全体の物語の発展には殆ど影響がないと云つてよく、分量から云へば、三千何百枚の五分にも達しない。〕

この旧訳の完成から約十年の歳月を挟んで、戦後、『源氏物語』の改訳に取り組んだ谷崎は、その第一巻に七ページに及ぶ「源氏物語新訳序」を記しているが、そこには、旧訳を改稿して新訳を世に送る谷崎の心情が余すところなく述べられている。「決してあの翻訳の出来栄えに満足してゐたわけではなかった」と言う谷崎ではあるが、何と言っても「あの翻訳が世に出た頃は、何分にも頑迷固陋な軍国思想の跋扈していた時代であったので」「分からずやの軍人共の忌避に触れないやうにするため、最小限度に於いて原作の筋を歪め、削り、ずらし、ぼかしなどせざるをえ」ず、しかもそれは「翻訳の業に従ひつつある前後五六年の間に、事変の様相が次第に深刻さを加へるにつれて」「最初に考へたよりも、より以上の削除や歪曲を施すことを余儀なくされた」ものであったのであった。そしてそのような形とならざるを得なかった「源氏の翻訳を完全なものにしたい」という思いを抱いて、新訳の筆を執ったと述べている。谷崎自身のこうした発言や、それを補強するような証言もあって、旧訳における藤壺・光源氏の部分を削除したことに関しては、旧訳の校閲者であった山田孝雄の強い意向を受けたものというという見方が中心であった[13]。これに対して最近では、谷崎の自発的削除という部分を注視しようとする考え方も強まっている[14]。谷崎の側の自主規制や自発的削除へ傾斜する道程と同時に、旧訳谷崎源氏刊行当時の山田孝雄のこうした発言――「源氏物語は私の道義心から、大学の講壇では講義せぬ事にしている。なぜかと申せば、源氏の中には、あたかも絣の目のように、我が皇統を乱す詞がちりばめられていて」――などを、改めて見つめる必要があるだろう。

さて、谷崎源氏刊行前夜の空気を伝える資料として、もう一つ、中央公論社の宣伝文を挙げておきたい。新聞広告などは良く引用されることがあるので[15]、ここでは、昭和十四年一月一日中央公論社刊の林芙美子『北岸部隊』の巻末広告を見てみよう。そこには「谷崎潤一郎氏訳の源氏物語の発刊いよいよ目睫に迫る」という宣伝が見開き二ページにわたって記されている。これもまた時代を色濃く反映した貴重な資料であるので、その一部を抜粋しておく。

芸術を奉ずる者にとって、芸術の世界こそ戦場である。谷崎潤一郎氏ほどの大文豪が、苦闘七年にして始めてできた源氏物語である。誰かその絶大なる意力の前に驚嘆せぬものがあろうか。源氏物語は世界十大小説の一である。（中略）その優雅、繊美、絢爛、悠大なる文章を、ありのままに芸術訳をした谷崎源氏こそは、芸術の聖典として永く日本魂を高めるのみならず、われらが家庭に心ゆくばかり薫習するであろうと信ずる。殊にわが国文学界の至宝たる山田孝雄博士の厳格一毛の誤りをも見逃さざる良心的校閲を経て世に出るのである。日本文化高揚の文学として皆さんの讃読を請う次第である。〔来る一月二十三日（月曜）発刊。全二十六冊。毎月二冊配本。定価一冊一円。ほかに申込金一円を申受ます〕

「苦闘七年」というのは、旧訳谷崎源氏の序文に「中央公論社の嶋中社長から、源氏物語を現代文に直してみたらと云ふ相談を最初に受けたのは、昭和八年頃であつたかと思ふ」と、谷崎自身が記している文章と呼応するのであろう。谷崎の序文は「昭和十三年十一月」の日付入りであり、十四年一月刊行の『北岸部隊』の巻末広告文が作成された頃には、中央公論社で印刷に附されていたであろうから、「七年」という具体的数字を挙げることができたのである。ともあれ、「わが国文学界の至宝たる山田孝雄博士の厳格一毛の誤りをも見逃さざる良心的校閲」と言い、「永く日本魂を高める」「日本文化高揚の文学」という言葉が連なっているのは、やはり十五年戦争も半ばを過ぎた当時の世相を反映しているものである。

四　谷崎源氏の月報と校異源氏の予告

こうして刊行が始まった谷崎源氏であるが、流麗な谷崎訳の魅力はもちろん、造本もすばらしく、戦前の日本文化の結実と言って良い出来栄えであったが、付録である月報も又充実していた。旧訳の谷崎源氏は、上述したように、全二十六冊を二冊ごと、十三回の配本がなされたが、二冊一回の配本ごとに『源氏物語研究』という名前の八ページから十六ページの月報が挿入されている。この月報の巻頭には国文学者や小説家が力のこもった文章を寄せている。月報がこうした体裁を取ったことについては、月報第一号の「ゆかり抄[16]」に「月報の多くは、雑誌的色彩を帯びがちであるが、源氏月報は、谷崎源氏の出現によつて、源氏学者の手に還つた古典源氏の面影を伝へるため、源氏物語十三講とし、一回一講を載せ」とあるように、明確に意識されたものであった。そしてその第一号に起用され、月報八ページのうち七ページをしめる「源氏物語の主題―自然及び人間に対する愛その他―」という文章を寄せたのは、言うまでもなく池田亀鑑であった。以降、舟橋聖一、久松潜一、藤田徳太郎、長谷川如是閑、片岡良一、五十嵐力、塩田良平、尾上柴舟、浅野晃らが貴重な文章を寄せているが、第九号には、後述する鷹見芝香『仮名書道の研究』に序文を寄せている藤懸静也が「源氏物語と美術」を書いている。

それ以外にも、様々な工夫がされた月報であるが、一つだけあげれば、『源氏物語研究』というタイトルのすぐ下に、毎号『源氏物語』に関する古今東西の至言が掲げられる、洒落た構成が見事であった。その一部を抽出すれば、第一号「我が国の至宝は源氏物語に過ぎたるはなかるべし」（一条兼良）、第二号「紫式部は恐らく最初の女流小説家であるが、又最も偉大な作家の一人である」（倫敦タイムズ）、第十号「『源氏物語』は情熱あり、滑稽あり、はた溢れたる喜楽あり、人情風俗に関する鋭利なる観察あり、或は自然美に対する鑑賞あり。而して文は日本文学中最上の軌範たり」（アストン）、第十二号「著者が着実なる観察と深邃なる思想とが抱合するところに、この空前絶後の傑作は生れたるなり」（藤岡作太郎）と、時代・内外を問わず、『源氏物語』賛美の詞で溢れている。

さて、順調に配本を続けてきた谷崎源氏は、昭和十五年、紀元二千六百年の奉祝に沸いた年の十二月、巻二十一の浮舟と巻二十二の蜻蛉を、十一回目の配本として刊行した。この時に、月報である『源氏物語研究』第十一号が挿入されているが、そこに重要な記事が見られる。十一号の月報は、全八ページであるが、そのうち約一割の部分（七ページと八ページの上段）を費やして、「『校異源氏物語』刊行に就て」という約二千字ほどの文章が載せられている。『校異源氏物語』を刊行する中央公論社自身による、『校異源氏物語』の発刊を予告する貴重な発言であり、この本が当初はどのような計画であったのかを知る重要な資料であるので、長文にわたるが、一部を除いてその全文を以下に引用する。

　弊社は、谷崎潤一郎氏によつて源氏物語の口語訳を完成し世の視聴を蒐めつつあるが、今更に之に次ぐ大事業として校異源氏物語の刊行を江湖に発表する。

　本書は国文学の泰斗故芳賀矢一博士記念会の企画した「源氏物語諸注集成」の大事業の一部門であり、同会よりこの事業を依嘱せられた池田亀鑑氏が大正十五年以来心血を濺ぎ、あらゆる犠牲を忍んで完成を急ぎ今漸く功を峻へたものであつて、之が出版可能の具体的形式に改めるために稿を更ふること数次、実に幾多の困難を克服したのである。本書の如きはその性質上絶対厳密なる校正を要すること言を俟たないが、弊社はこの点に於ても深く注意を払ひ、印刷の事に着手してから拮据一年有半、殆どその業を畢へることを得たのは、欣快に堪へないところである。

　その内容を要約すれば、先づ各帖毎に慎重な考証の結果、最も純粋なる青表紙本の一証本を得てこれを底本と定め、本文を掲げ（四六倍判総頁数二千百、毎頁五号三十五字詰十四行）、その余白に、青表紙本、河内本、別本の項を立てて諸本の細密精緻なる校異を挙げてある（六号二十四字詰七十行）。更に語彙数三十万を超える総索引が附せられてゐる（総頁数七百、一頁六号二十四字詰、百四十行）[17]。その校異に方つて参勘した諸本の数は無慮数千冊に余るのであるが、一字も苟もせず、精博な考証と的確な批判とによつて、源親行以来七百年の碩学の偉業を結実せしめたのである。殊に従来存否さへも知られなかつた秘籍に新しい価値を発見した功績は覆ふべくもない。又数十万の源氏物語の各語彙を自由に検索することの出来る大索引が附せられたことは、国文学研究の新しい発展のために貢献する所甚大である

と信ずるのである。(中略)[18]

されば本書は苟も日本文学研究者として、源氏物語を繙かうとする人々にとつては空前絶後の源氏テキストであり、索引である。読者は本書によつて、門外不出の国宝的な写本の数百冊の内容を容易に知ることが出来、又厖大な源氏語彙を自由に検索してその内容を利用することが出来るのである。今後源氏に手を染める者は何人と雖も先づ本書から入らねばならぬのである。源氏物語原典の最高権威として決定的のものであることを強調しておく。

抑もかかる事業は幾たびか企図されてゐる筈であるが、その未知の厖大なる資料の博捜と整理のための資金と労力と犠牲との故に今日まで遂に成功するに至らず、遺憾至極であつたが、今回芳賀矢一博士の記念事業としてつひに成功を見るを得たのは、洵に欣快に堪へない。時宛も紀元二千六百年に方り、真に世界に誇るべき一大古典の決定的整理が成つたのは感慨更に深いものがある。

本書は今完結しつつある「谷崎源氏」の純芸術の書であるに配し、是は正に純学術の書といふべく、弊社が芸術と学術の両面に亙つて偉大なる古典の再認識を求めることが出来たのは、洵に本懐とする所である。この出版は一には、弊社嶋中社長の本事業に対する全幅的信頼と、営利を度外に置いた出版的良心の流露であることをも敢て申し上げておき度い。

又本書は限定出版であるから、長く愛蔵に堪へるやう、品位を貴び、現在許される限りの製本と装釘の最高技術を以てした。故に本書を繙けば、古雅高湛恰も幾千冊の古伝本と共にあるの感を禁じえないであらう。この期を逸しては永久に入手し難いものであるから、老少を言はず男女を分たず、挙つ一書を愛蔵せられんことを冀求してやまない。敢て多言する所以である。

冒頭に「谷崎潤一郎氏によつて源氏物語の口語訳を完成し世の視聴を蒐めつつあるが、今更に之に次ぐ大事業として校異源氏物語の刊行を江湖に発表する」と高らかに宣言し、「完結しつつある『谷崎源氏』の純芸術の書であるに配し、是は正に純学術の書といふべく、弊社が芸術と学術の両面に亙つて偉大なる古典の再認識を求めることが出来たのは、洵に本懐とする所である」と結ぶあたり、谷崎源氏を成功裡に完成させつつある中央公論社の自信と矜恃とが交錯する高揚した雰囲気がひしひしと伝わってくる文章である。

更に続けて、「芳賀矢一博士記念会の企画した『源氏物語諸注集成』の大事業の一部門であり、同会よりこの事業を依嘱せられた池田亀鑑氏が大正十五年以来心血を濺ぎ、あらゆる犠牲を忍んで完成を急ぎ今漸く功を峻へたもの」と、端的にかつ正確にこの間の経緯を述べているが、注目すべきは「印刷の事に着手してから拮据一年有半、殆どその業を畢へることを得たのは、欣快に堪へない」とある部分である。この文章が公になった昭和十五年末から遡ること「一年有半」、すなわち、昭和十四年の半ばには、既に『校異源氏物語』の入稿が始まっていたことが跡付けられるのである。

その次の段落では、具体的に判型、ページ数、活字号数、一ページ版組について具体的に言及されている。そこに記されている「最も純粋なる青表紙本の一証本を得てこれを底本と定め、本文を掲げ（四六倍判総頁数二千百、毎頁五号三十五字詰十四行）、その余白に、青表紙本、河内本、別本の項を立てて諸本の細密精緻なる校異を挙げてある」というのは、実際に刊行された『校異源氏物語』の体裁と完全に一致し、ページ数も極めて近似する。校異の部分の「六号二十四字詰七十行」は、行数の数え方にもよるが、これもほぼ刊行された形と近く、この文章が記された、昭和十五年末の段階で、『校異源氏物語』の骨格はほぼ固まっていたと言って良いだろう。

そして、この「『校異源氏物語』刊行に就て」という文章の中で、最も注目されるのは、「更に語彙数三十万を超える総索引が附せられてゐる（総頁数七百、一頁六号二十四字詰、百四十行）」という一文である。

『校異源氏物語』の当初の計画は、今日私たちが見ている形の、校異篇（校本篇）だけのものよりも、更にその規模は大きく、総索引が附属したものであったのである。活字の大きさ、一行字詰め、一頁行数、そして総頁数まできちんと計算されているから、この時点で索引の原稿は完成か、それに近いものであったのではないだろうか。また、前引資料で述べられている校異篇の本文部分の行数・文字数は、実際に刊行されたそれとほぼ正確に対応している。とすれば、索引の部分の見通しも、かなり精度の高いものであったと推察されるのである。

そこで、戦後『源氏物語大成』の索引篇として刊行されたものと比較すると、こちらは四段組、一段一行十八字詰三十八行であるから、単純には比べられないかもしれないが、総ページ数は「『校異源氏物語』刊行に就て」の予告「七百頁」に対して『源氏物語大成』索引篇の一般語彙（自立語）の部の第四巻が六八八ページと極めて近い数字であることが注目される。すなわち、この時、『校異源氏物語』の総索引として計画されていたのは、ページ数から考えても、昭和十年代という時代を考えても、自立語の索引であったと考えて良いであろう。自立語篇のみではあろうが、『校異源氏物語』の段階で既に索引篇は刊行される予定であったのである。

戦後池田亀鑑自身は、自著『新講源氏物語』（至文堂、昭和二十六年）の序文で「校異源氏物語の方は、嶋中さんの犠牲的友情によつて、やつと出版されたが、索引源氏物語にいたつては、いつ上梓のはこびになるか、見当がつかない。原稿は、むなしくつみ上げられてゐる」と述べていたが、その原稿は、戦前から既に準備されて、しかも当初は刊行される可能性が極めて高かったのである。

そこで、改めて、戦後の『源氏物語大成』の序文を見てみよう。そこには次のように書いている。

今回の索引の事業は、さきにのべたやうに、校異と併行してなされたものでありますが、一般語彙の部は、戦争勃発の直後、松村誠一・奥野昭子・木田園子三氏の献身的な協力によつて一応脱稿し、その後随時訂正加除を行つてきたものであります。戦後第二次の出版の希望が生まれると、その旧稿の再調査に着手、これと並行して、あらたに助詞助動詞の部の仕事を進めました。

ここでは「一応脱稿し」と書かれているが、これは出版の可能性は未知数だったのではなく、『校異源氏物語』の索引として刊行することを目指してのものであったのである。恐らく、谷崎源氏の月報に『校異源氏物語』の刊行予告が初めて掲載された昭和十五年十二月の段階では、下原稿がほぼ完成し、一年後の太平洋戦争の開始間もなく（『源氏物語大成』序文の言う「戦争勃発の直後」）には、脱稿していたのであった。それだけでなく、行数文字数頁数が確定していることから、一部下組が行われていた可能性もある。もし、この予定通り索引が刊行されていたら、「七百頁」という分量から考えて二分冊となり[19]、全七冊の『校異源氏物語』となっていたはずである。その計画が、日中戦争から太平洋戦争へと戦火の拡大による、出版を取り巻く状況の悪化もあって、索引篇は日の目を見ずに終わったのであろう。しかし、少なくとも昭和十五年十二月の段階では、『校異源氏物語』は、校異篇と索引篇とを併せ持った計画であったのであった。

稿者は、先に、『校異源氏物語』の刊行予告が〈初めて〉掲載された昭和十五年十二月、と述べたが、実は谷崎源氏の月報には、もう一回刊行予告が掲載されているのである。それは谷崎源氏が完結する第十三回配本（最終回配本）の月報に掲載されたものである。それは前回の刊行予告が月報に載った第十一回配本から七か月後、昭和十六年七月のことであった。今回の刊行予告は、一部を除いて前回の文章とほとんど変わっていないので、相違点のみ掲げてみる。

「空前絶後の源氏テキストであり、索引である」（十一号）→（十三号）「空前絶後の源氏テキストである」

「時宛も紀元二千六百年に方り、真に世界に誇るべき一大古典の決定的整理が成つたのは感慨更に深いものがある」（十一号）→（十三号）ナシ。

長文の削除である後者の方が目に付くのであるが、これは第十一回配本が昭和十五年十二月で、紀元二千六百年の奉祝一色に塗りつぶされた年の刊行であったため。第十三回配本は昭和十六年のことであるから、この文章が使えなかったため、当然の変更であった。重要なのは、実に些細な「テキストであり、索引」から「テキスト」への変更である。今回の刊行予告でも、相変わらず「語彙数三十万を超える総索引が附せられてゐる（総頁数七百、一頁六号二十四字詰、百四十行）」云々の文章は掲載されているが、たとえ一箇所であっても、「テキストであり、索引」とあった部分が「テキスト」と変わって「索引」の二文字が消えているのは、重要な意味が隠されているのではないか。太平洋戦争の開始はまだ五か月後であるが、日中戦争は一層泥沼の様相を呈し、出版を取り巻く状況の悪化もあって、『校異源氏物語』の計画の縮小、索引篇の計画中止に向けて、わずかずつではあるが、舵を切り始めたことを暗示しているのではないだろうか。

実際に刊行されて、今日残されている『校異源氏物語』は、戦後の『源氏物語大成』（全八巻）の校異篇の部分のみ、すなわち校本のみの刊行であった。ところが当初は校本に索引も併せ持った計画であったのである。それは、「数十万の源氏物語の各語彙を自由に検索することの出来る大索引が附せられたことは、国文学研究の新しい発展のために貢献」云々の文章が、谷崎源氏月報の十一号、十三号のどちらにも記されていることから推測される。すなわち戦後の『源氏物語大成』の校異篇（全三巻）と索引篇（自立語篇）を併せたような計画だったのである。言い換えれば、昭和十五年頃の『校異源氏物語』の計画は、戦争を挟んで更に十五年の歳月を経て刊行された『源氏物語大成』と同じ骨格を持っていたことが推測されるのである。それが作業の遅延か、戦時体制下における出版事情の問題か、あるいはその両方かによって、索引篇は計画のみに終わったのである。「テキストであり、索引」から「テキスト」への、小さな変更は、そのことの歴史的な証言でもあるのである。

五　『校異源氏物語』の刊行

谷崎源氏の月報で予告された索引篇も含む形とは違って、今日私たちが見ている形の校異篇のみの『校異源氏物語』が刊行されたのは、昭和十七年十月のことであった。月報の最初の予告から一年十か月後、谷崎源氏の完成から一年三か月後、太平洋戦争の勃発から十か月後のことであった。

先に引用した池田亀鑑の教え子の岡本正の文章から、『校異源氏物語』の刊行と、その本を入手した時の喜びを感動的に語っている部分を掲出してみよう。

『校異源氏物語』が、中央公論社から一千部限定出版で発行になったのは、忘れもしない昭和一七年一〇月でした。定価百弐拾円とあるのには、驚き入りました。やはり先生が言われていた如く、「皆さんには求め得ぬ値となりましょう。」とのお詞を思い出した。その時、私の俸給は確か一〇五円でした。書痴の私であっても、家庭生活を無視した道楽は許されない。考えぬいた挙句、中学の先輩で、日頃私が御愛顧にあづかっていた実業界のお偉方がいて、この方に年末の賞与払いを条件として借用することを決意した。たまたま私は、当時国の食糧増産の事業のために、宮崎県に駐在していた。先輩から、「丸の内ビルの中央公論社に支払いをすませて来たから、そのうちに着荷するだろう。」とのお便りが届けられた。その時のありがたさとうれしさは、生涯忘れ得ぬ思い出となって残っている。

『校異源氏物語』は同じ中央公論社が刊行した、谷崎源氏の普及版の約五倍の金額であった。同じ一千部限定で、当時の愛書家にとっては垂涎の書物であったと思われる谷崎潤一郎の肉筆署名入りの桐箱が付いた谷崎源氏の愛蔵版でさえ、八十円であった。その贅沢な造本の愛蔵版谷崎源氏よりも、遙かに高額な『校異源氏物語』が、簡単に手の届く金額でなかったことは容易に推察される。完璧を期するために長期にわたった厳密な校正と組み替えもあっただろうし、専門性の高さ、恩地孝四郎の典雅な装幀、複雑な組版にかかった労力などを考えても、こうした金額設定はやむを得なかったものであろう。

今日では、『源氏物語大成』があれば、『校異源氏物語』は不要との立場もあろうが、稿者は『校異源氏物語』の果たした役割の大きさを考えると、やはり手元に一部は置いておきたいと考えるものである。また、古書店などで保存の良い『校異源氏物語』を見ると、戦争の激しい時代に『源氏物語』や国文学を愛好する人々や研究者に大切にされてきた本を、何となく見過ごすことができなくて、重ねて購入してしまうこともある。これは研究者としての立場ではなく、単なる愛書家やディレッタントとしての仕業であろうが。若い研究者仲間に差し上げるなどして出入りはあるが、現在は限定番号で言えば、六八番、一八五番が私の手元に留まっているものである。このうち「百八拾五号」本は、京都大学出身の国語学者濱田敦氏の旧蔵本で、帙に「昭和拾七年拾弐月廿日　濱田敦」の署名が記されている。濱田敦は当時三十歳、少壮の国語学者が手にしていたものである。

ここで、いささか言及したいのは「六拾八号」本の方で、これは池田亀鑑が、女流書家の鷹見芝香に献呈したものである。『校異源氏物語』の帙には、池田自身による文章が記されているから全文を引用しておこう（句読点は私に補ったものである）。

芝香夫人が書道芸術に志し、明星書塾を創設された時、私はこの書の編纂に着手し、他日の大成を期して、各々の道に向つた。その間、萬事に代へずしては一の大事成るべからず、といふ古賢の言葉は、我々にとつての一貫せる信条であつた。その後、芝香夫人の芸術は年と共に愈々深まり、その事業は益々大を加へた。私の魯鈍亦十有五年の歳月を閲して、やうやく本書を出すを得た。今往事をかへりみ、感なきを得ない。こゝに契沖が長流に贈つた一首

われを知る人は君のみ君を知る人も多くはあらじとぞ思ふ

を多年の道友にさゝげ、更に一層の精進を誓ひ度いと思ふ。

昭和廿一年六月

池田亀鑑

「多年の道友」鷹見芝香に献呈されたのは六八番本であった。献辞の日付は、刊行から四年後のものである。この時点で、どうしてこのような若い番号が可能だったのだろう。そもそも、千部限定の『校異源氏物語』は、どのように頒布されたのであろう。限定番号のある書物は、若い番号は著者や発行元に留められたり、恩恵を受けた関係先に寄贈したりするものであるから、五〇番ぐらいまでは、提供を受けた写本の所有者や、後援者たちに寄贈されたのではなかろうか。一番本の行方は現在確認できていないが、中央公論社の嶋中社長か、芳賀博士記念会の代表者藤村作の手許に留められたものでもあろうか。昭和二十一年に、池田亀鑑が鷹見芝香に献呈した『校異源氏物語』が六八番本であったのならば、五一番あたりから数十冊が、一般的な献呈先用に池田の手許に留められたのではなかろうか。まったく推測の域を出ないが、このあたりが常識的な考えであろう。

池田亀鑑から六八番本の『校異源氏物語』を寄贈された鷹見芝香は、その著『仮名書道の研究』の跋文によれば、奈良

女子高等師範学校文科で大塚盤石の指導を受け、卒業後長崎県立高等女学校に奉職、その後、研究の念抑えがたく、長崎高女を退職、上京して兄の東京高等師範学校教授板倉賛治宅に寄留して研究を続け、婦人書道会明星書塾を開いた人物である。

『仮名書道の研究』は、鷹見芝香の最初の著述で、昭和九年刊行。当初は個人出版だったらしいが、好評を得て、三省堂から、同年のうちに増補訂正版が刊行された。稿者が所蔵しているのも、九年九月五日発行の三省堂版である。その後『明星習字帖・詞章編』上下『明星習字帖・詩歌編』を、明星書塾出版部から昭和十一年に、『袖珍仮名名筆抄』上下を三省堂から昭和十五年に刊行している。戦後も日本書館から、毛筆やペン習字の実用書を多数出版し、中には二十世紀末まで増刷されたものもある。さて、『仮名書道の研究』の跋文に、池田亀鑑の名前を見出すことができるので当該部分を引用してみよう。

兄、東京高等師範学校教授板倉賛治宅に居して、殆ど四年の間、兄の厚意を受け、兄によつて芸術を正しく見る見方を導かれました。(中略)この時一方には源氏物語を専ら研究されてゐる池田亀鑑先生により、草仮名の研究と国文学とは離るべからざる関係にある、正しく芸術的な歩みをつづけるやう、と常に鞭撻されました。誠に浅学の私を、宇野先生(稿者注、長崎県立高等女学校校長)、池田先生並びに兄が、常に励まして下さいましたことは何といふ有難いことでした でせう。

芝香の兄で、日本水彩学会創立会員で美術教育家の板倉賛治は、明治四十一年、東京高等師範学校卒業と同時に、同校助教授となっているから、池田亀鑑が鳥取県から上京して、東京高師に入学した時は、既に同校の助教授であった。この後板倉賛治や鷹見芝香とのつながりができたものと思われる。

猶、池田亀鑑が「古典」「書誌学」「文献学」などの項目を執筆している朝倉書店版『国語教育辞典』に、鷹見芝香も項目執筆者・附録協力者の一人として名前を連ねている。(20) また、本稿では、戦前版・戦後版の『むらさき』誌に言及したり、所載論考を引用しているが、戦前の『むらさき』創刊号（昭和九年五月）で、鷹見芝香は若紫巻の光源氏の和歌「おもかけはみをもはなれす山さくらこゝろのかきりとめてこしかと」を素材に「草仮名の書き方」を掲載している。

おわりに

この稿を書いた平成二十三（二〇一三）年は、『校異源氏物語』が刊行された昭和十七（一九四二）年から数えて、ちょうど七十年である。『校異源氏物語』は、戦後の『源氏物語大成』の骨格部分を形成して、同書は現在に至るまで、『源氏物語』研究の最も基礎的な文献として屹立し続けている。もちろん『源氏物語大成』のあり方に対して、多種多様な修正意見は出されてはいるものの、これに代替する書物や研究ツールはまだ現出していない。現在では年間数百本の論文が書かれ盛況の極みにある『源氏物語』研究において、『校異源氏物語』から数えて七十年間、現在に至るまで現役の基本文献であり続ける驚くべき存在なのである。

その七十年という年月、いや『校異源氏物語』の誕生以前の様々な出来事から考えれば、八十年にも及ぶ長い時間は、『校異源氏物語』の成立に関わる多数の資料を時の彼方に押しやってしまう。当時の事情を知る人々から、新たな証言を得ることは不可能に近いが、かつて発言されたもの、書かれたものを、細大漏らさず収録することも次第に困難の度を極めている。二十世紀末の大量生産、大量廃棄の時代は、こうした資料にとってもマイナスであったし、文化や人文科学を取り巻く状況は、二十一世紀に入ってから悪化の度合いを一層強めている。ここ数年が、そうした資料を発掘できるか、保存できるかの境界にある、それぐらいの危機意識で取り組む必要があるだろう。小さな資料もできるだけ公にしておかなければならない、そうした思いで本稿は書かれたものである。

注

(1) この問題を含めて、『校異源氏物語』成立について分析したものは多いが、中でも阿部秋生「本文研究の現在」『講座日本文学・源氏物語』上(『解釈と鑑賞』別冊、至文堂、昭和五十三年五月)、柳井滋「源氏物語を伝えた人々2　池田亀鑑」(『むらさき』三七、平成十二年十二月)、伊井春樹「池田亀鑑(昭和の源氏物語研究史を作った十人)」『源氏物語と紫式部　研究の軌跡』(角川学芸出版、平成二十年)などには重要な指摘が多い。

(2) 河内本から青表紙本への、系統の切り替えと、河内本系書陵部本から青表紙本系大島本への底本の変更とを、厳密に区別した方が良いかもしれない。『校本源氏物語』の作成に協力した松村誠一には、一時青表紙本系横山本の底本への起用を池田亀鑑に具申したという証言がある(「桃園文庫のこと」『むらさき』二七、平成二年十二月)。

(3)「大島本源氏物語の転変—展覧会目録を中心に—」(『源氏物語享受史論考』風間書房、平成二十一年。初出は平成十年)。「大島本『源氏物語』のことなど」(『名書旧蹟』日本古書通信社、平成二十七年。初出は平成二十年)。

(4)『松屋百年史』一九三ページ(松屋、昭和四十四年)。

(5) 注(4)書、一七五ページ。

(6) 注(5)に同じ。

(7)『十三松堂日記』(中央公論美術出版、昭和四十年)。

(8) 板東簑助らの演劇集団・新劇場は、前年『源氏物語』の劇化を計画していたものの、当局の介入によって中止に追い込まれた。この問題に関しては、小林正明「昭和戦時下の『源氏物語』」立石和弘「歌舞伎と宝塚歌劇の『源氏物語』」(共に『源氏物語の時空』森話社、平成十七年)、今村忠純「歌舞伎・新派・新劇」(『講座源氏物語研究』九、おうふう、平成十九年)ほか多くの論がある。上演時に使用されるはずの衣装類が松屋の源氏物語展覧会で展示された。猶、今回の顚末を述べるために「源氏物語劇の解説と報告」という題で刊行された『むらさき』創刊特集号（昭和九年二月）には、「劇中に現はれたる主要なる服飾の解説」が六ページにわたって記されている。また小島菜温子「戦時下の『源氏物語』学―紫式部学会誌『むらさき』を読む―」（『源氏物語の性と生誕』立教大学出版会、平成十六年）は、戦前の『むらさき』の分析に優れるが、『むらさき』創刊号（前記の創刊特集号ではなく、昭和九年五月号）の表紙絵の「みぐしあげ」（枕草子絵巻）の作者松岡映丘は、新劇場美術担当でもあった。今回の松屋の展覧会に松岡作「下絵巻」も展示されている。猶、松岡映丘の源氏絵については明田川綾乃「近代の源氏絵」（『藝文研究』一一三号、掲載予定）に言及がある。

（9）校本作成のためには、池田先生の蔵書はいうまでもなく、この事業に深い理解を示して、先生を信用の上で長期間貸与された貴重な多数の写本までがすべて手元に揃えられていた。それはまさに偉観であった。大島本・三条西本などはその例である。（松村誠一「桃園文庫のこと」『むらさき』二七、平成二年十二月）。

（10）このこと、岡嶌偉久子・大内英範両氏の御教示による。田坂注（3）「大島本『源氏物語』のことなど」も参照のこと。

（11）『源氏物語研究』一（源氏物語別本集成刊行会、平成三年五月）。

（12）「数日前と思しき頃」とあり、日付に関しては記憶が曖昧であったことを岡本も認めているようだ。実際に、この「源氏物語刊行記念文芸大講演会」が行われたのは一月二十四日のことであった。岩崎美穂「文化システムの中の『谷崎源氏』」（『講座源氏物語研究』六、おうふう、平成十九年）は、「次々と『谷崎源氏』の市場を開拓していく中央公論社の手法」を克明に分析したものであるが、この講演会についても正確に位置づけている。猶、岩崎論文は当日の講師の一人が谷川徹三ではなく三木清ではないかと述べているが、当日三木が登壇したことも、岡本正の文章には見えるから、岩崎の指摘が裏付けられたことになる。

（13）玉上琢彌「『谷崎源氏』をめぐる思い出（上中下）」（『大谷国文』一六～一八、昭和六十一年～六十三年）、大朝雄二「谷崎源氏と藤壺」（『むらさき』二七、平成二年十二月）。

（14）西野厚志に「灰を寄せ集める―山田孝雄と谷崎潤一郎訳『源氏物語』―」（『講座源氏物語研究』六、おうふう、平成十九年）など、新資料を発掘して鮮やかに位置づけた一連の論考がある。また同じ『講座源氏物語研究』六に収載の細川光洋「『谷崎源氏』の冷ややかさ―『にくまれ口』を手がかりとして―」の分析も貴重。

（15）注（12）の岩崎論文など。

（16）この「ゆかり抄」は「本欄は時に読者との応接の欄ともなしたい」とあるように、いわゆる編集後記に当たる部分である。

（17）この約百六十字分、正確に理解するために、丸括弧前後の句読点の位置を改めた。原表記は以下の通りである。

その内容を要約すれば、先づ各帖毎に慎重な考証の結果、最も純粋なる青表紙本の一証本を得てこれを底本と定め、本文を掲げ、（四六倍判総頁数二千百、毎頁五号三十五字詰十四行）その余白に、青表紙本、河内本、別本の項を立て諸本の細密精緻なる校異を挙げてある。（六号二十四字詰七十行）更に語彙数三十万を超える総索引が附せられてゐる。（総頁数七百、一頁六号二十四字詰、百四十行）

(18) この部分には、以下の文章がある。

宮内省からは、本事業のために、特に帝室御物の拝観撮影の機を与へられ、高松宮家におかせられては宮家御蔵本の拝観撮影を差許された。御物は勅封によつて東山御文庫の奥深く蔵せられ全く禁断の御書といふべく、その他近衛公爵家、前田侯爵家、徳川侯爵家、三条西伯爵家、榊原子爵家、大島雅太郎氏、横山敬次郎氏、平瀬陸氏、保坂潤治氏、佐佐木信綱氏、高野辰之氏、西下経一氏、七海兵吉氏、富田仙助氏、宮崎半兵衛氏、飯島春敬氏、長谷場純敬氏、その他多数の諸家や鳳来寺、曼殊院及び宮内省図書寮、内閣文庫、神宮文庫、静嘉堂文庫、彰考館文庫をはじめ全国各官公私立大学、図書館は貴重なる資料の閲覧、貸与、謄写、撮影等を許され、それ等は本書の重要なる内容を成している。又東照宮三百年記念会及帝国学士院は二回に亙り本事業のために研究補助費を交付せられてゐる。之を以てしても本研究が如何に日本学界待望の業績であるかを知ることが出来るであろう。

この部分は、以下の『校異源氏物語』の序文とほぼ共通する文章である。

宮内省は帝室御物の拝観・撮影の機を与へられ、高松宮家におかせられては、宮家御蔵本の拝観・撮影を許可せられました。学術研究御奨励の有難き思召は、誠に恐懼の極みであります。（中略）東照宮三百年記念会は研究費を補助され、宮内省図書寮をはじめ、近衛公爵家・前田侯爵家・徳川侯爵家・三条西伯爵家・榊原子爵家の諸家、大島雅太郎氏・横山敬次郎氏・平瀬陸氏・保坂潤治氏・佐佐木信綱氏・高野辰之氏・西下経一氏・七海兵吉氏・富田仙助氏・宮崎半兵衛氏・飯島春敬氏・長谷場純敬氏・鳳来寺・曼殊院並びに静嘉堂文庫は、貴重なる資料の貸与・謄写・撮影を許されましたので、之を本書に採択することを得ました。

(19)『校異源氏物語』は一分冊が四百ページ平均である。

(20) この辞典は、「サクラ読本」を井上赳が、「作文教育」を石森延男が、「サークル活動」を益田勝美が執筆するなど、戦前から戦後にかけての国語教育の粋を集めた辞典であるが、「図書」を田所太郎、「図書館」を岡田温、「印刷」を原弘、「フランスの国語教育」の項目を伊吹武彦が担当するなど、執筆者に人を得て、幅の広い高度の内容を持ち、今日でも版を重ねている辞典である。いま平成十三年八月の復刻版によった。

十三　『源氏物語』と『日本文学全集』
――戦後『源氏物語』享受史一面――

はじめに

現代における『源氏物語』の享受を考える時、国文学者による仕事を除けば、最も影響が大きかったのは、与謝野晶子、谷崎潤一郎以下、瀬戸内寂聴・林望等々に至る各種の現代語訳である。これらの仕事そのものについては多くの考察がなされているが、それに比べて等閑視されてきたものに、各種の『日本文学全集』の類に含まれた『源氏物語』の現代語訳がある。個別に刊行された与謝野源氏、谷崎源氏、円地源氏等々の単行本や文庫本も多くの読者を獲得したが、一方で与謝野源氏や舟橋源氏などを全集の一部に組み込んだ『日本文学全集』や『世界名作全集』の類もまた『源氏物語』の普及に大きく寄与したことは間違いない。これら全集類の中では、『源氏物語』は、日本文学史の中の、また世界文学史の中の一作品として収載されており、読者は『源氏物語』を読んだ後に川端康成や志賀直哉の作品に触れ、ジィドを読んだ眼でまた宇治十帖の世界を垣間見たのである。

戦後の日本においては、かなり長期間にわたって、多種多様な『世界文学全集』や『日本文学全集』の類が編纂発行された時期がある。それらを通して、世界のそして日本の優れた文学作品に体系的に触れることが可能であったのである。ホメロスやシェイクスピアからサルトルまで、『源氏物語』から夏目漱石や川端康成までと、体系的な読書体験が可能であったのである。今日、文学や教養の低迷が言われて久しいが、それはこれら文学全集が刊行されなくなったこととも歩みを同じくしていよう。『源氏物語』の享受の一つの理想的なあり方として、『日本文学全集』の一環として古典文学が『源氏物語』が読まれた時代を検証してみる必要があろう。

こうした観点に立つ場合、特に注目すべきは、与謝野源氏を活用した河出書房の各種全集である。本稿ではこれらの全集を中心に、戦後の『源氏物語』享受の一つの姿を浮き彫りにしてみたい。

猶、これらの書物が刊行された時代の雰囲気をできるだけ再現するために、内容見本や挟み込みのチラシ・しおり類の言葉を意識的に引用し、また装幀や外函の形態にも積極的に言及した。近年のこれら資料においても、公的機関や大学・図書館に所蔵されているものでは、知ることが不可能になっているからである。

一　谷崎源氏・舟橋源氏など

河出書房の各種『日本文学全集』の相対的位置を明らかにしておくために、与謝野源氏以外の現代語訳について簡単に見ておく。

作家や歌人による『源氏物語』の現代語訳は、特定の出版社と深い関わりがあるものが多い。代表的なものは、谷崎源氏と中央公論社との関係である。戦前の二十六冊版（いわゆる旧訳）を皮切りに、戦後の新訳・新々訳を加えると、桐箱蓋裏に谷崎の墨署名入の特製限定版、最初に挿絵を入れた帙入の愛蔵版、平安模様を特漉した色変わり表紙の愛蔵版等々から、普及版・新書版・文庫版まで十数種類を刊行している。そのほか新潮社と円地源氏、講談社と瀬戸内源氏との関連も深い。

もちろん、窪田空穂のように、複数の出版社から刊行されているものもある。空穂の場合は、全集・叢書の一部をなすものや抄訳も含めると、戦前の非凡閣[1]、戦後の改造社・春秋社・角川書店というように、特定の出版社とのつながりは見出せない。

戦後の『源氏物語』の演劇化にも大きな功績のあった舟橋源氏は、両者の中間的な形と言えようか。舟橋聖一は、昭和二十年代には『源氏物語草子』[2]を河出書房から、『源氏物語　朧月夜かんの君』を昭和四十年代に講談社から刊行した。この舟橋聖一の「源氏物語講義」[3]とも称すべき極めてユニークな現代語訳は、昭和四十五年以来平凡社の『太陽』に連載、昭和五十一年舟橋の死去によって松風巻で中絶したが、同年末に上下二冊の『舟橋聖一源氏物語』として平凡社から刊行された[4]。実は舟橋は昭和三十年代に、平凡社の『世界名作全集』のうちの二冊として『源氏物語』の現代語訳を刊行しており、その縁でもあったのである。今日舟橋源氏として最も入手しやすいのは、小学館系列の出版社である祥伝社のノン・ポシェットとして刊行された上下二冊の文庫本であろうが、これは『太陽』に連載された方ではなく、かつての『世界名作全集』版を、当時のあとがきもそのままに、伊藤信夫の解説「舟橋文学と『源氏物語』」を付して、平成七年に出版されたものである。元版の『世界名作全集』版も、後述の如く文庫判であったから、祥伝社版とは一行の字配りも一致し、元版をそのまま読んでいる印象がある。かくして舟橋源氏の普及版は祥伝社の出版物だが、平凡社が文芸の文庫を持っていれば当然そちらから刊行されたはずである。

後述の河出の全集とも多少関わるので、平凡社の『世界名作全集』について簡単に触れておく。昭和三十三年から刊行の始まったこの叢書は、このような全集としては異色の文庫サイズという小型版で、当時の出版界の話題をさらった。(5)判型以上にユニークなのは全体の構成で、全七十冊（当初は五十冊の予定が好評で増巻、他に別巻四冊）の中に日本の文学作品が十七冊が含まれているのである。その後の『世界文学全集』や『世界名作全集』では、日本文学はこれらの叢書に含まれないスタイルが固定化するが、実は、昭和三十年代には、このように日本文学も包括する世界文学という立場もあったのである。(6)

平凡社の『世界名作全集』は、「国民教養全集的なプラン」から発想され、「一般読者を対象に、文学の古典を、日本や中国までふくめて幅ひろくとらえ」たものとして企画されたのであった。(7)この叢書の影響は極めて大きく、翌々年昭和三十五年には、文学全集ものでは定評のある筑摩書房が、やはり小型本（文庫サイズよりは多少大きい小B六判）で叢書名もまったく同じ『世界名作全集』を刊行し、全四十六冊のうち日本文学に八冊を充てている。ただこちらは日本文学は夏目漱石・森鷗外・谷崎潤一郎・川端康成などの近代文学のみであった。一方、平凡社の方は『古事記』『源氏物語』以下古典文学を六冊（日本文学全体の三分の一強）、更に別巻の『日本詩歌集』には万葉・古今以下現代詩歌までを網羅していたから、古典から近代まで幅広く日本文学全体も俯瞰することができたのであった。後述する河出書房の『日本国民文学全集』と『日本文学全集』ワインカラー版は、この平凡社の『世界名作全集』と相前後して刊行されていたものであり、古典と現代文学を共通の視点でとらえるのは、昭和三十年代前半の一つの傾向と看做すことも可能であろう。

『源氏物語』は平凡社の『世界名作全集』のうち二冊を割り当てられており、第三十七巻には明石巻まで、第三十八巻には幻巻までが収められている。後年の『舟橋聖一源氏物語』も松風巻どまりであったから、舟橋源氏の宇治十帖は書かれることがなかったのである。口絵・挿絵の類はないが、外函には『国宝源氏物語絵巻』を使用している。装幀は、後述する河出の多くの全集を担当する原弘の手になり、小型本ながら聖典とでもいうべき作品を網羅した叢書にふさわしい、極めて印象深いものであった。

円地源氏、瀬戸内源氏等々は、本稿の考察の対象時期とはずれるので省略に従うが、谷崎源氏の各版は、河出の全集とも競合しているので、次節以下で適宜言及する。

次に、河出書房以外の与謝野源氏について簡単に述べておく。

与謝野源氏は、明治末年の金尾文淵堂の初版以来、大鐙閣・新興社等々版元を替えて重版がされてきたが、戦後は角川文庫・角川書店のイメージが強いであろう。また昭和三十年代に日本書房から刊行された三谷一馬の挿絵入りの大型本も記憶に残るものであった。これらの中で、河出書房に先行するものとして、昭和二十年代の、三笠書房の動きは注目すべきものがある。

『風と共に去りぬ』の翻訳・出版で知られる三笠書房(8)は翻訳文学に強い出版社であるが、その素地を活かして、戦後間もない昭和二十四年ころ『世界文学選書』というシリーズを刊行している。そしてその中の第四巻から七巻の四冊が『源氏物語』に充てられている。世界文学の中の『源氏物語』という、上述の平凡社の『世界名作全集』につながる流れをここに見ることができる。この叢書に用いられたのが与謝野晶子の『新新訳源氏物語』であり、第一巻には蓬生巻までで、これに池田亀鑑の解説「源氏物語と晶子源氏」が付せられ二十四年六月に刊行、以下第二巻若菜上(前半)まで(八月)第三巻総角巻(前半)まで(九月)と続刊、第四巻は総角巻(後半)以下と晶子の新新訳版のあとがきに、付録として年立と系図が付されて十月に刊行されている。定価は各冊二〇〇円である。猶、新訳と新新訳の問題は次節で、巻頭に掲げられた「源氏物語礼賛」和歌については六節で述べる。この四分冊は、ほぼ一年後の二十五年九月・十月に単行の書物として再刊される。表紙や奥付は単に「源氏物語」だが、函の平や背には「全訳　源氏物語」と記される。上巻に池田亀鑑の解説を、下巻に年立類の付録をそのまま再録している。定価は各冊四二〇円である。更にその翌年、二十六年十月から二十七年に掛けて、今度は七冊に再構成して、三笠文庫として刊行する。定価は各冊八〇円である。叢書↓単行書↓文庫という形で、与謝野源氏の三笠書房版は流布していった。これを受けるような形で、昭和三十年代の河出書房の各種全集が出現する。

二　『日本国民文学全集』の主張

第二次世界大戦勃発後も、『新世界文学全集』という叢書を刊行し、戦後はいち早く『世界文学全集』十九世紀篇を刊行して、文学を通して世界への窓を開け続け、教養の灯をともし続けた河出書房は、一方で、戦塵未だ収まらぬ昭和二十三年から、『現代日本小説大系』という研究史的にも極めて高水準の叢書をも刊行している。この河出書房はやがて、「もはや戦後ではない」(9)と呼ばれるようになる戦後十年間の経済成長を受けるように、古典文学から近代文学更には大衆文学まで視野に含めた、スケールの大きな『日本国民文学全集』の刊行に着手する。昭和三十年のことであった。

この叢書の特色を一口で言えば、日本の古典文学の現代語訳が十八冊、日本近代文学が十七冊、更に別巻の十八冊を大衆文学に宛て、文字通り日本国民の共有財産としての日本文学の総合的全集を意図したもので、極めて視野の広いものであった。装幀を担当したのは、戦後を代表するブックデザイナーの原弘で、藍染めの木綿を使用した表紙に背文字を漆赤箔で入れ、独特の色調の赤い色の箱に入れたデザインは極めて印象的で、今日でも容易にその姿を想起できるものである。
この全集は後の『日本文学全集』や『国民の文学』の母胎になった重要なものであるが、労作『現代日本文学綜覧シリーズ　全集・内容綜覧』[(10)]には漏れているし、後述の各項とも関連するので、古典編を中心にその内容を略記しておく。

第一巻　古事記、福永武彦訳
第二巻　万葉集、土屋文明訳
第三・四巻　源氏物語上・下、与謝野晶子訳
第五・六巻　王朝物語集Ⅰ・Ⅱ、川端康成訳竹取物語、円地文子訳夜半の寝覚、福永武彦訳今昔物語他
第七巻　王朝日記随筆集、室生犀星訳蜻蛉日記他
第八巻　古典名歌集、窪田空穂訳古今・新古今和歌集
第九巻　平家物語他、中山義秀他訳
第十巻　太平記、尾崎士郎訳
第十一巻　謡曲・狂言集、田中千禾夫他訳
第十二巻　西鶴名作集、里見弴他訳
第十三巻　近松名作集、宇野信夫他訳
第十四巻　古典名句集、山本健吉編
第十五・十六巻　南総里見八犬伝上・下、白井喬二訳
第十七・十八巻　江戸名作集Ⅰ・Ⅱ、円地文子訳雨月物語、舟橋聖一訳春色梅暦他

第十九・二十巻　明治名作集Ⅰ〜Ⅱ
第二十一巻　鷗外名作集
第二十二巻　漱石名作集
第二十三〜二十五巻　大正名作集Ⅰ〜Ⅲ
第二十六巻　藤村名作集
第二十七〜三十二巻　昭和名作集Ⅰ〜Ⅵ
第三十三〜三十五巻　現代戯曲集・現代詩集・現代短歌俳句集
別巻　中里介山『大菩薩峠』、白井喬二『富士に立つ影』、矢田挿雲『太閤記』

以上は最終的に刊行されたもので、当初予告されたものとは多少の相違がある。古典文学に限れば、予告され収録されなかったものに『大鏡』『増鏡』『仮名文章娘節用』など、訳者が変わったものに、『今昔物語』（予告は神西清）(11)『堤中納言物語』（川端康成→中村真一郎）『世間子息気質』『通言総籬』（邦枝完二→小島政二郎）などがある。そのほか『夜半の寝覚』は当初は『寝覚物語』の書名であった。

古典文学と近代文学とを一つの全集に収めるというのは、この全集の特徴として、版元では前面に押し出していたもので、第一回配本の『源氏物語』（上）の帯には「古典から近代への架橋」という題で、臼井吉見が「日本文学の大きな不幸は、明治をさかいにして、それまでの伝統的な文学と近代文学の間に、切れ目ができてしまったことだ。（中略）本全集は、この不幸な状態から、われわれを救い出す上に、大事な役割をはたしてくれるものと思う」云々の文章を寄せている。

この、古典から近代文学まで含めた総合的全集である『日本国民文学全集』の第一回、第二回の配本が、上下二分冊の『源氏物語』であった。河出書房は、日本文学の代表として、国民文学の代名詞として、『源氏物語』を最初の配本に持ってきたのである。もちろん、その背景には、昭和二十六年三月からの、再興なった歌舞伎座における九代目市川海老蔵による『源氏物語』を契機として、歌舞伎や映画を中核に、宝塚やラジオドラマまで幅広い『源氏物語』ブームというものがあることを忘れてはならないし[12]、昭和二十六年から刊行の始まった谷崎潤一郎の新訳が、この全集の前年、二十九年に完結したことも見逃してはならないだろうが、「日本国民」の文学としては、まず『源氏物語』をあげるべきとの認識があったことは間違いなかろう。ちなみに、『源氏物語』の次の配本は『漱石名作集』であった。近代文学の代表が漱石であり、古典を代表する「国民」文学が『源氏物語』という位置づけであろう。

さて、『源氏物語』であるが、底本としたのは、与謝野晶子の『新新訳源氏物語』である。新新訳であることは明示しないが、河出書房は一貫してこの本文を使用する。猶、河出書房や角川書店から繰り返し刊行されて、今日一般に普及している与謝野源氏は、明治末期から、大正、昭和初期に掛けて、金尾文淵堂、大鐙閣、河野成光館、新興社等から版を重ねて普及した『新訳源氏物語』ではなく、『新新訳源氏物語』の方であることは既に諸氏の指摘がある[13]。

『日本国民文学全集』の本文は三段組で、この時代のA五判や菊判の文学全集では最も一般的な形式である[14]。上巻は若菜上まで、以降が下巻である。上巻には久松潜一の九ページの簡潔な解説が付されており、ホーマーやダンテと比較しながら「源氏物語は国民に広く読まれるべき作品であり、世界に紹介されるべき作品である」と書かれているのは、まさに『日本国民文学全集』という叢書名ともうまく調和している。久松の解説では、『奥入』の著者が、藤原伊行と定家と揺れているのが、解説の書かれた時代を示していようか。定価は三四〇円であった。

下巻には、『新新訳源氏物語』の際の晶子の「あとがき」のほかに、明治四十五年の『新訳源氏物語』初版の序（森林太郎、上田敏）も再録されており、更に源氏系図（北村久備『すみれ草』を参考にしたもの）、源氏物語年立（同、以上二点は久松潜一）、折り込みの形で源氏物語図録が付されている。

口絵は上下巻共に『国宝源氏物語絵巻』を使用し、表にはカラー版で絵を、裏には詞書をモノクロ版で載せる。以降の河出の全集は、口絵ではほとんど『国宝源氏物語絵巻』を用いる。もちろん採用する巻は全集によって変化する。本全集では、上巻では横笛巻、下巻では橋姫巻の薫が宇治の姉妹を垣間見る場面が取られている。ところが、全集初版ではなぜか、下巻口絵の解説が絵の側も詞書の側も「夢の浮橋」と誤っている。

月報は八ページでなかなか充実しており、上巻には窪田空穂・吉井勇・小田切秀雄が、下巻には堀口大学・中村真一郎・池田亀鑑・川田順・原弘が、両巻に円地文子が「私の古典観賞」、吉田精一が「主要研究書目年表」を載せている。吉井勇の「与謝野源氏に寄す」五首は、歌題と署名が影印で載せられ、下巻には第六節で述べる晶子の「源氏物語礼賛」の和歌のうち空蟬・薄雲の二首が取られている。装幀の原弘の発言は貴重で、上述した函の独特の赤い色も、「ボール紙をわざわざ漉いてもらい、その『漉き』に立ち会って決めた」ものだという。「函から表紙、見返し、扉へと、だんだんクラシックな感じにもってゆくように考えた」原の装幀は見事な結実を見せている。猶、窪田空穂は月報の冒頭で「与謝野晶子さんの著書『新訳源氏物語』が、新装を凝らして新たに刊行されるにつき」と書き始めて、「この大著の刊行されたのは、明治四十五年即ち大正元年で、晶子さん三十四歳の壮齢の時」などと記しているのは、情報に混乱があったのかもしれない。こうしたことも時間の経過と共に不分明になっていくだろうから、念のために書き留めておく。

さて、関連して谷崎源氏の動きを簡単に述べておこう。『日本国民文学全集』の第二回配本『源氏物語』（下）（三十年十月）と同月に、谷崎源氏の『新訳源氏ものがたり』(15)の「愛蔵版限定壹阡部」が刊行されている。表紙と見返しは田中親美が担当し、題簽と各巻の扉の文字は尾上柴舟、奥付の「松下童子」の印は香取正彦、紬の帙入りの特製本である。特に注目を集めたのは、各巻に配された安田靫彦以下、奥村土牛・小倉遊亀・堂本印象・橋本明治・福田平八郎・前田青邨・山口蓬春等々の挿絵で、当代日本画家の大家の揃い踏みの感があった。この挿絵は以降の普及版、新書版、更には新々訳でも採用され、谷崎源氏の象徴のようになる。(16)限定壹番本が有馬稲子に献呈されたこの愛蔵版は、定価が「壹萬伍阡圓」で、『日本国民文学全集』の『源氏物語』上下あわせて六八〇円の時代では、大変な高額であった。『日本国民文学全集』版の与謝野源氏に対抗するためには、高額の豪華版だけでは不十分だから、中央公論社は、この豪華版の半年後、今度は普及版として、四六判全六巻に再構成したものを刊行する。単価二五〇円で、総額としては河出版より割高だが、豪華版の挿絵を凸版複製するなどの工夫があった。表紙と見返しの絵は小倉遊亀、書名巻名は谷崎松子で、系図と年立を挟込み月報の形にしたのは至便であった。

さて『日本国民文学全集』は、当初は古典文学十八冊、近代文学十七冊の、三十五冊の予定でスタートしたが、途中から別巻として、『大菩薩峠』八冊、『富士に立つ影』三冊、『太閤記』七冊の計十八冊が加わり、古典・近代・大衆文学がほぼ同じ分量となる、ユニークな全集として完成した。(17)比較的娯楽性の強い作品を本巻に加えず別巻に回すのは、当時の河出書房の編集方針であり、決定版『世界文学全集』では、別巻として『水滸伝』や全三冊の『シャーロック・ホームズ全集』を、グリーン版『世界文学全集』では、『風と共に去りぬ』『レベッカ』『凱旋門』などを別巻に回して、本巻との違いを際だたせている。

この『日本国民文学全集』は好評を博したようで、後には箱の色や素材を改めて一種の異装版のような形も刊行されている。古典文学のみに関して言えば、昭和三十三年から、箱を堅牢な青い貼箱に改めて発売されたものがある。叢書名などは「日本国民文学全集」のままだが、箱の平には「古典 3」などと、古典のみの通巻数が記され、巻末の内容案内には「古典・日本国民文学全集・全18巻」と記されている。第一回配本は、今回は第二巻の『万葉集』で、『源氏物語』は第二回配本に回っている。定価は多少値上げされ、三六五円と端数がつく。今日から見ると奇妙な感じもするが、河出書房はこのころ平行して刊行していた決定版『世界文学全集』でも三八五円と、やはり端数の付いた単価設定を行っている。上述した『源氏物語』下巻の口絵の解説の誤植は改められている。

三　古典から近代までの『日本文学全集』

河出書房が、「国民」「現代」「昭和」「新」などの限定詞や角書抜きの、シンプルな「日本文学全集」という名前の全集の刊行に着手するのは、昭和三十五年のことである。実は前年、昭和三十四年に、この河出書房のものと判型もほぼ同じ大きさで、叢書名が完全に重なるものが既に刊行を開始していた。新潮社の『日本文学全集』全七十二冊である。[18]新潮社の『日本文学全集』は第一巻が「二葉亭四迷集」で、末尾の四巻が、明治、大正、昭和上・下の名作集であることに示されているように、明治以降の、近代文学のみの全集であった。これは、角川書店の『昭和文学全集』が先鞭を付け、筑摩書房の『現代日本文学全集』が席巻した、現代日本の文学の全集の市場に、文芸書の老舗出版社である新潮社が参入を意図したものである。特に、筑摩書房版への対抗意識は強かったと思われ、菊判・三段組の筑摩『現代日本文学全集』の重厚路線に対して、小B六判・二段組の軽量路線と、徹底的に差異性を強調している観がある。この叢書に、新潮社が「日本文学全集」と命名したことの問題性について少し考えてみたい。

たとえば、近代日本文学の全集では最も定評のある筑摩書房の場合、[19]明治以降の文学の叢書の場合、必ず「現代」という限定詞を用いる。上述の『現代日本文学全集』の後、一定の間隔を置いて同種の企画が繰り返しなされるが、それらは『新選　現代日本文学全集』『現代文学大系』『現代日本文学大系』『筑摩現代文学大系』等々であった。これらの叢書の対角線上にあるものとして、古典文学の現代語訳のみの全集として『古典日本文学全集』も刊行している。筑摩書房は、「日本文学」は「日本」の文学であって、「日本文学」イコール「近代文学」という使い方をしていないのである。唯一の例外として昭和四十五年頃に販売された黒表紙の『日本文学全集』がある。全七十冊で、近代文学のみの全集であるのだが、実はこれは既刊の『現代文学大系』の外箱デザインと表紙の色を改めて、ほるぷが販売を担当した異装版なのである。販売戦略上書名を改める必要があったのであろうか。筑摩書房自身も自社の『筑摩書房図書総目録　１９４０－１９９０』では除いているものである。[20]要するに、筑摩書房の場合は、日本文学の明治以降の叢書の場合は、必ず「現代」という語を付していたのである。更に、筑摩書房以上に、この「現代」という語をキー・ワードとして重視する講談社もまた、明治以降の文学全集を『日本現代文学全集』の名前で、昭和三十六年から全百二冊で刊行している。

新潮社は、この筑摩書房とは異なる立場で、明治以降の文学全集に、あえて「日本文学全集」という普遍的な名称を採用した。この全集は、当初の七十二冊版が完結した後、数年のサイクルで、四十五冊版↓四十冊版↓五十冊版と、時に縮小し時に拡大しと、改編を繰り返しながら約二十年間現役であり続けた。[21]新潮社の立場は一貫していて、昭和四十三年から『新潮日本文学』、昭和五十三年から『新潮現代文学』の二つの全集を刊行するが、両者の名称は巧みに使い分けられており、『新潮日本文学』には明治から昭和までの作家をすべて、『新潮現代文学』では、まさに現代そのもの、戦後の作品に絞り込んで編纂されている。これが新潮社の「日本文学」や「現代文学」という名称の使い方であった。

ちなみに、今回の河出の『日本文学全集』第二十巻「永井荷風集」の月報に、丸谷才一は「『足拍子』のこと」という文章を寄せ、「あれはたしか新潮社の現代日本文学全集の月報だったと思うけれども、佐藤春夫氏が、永井荷風がなぜ小山内薫と不和になったのか判らないと書いていた」と書き起こし、その理由を小山内の短編小説『足拍子』にあるのではないかと推測している。ここで言及する佐藤春夫の文章は、新潮社の『日本文学全集』第二十六回配本第十四巻「永井荷風集」（昭和三十六年三月）の月報（付録）「悲劇的人物荷風」のことである。はしなくも丸谷の表現に示されているように、新潮社の『日本文学全集』は厳密には〈現代日本文学全集〉であった[22]。

話を昭和三十五年の段階に戻せば、この年に到る十年弱の期間は、日本の近代文学の全集の大流行期であり、しかもその名称も『昭和文学全集[23]』→『現代日本文学全集』→『日本文学全集』と、次第に限定的要素が希薄になり、普遍的名称へと、いわば浸食が進んでいたのである。この時点で、河出書房が刊行した『日本文学全集』は、近代文学のみならず古典文学の現代語訳も含めた総合的全集であったことは極めて注目に値しよう。

本来「日本文学全集」には、近現代のとか、明治以降のとかの、限定的要素は持っていないはずである。語義に厳密であれば、時代に左右されない「日本文学」の「全集」のはずであった。その意味では河出の『日本文学全集』は、名称の本来的意味に最も忠実なものであったのである。しかも全二十五冊の内『源氏物語』から『雨月物語』『東海道中膝栗毛』までの古典文学が十三冊を占め、わずかながら近代文学よりも比重が重いのである。明治以降約百年、明治以前約千年という時間の集積の差の反映とも言えようか。

河出の『日本文学全集』は自社の『日本国民文学全集』の刊行開始時から五年後のスタートであり、この間、筑摩『現代日本文学全集』の完結、角川『現代国民文学全集』の刊行、新潮社『日本文学全集』の配本開始など、日本文学の全集における近代文学へのシフトが一層進む中で、古典文学とのバランスを重視した『日本文学全集』の刊行に踏み切った河出書房のスタンスが注目される。

今回の全集は、小B六判二段組、全二十五冊というコンパクトな全集であるから、A五判三段組の『日本国民文学全集』の時に比べると、収録作品が全体に少なくなり、『古事記』や『万葉集』の上代文学は削られてしまった。西鶴・近松・江戸名作集などでは所収作品が減少している。ただ看板作品たる『源氏物語』は健在で、上代文学が削除された分、巻序が繰り上がり、第一巻と第二巻を占め、文字通りこの全集の顔となった。

『源氏物語』の分冊は、若菜上下で分かれるのは『日本国民文学全集』の時と同じだが、判型が小さくなった分、やや窮屈な編集となって、『日本国民』の下巻に付されていた系図・年立・図録などの各種付録が省略されている。解説は前回の久松潜一に替わって、中村真一郎が担当している。また池田弥三郎が簡単な注を施している。これは『源氏物語』に限定されることではなく、この全集全体に言えることだが、たとえ現代語訳であっても、更に補注が必要な時代となってきたと言えようか。なお月報では「『源氏物語』縦横談」と題して、荒正人・池田弥三郎・円地文子の座談会が収録されているが、冒頭で荒が「『源氏物語』を女性で全訳したのは、与謝野さんだけですね。作者が女性で訳者も女性というわけで、うまく一致する点があるのではないでしょうか」と円地文子に水を向けているのが注目される。円地が幼少時の『修紫田舎源氏』の読書体験以来慣れ親しんできた『源氏物語』の、現代語訳に着手するのはこの七年後のことである。今回の鼎談には武田宗俊の玉鬘系後記説などにも触れられており、当時の時代色を良く表している。

この『日本文学全集』は鮮やかなワインカラー色をしているが、実はこの叢書は、河出書房の各種文学全集の中でも最も人気の高く、生命力の長かったグリーン版『世界文学全集』の姉妹編なのである。今日我々は、グリーン版としては『世界文学全集』と『日本文学全集』両方の存在を知っているためにともすれば誤解しやすいが、グリーン版の『日本文学全集』の方は、遙かに遅れて、後述の豪華版やカラー版が刊行された後、新たに企画されたものなのである。[24]当初はグリーン版という愛称も使用されずに、緑色の『世界文学全集』とワインカラーの『日本文学全集』が姉妹編として企画されたのであった。緑色の『世界文学全集』が、ホメロス・シェイクスピアからサルトル・ソルジェニツィンまでを覆うものであれば、当然姉妹編の『日本文学全集』も、『源氏物語』から夏目漱石・芥川龍之介までの日本文学の最高峰を網羅する必要があった。

ここでいささかこの叢書の装幀について触れておこう。グリーン版の装幀もまた原弘の手になるものであり、原の仕事の中でも最も良く知られたものであろう。原によって「戦後の装幀」の「新たな方向性と枠組みがつくられ」たとする臼田捷治も、最初に原の装幀した本に親しんだのは河出書房のグリーン版であったという。[25]グリーンで統一されたデザインはもちろん、原が開発した「アングルカラー」と呼ばれる新感覚の用紙や、横に溝が走る独特のビニールカバーなど、各所に創意が含まれた傑作であった。色こそ違え、『日本文学全集』でも同素材の用紙やカバーが使われた味わい深いものである。原弘の仕事を鳥瞰できる大著『原弘　グラフィックデザインの源流』の「ブックデザイン」一二四・一二五ページには、ワインカラー版『日本文学全集』第四巻『狭衣物語　他』と、グリーン版『日本文学全集』第二十五巻『人生劇場　青春篇　他』が、向き合うように並べられている。[26]二つの全集は明らかに一対のものなのであった。原弘はこのころ文学全集関係では、上記の平凡社『世界名作全集』、『日本国民文学全集』のほか、角川書店『昭和文学全集』（前掲書、一一二ページに書影あり）のほか、河出書房決定版『世界文学全集』特製豪華版など多くの美しい装幀に携わっている。

この時期の谷崎源氏と中央公論社の動きを簡単に見ておこう。中央公論社は、新書版の『谷崎潤一郎全集』と同じ判型で、昭和三十四年から三十五年にかけて、八冊版で谷崎源氏を再刊している。単価は一八〇円であった。三年前の普及版と同じ路線で、更にコンパクトにしたものだが、今回は書家の町春草の装幀が印象的であった。三十六年からは同じ町の装幀で、西本願寺本三十六人集を連想させる平安模様を特漉した色変わり表紙の美しい愛蔵版の六冊本に仕立てた。単価は七〇〇円で、金額的にも以前の帙入限定版とは大きく差があり、普及を意図した愛蔵版と言えようか。

四 『国民の文学』の変質

河出書房は、昭和三十八年九月から、『国民の文学』という名称の、全十八冊のシリーズを刊行する。これは、第一回配本の帯に「現代文による古典文学全集」「名訳で楽しめる国宝の文学」とあるように、日本の古典文学のみの全集であった。本稿ではこの種の全集は原則として取り上げないが、このシリーズは詳しく見てみる必要がある。その理由は以下の二点である。第一に、河出書房は、五年後に完全に同名の『国民の文学』という叢書を送り出すが、この二つはまったく異なるものであり、この相違にこそ、戦後日本の読書環境や教養の変貌が象徴されていると思われるからである。第二には、今回の『国民の文学』は、同年から刊行を開始した同社の『現代の文学』と様々な事項において類似点があり、二つのシリーズで日本の古典文学・現代文学を分担したような形になっているからである。

『国民の文学』は、上述したごとく全十八冊で、所収作品を略記すると以下のようになる。×印は、ワインカラー版『日本文学全集』には入っていない作品である。

×古事記、×万葉集、源氏物語上下、王朝名作集Ⅰ・Ⅱ、王朝日記随筆集、今昔物語、×古今・新古今集、平家物語、太平記、謡曲狂言歌舞伎集、西鶴名作集、近松名作集、×芭蕉名句集、南総里見八犬伝、江戸名作集、×春色梅暦

これらを一言でいえば、三年前の『日本文学全集』の古典編全十三冊を土台として、これに、かつて『日本国民文学全集』に収載されていた上代文学（古事記・万葉集）を二冊、和歌・俳句のアンソロジー（古典名歌集→古今和歌集・新古今和歌集、古典名句集→芭蕉名句集）を二冊、江戸末期の文学（江戸名作集Ⅱ→春色梅暦）一冊の計五冊を、表題を改めたり多少手を加えたりして復活させたものである。(27) 冊数的には『日本国民文学全集』の全十八冊と同じであるが、判型が小振りになったことや、前回の『日本文学全集』から『今昔物語』が単独収録となったことにより、収録作品は多少の出入りがある。判型は四六判貼函入、函絵は土田麦僊の作品を使用し、装幀は真鍋博であった。売価は三九〇円である。

注目されるのは、上代文学の復活で第三巻、四巻と巻序が繰り下がった『源氏物語』が、今回も第一回（三十八年八月二十日）、二回配本（九月二十三日）に起用されていることである。読者の購買意欲に訴えるためには、巻数順にこだわらず、やはり『源氏物語』を最初の配本にする必要があったのである。「国民の文学」「国宝の文学」という名称にもっともふさわしいものは、やはり『源氏物語』をおいてはなかった。また、谷崎潤一郎が十数年ぶりに改稿する『新々訳源氏物語』の刊行が近いということもあり、(28) 河出書房はその前に与謝野源氏を先行販売しておく必要もあったのかもしれない。『源氏物語』に関して言えば、箱や装幀を除けば、本文組版やページ数、更に注釈や付録、月報に至るまでワインカラー版『日本文学全集』の物と同一であったから、新味は少ない。

この叢書は、『日本国民文学全集』版を基に復活させた巻々にやや特徴がある。基本的には、判型やページ数の関係か

ら、比較的なじみの少ない作品を削る方向であり、謡曲・狂言・江戸文学などに削除されたものが多いが、逆に、第一巻の『古事記』では、神楽歌・催馬楽・風俗歌が追加されている。前々回の『日本国民文学全集』（古典編十八冊）では上下二分冊であった『南総里見八犬伝』は、前回の『日本文学全集』（古典編十三冊）では一冊に圧縮されたが、全十八冊の今回も二分冊への復活は成らなかった。単独収録の『今昔物語』の割を食ったともいえるが、世の中が大長編をじっくり読む時代ではなくなることを先取りしていたのかもしれない。『日本国民文学全集』が『大菩薩峠』『太閤記』などの文字通りの大長編を収載した時点から十年も経たずに、時代は大きく変わりつつあった。そのような中であるだけに、大長編『源氏物語』が健在であると言うことは大きな意味を持とう。

『国民の文学』では、挟み込みの月報は、前回の『日本文学全集』のものをそのまま採録したことは既述したが、そのことは次のような出来事を惹起している。『日本文学全集』の三十六年刊行の『近松名作集』『南総里見八犬伝』の月報では、正宗白鳥が山本健吉や杉森久英と対談しているが、白鳥は翌三十七年に死去、『国民の文学』の当該巻は三十九年に刊行されているが、そこでは白鳥の対談をそのまま用いたため、「この対談は正宗白鳥先生御生前に行ったものです　編集部」という注が付けられている。このように『国民の文学』は『日本文学全集』の焼き直しの感が強いが、それはこのシリーズに数か月先行して刊行された『現代の文学』全四十三巻と組み合わせてみることで納得できよう。

これまで見てきたように、河出書房は昭和三十年以来、日本の古典文学と現代文学をまとめた全集を刊行してきた。『日本国民文学全集』（昭和三十年～三十三年）『日本文学全集』（昭和三十五年～三十七年）である。ところが昭和三十八年からは『現代の文学』全四十三冊の刊行を始めたので、そのバランスが崩れてしまった。そこで数か月遅れて『国民の文学』という標題で古典文学の全集を刊行し始めたのではないだろうか。装幀者こそ異なるが、判型も厚さもほぼ同じ大きさで、価格も共に四三〇円である。河出のチラシ類でも両者は並べて紹介されている。ただ古典文学の方は、新しい企画を起こすには準備不足のため、先行する『日本文学全集』ワインカラー版を極力活かす形となった。河出書房が、再び『日本文学全集』というタイトルで古典・現代文学を網羅した叢書に着手するのは、更に二年後の昭和四十年のこととなる。

さてこの『国民の文学』は「現代文でたのしめる国民の文学」（第五巻、「王朝名作集Ⅰ」の帯による）であったが、河出書房は、この全集の完結から約四年後の昭和四十二年からまったく同じ叢書名の『国民の文学』を刊行することになる。四十二年当時の河出書房は、「カラー版」と銘打って、『世界文学全集』『日本文学全集』『世界の旅』『世界の歴史』等々を平行して出版しており、カラー版ブームを演出していたため、今回の『国民の文学』もカラー版という名称を冠して出版された。このカラー版『国民の文学』は、中里介山『大菩薩峠』の第一巻に始まり、第二十六巻の司馬遼太郎『燃えよ剣』他まで、時代小説・大衆小説に絞った全集であった。従って、同じ『国民の文学』とはいえ、三十八年刊行開始の古典文学の現代語訳の全集と、四十二年からの時代小説の全集と、まったく異なるものを河出書房は出版しているのである。このことは、昭和三十年代から四十年代に掛けて、読者層、読書傾向が、大きな地殻変動を起こしていたことを示しているのではないかと思われる。それは、映像文化に代表される大衆文化の爛熟の時代へと向かう中で、[29]古典文学から近現代文学へ、純文学から娯楽性の強い文学へと、読者の指向が大きなうねりを引き起こしたのではないか。そのことを河出書房の二つの『国民の文学』のシリーズが象徴していると思われる。『国民の文学』は、『源氏物語』から『燃えよ剣』へと交代したとも言えようか。

元来「国民」という語が「文学全集」と結びつけられるとき、娯楽性・大衆性という要素は付与されやすいものであった。それは角川書店の『昭和文学全集』から『現代国民文学全集』への変化に始まり、[30]筑摩書房の『昭和国民文学全集』まで、明確に看取できるものである。ところが、河出書房のみは『日本国民文学全集』の例に見られたように、古典文学も近代文学も、純文学も大衆文学も「国民」の「文学」として位置づけようとしてきた。しかし、時代の流れには抗いきれず、「国民の文学」を娯楽性の強い作品中心の物として認識する立場へと移行する。残るのは、一切の限定詞を排除した「日本文学全集」という簡潔な名称であった。

五　与謝野源氏の決定版——豪華版『日本文学全集』——

『現代の文学』刊行時、古典のみを『国民の文学』として急場をしのいだ感のあった河出書房であるが、満を持したように、昭和四十年六月から、総合的な日本文学の大型全集として、豪華版『日本文学全集』全二十九巻の刊行を開始する。五年前の小B六判のワインカラーの『日本文学全集』の時には、ことさらシリーズ名は付けなかったが、今回は最初から「豪華版」という名称を冠した。かつてのコンパクトな全集との相違を示す必要もあるし、何よりも、ちょうど一年前、三十九年六月に刊行を始めた豪華版『世界文学全集』の大躍進[31]を受けて、姉妹版の全集としての位置を鮮明にしたのである。豪華版『世界文学全集』と同様に、装幀には亀倉雄策を起用し、「アート・カンブロッククロース装全面金箔押」の、まさに「豪華版」の名にふさわしい装幀であった。

内容的には、『源氏物語』『王朝日記』『平家物語』等々の古典文学が六冊、森鷗外・島崎藤村・夏目漱石以下の近代文学が二十三冊という内訳で、古典文学の比率がかなり低くはなっているが、それでも日本文学の代表作を集め、バランスの良い全集であることは間違いない。第六巻の『古典詩歌集』に対して、二十九巻に『現代詩歌集』を設けるなど、やはり古典と現代文学を併せたのが真の「日本文学全集」であるという姿勢は鮮明である。「日本文学全集監修者」（谷崎潤一郎、武者小路実篤、志賀直哉、川端康成）と「河出書房」の連名で記された「刊行のことば」には「世界のどこの国の文学全集も、古典と現代文学とを切りはなして体系をたてるところはありません。そうした今までの日本文学全集に欠けていた性格を補い、かたよった傾向を正したいという念願から（中略）『日本文学全集』全29巻を刊行いたします。古典から現代へ、現代から古典へ、日本人の文学のヴィスタが誕生したといえましょう」と記されているのである。

古典文学の比重が少なくなったために、上代文学のみで構成された巻がなく（『万葉集』は『古典詩歌集』の中に吸収されている）、『源氏物語』がふたたび第一巻・二巻となっているが、今回もまた第一回、二回配本に『源氏物語』を起用している。上巻の赤と、下巻の青の色彩も対照的な鮮やかな帯には「世界十大小説の一つと評価される、日本文学の最高峰」（上巻）「世界に誇る一大恋愛小説」（下巻）と記され、世界文学・日本文学の中に『源氏物語』を位置づけようとする姿勢が鮮明である。

その内容を見てみると、今回は、『日本国民文学全集』以来久しぶりに、『新訳源氏物語』の森林太郎・上田敏の序と、昭和十四年の新新訳版の晶子のあとがき、更には『すみれ草』を参考にした系図や年立を復活させている点が目に付く。これは『日本国民文学全集』への回帰とも見られないことはないが、注目されるのが、新訳で用いられていた各巻頭の源氏香の図を河出版としては初めて用いた点である。更にこの豪華版のシリーズでは、「一流画家の挿絵」を十大特色の一つに謳っているが、『源氏物語』では新たに当代の作家に依頼するのではなく、新訳版の中沢弘光のものを用いているのである。上巻では末摘花、薄雲、初音、藤袴の四図を、下巻では夕霧、紅梅、宿り木、浮舟の四図が採られている。そもそも新訳を飾った木版刷りの中沢弘光の挿絵は極めて人気が高く、今日でも新訳初版から切り取られた挿絵が美術書関係の古書店の店頭に並んでいるほどである。これをも再掲することで、「与謝野源氏の決定版‼」[32]とすることができたのである。

これに加えて『新新訳源氏物語』に付載されていた与謝野晶子のいわゆる「源氏物語礼賛」の和歌[33]を巻首に据えて、与謝野源氏の集大成の感がある。これは、前年に完結して読書界の話題をさらった、中央公論社版の谷崎潤一郎の『新々訳源氏物語』に対抗するための戦略でもあったろう。谷崎源氏に対抗するためには、河出書房としては与謝野源氏の色彩を前面に打ち出す必要があったのではなかろうか。池田弥三郎が注釈の他に解説を担当し、「光源氏の物語」「紫式部」「物語の目的」など全九節からなる十七ページの分かりやすい解説を書いているが、「もののけ」「いろごのみ」など池田らしい項目の他に、わざわざ「与謝野源氏」の節を設けて、与謝野源氏と谷崎源氏との相違などについて述べているのも、上述したことと関わりがあろう。また、帯でも、背に当たる部分の中央に「与謝野晶子訳」と大書されており、河出書房の姿勢は明確である。

猶、晶子の「源氏物語礼賛」和歌を巻首に載せるのは、河出版としては初めての試みであるが、上述した三笠書房の『世界文学選書』版では各巻頭に和歌を載せていたのであった。『世界文学選書』では、口絵（第一冊のみ）に「与謝野晶子女史の筆跡」として桐壺・帚木・空蟬の三首を写真版で掲げており、「源氏物語礼賛」和歌を載せることに自覚的であったようだ。当然、普及版として刊行された単行本の二冊版、三笠文庫版全七冊[34]でも各巻頭に晶子詠を掲げている。三笠版以外では、刊行時期の近いものでは、河出書房の豪華版の前年、昭和三十九年三月・四月に日本書房から刊行された、三谷一馬装幀・挿絵の上下二冊の大型本『定本　現代語訳　源氏物語』[35]（与謝野晶子訳）が、各巻の扉に当たる部分の下段に各巻系図を、上段に大きく「源氏物語礼賛」和歌を載せているから、これも参考になったかもしれない。

さて豪華本の口絵は『国宝源氏物語絵巻』で、上巻は竹河巻、下巻は東屋巻である。今回は折り込みの形を採用したので画面も大きく、原典から直接撮影をしたために鮮明なものとなった。(36)月報は廃止され、代わりに一枚刷りの「しおり」となった。上巻のしおりの表には土佐光起筆の紫式部画像（石山寺蔵）、裏には与謝野晶子のプロフィールをのせ、やはり与謝野源氏を強く印象づけている。「しおり」自体は分量的にも、内容的にも、先行する全集類の月報には及ばない。下巻は、市川雷蔵・中村玉緒、市川海老蔵・尾上梅幸、守団勘弥・山本富士子など映像・演劇の名場面を載せ、それ以外は編集室だよりのみである。

河出書房の豪華版は、一年早く刊行を始めた『世界文学全集』が当初の二十五冊に、第二集として二十五冊を追加し、全五十冊の全集となった。『日本文学全集』は当初二十九冊であったが、こちらも第二集として二十五冊が継続刊行される。第二集では、古典編は『古事記』『王朝物語集』『今昔物語』『江戸名作集』の四冊で、総計では五十四冊中十冊が古典文学関係ということになる。相対的に古典の比率は低下しているものの、「刊行のことば」に見られたように、古典と近代文学を合わせて日本文学であるという、河出書房の主張は貫かれている。

六　最後の光芒――カラー版『日本文学全集』――

豪華版『日本文学全集』の『源氏物語』が刊行された昭和四十年、河出書房の出版活動はピークを迎えようとしていた。これが一挙に頂点に達するのが、翌四十一年である。四十一年の正月から、カラー版『世界文学全集』の刊行を始めるが、これが大当たりで、第一回配本のトルストイ『戦争と平和』がこの年のベスト・セラーの第七位に食い込んでいる。『戦争と平和』が、年間ベスト・セラーであったというのは今日から見るとまさに昔日の感があるが、文学が生活の中心近くにあった最後の時代とも言えようか。もちろんソビエト文芸映画の公開とタイアップした河出書房の戦略を見逃してはならず、潜在的な読者層を掘り起こした結果にもよるのであろう。この『世界文学全集』の大当たりを受けて、河出書房は『少年少女世界の文学』『国民の文学』『世界の歴史』『世界の旅』『故事シリーズ』『ケストナー名作絵本』『千夜一夜物語』『三国志』など、カラー版と冠したものをつるべ打ちのように刊行して、あたるべからざる勢いを示した。もちろんカラー版『日本文学全集』もその代表的企画として準備された。

豪華版の時もそうであったが、今回のカラー版も、『世界文学全集』の配本開始からちょうど一年後に、『日本文学全集』の刊行が始まる。二つのシリーズの相乗効果をねらう河出書房の方針は一層鮮明になっている。豪華版の時は、世界と日本の二つのシリーズの装幀までは同一ではなかったが、今回のカラー版では完全に同じデザインの色違いの表紙となり、二つのシリーズの共通性と差異性のバランスが巧みに取られている。亀倉雄策の装幀は、『世界文学全集』が重厚な黒地に金泥の横縞が入り、背の部分には赤地に金文字で作品名が浮き上がるようになっている。一方『日本文学全集』は鮮やかな赤地にやはり金の縞模様を基本として、背には黒地に作品名が金文字で刻されている。黒と赤の色違いの巧みなデザインであった。

『世界文学全集』から一年遅れのスタートは、営業的にも最も効果的な展開であっただろうが、もう一つのねらいもあった。それはこの年、昭和四十二（一九六七）年は、明治元（一八六八）年から数えて百年目に当たる年であったことである。かくして、『カラー版日本文学全集』は「明治100年記念出版」とも銘打って刊行されることとなる。

明治百年であっても、日本文学は明治以降のものに限定されるわけではなく、それは河出書房の従来からの方針でもあったから、今回も古典文学と近代文学の混態の全集で第一回配本はやはり『源氏物語』であった。カラー版は判型としては菊判で、四六判であった豪華版よりもゆったりとした組版が可能であった。そのため豪華版では上下各冊五〇〇ページ強であった『源氏物語』も、カラー版では四〇〇ページ強に押さえることができ、大型本ながらすっきりとした体裁となっている。

このカラー版のシリーズは、その名称の由来になった鮮やかなカラー挿絵が作品の要所要所に挿入されていることを、最大の特色としている。『源氏物語』でも上下各十六枚、計三十二枚の挿絵が本巻を飾っている。この挿絵は豪華版では与謝野源氏の象徴ともいうべき中沢弘光の挿絵を用いたことを上述したが、今回は梶田半古・安田靫彦の流れを汲む日本美術院の新井勝利が新たに描き起こした。有職や時代考証にも詳しく、『伊勢物語』『源氏物語』を素材にした作品を発表している新井の筆によって、『源氏物語』の世界が再現され、同時に新たな生命が吹き込まれた。この美しい挿絵は本書の普及に大いに寄与したことであろう。河出書房では、新井の挿絵の中でも特に印象的な、若紫の雀の子に逃げられた場面、若菜下の女楽の場面など五面を絵はがきにして『カラー版日本文学全集』全巻予約者の特典として付録に付けた。このように今回の方式は成功であったと思われるが、しかし、中沢弘光の挿絵をはずしたことは、前回の豪華版のような与謝野源氏色を薄めることとなった。

同じ傾向は本書の構成にも見られる。新新訳の晶子自身のあとがきは残っているが、豪華版で復活した、新訳の森林太郎・上田敏の序は削除されている。また晶子の「源氏物語礼賛」の和歌は残ったが、この和歌と並んで各巻の巻頭を飾った新訳以来の中沢弘光の源氏香の図は除かれ、替わって各巻頭に、新井のカットが書かれている。豪華版では、刊行されて日の浅い谷崎の『新々訳源氏物語』に対抗するために与謝野源氏を大いに売り物にしたが、谷崎没後のカラー版では、与謝野源氏というよりも、一般的な現代語訳源氏物語を打ち出した方が有利と考えたのではないだろうか。

そのほかの系図、年立、注釈などの付録は豪華版を踏襲し、解説も引き続き池田弥三郎である。解説は上下巻に分載されたから、六「夕顔の巻」の部分が下巻に回るなどの多少の問題が残った。豪華版の「与謝野源氏」という単独の項目は、上述したような事情もあって今回は立項されなかったが、晶子の写真と「源氏物語礼賛」の和歌の書影が掲げられている。またカラー版にふさわしく、解説ではカラー写真を多用している。月報はなく豪華版同様に「しおり」と名付けられている。今回は、二つ折りで分量的には前回より増えたが、シリーズの売り物である挿絵と画家の紹介にスペースを費やしている。上巻では新井勝利の紹介と共に、徳川義宣が「『源氏物語』と美術」という短文を寄せているのも、この全集の色彩を示していよう。下巻では、当該巻に関する文章と同量の紙幅で、次回配本の島崎藤村の巻冊の挿絵（石井鶴三他）の紹介が大きくなされ、この形式は以降の巻でも一貫している。巻頭に村山リウが短文を寄せているのは、かつての円地文子を想起させる。

『源氏物語』の威力は相変わらず衰えず、河出書房自身の言によると、上巻は「発売一ヶ月で三十万部突破という記録的な売行き」(37)であったという。ただこれは『源氏物語』が例外なのであって、古典離れはじりじりと進行していた。今回のカラー版は全四十一巻でスタートしたが、古典文学は『源氏物語』の二冊以外では、『古事記・万葉集』『伊勢物語・枕草子他』『平家物語』『西鶴・近松・芭蕉』の四冊のみで、古典文学の占める比率は、豪華版の時よりも一層低下している。更にカラー版でも、豪華版と同様に途中で増巻がなされるが、その増巻十六冊の中には古典文学は一冊も入っていない。最終的には全五十七冊になるカラー版『日本文学全集』の中で、古典文学は六冊、一割程度まで落ち込んでしまったのである。その意味では、カラー版の『源氏物語』は、最後の光芒でもあった。

七　古典の消滅――グリーン版『日本文学全集』――

昭和三十五年からの約十年間に、河出書房は『日本文学全集』という名前の叢書を四種類刊行している。既述の三種類に本節で述べるグリーン版を含めて一覧にすると次のようになる。

シリーズ名略称	刊行開始年月	第一回配本書名	総冊数	古典文学
ワインカラー版	三十五年七月	源氏物語	二十五冊	十三冊
豪華版	四十年六月	源氏物語	五十四冊	十冊
カラー版	四十二年一月	源氏物語	五十七冊	六冊
グリーン版	四十二年六月	坊っちゃん、次郎物語上	五十二冊	○冊

短期間内の同一出版社の同一名叢書の比較であるから、時代相を表すかなり正確な数字と考えて良いであろう。もちろん、出版社としての共通のカラーのようなものはある。二節や五節で見たごとく、古典と現代文学を切り離さないというのが河出書房の方針で、これは出版社として他社の同類の叢書との差異性を打ち出す必要性もあったかもしれないが、それだけに、その河出書房の全集でも古典離れが急速に進んだことは重視しなければならないだろう。すなわち、昭和三十五年の段階では、古典文学と近代文学はほぼ同じ比重であったものが、四十年には古典は二割程度まで落ち込み、四十年代前半には消滅するのである。その古典離れの中で、ぎりぎりまで第一回配本として、全集の顔の役割を果したのが『源氏

物語』であったわけである。それではその『源氏物語』が、ひいては古典文学作品が完全に姿を消した、グリーン版の背景にはどのような問題があるのだろうか。

そもそもグリーン版というのは、豪華版やカラー版と異なって、最初から世界と日本の文学全集が雁行して出版されたものではなかった。三節で見たごとく、グリーン版の『世界文学全集』の姉妹編は、ワインカラー版の『日本文学全集』であったのである。ところが、グリーン版『世界文学全集』の方はロング・セラーとなり、河出書房を代表する名称となったが、ワインカラー版『日本文学全集』の方はそれほどの売れ行きではなかった。『出版年鑑』などで見ても、グリーン版『世界文学全集』は毎年のように重版の記録があるのに、ワインカラー版の方は数年で止まっている。そこで河出書房としてはこの「グリーン版」というブランドを最大限に生かすべく、新たにグリーン版『日本文学全集』を企画したのである。昭和四十三年のベスト・セラー倒産に至る直前の、河出書房の大々的な営業方法は今日でも語りぐさであるが[38]、その一つに、『世界文学全集』完結と『日本文学全集』発売記念と謳った、「河出グリーンまつり」なる大キャンペーンもあった。積極拡大路線を走る河出書房の営業・編集方針を代表する企画でもあったのである。

それでは、そのグリーン版『日本文学全集』からなぜ古典作品が払拭されなければならなかったのだろうか。私見によればそれは、読者・購買者を若者に絞り込んだ本作りにあったのではないかと思われる。グリーン版『日本文学全集』のチラシには「『青春小説全集』ともいうべき読者への新鮮な贈物である」「時代を超えて日本人の青春を育くむ不朽の名作」という文字が踊っている。配本も、第一回が上述したごとく『坊っちゃん他』『次郎物語・上』、第二回が『次郎物語・下』と『友情・愛と死他』と、明らかに若者、特に高校生あたりを意識していると思われる。全五十二冊の中で、複数を占めているのが、定番とも言うべき夏目漱石・島崎藤村・谷崎潤一郎と、河出のセールスポイントでもあった五味川純平『人間の条件』[39]の他に、武者小路実篤・山本有三・石坂洋次郎がいる。武者小路以下の三人の作家を優遇しているあたりに、この全集のねらいは明確であろう。それは若者、なかんずく高校生を対象にした分かりやすい教養主義とでも言ったものではなかったか。

河出がそのような方針をとったのは、前年から刊行を開始した集英社版『日本文学全集』の影響が大きいと思われる。集英社版は、河出のグリーン版と同じ大きさで、横縞の入ったビニールカバーまで、グリーン版を連想させるものである。集英社はこの全集を「高校生に目標をしぼりこ」み、第一回配本の二冊は「累計で四〇万部にまで達した」[40]のである。その影には「高校生のための文化講演会」を各地で開催する地道な活動もあったのだが、河出書房はおそらく衝撃を受けたであろう。当時の看板商品のカラー版自体「70%は若い読者」[41]だったからだ。ただカラー版はチラシに家族団欒の写真を載せるなど、年齢の高い層の取り込みもはかっていた。七〇〇円前後の金額設定の全集としては仕方のないことである。ただ、若者から家庭人まで、幅広い読者を想定するだけでは不利と考えたのか、集英社同様に、若者だけに絞り込んだ企画を持ち出してきたのである。それがグリーン版『日本文学全集』で、この全集で二冊を割り当てた武者小路実篤と石坂洋次郎は、実は集英社版の第一回配本のコンビでもあったのである。

このように若者に購買層を絞り込んだとき、古い堅苦しい印象を与えると思われたのか、古典文学はこの全集からはずされることとなったのである。古典文学と近代文学の連結を言揚げし、バランスのとれた日本文学史を標榜してきた河出書房が、その路線を転換したのである。かくして、河出書房という最後の砦が落ち、『日本文学全集』からは、古典文学が姿を消していったのである。

その後、河出書房は、『日本文学全集』からはずれた古典文学作品のみで叢書をいくつか刊行している。昭和四十年代後半には菊判でカラー挿絵が魅力の『日本の古典』が、五十年代に入ると小型で携帯に便利な『日本古典文庫』がある。それぞれ約十年後に改装版を出して、一定の部数を確保しているが、それでも『日本文学全集』の時に比べれば影響力は極めて小さいと言えよう。骨格は『日本国民文学全集』以来の作品を基本にして、多少新訳を加えたりしている。野坂昭如訳『宇治拾遺物語』、野間宏訳『歎異抄』などが時代の色を示していると言えようか。『源氏物語』に関してごく簡単に見ておく。

『日本古典文庫』は、全三冊で、昭和五十一年一月刊、福田平八郎の箱絵が印象的であった。新装版は昭和六十二年十二月刊、カバー装となり、上巻の新井勝利、中・下巻の平山郁夫のカバー絵が美しい。解説は中村真一郎で、これはワインカラー版『日本文学全集』『国民の文学』のものを用いている。

『日本の古典』は、昭和四十六年初版当時の帯や、巻末の書目一覧に「カラー版」の語があるように、カラー版『日本文学全集』とやや類似した本造りである。装幀も同じ亀倉雄策が担当しており箱や表紙に金を多用している。付録が充実しており、久松潜一の解題・池田弥三郎の注釈の外に、〈作品観賞のための古典〉として、上巻には久松訳『無名草子』が、下巻には秋山虔訳『源氏物語玉の小櫛』が抄出されている。上下巻併せると三十ページ近くになる寺田透の解説も読み応えがあった。何よりもすばらしいのは、上巻の安田靫彦と下巻の平山郁夫の挿画である。谷崎源氏以来の伝統的な安田の美しい絵と、紺色・朱色の地に金泥の描線画という平山の斬新な絵は、対照的で、しかも共に息をのむような仕上がりであった。挿画に関しては河出の企画の中でも最も成功したものといえよう。豪華版以来の、各巻頭の晶子の「源氏物語礼賛」和歌に配した佐多芳郎のカットも効果的であった。挟み込みの月報は八ページで、形式・内容・用紙は豪華版以来の「しおり」に近いもので、主要人物・系図・挿絵解説などが中心である。そのほか、上巻に大庭みな子が「『源氏物語』の思い出」を、下巻に阿部知二が「与謝野晶子の思い出」を寄せているが、与謝野晶子の『新新訳源氏物語』の序文が今回は上巻の月報に載せられている。昭和五十四年に落ちついた装幀の改装版が出ている。

おわりに

以上見てきたように、戦後における『源氏物語』享受の重要な要素として、世界文学の地図の一部分として、日本文学の山脈の一つとして、読むという点があった。前者としては、三笠書房の『世界文学選書』平凡社『世界名作全集』などがあり、後者としては『日本国民文学全集』を皮切りに河出書房の各種の『日本文学全集』があった。特に、河出の出版物は、昭和三十年代から四十年代にかけて、大規模な読者を獲得していたから、その影響力は大きかった。これらの出版物に導かれるように、古典と近代文学を同列で楽しむ読者層が形成されていたのである。もちろんこれらには、出版社の側の様々な事情や営業方針もあろうが、広範な読者層を開拓した意義は極めて大きい。現代語訳を通してではあるが、古典文学を近代文学と同様に等身大で読むことができたのである。上述した河出の豪華版の「世界に誇る一大長篇恋愛小説」という惹句はやや軽きに過ぎるかもしれないが、そもそも『源氏物語』は一千年近く前に書かれて以来、その時代時代の思想やものの見方に引きつけて読まれ、研究されることによって生き続けてきた。その意味では、文学や教養が大衆化した戦後日本に、もっともふさわしい読まれ方であったかもしれない。

教養・文学・古典離れということが言われるが、二十世紀後半の『源氏物語』享受のあり方を一層細かく検証することによって、新世紀における『源氏物語』受容の見通しを得ることもできよう。本稿はこのような思いも込めて書かれたものである。

注

（1）『現代語譯國文學全集』の一部。全三冊で、空穂は上巻（明石巻まで）下巻（匂宮巻以降）を担当、中巻（澪標巻〜雲隠巻）は与謝野晶子という分担執筆。

（2）「桐壺」が昭和二十五年、「帚木・空蟬・夕顔」が昭和二十六年に刊行される。

（3）阿部秋生「国文学者から見た『舟橋源氏』」『舟橋聖一源氏物語』（平凡社、昭和五十一年）解説。

（4）題字は谷崎松子、挿画は守屋多々志。

（5）紀田順一郎『内容見本に見る出版昭和史』（本の雑誌社、平成四年）。

（6）世界と日本を同時に俯瞰するというのは、平凡社の方針だったようで、当時刊行されていた『世界名画全集』『世界建築全集』などでもこの視点が貫かれている。

（7）『平凡社六十年史』（昭和四十九年）「下中邦彦の社長就任」の項。

（8）『風と共に去りぬ』と三笠書房については、大輪盛登『巷説出版界』（日本エディタスクール出版部、昭和五十二年）に活写されている

（9）経済白書『日本経済の成長と近代化』（経済企画庁、昭和三十一年七月）。

（10）日外アソシエーツ刊行、昭和五十七年。

（11）神西は、この叢書の刊行中の昭和三十二年三月に逝去、福永はその一年後に『神西清詩集』を編んで東京創元社から刊行する。

（12）『日本国民文学全集』第一回配本の月報には「菊五郎劇団所演・歌舞伎座において」「源氏物語（大映）」の二つの写真が掲げられている。猶、演劇と『源氏物語』との関連については、上坂信男『源氏物語転生―演劇史にみる―』（右文書院、昭和六十二年）がこの分野の基本文献。また、この頃の源氏ブームについては、立石和弘「『源氏物語』の加工と流通」（『源氏研究』五、平成八年四月）が詳しい。

（13）新間進一「与謝野晶子と『源氏物語』」（『源氏物語とその影響』、武蔵野書院、昭和五十三年）が、新訳・新々訳の問題を含め、与謝野源氏の普及について幅広く検討していて至便。最近のものでは、新訳版の普及を意図して刊行された『与謝野晶子の新訳源氏物語』（角川書店、平成十三年）の神野藤昭夫の解説が要点を的確にまとめている。また注（33）で引用する市川千尋『与謝野晶子と源氏物

語』も広く資料を博捜した労作。

(14) 角川書店『昭和文学全集』(昭和二十七年刊行開始)、筑摩書房『現代日本文学全集』(昭和二十八年刊行開始)など。文学全集類でA五判や菊判で二段組になるのは、昭和三十年代半ば頃からで、講談社『日本現代文学全集』、筑摩書房『現代日本文学大系』などがある。

(15) 表記は題簽による。

(16) 後に、挿絵のみを大判のコロタイプ版として、奥付には朱で限定番号を入れた五百部の限定版として刊行する。安田靫彦が装幀・題字(題簽地模様は田中親美)を担当した『谷崎源氏畫譜』で、限定版『源氏ものがたり』同様に、むら田の紬の帙入、三十一年一月刊行、定価五千円である。

(17) ただし別巻も当初は『太閤記』は含まれていなかったようで、『南総里見八犬伝』に挟み込まれた一枚刷りのチラシには「大菩薩峠　全八巻」「富士に立つ影　全三巻」「日本国民文学全集・世紀の二大長編を別巻として刊行」と記されている。紀田注(5)書に収められた写真にも同様の記述がある。

(18) このころコンパクト版が流行したことは、紀田注(5)書や、矢口進也『世界文学全集』(トパーズプレス、平成九年)に指摘がある。

(19) 日本語の最大の辞典である『日本国語大辞典』(小学館)では日本文学全集の類から用例を取る場合、必ず筑摩書房版を用いる。筑摩の全集については、田坂「筑摩書房の日本文学全集の軌跡」(『香椎潟』四八、平成十四年十二月)参照。

(20) この筑摩書房の『日本文学全集』は、『本の情報事典』(出版ニュース社、平成三年。昭和五十一年の『本の問答333選』を改訂増補したもの)の「日本文学全集の歴史」の項目では、各社の主要な全集としてあげられているが改めるべきであろう。

(21) 田坂「新潮社の日本文学全集の動静」(『香椎潟』四九、平成十五年七月)。また、昭和四十一年から集英社がやはり明治・大正・昭和の文学全集を、同名の「日本文学全集」として刊行しているが、新潮社の全集の少なからざる影響があろう。

(22) 田坂「文学全集の月報から見えるもの」(『名書旧蹟』、日本古書通信社、平成二十七年)。

(23) この名称ゆえ、昭和という時代を大きく逸脱する作家や作品は含めにくいが、別巻に「夏目漱石集」「森鷗外集」を含めているあたりに、近代文学の総合的全集への指向も見られる。

(24) この問題については、田坂『文学全集の黄金時代―河出書房の一九六〇年代―』(和泉書院、平成十九年)第二章で述べた。

(25) 臼田捷治『装幀時代』「原弘―戦後モダニズムの集大成」(晶文社、平成十一年)。

(26) 『原弘　グラフィックデザインの源流』は昭和六十年、平凡社刊。また原自身も「『日本文学全集』は『世界文学全集』の姉妹版である。デザインとしては、当然対《つい》のものとして考えられるべきものであろう。姉はグリーンのアンサンブル、そこで妹にはどんな色が、と考えられたのがワイン・カラーのアンサンブルである」（「装幀者のことば　原弘」『日本文学全集』内容見本より）と語っている。従来この全集は、単に『日本文学全集』と呼ばれていたが（たとえば、新間注（13）論文）、豪華版・カラー版などと区別するために、原の言葉に倣って、本稿では〈ワインカラー版〉と呼ぶ。

(27)「芭蕉名句集」とあるが「蕪村編」「一茶編」も含み、「謡曲狂言歌舞伎集」はワインカラー版の時に、先行の『日本国民文学全集』の謡曲の半分近く、狂言の約三分の二の作品を削除し、歌舞伎の六作品と入れ替えたものである。

(28)新々訳谷崎源氏の第一巻はこの年十一月の刊行、『国民の文学』の与謝野源氏の二か月後のことであった。

(29)今回の『国民の文学』にも収録されている『天と地と』が、映像の力によるベストセラーとなったことに抗議して、著者の海音寺潮五郎が引退宣言をしたのは、この二年後、昭和四十四年のことである。塩澤実信『昭和ベストセラー戦後史』（第三文明社、平成元年）等参照。映像の文学への浸食はもうそこまで来ていた。

(30)田坂「角川書店の昭和文学全集の変化」（『文芸と思想』六九、平成十七年二月）。

(31)出版ニュース社作成の年度別ベスト・セラーで、豪華版『世界文学全集』は昭和三十九年の第四位であった。

(32)豪華版第一回配本の挟み込みチラシによる。

(33)「源氏物語礼賛」の和歌に関しては、市川千尋『与謝野晶子と源氏物語』（国研出版、平成六年）が幅広く諸説に目配りをした労作である。

(34)昭和二十六年十月～二十七年一月、各八十円、口絵には吉村公三郎監督・長谷川一夫主演の大映映画の写真を各二葉ずつ載せているが、第一冊目と四冊目がまったく同じ写真であるのは、制作上のミスであろう。

(35)定価各三千二百円、初版は昭和三十六年。

(36)挟み込み「しおり（2）」によれば、三上四郎が工夫した螢光灯の無熱撮影法で直接撮影が許可されたという。

(37)『源氏物語』下巻「しおり」。

(38)出版太郎『朱筆　出版日誌　１９６８―１９７８』（みすず書房、昭和五十四年）には、競合する他社に対抗するために「東北地方の片田舎」までヘリコプターでビラをまいたという逸話が紹介されている。

(39)三一書房から刊行されてベスト・セラーになった『人間の条件』は河出書房の『現代の文学』でも初期の配本に起用されて大いに売

り上げを伸ばした。猶、塩澤実信『出版社の運命を決めた一冊の本』（流動出版、昭和五十五年）参照。

（40）『集英社七十年の歴史』（平成九年）「ペア配本の奇策『日本文学全集』の刊行」の項。

（41）カラー版『日本文学全集』に挟み込みの一枚刷りの「ホーム・ライブラリー〈2〉」による。

初出一覧

政治の季節その後

一　冷泉朝下の光源氏―太政大臣と後宮の問題をめぐって―（『源氏物語の視界』二　新典社、平成七年）
二　冷泉朝の始発をめぐって―貞観八年の影―（『源氏物語の新研究―内なる歴史性を考える―』新典社、平成十七年）
三　女三宮と柏木―造型・主題・史的背景―（〈源氏物語研究集成五〉『源氏物語の人物論』風間書房、平成十二年。副題を加えた）
四　『源氏物語』の摂政・関白と大臣（〈平安文学と隣接諸学四〉『王朝文学と官職・位階』竹林舎、平成二十年。原題は「摂政関白と大臣」）

編年体と列伝体

五　『源氏物語』の編年体的考察―光源氏誕生前後―（『源氏物語の展望』四、三弥井書店、平成二十年）
六　『源氏物語』の列伝体的考察―頭中将の前半生―（『国語と国文学』平成二十年十月号。原題は「『源氏物語』の列伝的考察」）
七　『源氏物語』前史―登場人物年齢一覧作成の可能性―（『源氏物語の方法を考える　史実の回路』武蔵野書院、平成二十七年）

作品を形成するもの

八　大宰府への道のり―『源氏物語』と『高遠集』から―（〈平安文学と隣接諸学七〉『王朝文学と交通』竹林舎、平成二十一年）

九　竹河巻紫式部自作説存疑（『源氏物語の展望』二、三弥井書店、平成十九年）

十　『蒙求和歌』と『源氏物語』（『王朝文学と東ユーラシア文化』武蔵野書院、平成二十七年）

近代における享受と研究

十一　桐壺院の年齢―与謝野晶子の「二十歳」「三十歳」説をめぐって―（『源氏物語の愉しみ』笠間書院、平成二十一年）

十二　『校異源氏物語』成立前後のこと（『もっと知りたい　池田亀鑑と「源氏物語」』一、新典社、平成二十三年）

十三　『源氏物語』と『日本文学全集―戦後『源氏物語』享受史一面―』（『源氏物語とその享受　研究と資料』武蔵野書院、平成二十七年）

一書とするに際して、全体の表記を統一したほか、一部に補筆を行っている。したがって本書をもって定稿としたい。

あとがき

本書は、『源氏物語』に関する三冊目の論文集となる。

第一冊の『源氏物語の人物と構想』（和泉書院）が平成五年、第二冊の『源氏物語享受史論考』（風間書房）が、平成二十一年だから、われながら遅々とした歩みであると思わざるを得ない。古典研究者は作品論と文献学との両方ができて一人前だからと、恩師の今井源衛先生に言われたものの、作品論の論文集がようやく二冊目、文献の方は、この間『紫明抄』の翻刻を刊行したものの、二冊目の論文集をまとめるにはまだ到っていない。日暮れて道通しの思いである。

本書と同じ作品論をまとめた第一論文集には様々な思い出がある。本書まで続く「政治と人間」を論じた最初の論文は、第一論文集の巻頭に置いた「弘徽殿大后試論」であるが、この論文のもとになる発表を、出身校の学内の研究会で行った時に、「君はいつから王権論者になったのか」と今井先生から批判されたことがある。自分としては、古代史や政治史の成果を援用して、王権論に対峙する政権論を試みたつもりであるのだが、説明してもなかなか理解して貰えず、苦笑するよりほかはなかった。物語の政治を論ずれば王権論と認識されるような時代や地域でもあったのだろうか。いま考えてみても不思議な、同時に、それから三十年もたったかとを思うと、往事茫々の感がある。同じく研究会を主宰していた近世文学の中野三敏先生に、第一論文集をお送りしたところ、学位論文として提出するようにとのおすすめを頂いたのもありがたい思い出である。中野先生はいまでもお元気で、昨年は文化勲章を受章された。本書をお目にかけると「まだ、こんなことをしているのかい」と言われるような気がする。

研究史に新たな「政治の季節」を呼び込むべく、意欲的に書き始めた一連の論文であったが、同じ頃に同じ発想をした人も多かったと見えて、「序に代えて」に記したように、平成に入ると、一挙に政治論の花が咲く季節が到来した。学問や思想にも流行のようなものがあるが、もともと歴史や政治史に熱中する私にとっては、心地よい季節の到来であった。その季節の中で、自分なりののんびりしたペースで書き続けたものが、本書の冒頭以下の論文群である。同時に、季節はやがて移り変わるものであるから、冬ごもりの支度ではないが、政治論の一方で、次のテーマを模索するようになった。

文学研究を仕事に選んでいるぐらいであるから、人並みに多くの本を読んできた。そのなかでも、長編小説の類が大好きであった。ごく初期に買った文学全集が『藤村全集』であるというのも、『家』や『夜明け前』をはじめ、長編が多いからであろう。私の世代としてはごく普通であろうが、翻訳小説もトルストイ、ドストエフスキー、ヘミングウェイ、ロランなどは全集を買い求め、デュ・ガール、P・バック、T・ウルフ、ショーロホフなど大河小説の類を片端から読んだ。私が研究対象としての『源氏物語』に惹かれたのも、そうした大長編作品としての完成度であった。改めてそのことに思いを致すとき、論じるべきものが浮上してきた。長編性を支えている、編年体と紀伝体の構造分析である。エクセルというものを初めて使って、年齢一覧と苦闘したことも懐かしい思い出である。ちなみに、私はエクセルどころかワードも、一太郎も使わず、いまだにテキストファイル一本槍である。こんなわがままができた最後の世代かもしれない。

本を読むのも好きだが、装幀を味わうのも好きで、本を集めるのも好きで、本を刊行する出版社のことを考えるのも好きで、要するに本にまつわることすべてが大好きであるから、日本出版学会などという畑違いの学会にも時々顔を出している。『校異源氏物語』や与謝野源氏・谷崎源氏に関する論文などはそうした興味の延長線上にある。

興味が広いと言えば聞こえはよいが、手を広げる一方なので、なかなか研究を体系化するには至らない。論文はてんでに勝手な方向を向いているばかりである。おまけに、諸般の事情で、五十歳を越えてから、二度大学を移籍することになったから、ますます腰の据わりの悪い研究生活であった。

三つの大学の、それぞれの同僚には学問や教育でいろいろと学ぶことが多かったが、特に現在の職場の仲間たちからは多大な刺激を受けた。中でも、分野の隣接する、佐藤道生、石川透、小川剛生の三人が次々と著書を刊行する仕事ぶりに圧倒され続け、これではならじと、書き散らしていた論文をようやくまとめる気持ちになったのである。お三方をはじめ、様々なご教示を賜った国文専攻の、そして文学部の同僚たちに厚く御礼を申し上げると同時に、引き続きいろいろと刺激を与えて頂きたく願っている。

本書の刊行に際しては、慶應義塾大学出版会の飯田建氏のお世話になった。通信教育部のテキスト『新・国文学古典研究Ⅲ　源氏物語と平安時代文学』の丁寧な仕事ぶりを見ていたので、安心してお願いすることができた。索引の作成や全体の構成などについてもいろいろと助言を頂いた。心より御礼申し上げる。

平成二十九年八月一日

田坂憲二

索引

人名

あ行

か行

さ行

た行

な行

は行

ま行

や行

ら・わ行

書名

あ行

か行

さ行

た行

な行

は行

ま行

や行

ら・わ行

事項

あ行

か行

さ行

た行

な行

は行

ま行

や行

ら行

著者紹介
田坂憲二（たさか けんじ）
昭和27年生まれ。九州大学文学部卒業、同大学院修了。博士（文学）。
現在、慶應義塾大学文学部教授。国文学専攻。
主な著書に、『源氏物語の人物と構想』（和泉書院、平成５年）、『大学図書館の挑戦』（和泉書院、平成18年）、『文学全集の黄金時代―河出書房の1960年代―』（和泉書院、平成19年）、『源氏物語享受史論考』（風間書房、平成21年）、『源氏物語古注集成　18　紫明抄』（おうふう、平成26年）、『名書旧蹟』（日本古書通信社、平成27年）、などがある。

源氏物語の政治と人間

2017年10月１日　初版第１刷発行

著　者――――田坂憲二
発行者――――古屋正博
発行所――――慶應義塾大学出版会株式会社
〒108-8346　東京都港区三田２-19-30
TEL〔編集部〕03-3451-0931
〔営業部〕03-3451-3584〈ご注文〉
〔　〃　〕03-3451-6926
FAX〔営業部〕03-3451-3122
振替　00190-8-155497
http://www.keio-up.co.jp/
装　丁――――鈴木 衛（東京図鑑）
印刷・製本――亜細亜印刷株式会社
カバー印刷――株式会社 太平印刷社

Printed in Japan　ISBN978-4-7664-2473-7